Das dreizehnte Sternbild

Zum Buch

»Ein Mord wie viele andere«, denkt Hauptkommissarin Myklebust, als sie am Tatort eintrifft. Und in der Tat sieht zunächst alles nach einem Routinefall aus: Svend Ivar Therkelsen wird erstochen in seiner Wohnung aufgefunden, die Ehefrau des Toten ist mit den beiden Kindern verschwunden. Doch dann entdeckt Myklebust Parallelen zu einem Mord an einem Pakistani, der schon mehrere Monate zurückliegt. Auch damals lag ein Zettel mit der Strophe eines Wiegenliedes bei dem Ermordeten, und die paßt zu der, die jetzt neben Therkelsen gefunden wird. Hat die Polizei es hier etwa mit einem grausamen Serienmörder zu tun? Die Spuren führen ins Nichts, die Zeugen sind alles andere als gesprächig, und die Ehefrau von Svend Ivar Therkelsen scheint sich in Luft aufgelöst zu haben. Ein dritter Mord geschieht nach gleichem Muster, und die Fahnder halten den Fall für unlösbar. Oder ist es doch von Bedeutung, daß die Frau eines der Opfer kurz vor dessen Tod ins Frauenhaus geflohen war?

Zur Autorin

Unni Lindell hat mit ihrem ersten Krimi »Das dreizehnte Sternbild« in Norwegen für Furore gesorgt. Zuvor hat sie bereits zahlreiche Jugendbücher geschrieben, für die sie mehrere Preise erhielt. Aus einer Sammlung von Kurzkrimis, von denen einige in diversen deutschen Anthologien erschienen sind, wurde eine Novelle mit dem Riverton-Preis ausgezeichnet. Die Autorin lebt mit Mann, zwei Söhnen sowie ihren Katzen Knut und Ågot bei Oslo.

Unni Lindell

Das dreizehnte Sternbild

Kriminalroman

Aus dem Norwegischen
von Gabriele Haefs

Econ & List Taschenbuch Verlag

Von Unni Lindell ist im Econ & List Taschenbuch Verlag außerdem erschienen:

Das Mondorchester (TB 27438)

Econ & List Taschenbuch Verlag 1999
Der Econ & List Taschenbuch Verlag ist ein Unternehmen der
Verlagshaus Goethestraße GmbH & Co. KG, München
Deutsche Erstausgabe

Titel des norwegischen Originals: Slangebaereren
Aus dem Norwegischen übersetzt von Gabriele Haefs
Lektorat: Angela Troni
Umschlagkonzept: Büro Meyer & Schmidt, München – Jorge Schmidt
Umschlaggestaltung: DYADEsign, Düsseldorf
Titelabbildung: Zefa, Düsseldorf
Gesetzt aus der Caslon, Linotype
Satz: Josefine Urban – KompetenzCenter, Düsseldorf
Druck und Bindearbeiten: Ebner Ulm
Printed in Germany
ISBN: 3-612-25271-2

Vorwort

Sie saß in ihrem Holzbett und hatte sich die Decke über den Kopf gezogen. In den hellgrünen Gittern des Bettes gab es viele kleine Vierecke, wie die Bullaugen auf einem Schiff, wie die Fenster in einem niedrigen Schulhaus, wie in einer geheimen Hütte im Wald.
In einer Ecke des Bettes saß die Puppe, verängstigt und hart und ganz kalt im Gesicht. Wer sollte auf sie aufpassen? Wer sollte sie trösten?
Sie hatte die Beine übereinandergeschlagen, ihre Knie waren vom Vortag her noch schmutzig. Unter den Fußsohlen klebten noch Sandkörner und Teer von der staubigen Straße, wo der Lieferwagen in der heißen Sonne Öl verloren hatte. Solche Sonne konnte Menschen verbrennen.
Ehe sie auf die verklebte, heiße Straße hinausgelaufen war, hatte sie im Auto der Nachbarn gehockt. Das Auto hatte auf dem Platz vor der Haustür gestanden. Sie hatte auf dem Rücksitz gesessen und aus dem halbrunden kleinen Heckfenster hinausgeschaut. Die Puppe streckte die Arme in die Luft, als würde sie eine unsichtbare Last heben. Das Auto stand ganz still. Der Nachbar wusch es gerade, und der Schaum floß die Fensterscheiben hinunter. Der Nachbar hatte das einzige Auto in der Gegend. Er lächelte sie an, und sie durfte sich hineinsetzen. Und der Schaum war bunt. Sie sah Städte, einen Turm und einen

Ballsaal, in dem drei Prinzessinnen in lila Kleidern tanzten. Und auf dem Daumen des Nachbarn saß ein stattlicher Prinz. Der Prinz drehte für die drei Prinzessinnen Pirouetten. Aber dann, kaum war er lieb geworden, wurde er auch schon wieder böse und zerrte die Prinzessinnen in den Schaum.

Sie saß auf dem Rücksitz des Autos und roch das warme Gummi der Sitze. Dieser eklige, herbe Geruch ließ ihre Nasenlöcher brennen. Sie hockte da und preßte die Oberschenkel aneinander. Sie drückte so fest sie konnte, während die drei Prinzessinnen von den Fensterscheiben flossen und als kleine Pfütze auf dem Kiesweg endeten. Plötzlich sah jemand sie an. Ihre Mutter stand am Küchenfenster. Ihre Mutter sah sie durch die beiden Fensterscheiben hindurch an. Sie hob den Blick und sah der Mutter durch das Wasser, durch die beiden Fensterscheiben in die Augen. Und sie dachte: Ich weiß nichts. Nichts weiß ich. Nur, daß er tot ist und daß mir das nichts ausmacht.

Aber in der Nacht davor: Da saß sie unter der Decke, in ihrem hellgrünen Holzbett, sie senkte den Kopf und lugte durch die Vierecke im Gitter. Die Puppe schaute auch hinaus, und das Viereck wurde zu einem richtigen Fenster.

Draußen sah sie das Kartoffelfeld, wo sie zusammen mit Henki und Villa Kartoffeln stahl. Noch war es gar kein richtiges Kartoffelfeld, sondern nur ein winziger Flecken zwischen den vielen neuen Wohnblocks. An einer anderen Stelle hatte jemand einen Bus abgestellt. Einen alten verrosteten Bus mit nur zwei Rädern.

Unter der Bettdecke konnte sie noch immer die wütende Stimme ihres Vaters hören. Aber es war eine Sommernacht, draußen war es noch ein wenig hell, und die Decke konnte nicht alles Licht aussperren. Das Licht wollte zu ihr herein, wollte sie wekken. Sie faltete die Hände vor den Knien und sang: *Schlaf du ruhig, mein Blümelein, denn es ist noch Winter.* Sie sang leise, fast ohne Stimme. Sie hauchte das Lied wie kleine weiße Schneeflocken. Die Puppe bewegte vorsichtig ihren Mund, sie hatte eine schöne helle Stimme. Sie dachte an das viele Baumaterial, das vor dem halbfertigen Block aufgestapelt war. An die vielen Bretter, Steine, die Säcke mit Nägeln und Mörtel und das gelbe Isoliermaterial. Das sah so weich und fein aus, sie hatten es schichtweise zu Prinzessin-auf-der-Erbse-Matratzen aufeinandergetürmt. Aber nicht alles war weich, es gab auch Glas, das sich in ihre Haut gebohrt und gestochen und gekratzt hatte. Wie Nadeln. Die Glasscherben hatten ihre Unterarme zerschrammt, und ihre Mutter hatte sie geschüttelt und gesagt, das sei lebensgefährlich. Aber ob sie davon sterben könnte, so wie von Tinte?

Einmal hatte sie sich mit Tinte die Innenseite ihrer Unterarme bemalt, um die Adern deutlich zu kennzeichnen. Aber ihr Vater hatte gesagt, das sei lebensgefährlich, sie könne daran sterben. Sie war aber nicht gestorben, sie war nur so traurig geworden wie jetzt, weil die Stimme des Vaters auf die Mutter einhackte, weil die Mutter weinte und weil der Vater immer wütender wurde. Die Traurigkeit, die unter ihrer Zunge gesessen hatte, als sie glaubte, sie müsse sterben, zuerst von der Tinte, dann von den Glasscherben, diese Traurigkeit schmeckte hellbraun und durchsichtig. Sie malte der Puppe mit Tinte ein Auge auf die Stirn. Aber im allertraurigsten Moment war sie eingeschlafen. Als sie wieder aufgewacht war, war alles heller und ganz still gewesen. Ihre Matratze war durchnäßt und stank. Und sie fror, aber sie war auch erleichtert, weil sie die Stimme ihres Vaters nicht mehr hörte. An seiner bösen Stimme konnte man sterben. Die Mutter konnte an seiner bösen Stimme sterben. Seine böse Stimme war so schwierig. Aber jetzt: Die Puppe hatte ihr ein Geheimnis erzählt. Die Puppe hatte durch den Türspalt gelugt. Hatte ein Geheimnis gesehen. Mit dem Auge auf der Stirn. Das Auge war aus Tinte. Die böse Stimme war verschwunden. Sie würde nie mehr gefährlicher als Tinte und Glas sein. Die Stimme war ins Himmel-Land gefahren. Die Stimme würde nie mehr zurückkommen.

Nach und nach verlierst du deinen Körper.
Durch die Nacht, in die du hineingehst,
oder durch das Licht, das sich zurückzieht.
Du verlierst deine Züge. Ehe du durchsichtig wirst,
wird deine Haut glatt.
Du gleitest Wange an Wange dahin, Stirn an Lende.
Du fließt neben dem Blut. Denn das Gesicht ist
nur der festgehaltene Augenblick, wenn die Ruder
im Meer gesenkt oder gehoben werden.

Rabbi Zaccai

1

Das Holz sah so lebendig aus. Zwei Astlöcher wurden zu Fuchsaugen. Der Junge fuhr vorsichtig mit dem Finger darüber. Das Mädchen preßte ihre Wange an den Türrahmen und betrachtete den unordentlichen kleinen Haufen aus Zeitungen auf der Fußmatte. Der Junge bückte sich und lugte durch den Briefschlitz in der dunkelbraunen Eichentür. Er hob den glitzernden Deckel hoch und schaute in die Wohnung, da niemand aufmachte, wenn er klingelte, weil er mit Tina und John spielen wollte.

»Ich kann einen Toten sehen«, sagte er aufgeregt. »Echt wahr.«

»Nee«, sagte das Mädchen und stupste den Jungen in den Rücken. »Geh weg, laß mich mal gucken!«

»Ich will auch gucken. Und ich hab's zuerst gesehen. Nicht du. Ich!«

Der Junge zerrte am Pullover des Mädchens, wollte sie wegschieben. »Ich muß mal sehen, ob ich den kenne, ob das der Vater ist.«

»Das ist der Vater, das seh' ich an seiner Hose«, sagte das Mädchen und fuhr sich über die blonden Haare.

Der Junge schnitt eine zahnlose Grimasse, dann bückte er sich wieder und steckte die Finger durch den Briefschlitz.

»Da drin ist auch Blut, echtes Blut, aber das ist braun.«

»Wir müssen Bescheid sagen«, sagte das Mädchen, als der Junge seine Finger so ruckhaft aus dem Schlitz zog, daß der sich mit einem leise singenden Geräusch schloß.

Das Frühlingslicht fiel durch die hohen Buckelglasfenster und ließ die Treppenstufen dicht bei der Wand heller aussehen. Aber im grauen Treppenhaus mit der braunen Treppe war es trotzdem kühl.

»Das ist vielleicht ein Geheimnis«, sagte der Junge und bückte sich zum dritten Mal. Als er gerade die Finger wieder in den Briefschlitz schob und den länglichen Messingdeckel nach innen preßte, klingelte in der Wohnung das Telefon. Der Junge riß so schnell seine Hand zurück, daß er sich an der Metallkante schnitt und anfing zu bluten.

Das Mädchen lief bereits die Treppe hinunter. »War jemand in der Wohnung?« fragte sie mit tränenerstickter Stimme. »Wollte dir da jemand was tun, oder wie?«

2

Das Polizeipräsidium in Grønland war in kühle Frühlingssonne gebadet. Die vielen Fenster dieses riesigen Gebäudes reflektierten die Sonnenstrahlen, und es sah aus, als ob im Haus ein Feuer wüte. Die Bäume im Park streckten ihre dunklen, blattlosen Finger aus. Die Rasenflächen waren noch braungelb und feucht. Die eleganten Laternen, die der Architekt für das Tüpfelchen auf dem i gehalten hatte, standen wie Wärter in Reih und Glied.

Wie immer war im Polizeipräsidium und in seiner Umgebung große Aktivität zu beobachten. Es lag am Tor zur falschen Seite der Stadt, fast hinter dem Rücken von Oslo Plaza und Oslo City.

Die Menschen eilten durch den Park, manche führten Hunde aus, andere zogen Kinderwagen hinter sich her und versuchten, gummihosentragende größere Geschwister im Zaum zu halten. Eine gebrechliche alte Dame mit weinrotem Hut verteilte eine Tüte Brotkrümel auf dem Rasen und wartete auf Vögel.

Hinter den rußfarbenen Glasfenstern hatte die Frühjahrssonne eine staubige, schwere Wärme produziert. Wärme, Frühjahrsmüdigkeit und Streß sorgten für eine Atmosphäre der Resignation. Nichts nahm je ein Ende. Sie würden niemals weniger zu tun haben. Es würde Sommer werden, Herbst, Winter und dann wieder Frühling. In alle Ewigkeit. Die Papierstapel würden immer höher werden. Drogen. Einbrüche, Überfälle, Diebstähle. Einbrüche, Überfälle, Diebstähle. Vergewaltigungen und Vergewaltigungen und Vergewaltigungen. Morde und verdächtige Unfälle. Kleinkinder und Ehepartner, die starben. Immer wieder und immer wieder. Wie ein Ewigkeitskarussell würden die Verbrechen die Polizeibeamten Jahr für Jahr mit Arbeit und Überstunden versehen. In diesem Frühling hatten sie in Oslo schon mehrere Morde gehabt. Drei, um ganz genau zu sein.

Kommissar Cato Isaksen war eine der schwarzen Ameisen in dem großen Glashaus. Am Mittwoch, dem 17. April, wurde er um kurz vor vierzehn Uhr vom vierten Osloer Mord des Jahres unterrichtet. In einer Wohnung im Trudvangvei in Majorstua war ein Toter aufgefunden worden. Erstochen. Niemand wußte, wie lange er dort schon gelegen hatte. Vermutlich erst einige Tage.

Polizeiadjutant Roger Høibakk, ein dunkelhaariger, schlanker, recht großer Junggeselle von zweiunddreißig Jahren, schaute herein und betrachtete seinen Kollegen resigniert. Dann ließ er sich auf den Stuhl auf der anderen Schreibtischseite fallen.

»Myklebust«, sagte er und nickte zur Tür hinüber, »ist schon im Anmarsch.«

Cato Isaksen schob zwei Ordner beiseite, mit denen er sich bisher beschäftigt hatte. »Hol doch bitte eine Runde Kaffee. Ich bring die hier eben weg.« Er nahm die beiden Ordner und war verschwunden.

Roger Høibakk stand widerwillig auf und holte vom Automaten hinten im Flur zwei Pappbecher mit heißem Kaffee. »Willst du heute normal Feierabend machen?« fragte er, als Cato Isaksen wieder da war. In seiner Stimme lag ein Hauch von Ironie. Cato Isaksen nickte. »Babyschwimmen«, erklärte er vielsagend. »Sigrid findet es sehr wichtig für den Kleinen, daß ich mitkomme. Außerdem kommen heute die beiden Großen. Ich muß sie spätestens um halb sechs abholen, wenn es sich lohnen soll. Und sonst kriegt Bente Zustände«, fügte er hinzu.

Der Kommissar fuhr sich müde mit einer Hand über das Gesicht. Roger Høibakk grinste und schätzte sich glücklich, schließlich hatte er sich keine Familie zugelegt. In der Kriminalliteratur hatten die Ermittler fast nie Familie, zumindest keine Kinder. Weder in den Büchern von Kim Småge noch bei Jon Michelet oder Anne Holt. Roger Høibakk hatte sie alle gelesen. Mit Anne Holt hatte er kurzfristig sogar zusammengearbeitet. In Verbindung mit diesem verdammten Tråkka-Überfall, der nie aufgeklärt worden war. Gemeine Vorstellung, wieviel Geld die Frau bei ihrer neuen Karriere eingesackt hatte, während er noch immer an dieses Haus festgekettet war und sich für ein lausiges Gehalt kaputtschuftete.

»Du hättest dich an die Literatur halten sollen, Isaksen«, grinste Roger Høibakk. »Und dir keine Kinder zulegen, das paßt nicht zu unserem Job.«

Hauptkommissarin Ingeborg Myklebust erschien in der Türöffnung. Der Gesichtsausdruck der Vorgesetzten zeugte von Streß. Ihre Frisur war in leichte Unordnung geraten. »Ich glaube, ihr müßt allein zum Tatort fahren, Jungs, wir haben noch einen weiteren Fall. Schaut nachher mal bei mir rein. Ich bleibe heute länger.«

Cato Isaksen stand auf und sah Roger Høibakk resigniert an. »Die Spurensicherung ist schon vor Ort«, seufzte er. »Machen wir, daß wir fortkommen.«

»Sag Randi, sie möchte Sigrid anrufen«, bat Cato Isaksen seinen Kollegen und nickte dabei vielsagend in Richtung Toilette. »Und sicherheitshalber auch Bente«, fügte er hinzu und verschwand dann hinter der blauen Tür mit dem silbernen »H«.

Randi, eine jüngere Kollegin, die es bisher nur zur Kommissarsanwärterin gebracht hatte, reagierte mürrisch, als Roger Høibakk ihr das ausrichtete. Sie rief nicht zum ersten Mal bei Kommissar Isaksens Mitbewohnerin an, um auszurichten, daß Isaksen zu irgendeiner Verabredung zu spät kommen würde. Noch schlimmer war es, Isaksens Exfrau mitteilen zu müssen,

daß er die beiden großen Söhne wohl nicht wie abgemacht holen konnte. Randi fand es schrecklich, wenn einer der Jungen ans Telefon kam. Die Enttäuschung in ihren Stimmen erweckte in ihr fast schon Schuldgefühle.
»Kopf hoch, sei froh, daß nicht du so hemmungslos mit Kindern um dich gestreut hast.« Roger Høibakk drehte sich ungeduldig zur Toilettentür um.

Im Toilettenraum wusch Cato Isaksen sich die Hände. Sein Spiegelbild zeigte ihm einen erschöpften 43jährigen mit dünnen, blonden Haaren und scharfen Zügen. Seine Kopfhaut würde durch die dünnen Haare bald deutlich zu sehen sein. Die dunklen Ränder unter seinen Augen hatten sich vertieft. Er betrachtete seine Hände, während er kaltes Wasser über seine Handgelenke strömen ließ. Er dachte an etwas, das er in einem seltsamen Buch gelesen hatte, als er in der letzten Nacht das Baby wiegen mußte, weil es einfach nicht schlafen wollte. *Nach und nach verlierst du deinen Körper. Durch die Nacht, in die du hineingehst, oder durch das Licht, das sich zurückzieht. Ehe du durchsichtig wirst, wird deine Haut glatt. Du gleitest Wange an Wange dahin, Stirn an Lende. Du fließt neben dem Blut. Denn das Gesicht ist nur der festgehaltene Augenblick, wenn die Ruder im Meer gesenkt oder gehoben werden.*
Allein schon, daß er sich an diese Sätze erinnern konnte, machte ihm angst und ließ ihn sich alt fühlen. Auf irgendeine Weise schien es zwischen dem Gesicht im Spiegel und der *Wange, die an Wange dahinglitt,* eine Verbindung zu geben. Das Wasser verschwand im schwarzen Abflußloch.
Hauptkommissarin Ingeborg Myklebust lief über den Flur, als er aus der Toilette kam. Sie blickte ihn fragend an. »Seid ihr immer noch nicht weg?«
»Sind schon unterwegs«, antwortete Cato Isaksen gereizt und blickte auf dicken Ordner unter ihrem Arm. Er machte auf dem Absatz kehrt und lief Pia Halvorsen, der frischeingestellten Juristin, voll in die Arme.

»Tut mir leid«, sagte er und machte, daß er nach unten in die Garage kam.
Roger Høibakk stand schon neben dem zivilen Dienstwagen, einem dunkelblauen Opel Corsa. Er lehnte am Wagen, der alles andere als sauber war. »Sieh dich doch an«, sagte Cato Isaksen und zeigte auf die Hose seines Kollegen. »Dreck«, fügte er hinzu, steckte den Schlüssel ins Schloß und öffnete die Tür. Als beide im Wagen saßen, er hinter dem Lenkrad und Roger auf dem Beifahrersitz, zog Roger eine noch nicht angebrochene Packung Kaugummi aus der Tasche. Er wischte sich den trockenen Schmutz ab. Cato Isaksen startete den Motor und schnallte sich an. Roger Høibakk öffnete die Packung und steckte ein Kaugummi in den Mund. Er bot auch seinem Kollegen eins an, aber der schüttelte den Kopf.
»Was wissen wir eigentlich?« Roger zog sich den Sicherheitsgurt über die Brust.
»Nicht viel, ein paar Kinder haben den Toten durch den Briefschlitz entdeckt. Die Mutter von einem Kind, ich glaube, es war ein Junge, hat uns verständigt.« Cato Isaksen rückte den Spiegel gerade. »Wahrscheinlich liegt er da schon seit einigen Tagen.«
Roger Høibakk warf die Kaugummipackung aufs Armaturenbrett und zog einen schwarzen Kamm aus der Hosentasche. Der Kamm war leicht abgerundet. Er klappte die Sonnenblende herunter und kämmte sich seine vollen schwarzen Haare nach hinten.
Cato Isaksen schwitzte in der Frühlingssonne, und die Eitelkeit seines Kollegen versetzte ihm einen Stich der Irritation. Die Fensterscheiben des Wagens waren von eingetrockneten Regentropfen bedeckt. Eine dünne Schicht grauen Frühlingsstaubes lag auf dem Armaturenbrett. Der Schmutz ließ seine düstere Stimmung noch tiefer sacken.
Es fiel ihm nicht schwer, sich Sigrids resignierten und verärgerten Gesichtsausdruck vorzustellen. Auf irgendeine hoffnungslose Weise hielt Sigrid es immer für seine Schuld, wenn irgendwer sich umbringen ließ.

»Ist dein Leben problematisch, mit den Jungs und allem Hin und Her, meine ich?« Roger musterte seinen Kollegen ernsthaft.
»Wenn ich gewußt hätte, worauf ich mich da einlassen würde, also, weiß der Kuckuck«, sagte Cato leise und seufzte. »Ich bin zu alt für so was. Und der Kleine schläft nachts ja so gut wie nie.«
»Aber deine Freundin scheint doch ganz in Ordnung zu sein!«
»Himmel, ja, das ist nicht das Problem. Ich muß bloß auf so verdammt viele Menschen Rücksicht nehmen.«
»Und teuer ist das bestimmt auch.«
»Das kannst du wohl sagen«, bestätigte Cato Isaksen und mußte zu dem schallenden Lachen des anderen einfach lächeln.
»Was hältst du von den Eutern unserer neuen Juristin?« grinste Roger Høibakk.
Cato Isaksen gab keine Antwort. Eine alte Frau ging bei Rot über die Ampel beim Zeitungskiosk in der Bygdøyallé. Er stieg auf die Bremse. »Blöde Kuh!«
»Ich find' die enorm, wirklich.«
»Was?«
»Die Euter. Die von Pia Halvorsen.« Roger Høibakk kurbelte das Fenster nach unten und spuckte sein Kaugummi aus.
»Werd' mal ein bißchen genauer an ihr herumschnuppern«, sagte er dann. »Und überhaupt, es ist Frühling. Hast du eigentlich von diesem Dussel in Grønland gehört, so einem Gemüseheini aus der hintersten Walachei, der kurz weg mußte und einen Zettel an seine Tür gehängt hat? Weißt du, was auf dem Zettel stand?«
Cato Isaksen schüttelte geistesabwesend den Kopf.
»Bißchen weg, plötzlich zurück, stand da.« Roger Høibakk legte den Kopf in den Nacken und lachte schallend. Cato Isaksen sah kurz zu ihm hinüber und lächelte. Er konnte sich nicht erinnern, Roger jemals schlechtgelaunt erlebt zu haben. Er selber fühlte sich nicht sehr wohl. Wußte nicht so recht, warum. Entweder

brütete er eine Krankheit aus, oder das Chaos um ihn herum wuchs ihm über den Kopf. So kam es ihm zumindest vor. Immer häufiger ertappte er sich dabei, wie er in Gedanken die letzten beiden Jahre durchging. Und sich fragte, was eigentlich schiefgegangen sei. Warum hatte er Bente überhaupt verlassen? Sigrid, jetzt war er mit Sigrid zusammen. Sollte mit ihr zusammensein. Ein schales Gefühl von Kopie, von Wiederholung, stieg in ihm auf. Im nachhinein wirkte alles wie eine scheinbar zufällige Wiederholung. Wie eine für alle Beteiligten fatale Wiederholung. Ein Sommer wurde zu einem Jahr. Ein Winter zum Frühling. Jetzt war wieder Frühling. Nach dem Frühling kommt der Sommer. Immer wieder. Er fühlte sich gefangen in einem Karussell, das sich immer schneller drehte. Er kam einfach nicht mehr mit. Er konnte jeden Moment herausfallen, alles aus dem Griff verlieren. Der Richtungsverlust war nicht nur ein navigatorisches Gefühl. Sondern ein psychisches Erlebnis. Seine Sinne waren außer Kontrolle geraten. Dieses unbekannte dunkle Loch hatte seine Gefühle beschlagnahmt. Es steckte hinter seiner Stirn und tat weh.

3 Daß er in Mordfällen ermitteln mußte, ließ ihn nicht unbeeinflußt, das ging sicher allen so. Er dachte allerdings erst seit kurzem darüber nach. Seine Arbeit erinnerte ihn immer wieder daran, wie einzigartig es ist, ein Mensch zu sein. Aber auch unmöglich und tragisch. Das Unmögliche am Menschsein ist, daß der Tod das einzig mögliche Ende darstellt. Das ist für alle Menschen so. Aber die meisten anderen können ihn vor sich herschieben, ihn bei ihren Alltagsbeschäftigungen verdrängen. Er aber trug ihn immer auf den Schultern.

Natürlich war die ganze Maschinerie im Trudvangvei in Gang. Im Hinterhof wimmelte es nur so von Uniformierten aus der Ordnungsabteilung. Irgendwer redete mit der Schar von Neugierigen, die hier zusammengeströmt waren. Einer hatte den weißen Behälter in der Hand und zog weißrotes Absperrband von Geländer zu Geländer, um der Spurensicherung Unbefugte vom Hals zu halten. Dieses Band erinnerte Cato Isaksen immer an die Zuckerstangen aus seiner Kindheit. Sofort mußte er an den Tierpark draußen am Mossevei denken. An den Geschmack der rotweißgestreiften Dauerlutscher.

Im Treppenhaus wurden die Stufen abgesaugt und die anderen Spuren gesichert. Im Erdgeschoß lugte neugierig eine alte Dame durch einen Türspalt.

Auch in der Wohnung im ersten Stock wimmelte es nur so von Leuten. Als Cato Isaksen und Roger Høibakk am Tatort eintrafen, erfuhren sie, daß der Tote vermutlich Svend Ivar Therkelsen hieß und neununddreißig Jahre alt war. Der Mann war natürlich noch nicht identifiziert worden, aber das Foto in seinem Führerschein legte die Annahme nahe, daß Therkelsen gleich hinter der Tür zu dieser Wohnung im ersten Stock auf dem Rücken lag.

Cato Isaksen stieg über die Leiche hinweg. Noch immer, nach all den Jahren, durchfuhr ihn beim Anblick des Todes ein kalter Schauer. Und bei ihm handelte es sich zumeist nicht um irgendeinen, sondern um einen brutalen und oft unbegreiflichen Tod. Noch immer tauchten ausdruckslose Totenmasken aus Jahre zurückliegenden Fällen vor seinem inneren Auge auf. In Verwesung übergegangene Leichname, schreiende, verzerrte Gesichtsausdrücke. Etwas prägte sich ihm immer ein, an etwas konnte er sich später immer noch erinnern. Meistens handelte es sich dabei um Bagatellen. Er blieb stehen und betrachtete die Leiche. Welche Erinnerung würde ihm wohl diesmal bleiben? Vielleicht der eine Arm, der sich mit erstarrten, leeren, ringlosen Fingern seitwärts ausstreckte? Oder die Haut der Fingerspitzen, die sich blau verfärbte? Oder der geruchlose Mantel des Nichts, der sich mattglänzend über das Gesicht des Mannes gezogen hatte? Auch das war eine Gesellschaft. Die Todesgesellschaft der Stille. Ein Rahmen, ein zufälliger Raum endlosen Endes. Ein hoffnungsloses Gefühl, an einem Fragment der Wirklichkeit des Globus teilzunehmen, das überhaupt nicht existieren dürfte.

Der andere Arm lag auf dem Bauch des Mannes und war von dunklem, geronnenem Blut bedeckt. Der Tote schien die Hand auf die Stichwunde zu drücken, um die Blutung aufzuhalten, oder vielleicht, um festzustellen, ob es denn wirklich stimmte, ob er wirklich in Bauch und Brust von mehreren tiefen Stichen getroffen worden war. Solche Morde geschahen zumeist sehr schnell. Der Mund stand offen. Der Kopf war halb nach hinten gedreht, als wolle der Tote die abgebeizte Kommode anschauen, das Telefon, das stumm dort oben thronte. Unter dem Telefon lugte eine rote Broschüre hervor, eine Werbung für ein Fitneß-Center beim Ullevål-Stadion. *Fit in den Sommer,* stand in schwarzer Druckschrift darauf. Das Absurde dieses Satzes, in Anbetracht der Situation, richtete die Aufmerksamkeit des Polizisten noch zusätzlich auf diese Broschüre. Er zog sie unter dem Telefon hervor. Jemand hatte oben in die linke Ecke eine Art Einkaufsliste geschrieben. Brathähnchen, Reis, Salat, Bier, Gummibärchen, Brot, Milch stand dort ordentlich untereinander.

»Nichts anfassen!« Ellen Grue, eine Kollegin von der Spurensicherung, starrte ihn von der Wohnzimmertür her gereizt an.

Cato Isaksen hob abwehrend beide Hände und trat einen Schritt zurück. Er hockte sich neben die Leiche. Durch den halbgeöffneten Mund konnte er die Zähne im Oberkiefer und den dunklen Gaumen erkennen. Die Kehle war durchgeschnitten. Die gerade, bräunliche Spur des Messers sah aus wie ein dickes braunes Seil. Und darunter war das Blut, das als dünne braune Schicht auf der Haut erstarrt war. Inzwischen blätterte es wieder ab. Das weiße Hemd war vom Kragen bis zur Brustmitte rotbraun. Die Haut des Toten war von wächsernem Gelb, als sei dieser Mensch eigentlich immer schon eine Puppe gewesen.

»Der ist sicher schon zwei oder drei Tage tot. – Mindestens«, fügte Ellen Grue hinzu. »Aber wir müssen auf den Obduktionsbericht warten.« Sie war eine kleine, energische Frau von Ende Dreißig, dunkelhaarig, mit starken weißen Zähnen. Cato Isaksen hielt sie für unnahbar. Sie strahlte eine abweisende Härte aus, die für ihn nicht meßbar war. In ihrer Stimme lag ein Hauch von Schärfe. Sie benutzte nicht viele überflüssige Worte, und sie ließ sich nichts anmerken, wenn sie ab und zu selbst dem härtestgesottenen Fahnder ein Gefühl der Unterlegenheit einflößte.

»Weißt du irgendwas über den Toten?« fragte Roger Høibakk. Ein fast unmerklicher süßlicher Gestank, kleine Partikel des Todes, hing in der Luft. Blutlachen waren zu kleinen, bräunlichen Seen erstarrt. Die Küchentür stand halboffen. Auf dem Boden lagen Essensreste und Abfälle herum. Ein seltsam abstraktes, fast schönes Blutmuster umrahmte die Risse im weißen Hemd. Durch diese Risse konnte Cato Isaksen sehen, daß die Stichwunden von geschwollenem, schierem Fleisch umgeben waren. Er überlegte sich unwillkürlich, wie dunkel es in einem Körper sein muß. Herz und Innereien liegen geborgen irgendwo da in der Dunkelheit, unter der Haut, bis eine Messerklinge plötzlich eine Öffnung hineinschneidet und Licht hereinläßt.

Er erhob sich und folgte Roger in das helle, aprikosenfarbene Zimmer. Ellen Grue bat sie gereizt, sich in die Sessel zu setzen und nicht herumzutrampeln. »Wir sind noch nicht fertig«, sagte sie und nickte zu einem Kollegen von der Spurensicherung hinüber, der mit einem kleinen Staubsauger den Teppich abfuhr. »Wir werden hier noch tagelang zu tun haben.«

Die Vorhänge vor den hohen, altmodischen Fenstern waren zu eleganten, üppigen Rüschen zusammengefaßt. Die brusthohe Täfelung gab dem Zimmer etwas vom Gepräge einer Gaststätte. Sie war etwas dunkler als der Rest der Wände. Die weinrote Spitzendecke auf dem Glastisch und die pastellfarbenen Landschaftsmalereien in ihren weißen Rahmen verstärkten das Gasthausgefühl noch. Kein Mann hätte ein Zimmer so eingerichtet. Der Tote mußte eine Frau oder eine Mitbewohnerin haben.

»Wir gehen mit großer Wahrscheinlichkeit davon aus, daß es sich bei dem Toten um Svend Ivar Therkelsen handelt«, wiederholte Ellen Grue. »Er war neununddreißig Jahre alt. Wie gesagt, wir haben in seiner Brieftasche seinen Führerschein gefunden. Dem Türschild zufolge ist das hier seine Wohnung. An der Wand hängt ein Foto mit zwei Kindern, einem Jungen und einem Mädchen, das sind sicher seine.«

»Frau oder Mitbewohnerin?« Cato Isaksen betrachtete die beiden kleinen Kinder auf dem Foto.
Ellen Grue nickte. »In Badezimmer und Schlafzimmer liegt Frauenkram herum. Therkelsen hat vermutlich bei einer Computerfirma unten in der Innenstadt gearbeitet, wir haben einen Brief mit ihrem Briefkopf gefunden. Aber das könnt ihr selber feststellen, und bitte, trampelt hier nicht zu viel herum«, sagte sie noch einmal, diesmal zu Roger Høibakk, der aufgestanden war, durch das Zimmer lief und gerade in einen großen Schrank aus Kiefernholz schaute.
»Auch am Briefschlitz oder dem Briefkasten, oder wie das heißt, ist Blut«, sagte Ellen Grue. »Vielleicht das des Mörders. In der Küche gibt es Essensreste. Hähnchenstücke auf dem Boden, Salat im Spülbecken«, fügte sie hinzu und ging zu dem Mann, der auf allen vieren den Staubsauger betätigte. Der hatte offenbar etwas gefunden.
Cato Isaksen erhob sich und ging zur Tür neben dem großen Schrank.
»Das ist das Schlafzimmer«, Ellen Grue schaute sich nach ihm um, lag aber noch immer auf den Knien. »Da ist nichts zu sehen.«
Cato Isaksen achtete nicht auf sie und ging hinein. Das Schlafzimmer war weiß, mit weißen Vorhängen und heller Bettwäsche. Das Doppelbett war auf der einen Seite benutzt, die andere war unberührt. Da es sich um eine altmodische Wohnung handelte, mußte man das Schlafzimmer durchqueren, um ins Kinderzimmer zu gelangen. Das Kinderzimmer war in hellem Gelb gehalten, es gab Vorhänge mit blauen Blumen und an der einen Wand Kinderzeichnungen. Ein Etagenbett aus Kiefernholz stand neben dem Fenster in der Ecke. *Tina* stand auf dem Bild eines roten Autos, in dem eine Frau saß. *John* auf den drei anderen Zeichnungen, die allesamt Dinosaurier mit großen Stoßzähnen darstellten.
Cato Isaksen machte sich Notizen. Tina und John.

»Die Frau kommt vermutlich aus den USA oder aus England oder so. Vielleicht aus Australien, was weiß ich.« Ellen Grue war ihnen ins Kinderzimmer gefolgt. »Cheryl Waugham Therkelsen.«
»Weiß irgendwer, wo sie steckt?« fragte Cato Isaksen und schaute auf die Uhr, in einer halben Stunde war er vor dem Schwimmbad mit Sigrid verabredet.
»Nein«, sagte Ellen Grue und zuckte vielsagend mit den Schultern. »Aber zum Glück brauche ich das auch nicht zu wissen.«
»Nein, nein, ich dachte nur, ihr hättet vielleicht mit irgendwem gesprochen, die Nachbarn hätten etwas gesagt.«
»Ich habe noch keine Nachbarn gesehen. Alle haben sich verdrückt. Ich habe den Briefkasten unten im Treppenhaus aufgemacht«, sagte sie dann. »Ein drei Tage alter Brief für Cheryl Therkelsen und drei für den Verstorbenen.«
Cato nahm die Plastiktüte, in die Ellen Grue die Briefe gesteckt hatte. »Die Umschläge werden ins Labor geschickt«, sagte sie und verschwand wieder im Wohnzimmer.
»Würdest du wohl Randi anrufen und fragen, ob sie Sigrid erreicht hat?« Cato Isaksen drehte sich zu Roger um.
»Nein, verdammt noch mal. Mach das gefälligst selber!«
Cato Isaksen seufzte und sah die Briefe an. »Dann frag Ellen, wie lange sie hier noch brauchen. Wann können wir anfangen?«
Ellen Grue steckte den Kopf ins Zimmer. »Ihr könnt euch ruhig Zeit lassen, Jungs«, sie lächelte ernsthaft. »Das hier dauert.«

4

Sigrid Velde lief die Straße entlang und schob den Kinderwagen vor sich her. Sie war fünf Minuten zu spät. Aber noch ehe sie um die letzte Ecke bog, wußte sie intuitiv, daß Cato nicht auf sie wartete. Sie ballte nervös die eine Faust und versuchte, ihre Enttäuschung in den Griff zu bekommen, die nun wieder steinschwer in ihrem Bauch ruhte. Sie gewöhnte sich langsam an diese Steine. Daß diese Beziehung, in die sie wirklich so viel investiert hatte, so schnell in Treibsand geraten war! Mit Cato schien irgend etwas passiert zu sein. Sie konnte nicht genau sagen, was. Sie wußte auch nicht genau, wann diese Veränderung eingesetzt hatte. Das Problem war, daß sie nicht mehr sagen konnte, was Cato nun eigentlich für sie empfand. Das Kind machte ihn natürlich müde. Er arbeitete zuviel. Er hatte seinen beiden älteren Söhnen gegenüber ein schlechtes Gewissen. Und das alles konnte sie ja verstehen.
Sicherheitshalber blickte sie sich noch einmal um. Sie konnte Gard und Vetle nicht von der Bahn abholen. Auch heute wieder nicht. Sie schaffte es einfach nicht, brachte es nicht über sich, immer wieder mit sich selber Kompromisse zu schließen. Auch sie war erschöpft. Sie hatte das Gefühl, dauernd hohe Berge besteigen zu müssen. Wie oft hatte sie die Jungen schon abgeholt, weil Cato es nicht rechtzeitig schaffte. Es waren nicht ihre Kinder. Wenn sie unbedingt herkommen mußten, dann sollte

Bente sie doch bringen. Sigrid spürte, wie der Zorn alle Zellen in ihrem Körper füllte. Erschöpfung und Enttäuschung fraßen sich durch jeden Körperteil, bis sie von erstickender Traurigkeit erfüllt war. Hatte sie das denn verdient?
Und immer, wenn sie in dieser Stimmung war, mußte sie an ihre Eltern denken. Scharf und klar sah sie ihre Eltern vor sich, konnte sich aber nicht mehr an die Stimme ihrer Mutter erinnern. Ihre Mutter war schon seit mehr als achtzehn Jahren tot. Sigrid und ihr Vater waren zu einer eigenen kleinen Gemeinschaft geworden. Er war so lieb gewesen. Hatte immer alles für sie getan. Und jetzt war auch er nicht mehr da. Er war einige Monate vor Georgs Geburt gestorben. Es war so traurig. Sie kam sich noch immer nicht erwachsen vor, trotz ihrer zweiunddreißig Jahre. Sie wußte nicht, ob Einsamkeit und Sehnsucht nach ihren Eltern sie je verlassen würden. Und nun war sie selber Mutter. Sie sah ihr schlafendes Kind an. Ein warmes Gefühl durchströmte sie. Wie schade, daß ihr Vater sein einziges Enkelkind nicht mehr erlebt hatte. Und wie schade auch für das Kind.
Sie dachte an das alte Ferienhaus in Krokskogen, das ihr ganzes väterliches Erbe ausmachte. Der Vater hatte nie viel Geld gehabt, hatte so gut wie nichts besessen. Er hatte eine kleine Wohnung in Bislett gehabt. Sie war schon lange nicht mehr im Ferienhaus gewesen. Sie wußte, es würde ihr weh tun, es wiederzusehen. Cato war einmal mitgekommen. Ihm hatte es dort nicht gefallen. Das war vielleicht nicht so schwer zu verstehen. Es war eine alte, kleine Hütte mit abgenutzten Möbeln. Sie war seit vielen Jahren nicht mehr renoviert worden. Sigrid Velde seufzte. Sie spürte den grauen Hüttengeruch, den Holzgeschmack im Mund. Den Geruch von Kaffee und Sommer auf ihrer Haut. Hohe, dunkle Tannen und trockenen Waldboden mit Farnblättern, Wurzeln und Tannennadeln.
Natürlich wußte sie, irgendwo in ihrem Hinterkopf, daß sie Cato gegenüber ungerecht war, daß er nicht immer frei über sei-

ne Zeit verfügen konnte. Eigentlich konnte er das nie. Das Erschreckendste aber war, daß sie, die doch selber Mutter war, Catos anderen beiden Söhnen keinerlei Wärme oder Begeisterung entgegenbringen konnte. Anfangs waren seine Söhne ihr nicht als Problem erschienen. Sie hatten einfach zu diesem Mann gehört, in den sie sich so nachdrücklich und zutiefst verliebt hatte. Jetzt hatte sie die beiden nur noch satt. Das war schon lange so. Seit der Geburt ihres eigenen Kindes war ihre Gleichgültigkeit immer weiter angewachsen. Und sie wußte, daß sie für diese Jungen nie so empfinden würde wie für Georg. Daß Cato sie liebte, vermutlich ebensosehr wie ihr gemeinsames Kind, machte ihr unbewußt auch Probleme. Die Zeit war keine Hilfe. Die Zeit hatte das Problem nur verschoben und wachsen lassen. Gard und Vetle räumten niemals hinter sich auf, sie gingen spät ins Bett, durchwühlten die Schränke. Außerdem fraßen sie wie die Scheunendrescher und brachten die Küche durcheinander. Es paßte Sigrid nicht, daß den beiden ein Platz in Catos Leben gehörte, vielleicht, weil sie wußte, daß die beiden den schrecklichen Wunsch hegten, ihren Vater zurückzubekommen. Die ganze Zeit lag in ihren Augen eine ängstliche Hoffnung. Jedes zweite Wochenende und jeden Mittwoch. Sigrid kam das vor wie eine ewige Strafe, wie lebenslänglich. Und Georg schlief noch immer nicht die Nächte durch.

Sie öffnete die schwere Tür und zog den Kinderwagen hinter sich her. Im Schwimmbad strömte ihr sofort der Chlorgeruch entgegen wie eine durchsichtige scharfe Decke.

Vom Telefon in der Ecke aus rief sie bei der Polizei an und erfuhr, daß Cato um vierzehn Uhr zu einem dringenden Fall aufgebrochen war und daß niemand wußte, wie lange er beschäftigt sein würde. Sigrid wußte, daß das einen Mord bedeutete. Und Mord bedeutete Abwesenheit, Abwesenheit und Abwesenheit. Sie spürte die graue Hoffnungslosigkeit in ihrem Hals, als sie sich über den Kinderwagen beugte und die Decke beiseite schlug. Georg schlief, und sie hob ihn vorsichtig hoch. Als er erwachte, fing er leise und klagend an zu weinen. Er lehnte seinen runden Kopf an ihren Hals und schlief wieder ein. Er war in dem Alter, in dem die Körperteile einfach nicht zusammenpassen. Sein Kopf war groß, die Arme kurz, die Füße noch immer winzig klein.

Sie nahm ihre Tasche mit Schwimmsachen und Handtüchern, bezahlte am Schalter und ging in den Damenumkleideraum.

Der geflieste Boden dort war glatt und kühl. Einen schrecklichen Moment lang stellte sie sich vor, wie diese Fliesen Georgs weichen Kopf zerschmettern würden, wenn sie ihn fallen ließe. Sie hatte einen widerlichen Eisengeschmack im Mund, als sie den Kleinen auf die Bank legte, um ihn auszuziehen. Zwei Teenies zogen sich ein Stück weiter hinten kichernd an.

Die Tür des Umkleideraums öffnete sich, und eine Frau kam herein. Sigrid nickte ihr vorsichtig zu, sie hatte diese Frau schon mehrere Male gesehen. Die Frau kam ihr auf vage Weise vertraut vor. Sigrid hatte sich das bisher noch nicht überlegt. Die Frau hatte nie ein Kind bei sich, sie schwamm einfach an der einen Längsseite hin und her, ohne auch nur einen Blick auf die jungen Mütter und den einen Vater zu werfen, der immer mit von der Partie war.

Plötzlich wußte Sigrid, was das Besondere an dieser Frau war. Sie erinnerte Sigrid an sich selber. Der dünne Körper, die flachen Brüste. Sie sahen sich nicht wirklich ähnlich, aber etwas an ihren Farben, ihrer Haltung, ihren Bewegungen war da. Wenn ich eine Schwester hätte, könnte die so aussehen, überlegte Sigrid.

Sie hob den inzwischen wieder quengelnden Georg hoch. Sie drückte das Kind an sich und spürte, daß es sie einrahmte. Sie war ein Bild, und der mollige weiche Babykörper war der Rahmen.

5

Cato Isaksen ging ins Treppenhaus und wählte auf seinem Mobiltelefon die vertraute Nummer des Reihenhauses in Asker. Am anderen Ende der Leitung ertönte Gards laute Stimme. Cato fiel auf, wie grob die Stimme seines ältesten Sohnes in letzter Zeit geworden war. »Ich habe ein Problem«, sagte er und registrierte gereizt, daß ihn das kalte Echo zwischen den Steinwänden nervte. »Wir haben einen neuen Fall.«

»Ach so.«

Er konnte nicht erkennen, ob sein Sohn enttäuscht war oder nicht. Gards Stimme hatte keine Nuancen, sie enthielt keinerlei hörbare Hinweise. »Ich hole euch ein bißchen später ab.«

»Ich glaube, Vetle muß heute zum Fußball.«

»Davon weiß ich nichts.«

»Es fängt um sechs an, du kannst uns ja in Føka abholen.«

»Es geht darum, daß ich nicht weiß, wann ich hier wegkann«, sagte Cato Isaksen und spürte seine wachsende Gereiztheit wie einen Druck hinter der Stirn. Bente hatte nichts von einem Fußballspiel gesagt. Gard murmelte nur eine unverständliche Antwort, und Cato Isaksen beendete das Gespräch mit dem Versprechen, wieder anzurufen, sobald er mehr wisse.

Roger Høibakk schellte in der Wohnung gegenüber. Ein Kollege von der Ordnungsabteilung, ein dünner, blonder Mann von

Ende Zwanzig, begleitete ihn. Der sechsjährige Sohn der Nachbarn hatte die Leiche durch den Briefschlitz entdeckt. Der Junge war zutiefst erschüttert von diesem Erlebnis und wollte eigentlich nicht darüber sprechen. Zusammen mit einer kleinen Freundin aus dem Nachbaraufgang hatte er geklingelt, um nach Tina und John zu fragen, den Kindern des Ermordeten. Der Junge versuchte, sich hinter dem Rücken seiner Mutter zu verstecken. Sein Vater war außer sich und forderte sofortige psychologische Beratung. Roger Høibakk meinte, das ließe sich sicher arrangieren, betonte aber, wie wichtig es sei, als erstes den gesamten Ablauf der Ereignisse zu notieren: den Zeitpunkt, zu dem der Junge geklingelt hatte, ob er auch an anderen Tagen durch den Briefschlitz geschaut hatte und ob die Kinder oder die Erwachsenen in den letzten Tagen in oder vor der Nachbarwohnung irgend etwas gehört hatten.

Cato Isaksen klingelte in der Wohnung unter der des Toten. Er konnte durch das Milchglas der Haustür die Umrisse der Schaulustigen erkennen. Ihr gespanntes Gemurmel hob und senkte sich. Zwei Polizisten, einer uniformiert, suchten im Treppenhaus noch immer nach eventuellen Spuren.

Die alte Dame aus dem Erdgeschoß hatte jedoch nichts von Bedeutung gehört oder gesehen. Da war sie sich ganz sicher. Sie fragte jedoch, ob ihr Besucher eine Tasse Kaffee und ein Stück von dem Kuchen wolle, den ihre Tochter in Sandefjord gebacken hatte. Und warum er nicht in Uniform sei? Der Mord an ihrem Nachbarn schien sie nicht sonderlich zu treffen. Sie schien fast auf Besuch gewartet zu haben. Offenbar gefiel ihr die Situation. Isaksen lehnte den Kaffee höflich ab, überlegte sich dann aber alles anders. Ihm war vor Hunger schwindlig, er fühlte sich schlapp, und er ließ sich zwei Scheiben von dem trockenen Biskuitkuchen geben, den die alte Dame aus ihrer Küche holte. Er wußte nicht mehr so richtig, ob er an diesem Tag zu Mittag gegessen hatte, und wenn ja, was. Der Kuchen lag auf einem scheußlichen weißen Teller mit roten Rosen und goldenem Rand.

»Ja, ich esse ja nicht mehr viel.« Die Alte lächelte und trug mit zitternden dünnen Händen den Teller ins Wohnzimmer.
Isaksen fand es peinlich, daß er sich in der Diele Kuchen genommen hatte. Nun gab er sich alle Mühe, nicht auf den imitierten dunkelblauen Perserteppich zu krümeln. Der Kuchen schmeckte alt.
»Setzen Sie sich doch«, sagte die Frau und zeigte auf das grüne, verschossene Sofa, dann ging sie in die Küche, um Kaffee aufzusetzen. »Nein, hier in der Gegend passiert nicht viel.« Sie lachte draußen leise vor sich hin. »Aber natürlich kann ich Ihnen das ein oder andere erzählen«, fügte sie hinzu und schepperte mit einer Schublade. »Und es ist natürlich entsetzlich, daß der junge Mann umgebracht worden ist.«
Cato Isaksen versuchte, ihren Tonfall zu deuten, sie hörte sich gleichgültig an. »Haben Sie in den letzten Tagen von oben irgend etwas Besonderes gehört?« rief er und rutschte an die Sofakante vor.
»Nein«, antwortete die Frau sofort, und er überlegt sich, daß die alte Dame über ein ausgezeichnetes Gehör verfügen mußte.
Als sie den Tisch mit großgeblümten grünen und braunen Tassen deckte, konnte er die blaulila Adern, die wie dünne Bänder unter der Haut ihrer Hände lagen, einfach nicht übersehen. Die Frau hatte Catos Blick offenbar bemerkt, denn sie sagte ganz schnell, sie sei zu geduldig gewesen, und die Zeit habe sich deshalb an ihrem Körper vorbeigeschlichen. »Sie verstehen doch sicher, wie ich das meine?«
Und dem Polizisten ging die entsetzliche Tatsache auf, daß auch diese Frau einmal jung und attraktiv gewesen war. Vor lauter Ekel hörte er einen Moment lang auf zu kauen.
»Das ist schon seltsam mit diesem Leben, wissen Sie«, die Frau plapperte mit ihrer dunklen Stimme weiter. »Es gibt einfach keine Garantien. Vermutlich sollte ich für meine zweiundachtzig Jahre dankbar sein, das sagt jedenfalls meine Tochter. Ich habe nur die eine. Sie ist vor einem Monat fünfzig geworden. Ich

wollte ihr schon längst mein Silberbesteck vermachen, aber ich kann meinen Schwiegersohn nicht leiden. Kennen Sie sich in Sandefjord aus?«

Cato Isaksen nickte rasch. Er fragte sich, wann er mit seinem informellen Verhör anfangen sollte. »Die Schwägerin meiner Exfrau wohnt in Sandefjord«, sagte er kurz und fügte hinzu, ehe die alte Dame die Gesprächsleitung wieder an sich reißen konnte: »Wie gut kennen Sie die Familie in der Wohnung über Ihrer?«

»Na ja, kennen ist zuviel gesagt. Die Kinder sind sehr lieb. Sie sind übrigens Zwillinge. Um die fünf Jahre alt. Die Frau ist Engländerin. Oder vielleicht auch Amerikanerin. Es gibt doch in beiden Ländern ein Boston. Eigentlich klatsche ich ja gar nicht gern. Man muß sich um den eigenen Kram kümmern.« Die alten Äuglein glitzerten, als sie aufstand, um die Kaffeekanne zu holen.

Der Kaffee war dünn wie Tee und schmeckte nach Hefe. Cato Isaksen nahm sich noch ein Stück trockenen Kuchen.

»Der Kuchen schmeckt Ihnen offenbar. Ja, das freut mich. Das werde ich meiner Tochter erzählen.«

»Sie kennen die Familie also so gut, daß Sie wissen, aus welcher Stadt die Frau stammt?«

Die alte Dame errötete kurz. »Sie dürfen mich nicht für neugierig halten«, sagte sie rasch. »Aber sie hat es mir einmal erzählt, daß sie aus Boston stammt, meine ich.«

»Ist das Haus so hellhörig, daß Sie hören können, ob oben jemand zu Hause ist?«

»Aber sicher«, antwortete die Frau und erhob sich. »Hier, ich gebe Ihnen eine Serviette.« Sie öffnete die oberste Schublade einer großen braunen Kommode und fragte mit dümmlichem Lachen, ob er eine hellgrüne oder eine blaßblaue vorziehe.

Isaksen gab keine Antwort, und die Frau reichte ihm eine blaßblaue. In diesem Moment ging die Türklingel.

»Meine Güte, noch mehr Gäste«, zwitscherte die Frau und lief hin. Die alte Dame hatte sehr dünne Beine.

Sie befahl Roger Høibakk, sich neben seinen Kollegen auf das Sofa zu setzen und holte auch für ihn eine Tasse und einen Teller. Cato zuckte resigniert mit den Schultern und schaute auf die Uhr.
Als die alte Dame wieder zurückkam, fragte er, ob ihr der Ernst der Lage wirklich bewußt sei – schließlich war ihr Nachbar ermordet worden!
Die Frau machte ein sehr ernstes Gesicht. »Sicher«, sagte sie leise. »Das ist entsetzlich.«
»Haben Sie in den letzten zwei bis vier Tagen oben etwas Ungewöhnliches gehört oder gesehen?«
»Nein.« Die Antwort kam wie aus der Pistole geschossen. »Ich weiß ja meistens, was im Haus los ist, aber in den letzten Tagen war hier alles ganz normal.«
»Sind Sie sich da ganz sicher?«
»Natürlich bin ich mir ganz sicher, junger Mann«, antwortete sie mit scharfer Stimme.
»Wir werden natürlich auf Sie zurückkommen, wenn wir den ungefähren Todeszeitpunkt wissen«, sagte Isaksen und gab Høibakk ein Zeichen, seinen Kaffee so schnell wie möglich zu trinken.
»Ja, aber ich habe noch etwas zu erzählen, was vielleicht von Interesse sein könnte.« Sie wollte ihren Besuch offensichtlich noch nicht loswerden. Cato Isaksen fragte sich unwillkürlich, ob sie einfach Gesellschaft brauchte, zog aber seinen kleinen Notizblock wieder aus der Tasche.
Unaufgefordert fing die Frau an zu erzählen. »Das hier ist ein angenehmes Haus. Nur nette Leute.«
Die beiden Fahnder tauschten einen Blick. »Sie glauben also nicht, daß es jemand aus dem Haus war?« fragte Roger Høibakk und trank den letzten Schluck lauwarmen Kaffee.
»Nie im Leben«, schnaubte die Frau. »Und außerdem könnte genausogut sie die Tote sein«, fügte sie hinzu.
»Was wollen Sie damit sagen?«

Die alte Dame war aufgestanden, kehrte den Männern den Rücken zu und machte sich an einigen Ziergegenständen auf der häßlichen braunen Kommode zu schaffen.
Die beiden Fahnder starrten abwartend den gebeugten Rücken der kleinen Frau an. »Die Zwillinge haben immer für mich Tulpen gepflückt.« Sie lachte vor sich hin, setzte sich wieder und streckte ihre dünne Hand nach ihrer Kaffeetasse aus. Sie nahm einen tiefen Schluck Kaffee. Ihre Wangen sahen hohl aus, als sie schluckte. »Ja, Sie wissen schon, die haben sie von den Blumenbeeten vor dem Haus geholt, und das ist ja verboten.« Sie verschränkte die Arme, wiegte sich hin und her und lachte. Isaksen wurde dabei an einen Esel erinnert, das lag an den großen gelben Zähnen und dem schrillen Lachen.
»Warum reden Sie in der Vergangenheit, gnädige Frau?« fragte Roger Høibakk. »Wie lange ist das her?« Er kann, wenn er will, dachte Cato. Der alten Dame gefiel es offenbar, mit gnädige Frau angeredet zu werden.
Sie wurde ernst. »Weil sie ... jetzt blühen doch keine Tulpen mehr, oder doch?« Einen Moment lang sah es aus, als habe diese kleine Bagatelle die plappernde Frau total aus dem Gleichgewicht geworfen.
»Doch, gleich unter Ihrem Küchenfenster steht ein ganzes Regiment von gelben Tulpen. Das habe ich vorhin gesehen.« Roger Høibakk stellte lautlos seine leere Kaffeetasse auf die Untertasse.
»Ach?« Die alte Frau wirkte nervös. Als habe ihr Gespräch mit den beiden Polizisten plötzlich eine andere Wendung genommen.
»Dann habe ich mich sicher geirrt«, sagte sie nervös.
»Wissen Sie, wo Cheryl Therkelsen und die beiden Kinder sich im Moment aufhalten?«
»Nein«, sagte sie rasch, strich einige weiße Haarsträhnen zurück und versuchte, sie wieder in ihren Nackenknoten zu stopfen. Cato Isaksen registrierte, wie hektisch der Blick der alten Dame

plötzlich war. Sie ballte auf ihrem Schoß die Fäuste und schaute auf die Uhr.

»Was wollten Sie damit sagen, daß ebensogut *sie* die Tote hätte sein können?« fragte der Kommissar und steckte den Block wieder in die Tasche.

»Das habe ich doch gar nicht gesagt!« Die Frau stand auf und strich sich über ihr hellblaues Kleid. Ihre Schultern waren krumm, und das betonte noch die runde, gebeugte Form ihres oberen Rückens, sie schien unter ihrem Kleid einen kleinen Rucksack zu tragen. Sie seufzte. »Ich bin jetzt müde«, sagte sie unsicher. »Ich weiß nicht mehr, was ich gesagt oder nicht gesagt habe.«

Isaksen stand auf und sah Høibakk an. »Ich glaube, Sie müssen demnächst zu einem förmlichen Verhör auf die Wache kommen«, sagte er.

»Und dürfte ich wohl um Ihren Namen bitten?« fügte Høibakk hinzu.

»Bergliot Behrens«, antwortete die Frau, deren Gesicht jetzt sehr angespannt wirkte.

»Danke für Ihre Gastfreundschaft«, sagte Isaksen und ging auf den kleinen Flur hinaus.

»Dann ist das abgemacht. Wir teilen Ihnen bald einen Termin mit.« Die Frau schloß eilig hinter ihnen die Tür. Der leise Knall hallte von den Steinwänden wider.

»Komische Alte«, murmelte Roger Høibakk.

Er konnte erzählen, daß auch das Ehepaar von gegenüber keine Ahnung davon hatte, wo Cheryl Therkelsen stecken mochte. Sie hatten am Samstagvormittag die Kinder der Therkelsens gehütet, während die ihre Einkäufe erledigten. Die Eltern hatten sie gegen fünf Uhr wieder abgeholt. Seither hatten sie kein Mitglied der Familie gesehen. Sie hielten es für möglich, daß Cheryl Therkelsen und die Kinder für einige Tage verreist waren. Die Zeitungen waren auf der Fußmatte liegengeblieben. Sie hatten gedacht, auch der Mann sei verreist. Aber niemand hatte sie gebeten, die Post ins Haus zu holen. Die Nachbarn erzählten, daß Therkelsens nur selten Gäste hatten und auch fast nie ausgingen. »In gewisser Hinsicht sind sie uns ein bißchen einsam vorgekommen«, hatte die Mutter des kleinen Jungen erzählt. Der Mann hatte aber offenbar einen Bruder, der irgendwo in der Innenstadt wohnte. Die Frau stammte aus Boston und hatte, soweit die Nachbarin wußte, keine Verwandten in Norwegen.

Der Sechsjährige, der den Toten entdeckt hatte, war von allem dermaßen verängstigt, daß er nicht schlafen konnte.

»Er braucht doch so früh noch nicht zu schlafen?«

»Nein, aber er glaubt, daß er nie wieder schlafen kann. Außerdem hat er sich im Briefschlitz die Hand aufgeschrammt. Das Blut stammt vermutlich von ihm.«

Cato Isaksen bat Roger, festzustellen, ob Cheryl Therkelsen und die Kinder vielleicht ins Ausland gereist waren. Nach Hause, in die USA, das wirkte doch sehr wahrscheinlich. »Danach schickst du jemanden in die Läden und zum Taxenstand hier in der Gegend.«

»Hatten die denn kein Auto?«

»Keine Ahnung«, antwortete Isaksen mürrisch. »Das kannst du gleich auch noch klären.«

Als die Leiche in eine Decke gewickelt und aus dem Haus getragen werden sollte, kam unter dem Toten ein kleiner Zettel zum Vorschein, auf dem stand: *»Denn noch ist es Winter.«*

Ellen Grue hob den Zettel vorsichtig hoch. Sie trug noch immer ihre dünnen Gummihandschuhe.

»Denn noch ist es Winter«, murmelte sie und blickte zu Cato Isaksen hoch, der langsam den Kopf schüttelte.

Die kindliche Handschrift wies darauf hin, daß ein Kind den Zettel geschrieben hatte.

»Hat sicher keine Bedeutung«, sagte Isaksen. »Der Zettel ist wohl beim Handgemenge zwischen Mörder und Opfer von der

Kommode gefallen, aber nehmt ihn sicherheitshalber trotzdem mit.«
»Natürlich«, sagte Ellen Grue und bedachte ihn mit einem scharfen Blick.
Ein Beamter kam angerannt und berichtete keuchend, daß die Boulevardpresse im Hof sei und daß er sie gebeten habe, dort noch zu warten.
»Da kriegt jemand tausend Kronen für den Tip«, Roger Høibakk grinste und fuhr sich durch die Haare, dann ging er nach unten und erzählte der Presse gerade genug, um sie zum Verschwinden zu bewegen.
Cato Isaksen warf einen letzten Blick ins Wohnzimmer. Im grünschwarzen Fernsehschirm sah er sich in der Türöffnung stehen, sah, wie sein Gesicht verschwamm, bis es einer hellen, unkenntlichen Maske ähnelte. Er sah eine gelbe runde Glühbirne, die wie ein leuchtendes Auge unter einem großen, geschmacklosen Lampenschirm hervorlugte.

6

Am selben Abend um 23.00 Uhr saß Cato Isaksen mit Georg im Arm im braunen Sessel. Der Kleine wollte nicht schlafen. Gard und Vetle hatten sich gerade auf die Matratzen im Gästezimmer gelegt. Cato fiel plötzlich ein, daß er vergessen hatte, sich nach Vetles Fußballspiel zu erkundigen, zu fragen, ob seine Mannschaft gewonnen oder verloren habe. Sigrid, die noch immer sauer war, kam aus der Küche. Sie musterte die beiden im Sessel und versuchte, etwas zu empfinden. Eine Art Wärme oder eine Art Ruhe bei dem Anblick von Vater und Sohn, aber das gelang ihr nicht. »Setz dich doch ein bißchen«, sagte Cato und gähnte. Sigrid dachte kurz nach, dann schüttelte sie den Kopf und sagte, sie wolle lieber schlafen gehen.

Cato blieb sitzen und lauschte ihren Geräuschen im Badezimmer. Dem Wasser, das ins Waschbecken floß, den Spritzern im Becken, dem leisen Klatschen ihrer nackten Füße auf dem Fußboden. Sie zog leise die Tür hinter sich zu. Er lächelte sie an. Sie beugte sich über seine Schulter und streichelte Georgs Wange. Danach verschwand sie im Schlafzimmer. Sie erwiderte sein Lächeln nicht. In der Luft hinterließ sie einen schwachen Chlorgeruch.

Georg sah mit ernstem, blankem Blick zu ihm auf, einem Blick, wie ihn nur kleine Kinder haben. »Woran denkst du jetzt?« fragte sein Vater und streckte die Hand nach einem Buch aus, das auf dem Fernseher lag. Es war das »Buch der Fragen« von Edmond Jabès. Er war gerade mit »Diamantenland« von Wilbur Smith fertig. Aber dieses neue Buch, von dem er nicht wußte, woher sie es hatten, war anders. Eine seltsame Mischung von religiöser Philosophie und ausgesprochenen Wahrheiten. *Nach und nach verlierst du deinen Körper. Weil du in die Nacht hineingehst.* Er blätterte ein wenig hin und her und las weiter, während Georgs molliges Babyhändchen genau an seinem Herzen am Hemd seines Vaters zog.

Du bist der Schnee, der im April schmilzt. Ich bin das Fieber. Ich bin die Sonne. Ich hasse das Wasser und die Leichenhemden. In letzter Zeit spürte Cato in sich eine Veränderung. Was ihn verwirrte, war, daß er nicht wußte, worauf diese Veränderung hinauslief. Wenn er in diesem Buch las, hatte er das Gefühl, daß sich die Wahrheiten in ihm zu einem klaren Bild zusammenfügten. Aber danach war er dann nur verwirrter. Er begriff nicht, was mit ihm geschah. Das Gefühl, daß die Schwere, die ihn nach unten zog, für kurze Zeit zu Luftströmungen wurde, die ihn nach oben holen wollten, beunruhigte ihn. Er richtete seinen Blick auf einen Punkt an der Wand. Danach senkte er den Kopf und las weiter. Während er las, schlief das Kind in seinen Armen ein.

Gard lag auf der Matratze. Der dicke Lichtstreifen, der unter der Tür hindurchströmte, lag wie ein helles Band im dunklen Zimmer. Der Vater beugte sich über seinen ältesten Sohn und breitete die Decke, die halb auf den Boden gerutscht war, wieder über ihn. Vetle hatte Dreck an der einen Wange. Der stammte wahrscheinlich noch vom Fußballspiel.

Gard schnarchte leise und gleichmäßig vor sich hin. Cato Isaksen betrachtete den leichten Flaum auf seiner Oberlippe. Der Junge würde im Mai konfirmiert werden. Die Zeit legte ein Bild auf das andere und lief weg. Es machte ihn traurig, an die Zeit zu denken. Das Gefühl von Verrat kam in ihm auf. Er wußte nicht,

ob es von der Zeit oder seiner eigenen Ohnmacht ausgelöst wurde.
Leise verließ er das Zimmer und zog die Tür hinter sich zu. Seine Söhne gehörten auf eine schmerzhafte Weise ins Gästezimmer. Es kam ihm nicht richtig vor. Er fühlte sich ihnen sehr nah, wenn sie schliefen. Die beiden Jungengesichter wirkten so entspannt, es war leichter, mit ihnen umzugehen.
Vorhin, als er neben ihnen gestanden hatte, hatte er versucht, seine Söhne mit Sigrids Augen zu sehen. Als Fremdkörper. In letzter Zeit war ihm langsam bewußt geworden, was er ihnen wirklich angetan hatte. Er stand im Wohnzimmer und dachte nach, während alle anderen schliefen. Alle schliefen. Er mußte auch schlafen. Vor ihm lagen anstrengende Tage. Plötzlich sah er die Leiche in der Wohnung im Trudvangvei vor sich. Ihm grauste vor den Ermittlungen, und er ahnte schon, daß die sehr lange dauern würden.
Er mußte versuchen, etwas in sich selber wiederzufinden, das ihm Ruhe geben, das aus Nächten wie dieser eine ganz normale Nacht machen könnte.
Es kam ihm plötzlich unmöglich vor, in dieser Wohnung zu bleiben. Er bekam keine Luft. Er hörte draußen ein großes Auto vorbeifahren. Er dachte an die Straße und gab sich alle Mühe zu atmen. Die Stille, die das Auto hinterließ, drückte gegen sein Trommelfell.

7

Polizeiadjutant Roger Høibakk kam ins Zimmer geschlendert und ließ sich in den freien Sessel neben Cato Isaksen fallen. Hauptkommissarin Ingeborg Myklebust saß auf der anderen Seite des ovalen Eichentisches. Sie war 48 und fast eins achtzig groß. Eigentlich eine gutaussehende Frau mit vollen, rötlichen Haaren, die an den Haarwurzeln fast unmerklich zu ergrauen begannen. Sie war fast immer elegant und schlicht gekleidet, meistens trug sie Kleider oder Röcke. Cato Isaksen hatte zu ihr eine etwas angespannte Beziehung. Ihre Autorität war in ihm zu einem See geworden. Zu einem wütenden, tiefen See. Ingeborg Myklebust schaute gereizt auf, als Roger sich in den Sessel fallen ließ. »Fünf Minuten zu spät«, bemerkte sie und nahm ihre Brille ab. Roger nickte kurz, was »tut mir leid« bedeuten sollte, und setzte sich etwas weniger bequem.

»Wir fassen jetzt erst einmal alles kurz zusammen«, sagte die Hauptkommissarin, die sich über Rogers übliches Zuspätkommen sichtlich ärgerte. »Ich gehe davon aus, daß ihr schon heute nachmittag mehr zu kauen haben werdet. Der Obduktionsbericht liegt natürlich noch nicht vor«, sagte sie dann mit ihrer formellen Stimme, »aber ich gehe davon aus, daß der Mann aller Wahrscheinlichkeit nach unmittelbar nach dem Stich in den Kehlkopf gestorben ist.« Roger Høibakk nickte bestätigend,

Cato Isaksen unterdrückte ein Gähnen.
»Außerdem sind ihm drei tiefe Stichwunden im Brustbereich zugefügt worden«, sagte die Hauptkommissarin. »Ellen Grue von der Technik hat mir telefonisch mitgeteilt, daß sie die Tatwaffe noch nicht gefunden haben.«
Cato Isaksen nickte zur Bestätigung. »Das stimmt«, sagte er. »Haus, Keller, Dachboden und Hinterhof sowie die Mülltonnen in der nächsten Umgebung sind durchsucht worden. Leider bisher ohne Ergebnis.«
Ingeborg Myklebust nickte ernst. »Die VG hat einen kurzen Artikel über die Sache, zum Glück ohne Namen«, sagte sie. »Die vorläufigen Ergebnisse vom Tatort werden in einigen Tagen vorliegen. Die Kripo bekommt das Material, um die Fingerabdrücke zu überprüfen. Bestenfalls«, sagte sie mit Betonung auf »best«, »haben wir den Bericht in einer guten Woche.«
»Letztes Mal hat es vierzehn Tage gedauert«, entgegnete Cato Isaksen.
»Das weiß ich wohl«, erklärte Ingeborg Myklebust. »Und stimmt es, daß seine Frau noch nicht wieder aufgetaucht ist?«
Cato Isaksen nickte. »Weder die Nachbarin von gegenüber noch Bergliot Behrens, die alte Dame im Erdgeschoß, wissen, wo sie und die beiden Kinder sich befinden. Die Briefe im Briefkasten waren übrigens auch nicht sehr aufschlußreich«, fügte er hinzu. »Sie soll ihr Abonnement irgendeiner Modezeitschrift bezahlen, für ihn gab es den Hinweis auf einen Termin, eine Rechnung und Reklame.«
»Wir kommen nicht viel weiter, solange seine Frau verschwunden bleibt. Habt ihr noch mit anderen Nachbarn gesprochen?« fragte die Hauptkommissarin und machte sich auf einem Block Notizen.
»Ja«, wieder nickte Cato Isaksen. »Roger hat gestern eine Runde durch den ganzen Block gedreht. Offenbar hatte niemand näheren Kontakt zur Familie Therkelsen.« Roger Høibakk fügte hinzu: »Niemand wußte, daß Cheryl Therkelsen verschwunden ist

oder wo sie sich aufhalten kann. Sie hat sich in ihrer Umgebung nie besonders bemerkbar gemacht.«

»Thorsen und Billington waren gestern bei der Computerfirma, wo der Verstorbene gearbeitet hat«, sagte Cato Isaksen. Aber Ingeborg Myklebust hörte nicht zu. Sie sah geistesabwesend aus. Sie erhob sich und zog aus den überfüllten Regalen vor der einen Querwand einen Ordner. An der einen Wade hatte sie eine Laufmasche. Auf ihre energische Weise wirkte diese nicht mehr junge Frau für Cato Isaksen anziehend. Ihre runden Waden erinnerten ihn an Bente.

»Hatten wir nicht vor zwei Monaten einen ähnlichen Fall?« murmelte sie, setzte sich und legte den Ordner vor sich auf den Tisch. Sie schlug ihn auf. »Das ist mir letzte Nacht eingefallen.« Sie lächelte kurz. Sie schaute ihre Kollegen über den Brillenrand hinweg an und blätterte rasch weiter. »In Groruddalen«, sagte sie und zog sich ein Haar aus dem Mund. »Dieser Ausländer, ihr wißt schon, der Pakistani. Bashir Khan. Der mit dem kleinen Laden in der Urtegate.«

Cato Isaksen zeigte durch ein Nicken, daß er sich an den Fall erinnerte. Er begriff allerdings noch nicht, was beide Fälle miteinander zu tun haben sollten.

»Dafür sind Thorsen und Billington zuständig«, sagte er. »Ich glaube, die kommen nicht weiter.«

»Das ist mir bekannt«, sagte Ingeborg Myklebust. »Dieser Khan ist auf dieselbe Weise umgebracht worden wie Therkelsen, durch drei tiefe Messerstiche im Brustbereich. Und danach wurde ihm die Kehle durchgeschnitten. Laut Obduktionsrapport hat es mit den Stichen in die Brust angefangen.«

»Ausländer und Messerstechereien. Das ist nun wirklich keine besonders originelle Kombination«, sagte Roger Høibakk. »Die gehen wohl davon aus, daß es sich um eine interne Auseinandersetzung gehandelt hat?«

Die Hauptkommissarin schüttelte den Kopf. »Sie gehen bisher von gar nichts aus«, sagte sie. »Wir haben noch niemanden verhaftet. Redet mal mit Thorsen und Billington, und vergleicht die beiden Fälle miteinander. Wir sprechen nachher weiter«, endete sie und erhob sich. Als sie schon längst gegangen war, hing noch immer der säuerliche Duft ihres Parfüms in der Luft.

8

Er fuhr aus dem Schlaf hoch, weil sein rechter Arm weh tat. Auch in dieser Nacht, wie schon in der letzten, war er mit dem Kind im Arm eingeschlafen. Einen Moment lang starrte er resigniert das schlafende Kindergesicht an, dann warf er einen Blick auf die Digitaluhr der Stereoanlage. Himmel, er war im Sessel eingeschlafen. Inzwischen war Freitag, er mußte bald los. Und das am besten mit klarem Kopf und jeder Menge Energie. Er stand auf, trug das Kind ins Schlafzimmer und legte es in sein Bettchen. Sigrid atmete unter der rosa Decke des Doppelbettes regelmäßig. Cato rieb sich mit der warmen Hand das Gesicht und schlich ins Gästezimmer. Es war leer. Für einen Moment hatte er diese Nacht mit der letzten verwechselt. Hatte vergessen, daß er am Donnerstagmorgen um sieben Uhr die Jungen zur Bahn gefahren hatte. Der Zug nach Spikkestad fuhr um siebzehn nach. Die Jungen gingen vom Bahnhof Asker direkt zur Schule. Wie ein Eisenklumpen lag ihm das im Bauch, was Gard über seine Konfirmation gesagt hatte. Er hatte es gesagt, als sie sich kurz vor dem Osloer Hauptbahnhof zum Aussteigen bereit machten. »Ich geh' nicht mehr zum Konfirmationsunterricht.« Seine Stimme hatte dabei vor einer Art trotzigem Kummer gebebt. Als habe er seinen Vater damit treffen wollen. Cato Isaksen kam es so vor, als sei nur das die Absicht seines Sohnes gewesen. Aber das war vielleicht nicht richtig von ihm. Als er gefragt hatte, warum, hatte Gard aus dem Autofenster gestarrt und gesagt, er könne den Gedanken an das Fest nicht ertragen.

Im Wohnzimmer war das »Buch der Fragen« auf den Teppich gerutscht und spreizte jetzt seine weißen Seiten. Cato Isaksen hatte ein ambivalentes Verhältnis zu diesem Buch. Wütend hob er es hoch und stellte es zurück ins Bücherregal. Er ging zum Kühlschrank und trank Milch aus dem Karton, dann zog er sich aus und legte sich leise neben Sigrid. Als er die Augen schloß, merkte er, daß er Hunger hatte, und gleichzeitig mußte er an den trockenen Geschmack des scheußlichen Biskuitkuchens denken, den Bergliot Behrens ihm zwei Tage zuvor serviert hatte. Er sah ihre dünnen Hände vor sich, und plötzlich durchlief ihn ein kalter Schauer. Was hatte sie da noch gesagt? Etwas darüber, daß auch *sie,* also die Frau des Toten, jetzt tot sein könnte. Wie hatte sie das eigentlich gemeint?

Er wußte, daß er schlafen mußte, aber die Gedanken wirbelten ihm durch den Kopf. Die Gedanken redeten. Er registrierte sie ganz deutlich. Stimmen, Lügen, Zug, Windeln, Pastor, Kuchen, Bücher, Trauer und Morgen.

9

Am Freitagmorgen fanden sie sich wieder am Tatort ein. Diesmal war Bergliot Behrens viel weniger zuvorkommend. »Ich möchte wirklich in nichts hineingezogen werden.« Ihr Lächeln wirkte falsch. »Ich habe gestern mit meiner Tochter gesprochen, und die sagt, ich sollte an mich denken und mich in nichts hineinziehen lassen. Ich will doch weiter hier wohnen.« Jetzt lächelte sie nicht mehr.

»Was wollen Sie damit sagen?« fragte Cato Isaksen und lehnte höflich ab, als sie ihm wieder Kaffee und Biskuitkuchen anbot. Der bloße Gedanke an den Kuchen vom letzten Mal, der vor Tagen schon alt geworden war, ließ ihn schaudern.

»Können wir uns einen Moment setzen?« fragte Roger Høibakk und fügte rasch hinzu, daß es nur um ein weiteres informelles Verhör ging, um ein Gespräch.

Die schweren weinroten Vorhänge waren sorgfältig vor die Tür zum kleinen Wohnzimmer gezogen worden. »Wenn Sie nichts dagegen haben«, fügte er hinzu und öffnete die Vorhänge dabei langsam. »Wir können Sie natürlich auch zu einem formellen Verhör auf die Wache bestellen, wenn Ihnen das lieber ist, gnädige Frau.« Cato Isaksen mußte sich einfach darüber ärgern, daß Roger Høibakk die alte Frau mit »gnädige Frau« anredete. Er fand, sie habe das auf irgendeine Weise nicht verdient. Er hatte das Gefühl, daß sie sich verstellte

und irgendeine Rolle spielte, die er nicht durchschauen konnte.
Es war deutlich, daß Bergliot Behrens die informelle Variante vorzog. Sie wurde sofort umgänglicher.
Sie setzten sich auf dieselben Plätze wie beim letzten Mal. Das lange, grünliche Sofa war zu weich zum Sitzen. Cato Isaksen ließ seinen Blick auf einem Staubwirbel ruhen, der in der Sonne neben den schweren Samtportieren tanzte. Die Möbel waren alt, aber nicht alt genug, um als Antiquitäten durchzugehen. Das ganze Zimmer wirkte irgendwie abgenutzt. Ein altes Zeitungsbild, das zwei Männer vor einer Palme zeigte, steckte in einem braunen, abgegriffenen Rahmen. Er betrachtete die Gegenstände auf der Kommode. Lauter Tand. Ein Glaslamm mit einer blauen Schleife, eine Porzellanfigur, die eine Frau mit Regenschirm und langem gelben Kleid darstellte, einen Korb mit verwelkten Blumen, die sicher wie getrocknete aussehen sollten. Cato Isaksen musterte auch die alte Dame. Sie sah erschöpft aus. Er hatte plötzlich das vage Gefühl, daß in diesem Wohnzimmer etwas fehlte. Er wußte nicht, was, wenn sein Gefühl überhaupt zutraf. Sein Blick glitt weiter über noch mehr Porzellanfiguren auf dem runden Tischchen neben dem Fernseher. Sie waren von einer dünnen Staubschicht bedeckt. Er sah die Familienbilder an der Wand, die vielen alten Illustrierten im niedrigen Bücherregal. Was hatte Bente noch vor zwei Jahren gesagt, als sie sein Verhältnis zu Sigrid entdeckt und ihn vor die Tür gesetzt hatte? *Du hast keinerlei Intuition,* hatte sie gesagt. *Und ohne Intuition kannst du nicht leben.* Herrgott, wie er sich über diese Worte den Kopf zerbrochen hatte! Jetzt saß er hier auf dem unbequemen Sofa und spürte intuitiv, daß in diesem überfüllten Zimmer etwas fehlte. Bentes Ausdrucksweise hatte ihm damals weh getan. Sie hatte eine fast unnormal große Macht über ihn gehabt. Das war ihm erst später klargeworden. Sigrid behauptete, das die ganze Zeit gewußt zu haben. Er sei von Bente so erfüllt gewesen. Fast, als sei er gar keine eigenständige Per-

son. Das alles war so seltsam, Bente war schließlich alles andere als machtbesessen. Der schwere Alltag hatte ihn fast zerstört. Anfangs war es eine Erleichterung gewesen, alles hinter sich zu lassen, gewissermaßen vor sich selber davonzulaufen, aber jetzt... Die graue Leere war ihm noch nie so bewußt gewesen. Sie brachte ihn vor Angst fast um den Verstand.

Erschöpft ließ er sich auf dem Sofa zurücksinken. Roger Høibakk fragte Bergliot Behrens, ob ihr seit dem letzten Gespräch noch etwas eingefallen sei. Cato Isaksen registrierte, daß die alte Dame energisch den Kopf schüttelte. »Nein«, sagte sie mit ihrer eintönigen dunklen Stimme. »Ich habe nichts mehr zu sagen.«

Ihm fiel es schwer, sich von Bentes Bild zu befreien. Er kam sich überhaupt müde und unkonzentriert vor. Georg und die durchwachten Nächte, Sigrids ständige stumme Anklage. Sein schlechtes Gewissen seinen beiden älteren Söhnen gegenüber. Und Bentes Bild, das immer häufiger störend in ihm auftauchte. Ihr etwas molliger Körper. Ihre Waden, viereckig und unförmig. Ihre weichen Oberschenkel und Oberarme, der Bogen von Schulterblättern und Hals, ihre kurzen blonden Haare über ihrem kräftigen Nacken. Ihr Gesicht, das liebe Gesicht mit den glänzenden feuchten Augen und den dunklen, betonten Augenbrauen und Wimpern.

Cato Isaksen gab sich alle Mühe, diese Gedanken zu verdrängen. Er sah Bergliot Behrens an, die traurig im selben Sessel saß wie beim letzten Mal. Ihr Gesicht erzählte von zu wenig Schlaf. »Was wollten Sie eigentlich damit sagen, daß genausogut *sie*, also Cheryl Therkelsen, tot sein könnte?« fragte er und versuchte, bei der alten Frau Nervosität oder Überraschung festzustellen. »Nichts Besonderes, glaube ich«, sagte die hektisch und fuhr sich mit ihren krallenhaften Händen über die Unterarme. Sie wirkte jämmerlich und eingestaubt, wie sie da so saß. Cato Isaksen tat sie plötzlich leid. Auf ihren Schultern lagen einige graue Haare, ein paar Brotkrümel und etwas Weißes, das wie Salz aussah. »Was wollten Sie damit sagen?« fragte er noch einmal, mit

noch ruhigerer Stimme. Die Frau wandte ihr Gesicht ab. Roger Høibakk seufzte und zog seinen Kamm aus der Hosentasche. Die alte Frau schloß die Augen.
»Ich kann nur sagen, daß er kein sehr netter Mann war. Er hat nicht einmal die Nachbarn gegrüßt, auch mich nicht. Aber ich will nicht mehr darüber reden. Das tut mir nicht gut. Ich kann das nicht. Ich ziehe weg von hier, wenn Sie mich nicht in Ruhe lassen. Und ein Verhör auf der Wache kommt nicht in Frage. Ich habe nichts verbrochen.«

10

Zu der Besprechung am Freitagnachmittag hatte Hauptkommissarin Ingeborg Myklebust neben Cato und Roger auch Stein Billington und Bjørn Thorsen eingeladen. Sie stellte einen blauen, duftenden Becher mit Kaffee vor sich auf den Tisch. Der Dampf verdeckte ihr Gesicht. »Morgen früh bekommen wir einen vorläufigen Bericht von der Technik«, sagte sie optimistisch.

Jetzt sollten die Fahndungsergebnisse des Tages und eventuelle wichtige Details zur Sprache gebracht werden. »Die Frau und die Kinder sind immer noch spurlos verschwunden«, begann Billington und senkte den Kopf. Cato Isaksen starrte seinen kahlen Schädel an.

»Soweit wir feststellen konnten, haben sie das Land nicht verlassen«, sagte Billington dann. »Jedenfalls nicht unter ihrem eigenen Namen. Wir haben uns bei allen Krankenhäusern und in der ganzen Verwandtschaft des Toten erkundigt, alles ohne Erfolg. Cheryl Therkelsen stammt aus Boston in den USA und hat keine Verwandten in Norwegen. In Boston hat in den letzten vierzehn Tagen niemand etwas von ihr gehört. Therkelsens Wagen, ein BMW, steht im Trudvangvei vor dem Haus. Wir versuchen zur Zeit, uns bei den Taxifahrern zu erkundigen, vielleicht weiß irgendwer noch, ob er sie gefahren hat.«

Thorsen und Billington hatten noch einmal den Arbeitsplatz des Toten besucht. Thorsen berichtete weiter:
»Da hat niemand eine Ahnung, wo die Frau stecken könnte. Die sind alle noch total geschockt von dem Mord. Und ihre Betroffenheit kommt mir echt vor. Ihnen ist deutlich anzumerken, daß sie einen guten Kollegen verloren haben. Als der Tote am Montagmorgen nicht zur Arbeit gekommen ist, haben sie sofort versucht, ihn zu Hause anzurufen. Es ist kein großer Betrieb, acht Angestellte, aber es läuft offenbar sehr gut. Das Arbeitszimmer des Toten ist in jeder Hinsicht in Ordnung. Auf seinem Schreibtisch steht ein Bild von seiner Frau und den Kindern in einem großen Ruderboot. Die Kollegen beschreiben den Verstorbenen als fleißigen und tüchtigen Mitarbeiter. Auf einzelne konnte er vielleicht ein wenig hart und arrogant wirken, aber er war ein Stehertyp, der gute Arbeitsergebnisse vorweisen konnte. Er stand übrigens kurz vor der Beförderung.«
»Zu was?« fragte Ingeborg Myklebust und zündete sich eine Zigarette an.
»Zum Abteilungsleiter«, antwortete Polizeiadjutant Bjørn Thorsen und fuhr sich durch seine braunen gewellten Haare. Sein Gesicht wies deutliche Aknenarben aus seiner Teenagerzeit auf.
Roger Høibakk stand auf und öffnete ein Fenster. Ingeborg Myklebust bemerkte das gar nicht, sie fragte: »Hat irgendwer Cheryl Therkelsen gekannt? Ich meine, persönlich?«
»Nur von Weihnachtsfeiern her und so.« Polizeiadjutant Stein Billington ließ einen Bleistift auf dem Tisch hin- und herrollen. »Sie war, oder genauer gesagt, ist, offenbar eine vorzeigbare, muntere und nette Frau, die alle respektieren und mögen. Sie ist sehr stark Ehefrau, wenn du verstehst, was ich meine. Sie nehmen an, das liegt daran, daß sie keine Norwegerin ist.«
»Wie meinst du das?« Ingeborg Myklebusts Stimme wurde fast unmerklich schärfer. Sie legte ihre Zigarette in den Aschen-

becher. Die graue Rauchsäule tanzte zu Cato Isaksens Nasenlöchern hinüber. Sie fuchtelte heftig mit einer Hand.
»Wenn er verreisen mußte, dann hat sie seine Koffer gepackt«, erzählte Billington unbeeindruckt. »Sie hat ihm die Hemden gebügelt. Sie hat ihm immer Butterbrote geschmiert und so.«
»Das kommt heutzutage wirklich nicht mehr häufig vor«, sagte Roger Høibakk, der wieder aufgestanden war, um das Fenster noch weiter aufzureißen. »Der Rauch«, sagte er zur Erklärung und setzte sich wieder neben Cato Isaksen.
»Es hat ja wohl keine Bedeutung für den Fall, daß Cheryl Therkelsen ihrem Mann die Brote geschmiert hat.«
»Für das Ganzheitsbild der Situation ist es wichtig«, sagte Roger Høibakk ironisch.
Ingeborg Myklebust zuckte gereizt mit den Schultern, drückte ihre Zigarette aus und nickte, ein Zeichen dafür, daß Cato Isaksen weiterreden sollte.
Cato Isaksen richtete sich auf und unterdrückte ein Gähnen. »Roger und ich haben noch einmal mit dieser Bergliot Behrens gesprochen, mit der Frau aus der Wohnung unter den Therkelsens. Sie kommt mir ein wenig seltsam vor. Ich werde mich weiter um sie kümmern. Wir haben auch die übrigen Nachbarn verhört, aber Roger möchte sich noch einmal gründlicher mit der Familie von gegenüber befassen, die haben uns auch verständigt.«
»Habt ihr euch noch mal um diesen anderen Fall gekümmert, um den mit dem erstochenen Pakistani?« fragte die Hauptkommissarin.
»Dazu bin ich noch nicht gekommen«, sagte Cato Isaksen und seufzte.
»Bist du jetzt schon müde?« fragte Ingeborg Myklebust und strich sich die Haare hinter ein Ohr. »Welche Verdächtigen hast du, und welche Motive?«
»Keine Ahnung«, antwortete er. »Es kann seine Frau gewesen sein, das wäre nicht unwahrscheinlich, wo sie doch verschwun-

den ist. Es kann irgendwer aus seiner Firma gewesen sein, der Therkelsens Beförderung verhindern wollte, aber das wirkt an den Haaren herbeigezogen. Es kann auch ein Zufall gewesen sein. Irgendwer klingelt an der Tür, sticht ihn nieder, reißt irgendwas an sich, Geld vielleicht. Nein, bisher habe ich keine konkrete Theorie. Wir müssen erst seine Frau haben, hören, was die uns erzählen kann. Wir müssen die konkreten Berichte auf dem Tisch haben, ehe wir uns mit Spekulationen amüsieren können. Und ich möchte Thorsen und Billington bitten, uns bei unserer nächsten Besprechung über ihre Ergebnisse zu informieren, was diesen ermordeten Pakistani angeht.«

»Damit du das alles nicht selber nachlesen mußt, meinst du.« Ingeborg Myklebust lächelte sarkastisch und erhob sich. Cato Isaksen versuchte, das herunterzuschlucken, ohne eine passende Antwort zu geben.

Die Hauptkommissarin musterte einen nach dem anderen. »Heute haben wir noch zwei Vergewaltigungen bekommen, außerdem hat ein älterer Mann vermutlich seine Frau umgebracht«, sagte sie. »Wirklich tragisch.«

»Wir haben mehr als genug«, sagte Cato Isaksen und nickte zu Roger Høibakk hinüber, der abwehrend beide Hände hob. »Eins nach dem anderen«, sagte er abweisend. Wenn Cato Isaksen etwas wie die Pest verabscheute, dann waren das Vergewaltigungsfälle.

»Eins nach dem anderen, ja«, die Hauptkommissarin lachte und öffnete die Tür. »Das wäre wirklich toll.«

11

Bente Isaksen kniete in dem kleinen Garten vor dem Krokusbeet. Den niedrigen Zaun hatte Cato kurz nach ihrem Einzug hier aufgestellt. Die grünen spitzen Tulpenblätter bohrten sich jetzt ihren Weg aus der schwarzen Erde. Bente Isaksen trug Gartenhandschuhe aus kleingeblümtem Stoff. Unter ihren Knien lagen zwei Plastiktüten aus dem Supermarkt. Langsam und vorsichtig, um die Frühlingsblumen nicht zu beschädigen, entfernte sie die Tannenzweige, die sie im Herbst zum Schutz über das Beet gelegt hatte. Sie hatte lange mit dem Gedanken gespielt, ihren Namen wieder anzunehmen, Lind. Wieder Bente Lind zu werden. Sie schnaubte, niemals würde sie wieder Bente Lind sein können, weder mit Namen noch in ihrer Seele. Außerdem wollte sie so heißen wie ihre Söhne. Was immer sie tat, alles kam ihr falsch vor. Sie kam sich vor wie ein auf Abwege geratener Brief. Ein Brief, den niemand las. Mit wem zum Teufel sollte sie denn sprechen?

Bente hatte Cato seit Wochen nicht gesehen und auch so gut wie nicht mit ihm telefoniert. Der Kontakt existierte nur direkt zwischen Gard und Vetle und ihrem Vater. Am letzten Mittwoch hatte eine dieser schmerzlichen, hastigen Begegnungen stattgefunden, die Jungen waren gerade noch rechtzeitig bei ihrem Vater eingetroffen, um ins Bett zu gehen. Um dann am nächsten Morgen früh geweckt und zur Bahn gefahren zu werden. Bente beschloß, mit Cato zu sprechen. Sie wußte nicht so recht, wie sie es sagen sollte, oder wie er es aufnehmen würde, aber sie wollte vorschlagen, diese schrecklich stressigen Besuche am Mittwoch aufzugeben, die ihre Jungen nur noch trauriger und trotziger machten. Sie konnten auch Sigrid nicht leiden. Fanden sie kalt und abweisend, sagten, sie rede fast nicht mit ihnen. Und dann das Baby, das fast nur quengelte und weinte. Die armen Jungen, dachte Bente gereizt und zog so hart an einem Tannenzweig, daß ein Krokus aus der Erde gerissen wurde, und seine kleine gelbe Zwiebel in der Luft baumelte. »Ich hasse dich, Cato«, murmelte Bente Isaksen. Sie war nicht auf das trockene Schluchzen vorbereitet, in das sie nun ausbrach. Sie schleuderte die Zwiebel auf den braungelben Rasen.

Danach saß sie mit einer Tasse Tee am Küchentisch. Vor dem Fenster spielten auf dem Spielplatz ein paar Kinder. Sie dachte daran, wie schön es früher für die Jungen gewesen war, direkt vor dem Küchenfenster einen Spielplatz zu haben. So oft hatte sie hier gesessen und sie durch das Fenster bewundert. Sie hatte irgendwo gelesen, daß Mütter zu ihren Söhnen eine ganz besondere Beziehung entwickeln können. Sie hätte für ihre sterben können. Was Cato gemacht hatte, war unverzeihlich. Was sie jetzt in den Gesichtern der Jungen las, war Verzweiflung, Enttäuschung und Bitterkeit. Sie hatte Angst vor dem, was die Jungen anstellen könnten. Gard spielte jetzt nicht mehr Fußball. Er behauptete, keine Lust mehr zu haben. Manchmal schien er einfach zu verschwinden, wenn er abends vor dem Fernseher herumlungerte. Sie glaubte nicht, daß er sah oder hörte, was auf dem Bildschirm vor sich ging. Und dann konnte er plötzlich aufspringen und seine Jacke überstreifen. Und verschwinden, ohne auch nur »bis nachher« zu sagen.

Bente mußte zum Abenddienst ins Pflegeheim. Die Jungen schliefen also wieder allein. Erst am nächsten Wochenende würden sie Cato wieder besuchen. Jedes zweite Wochenende, und jeden Mittwoch. Bente seufzte. Bisher war es gutgegangen, die Jungen nachts allein zu lassen. Sie mußte ab und zu eine zusätzliche Schicht einlegen, um mit dem Geld auszukommen. Sie wußte nicht so recht, was Gard machte, ob er sich Besuch ins Haus holte, und wenn ja, wen. Aber sie verließ sich darauf, daß er seinen Bruder nicht allein ließ.

Wenn sie die alten Menschen ansah, fühlte sie sich seit einiger Zeit zu deren hohem Alter hingezogen. Obwohl sie alle Rechte auf dieser Welt eingebüßt hatten. Sie gehörten nicht einmal mehr sich selber. Sie mußten zu einer bestimmten Uhrzeit schlafen gehen und dann zu einer bestimmten Zeit wieder aufstehen. Sie mußten essen, was ihnen vorgesetzt wurde, und sie durften nicht rauchen oder trinken. Durften nicht lieben oder verreisen. Sie hatte ihnen nicht viel zu sagen. Ab und zu empfand sie Unbehagen, wenn sie die vertrockneten Gesichter sah, die Runzeln, wenn sie sie roch. Wenn sie sah, wie der Tod mit ihnen zu flirten schien. Aber in letzter Zeit hatte Bente gemerkt, daß sie sich von diesem hohen Alter angezogen fühlte. Wie gut, zu wissen, daß man irgendwann in der Zukunft aufgeben, allem seinen Lauf lassen könnte.

Bente Isaksen stand auf und spülte ihre Tasse aus. Auf dem Küchentisch lag eine Illustrierte mit dem Bild einer Farbigen in rotem Hosenanzug. Sie schaltete das Radio ein, und eine Stimme sagte: »...die dunklen Tage lieben, die dampfenden Hügel...« Gleichzeitig fing das Telefon an zu klingeln.

12

Vor und hinter dem Wort steht das Zeichen, und im Zeichen liegt der Leerraum, in dem wir wachsen. Wie eine Wunde ist auch nur das Zeichen sichtbar. Aber das Auge lügt. Diese Stelle aus dem Buch fiel Cato Isaksen spontan ein, als er am Samstagmorgen die Fotos der nackten Leiche betrachtete. Roger Høibakk kam mit hektischen roten Flecken im Gesicht in sein Büro gerannt, seine schwarzen Haare lagen auf einer Seite ausnahmsweise einmal nicht glatt gekämmt. Er hielt einen Ordner in der Hand. »Erinnerst du dich an den Zettel, den wir unter der Leiche gefunden haben? Auf dem stand: *Denn noch ist es Winter*?«

Cato Isaksen nickte und schaute von den Unterlagen hoch, in denen er gerade herumblätterte. »Ja«, sagte er abwartend. Er sah Roger Høibakk nur selten dermaßen auf Hochtouren. »Genauso ein Zettel lag auch unter der anderen Leiche.«

»Unter welcher anderen Leiche?«

»Dem Pakistani, der, von dem Myklebust gesprochen hat.«

Cato Isaksen ließ sich im Sessel zurücksinken und schlug die Arme übereinander. Er blickte interessiert zu Roger Høibakk hoch, und der seinerseits starrte ihn an und zuckte auf französische Weise demonstrativ mit den Schultern. Høibakks Mutter war Französin, übrigens eine sehr attraktive Frau. Cato war ihr einmal begegnet. Sie war bei Rogers Geburt erst neunzehn gewesen.

»Das muß doch derselbe Mörder gewesen sein.«
»Seltsamer Zufall«, sagte Cato Isaksen.
Roger Høibakk schüttelte den Kopf. »Das kann kein Zufall sein.«
Cato Isaksen betrachtete den kleinen Stapel aus Papieren und Fotos, der vor ihm lag. »Die Leiche hat auf der Innenseite des Oberarms einen tiefen Biß«, sagte er. »Irgendwer hat sich einen Bissen von seinem Arm geschnappt. Sieh mal.« Er zog zwei Farbfotos hervor. Eins zeigte den Oberarm des ermordeten Svend Therkelsen. Roger Høibakk nahm das Bild und starrte das groteske Foto voller Abscheu an. »O verdammt!« sagte er und warf das Foto zu Cato zurück. Cato konnte es gerade noch schnappen, ehe es zu Boden fiel.
»Im Bericht steht etwas von deutlichen Zahnabdrücken.«
Roger mußte einfach immer weiter kurze Blicke auf dieses Foto werfen. Weiße Haut, ein dunkles, braunes Loch, ein Biß mit blauen und braunen Rändern.
»Meinst du, daß der Mörder den Mann erstochen hat, um ihn danach auszuziehen, ihm in den Arm zu beißen und ihn dann wieder anzuziehen?« Roger setzte sich auf den Stuhl auf der anderen Schreibtischseite »oder war der Mann nackt, als er ermordet worden ist?«
Cato Isaksen schüttelte den Kopf. »Der Biß ist ihm ein oder zwei Tage vor dem Mord verpaßt worden. Bei seinem Tod war er demnach nicht nackt.«
»Wirklich populär, der Knabe.« Roger Høibakk schüttelte den Kopf. »Und seine Frau?«
Cato Isaksen gab keine Antwort.
Roger Høibakk warf einen Ordner vor Cato auf den Tisch. »Hier, das ist der ungeklärte Mordfall in Groruddalen – hier steht, daß unter der Leiche des siebenundvierzigjährigen Pakistanis Bashir Khan, der am 2. Januar dieses Jahres ermordet und noch am selben Tag von Freunden gefunden wurde, ein Zettel lag, auf dem stand: *Schlaf du ruhig, mein Blümelein.*« Ruhig

schlug Roger Høibakk den Ordner auf, lehnte sich lächelnd zurück und zog zerstreut den Kamm aus der Hosentasche. Beim Reden zog er sich den Kamm durch die Haare und steckte ihn dann wieder weg. Cato Isaksen dachte, wenn später irgendwer Roger fragen sollte, ob er innerhalb der letzten Stunde seinen Kamm benutzt habe, dann würde er das vermutlich verneinen. Sich zu kämmen war für ihn eine Reflexhandlung geworden, die er ganz automatisch durchführte und die einen irritierenden Teil seiner Persönlichkeit ausmachte.

»Ist das dieselbe Schrift?« Cato Isaksen nahm den Ordner, den Roger ihm reichte. Er starrte die Abbildung des Zettels mit der kindlichen Bleistiftschrift an: *Schlaf du ruhig, mein Blümelein.* Es gab, so der Bericht, auf dem Zettel keinen einzigen Fingerabdruck. Und nun mußte er an das Zitat denken. *Wie eine Wunde ist nur das Zeichen sichtbar.* Eine Wunde und ein Zeichen. »Das sieht nach derselben Schrift aus, verdammt«, sagte Cato Isaksen und schlug ganz sanft mit der Faust auf den Tisch.

»Dieser Pakistani hatte doch sicher Kinder? Eins von denen kann den Zettel doch geschrieben haben.« Roger Høibakk zuckte mit den Schultern und korrigierte sich gleich wieder. »Nein, vermutlich nicht.«

»Und wie hätten die Kinder des Pakistani den anderen Zettel schreiben sollen, den wir unter Therkelsen gefunden haben?« Cato Isaksen suchte in seinen Papieren nach dem Foto des zweiten Zettels. Des Zettels, der unter der Leiche von Svend Ivar Therkelsen gelegen hatte. Er sah sofort, daß es sich um dieselbe Schrift handelte.

Damit nahm der Fall einen völlig anderen Charakter an, und Cato Isaksen benachrichtigte umgehend Hauptkommissarin Ingeborg Myklebust, Thorsen und Billington und bat sie zu einer Eilbesprechung. Als sie durch den Flur zum Besprechungszimmer gingen, erzählte Roger Høibakk mit einem unergründlichen Lächeln, daß er am Vorabend Pia Halvorsen zu einem Bier eingeladen habe. Cato Isaksen schüttelte gleichgültig den Kopf und warf einen Blick aus dem Fenster. Der blaue Himmel ekelte ihn an.

Zum Glück waren die drei anderen alle im Haus. Sie warteten offenbar voller Spannung auf Isaksens neueste Erkenntnisse.

Cato Isaksen und Roger Høibakk berichteten kurz von der Wende, die der Fall genommen hatte.

»Als erstes müssen wir den Zusammenhang finden, glaube ich«, sagte Ingeborg Myklebust eifrig und blickte ihre vier Kollegen an. Sie zupfte ihren roten Blusenkragen zurecht und streckte die Hand nach der Packung Prince Mild aus. »Ich bin froh, daß wir die beiden Fälle so schnell in Verbindung gebracht haben«, sagte sie lobend. »Jetzt müssen wir sehen, daß wir weiterkommen. Hat einer von euch sich über frühere Messermorde erkundigt, gibt es vielleicht noch mehr von der Sorte?«

Billington schüttelte den Kopf. »Das sind die beiden einzigen«, sagte er.

»Und was ist zum Beispiel mit Prostitution? Ich habe keine Anhaltspunkte, aber kann es irgendwas in dieser Szene sein?« Ingeborg Myklebust beugte sich eifrig über den Tisch.

»Wenn du jetzt einfach so Prostitution ins Spiel bringst, dann enden wir doch mit vagen Spekulationen. Wir können es auch mit Drogen, Falschmünzerei oder sonstwas zu tun haben.« Cato Isaksen empfand es als eine Befreiung, seine Vorgesetzte zurechtweisen zu können.

»War nur so eine Idee«, sagte Myklebust. »Das ist eine Theorie, ein Ausgangspunkt, einfach Intuition.«

»Intuition«, Cato Isaksen schnaubte. »Verschon uns mit diesem Frauenkram.«

Ingeborg Myklebust bedachte ihn mit einem scharfen Blick. Aber in diesem Blick lag noch mehr. Es war deutlich, daß er sie verletzt hatte.

»Therkelsens Frau muß erst auftauchen, ehe wir überhaupt etwas annehmen können«, sagte Bjørn Thorsen ruhig und fuhr mit seinem Finger an der Tischkante entlang.

Die Hauptkommissarin zog ausgiebig an ihrer Zigarette und drückte die lange Kippe dann im Aschenbecher aus. »Natürlich«, sagte sie ruhig, »wenn sie bis Mittwoch nicht aufgetaucht ist, müssen wir öffentlich nach ihr suchen lassen.«
»Es muß doch einen Zusammenhang zwischen beiden Morden geben«, sagte Roger Høibakk.
»Was ist mit einer Prostituierten?« Ingeborg Myklebust ließ nicht locker.
Cato Isaksen verzog den Mund zu einem ironischen Lächeln. »Eine Frau. Drei tiefe Messerstiche und dann die Kehle aufgeschlitzt.« Er schien das nicht für möglich zu halten.
Roger Høibakk stand auf und ging zum Fenster. Er lehnte sich daran und verschränkte die Arme. »Diese Wuornes – wie viele hat die noch um die Ecke gebracht?«
»Sieben«, antwortete Ingeborg Myklebust. »Sieben Männer.«
»Das war in den USA, und außerdem hat sie sie erschossen«, sagte Cato Isaksen. »Den Opfern eine Kugel in den Leib zu jagen, ist etwas anderes, als sie so wie hier zu massakrieren.« Er durchwühlte seine Papiere. »Nein, Leute, halten wir uns lieber an die Tatsachen. Wir müssen einen gemeinsamen Nenner finden. Theorien sind gut und schön, aber wir dürfen nicht zuviel Zeit an Details verschwenden, solange wir nicht genauer wissen, was hier los ist.«
»Schlaf du ruhig, mein Blümelein. Denn noch ist es Winter.« Roger Høibakk rieb sich die Augen und gähnte.
»Klingt reizend.« Er grinste. »Entschuldigung, ich war gestern eine Runde aus«, sagte er geheimnisvoll.
»Hört sich fast an wie ein Gedicht«, meinte Stein Billington. »Habt ihr das schon mal gehört?«
Aber niemand kannte diese beiden Zeilen.
»Dieser Biß«, sagte Ingeborg Myklebust. »Wer kann diesen Mann in den Arm gebissen haben? – Der Mörder«, antwortete sie sich dann selber leise.
»Ist der Pakistani auch von irgendwem angeknabbert worden?«

Roger Høibakk blickte zu Thorsen und Billington hinüber, aber die lächelten und schüttelten den Kopf. »Nein«, antworteten sie wie aus einem Munde und erzählten dann mehr über den Grorudfall. Eine verzwickte Angelegenheit. Alle gaben sich gegenseitig Alibis, und niemand hatte auch nur das geringste gehört oder gesehen. Im Trudvangvei war es ähnlich. Niemand hatte etwas gesehen, niemand hatte etwas gehört. Niemand wußte etwas.

13

Der Pakistani Bashir Khan war am 2. Januar in seiner Wohnung in der Satellitenstadt Grorud ermordet und am selben Nachmittag von seinem Bruder Hussain Khan und dem Algerier Ahmed Nabil, einem Freund der Familie, aufgefunden worden. Khans Frau Sonya und die drei jüngsten Töchter Sara, Leila und Lubna hatten im Nachbarblock den Bruder Hussain und dessen Frau besucht. Der sechzehnjährige Sohn Kerim war bei einem Freund gewesen. Die älteste Tochter, Fatima, war nicht im Lande, sie war schon Anfang Dezember zu den Großeltern nach Pakistan geschickt worden – offenbar nach einigen Auseinandersetzungen mit ihrem Vater. Die Ursache konnte man sich ja denken. Die Tochter war im heiratsfähigen Alter, an die achtzehn, sie war aber eher Norwegerin als Pakistani, und außerdem war sie sehr hübsch.

Bashir Khan war im selben Zustand vorgefunden worden wie Svend Ivar Therkelsen. Die Fotos vom Tatort erzählten eine grauenhafte Geschichte. Der Mann war durch drei tiefe Messerstiche getötet worden, und auch ihm hatte der Mörder danach die Kehle aufgeschlitzt. Er hatte enorm viel Blut verloren. Die Messerstiche hatten lebenswichtige Organe verletzt, aber die Halswunde war die eigentliche Todesursache. Der Kollege Bjørn Thorsen faßte den Fall kurz zusammen.

Die Fotos vom Tatort wurden am Tisch, an dem Thorsen, Billington, Høibakk und Isaksen zusammensaßen, herumgereicht.
»Und unter dem Toten lag eben dieser Zettel mit der Zeile *Schlaf du ruhig, mein Blümelein*«, sagte Bjørn Thorsen und blickte zum eifrig Notizen machenden Cato Isaksen hinüber. Die beiden waren ungefähr im selben Alter, sahen sich jedoch nicht weiter ähnlich. Thorsen war einen guten Kopf größer als Isaksen, seine braunen Haare und die unreine Haut gaben ihm eine strenge, fast südländische Prägung. Die kräftigen Augenbrauen betonten diesen Eindruck nur noch.
»Die Familie hat in der Urtegate einen kleinen Lebensmittelladen«, sagte er und blickte den Fahndungsleiter an. »Seit dem Tod von Bashir Khan kümmern sich sein Bruder Hussain und Bashirs Sohn Kerim, Kim genannt, um den Betrieb.«
»Wie alt ist dieser Kim?«
»Siebzehn.«
»Geht er nicht zur Schule?«
»Hat gleich nach dem Tod seines Vaters damit aufgehört, um im Laden helfen zu können. Es scheint für ihn kein großes Opfer gewesen zu sein, die Schule hinzuschmeißen.«
»Und der Bruder?«
»Der Bruder hat bisher Sozialhilfe bekommen, aber auch vorher schon im Laden ausgeholfen. Der Freund Ahmed putzt U-Bahn-Wagen. Und alle wohnen sie in Grorud. Hussain und Ahmed im selben Block, Bashir und seine Familie im Nachbarhaus. Es ist schwer zu sagen, was da eigentlich passiert ist. Die Familie scheint irgendwie überhaupt kein Interesse zu haben, daß wir in der Sache Ermittlungen anstellen. Dieses Gefühl habe ich jedenfalls die ganze Zeit gehabt. Alle haben ein Alibi, sie waren den ganzen Tag zusammen. Der Sohn hat einen Freund besucht. Wir haben mit dem Freund gesprochen.« Bjørn Thorsen blätterte rasch in seinen Papieren. »Hassan Malik, er hat das bestätigt. Aber ich weiß nicht

so recht, ob ich von diesem Alibi überzeugt bin«, fügte er hinzu.
»Habt ihr sie allesamt zum Verhör geholt?« fragte Roger Høibakk.
»Allesamt. Mehrmals. Bashirs Frau spricht kein Norwegisch, deshalb war ein Dolmetscher dabei.«
»Und kommt euch irgendwer besonders auffällig vor?«
»Der Bruder und der Freund«, antwortete Thorsen, fügte jedoch hinzu: »Andererseits hatte der Tote jede Menge Feinde. Wenn sein Bruder, Freund und Sohn es nicht waren, dann gibt es noch genügend andere, mit denen er sich nicht verstanden hat. Vor allem der Mann in der Wohnung unter Bashirs. Das scheint ein Fall von gegenseitigem Haß gewesen zu sein. Problematisch ist nur, daß es eigentlich kein Motiv gibt. Niemand hat wirklich etwas davon, daß er tot ist. Es ist schwer, bei Familienkonflikten in Einwandererfamilien durchzublicken. Das wissen wir ja schon. Wir haben keine Spur, keine Fingerabdrücke, keine Fußspuren, keine Textilfasern, kein Stück Haut und kein Haar, außer eben von der Leiche.«
»Die Fingerabdrücke in der Wohnung stammen von den Familienmitgliedern«, warf Stein Billington dazwischen. »Diesen Mord hat wirklich eine sehr reinliche Person begangen.«
»Wie sieht es denn mit Zeugen aus? Den Nachbarn?«
»Nichts«, Stein Billington seufzte resigniert. »Nichts gesehen, nichts gehört, wie man so sagt.«
Cato Isaksen stand auf und öffnete ein Fenster. Die milde, feuchte Luft reinigte sofort die Luft im Zimmer.
»Der Bruder kann es gewesen sein, mit oder ohne die Hilfe des Freundes«, sagte nun Billington. »Der Bruder scheint jetzt den Laden übernommen zu haben. Übrigens haben wir herausgefunden, daß er einmal mit der Sozialhilfe gepfuscht hat. Hat die von Bashir abgeholt, während der in Pakistan war. – Vor einigen Jahren waren die Brüder insgesamt fast ein Jahr in Pakistan, niemals aber gleichzeitig. Sie scheinen sich gegenseitig abgelöst zu

haben, und jeder hat für den anderen die Sozialhilfe abgeholt.« Bjørn Thorsen seufzte und fuhr sich durch die welligen Haare. »Der Nachbar aus der unteren Wohnung hat sich mehrmals bei der Hausverwaltung darüber beklagt, daß die Kinder noch spätnachts herumlärmen. Er hat außerdem erfolglos versucht, seine Wohnung zu verkaufen. Er glaubt, daran sei Familie Khan schuld, weil es im Treppenhaus so stark nach Essen und Gewürzen riecht, und weil es seiner Aussage nach einen Höllenlärm machte, wenn die Kinder im Haus hin- und herrennen.«

»Und das machen sie angeblich so ungefähr rund um die Uhr«, fügte Billington hinzu.

»Er heißt ... mal sehen.« Thorsen blätterte in seinen Papieren. »Karlsen. Per Allan Karlsen. Er ist sogar zur Zeitung gegangen mit seinen Klagen.«

»Und die haben das sicher gern gedruckt, aber haben wir deshalb Grund zu der Annahme, daß er den Burschen auch erstochen hat?« Cato Isaksen nahm sich einen Apfel aus der Keramikschale.

»Im Grunde nicht, aber wer weiß«, sagte Bjørn Thorsen. »Der Ausländerhaß ist ja nicht gerade im Rückgang begriffen. Ich wundere mich oft, daß nicht viel mehr Morde begangen werden.«

»Aber diese verdammten Zettel, die bringen uns doch alles durcheinander! Das kann doch wirklich kein Zufall sein. Die Zettel sind in derselben Schrift beschrieben!« Roger Høibakk folgte Catos Beispiel und nahm sich ebenfalls einen Apfel.

Cato Isaksen stand in dem Moment auf, als Ingeborg Myklebust die Tür öffnete.

»Na«, sagte sie und legte einen Stapel Papiere auf den Tisch. »Ihr habt doch im Moment auch noch einen anderen Fall, nicht wahr?« Bjørn Thorsen und Stein Billington nickten. »Die unbekannte Leiche, die aus dem Sognsvann gefischt worden ist«, sagte Thorsen und fügte gereizt hinzu, daß sie außerdem noch die beiden Vergewaltigungen am Akerselv hatten.

Ingeborg Myklebust setzte ihre Lesebrille auf und sah die Papiere durch, die vor ihr auf dem Tisch lagen. »Habt ihr schon vorläufige technische Ergebnisse, was den letzten Mord angeht?«
»Nein«, sagte Cato Isaksen. Ihn plagte plötzlich der Hunger, der in seinem Gedärm herumnagte wie eine Ratte, obwohl er doch geradc erst einen Apfel gegessen hatte.
Die Hauptkommissarin setzte die Brille wieder ab. Sie hielt sie in der Hand und ließ ihren Blick besorgt von einem Fahnder zum anderen wandern. Bei Cato Isaksen hielt sie inne.
»Ich glaube, du übernimmst zusammen mit Høibakk den Pakistanimord und suchst nach Verbindungen zum Fall Therkelsen. Stellt fest, ob die beiden sich gekannt haben.«
Dann ließ sie ihren Blick zu Thorsen und Billington weiter wandern. »Ihr«, sagte sie, »kümmert euch heute um die beiden anderen Fälle. Ich werde versuchen, euch freistellen zu lassen. Es liegt ja auf der Hand, daß wir es mit einem großen Fall zu tun haben. Ich werde sofort ein Hilfsteam einsetzen, das euch Systematisierung und Speichern von Informationen abnimmt.« Sie nickte Cato Isaksen kurz zu, und der erwiderte ihr Nicken. Was erwartete sie wohl von ihm, Dankbarkeit?
Sie war schon auf dem Weg zur Tür, wandte sich dann aber um. »Ist dieser Therkelsen eigentlich schon identifiziert worden?«
»Sein Bruder hat das gestern gemacht.« Cato Isaksen zielte auf den Papierkorb und traf mit seinem Kerngehäuse voll ins Schwarze. Roger Høibakk tat es ihm nach, hatte aber weniger Glück.
Cato Isaksen gähnte heftig, die anderen lachten über Rogers Patzer.
»Hast du wieder schlecht geschlafen?« fragte Ingeborg Myklebust.
Er schüttelte den Kopf.
»Schläft dein Sohn noch immer nicht?«
»Geht jetzt besser«, antwortete er kurz. Er fand sie unverschämt. Er fühlte sich gedemütigt, wenn sie immer wieder auf diese

negative Weise auf der Tatsache herumritt, daß er ein kleines Kind hatte. Es kam ihm vor wie umgekehrtes Herumhacken auf Feministinnen. Und die Sache ging sie doch überhaupt nichts an. Er litt unter der Macht, die sie über ihn hatte. Sie erinnerte ihn an irgend etwas, aber er wußte nicht, an was. Es hatte mit Angst und Sehnsucht zu tun.

»Wir wollen hier doch nicht persönlich werden«, sagte er verbissen, erhob sich, raffte seine Papiere zusammen und ging ruhig an der Hauptkommissarin vorbei aus dem Zimmer.

»Ich bin noch nicht fertig«, rief Ingeborg Myklebust hinter ihm her.

»Aber ich!« sagte Cato Isaksen und steuerte die Kantine an. Während er durch den Flur ging, wirbelten ihm die Gedanken durchs Gehirn. In seinem Zwerchfell saßen Ärger und Demütigung wie zwei wütende Tiere. Der Text auf den beiden weißen Zetteln tanzte vor seinen Augen.

14 Sigrid verpaßte dem Kleinen eine trockene Windel und legte ihn im Laufställchen auf den Rücken. Der Junge lächelte, schnappte sich ein Gummispielzeug und lutschte daran herum. Sigrid warf die benutzte Windel in den Abfalleimer unter dem Waschbecken. Danach wusch sie sich sorgfältig die Hände und öffnete den Kühlschrank. Es war Samstagnachmittag. Cato hatte angerufen, um zu sagen, daß er wohl in zwei Stunden Feierabend machen könne. Sie nahm das Hähnchen, die Packung mit tiefgefrorenen Garnelen, die Büchse mit Ananas, das Netz mit Schalotten, die Tüte Erdnüsse und die Sojasoße heraus. Dann suchte sie im Küchenschrank nach der Packung Basmati-Reis und Uncle Ben's süßsaurer Soße.

Als Cato anderthalb Stunden später nach Hause kam, duftete es bis ins Treppenhaus. Ihm lief das Wasser im Munde zusammen, als er die Tür aufschloß.

»Das riecht aber gut.« Er lächelte und streifte seine Schuhe ab.

»Ich habe uns etwas Leckeres gekocht, und Georg war den ganzen Tag brav. Ich glaube, er wird jetzt langsam pflegeleichter«, sagte Sigrid und sah ihren Mitbewohner an. »War's ein anstrengender Tag?«

Er nickte und warf einen Blick auf sein müdes Spiegelbild.

»Wir machen einen Wein auf«, sagte Sigrid, ging an ihm vorbei

ins Wohnzimmer, öffnete die Kommode und bückte sich nach einer Rotweinflasche.
Cato sah ihr zu. Ihr Rückgrat zeichnete sich unter der dünnen graublauen Bluse ab. Ihre Nackenhaut war milchweiß. Er wußte nicht so recht, warum, aber jedenfalls hatte er ihr gegenüber immer auf irgendeine Art ein schlechtes Gewissen. Als habe er sie in eine Situation gelockt, die sie nicht verdient hatte. Als habe er ihr einen nicht mehr jungen, langweiligen Polizisten mit einer zweiten Familie in petto aufgehalst. Einen Mann, der nicht einmal so genau wußte, was er für sie empfand. Die Geburt hatte sie fast umgebracht, und das Kind hatte von Anfang an unregelmäßig geschlafen. Weil es ihr so starke Schmerzen verursachte, das Kind zu tragen, mußte sie zweimal die Woche schwimmen gehen. Und er konnte sie nur selten entlasten. Im Morddezernat der Osloer Polizei wurde eben nicht um sechzehn Uhr Feierabend gemacht.
Beim Essen sah Sigrid ihn an. Sie hatte im Gesicht und auf den Händen leichte Sommersprossen. »Ich dachte, wir könnten an einem Wochenende mal zur Hütte fahren, wir waren doch im Herbst zuletzt dort.«
Cato seufzte tief. »Ich kann nur schwer freimachen, solange der Fall nicht aufgeklärt ist«, sagte er. Er mochte das alte Ferienhaus nicht, das mitten im dunklen Tannenwald lag. Er fand, daß es in den beiden Schlafzimmern nach Schimmel roch.
Sie seufzte unhörbar. Riß sich dann deutlich zusammen, um ihm keine saure Bemerkung aufzutischen. »Und wie läuft die Sache?« fragte sie und füllte noch einmal sein Glas.
»Ich weiß nicht, was ich sagen soll.« Cato Isaksen nahm sich noch ein Stück Fleisch. »Es sind neue Aspekte dazugekommen.«
»Ach.« Sigrid stand auf und schloß die Tür zum Wohnzimmer. Georg war auf dem Rücken im Laufställchen eingeschlafen. Er sah aus wie eine Puppe, wie er so mit neben dem Kopf ausgestreckten Armen dalag.

»Aber ist das nicht gut – ich meine, die neuen Aspekte? Bringt euch das denn nicht weiter?«
Er zuckte müde mit den Schultern. »Ich weiß nicht. Wir haben zwei Zettel gefunden, unter zwei verschiedenen Leichen, an zwei verschiedenen Stellen in Oslo. Mit derselben Schrift und ohne Fingerabdrücke.«
»Klingt seltsam«, sagte Sigrid und fing an, den Tisch abzuräumen. »Und was stand auf diesen Zetteln?«
»Auf einem stand *Schlaf du ruhig, mein Blümelein,* und auf dem anderen *Denn noch ist es Winter.*«
»*Und noch schlafen Feld und Wald, Rosen, Hyazinthen*«, fügte Sigrid hinzu und öffnete die Schranktür, um die Hähnchenreste in den Mülleimer zu werfen.
Cato Isaksen sprang auf und stieß dabei mit der Hüfte gegen die Tischkante. »Kennst du das? Ist das ein Gedicht oder ein Lied oder was?«
»Ein Lied.« Sigrid schaute sich überrascht um. »Ein ganz normales Kinderlied. Ich habe es ab und zu Georg vorgesungen, weißt du das nicht mehr?«
Cato Isaksen lief aufgeregt ins Wohnzimmer. »Ich setze Kaffeewasser auf«, rief Sigrid hinter ihm her. »Und du kannst vielleicht Georg wecken, sonst gibt er die ganze Nacht keine Ruhe.«
Cato Isaksen beugte sich über das Laufställchen und hob das schwere, schlafende, von der Wärme feuchte Kind hoch. Georgs Kinn kippte ihm auf die Schulter. Zerstreut ging Cato mit ihm ans Fenster. Tief unten sah er ein paar Mädchen von vielleicht zehn oder zwölf Jahren beim Seilspringen. *Denn noch schlafen Feld und Wald, Rosen, Hyazinthen.* Ein Kinderlied. Cato Isaksen hatte dieses Lied noch nie gehört, kannte auch die Melodie nicht. Aber das spielte keine Rolle. Die Zettel unter der Leiche waren ein Zeichen. Und es war seine Aufgabe, dieses Zeichen zu deuten.
Georg war den ganzen Abend lang lieb und munter. Als er endlich eingeschlafen war, sahen sie sich einen Fernsehfilm an. Dann gingen sie ins Bett und liebten sich.

15

Der Liebesakt mit Sigrid hat etwas Trauriges an sich: Sie ist ein hilfloses, mageres Vögelchen. Es gibt so vieles, was er nicht darf. Er darf zum Beispiel nicht an ihren Brüsten lecken oder lutschen. Dann schiebt sie ihre dünnen sommersprossigen Hände zwischen die Brustwarzen und seinen Mund. »Bitte, du weißt doch, ich kann das nicht vertragen, solange ich Georg noch stille.«
»Aber du stillst ihn doch gar nicht mehr?«
»Ab und zu doch«, sagt sie und wendet sich halb von ihm ab.
Er dreht sie vorsichtig wieder zurück, und sie lächelt ein wenig. Er hat festgestellt, daß sie ganz geruchlos ist, und das verwirrt Cato mehr und mehr. Wenn er sie küßt, zieht sie ihre Zunge zurück, und er muß bei diesem trockenen Kuß danach suchen. Ihre Schultern und ihre spitzen Kniescheiben erinnern ihn daran, daß etwas fehlt. Früher war sie nicht so.
Danach schläft sie immer wortlos ein, und Cato liegt wach und starrt in die kühle Frühlingsluft. Er hört Geräusche durch den Fensterspalt sickern. Autos, die kommen und verschwinden, Schritte, die widerhallen, die am Beton Echos werfen. Das Schweigen der Nacht drückt sich die Wände des grauen Steinhauses hoch.
Nach einer Weile steht er auf und geht ins Wohnzimmer. Gedanken wirbeln durch seinen Kopf. Er findet das *Buch der*

Fragen hinter einem Stapel von Illustrierten. Er setzt sich in den Sessel und schlägt aufs Geratewohl Seite 189 auf. Bei diesem Buch ist es immer dasselbe, egal, welche Seite er auch aufschlägt, der Text paßt immer. Paßt in die Löcher seiner Seele, in das seltsame verwirrte Gedankenmuster, das ihn immer wieder quält. Dinge werden miteinander verflochten. Tote Menschen, tote Liebe, neue Liebe. Die andere Liebe, die Liebe zu den Kindern. Wo waren früher alle diese kleinen dünnen Nerven- und Trauerfäden? Was will diese Melancholie ihm sagen? Was zum Teufel läuft hier mit ihm ab?

Er macht eine harte Zeit durch. Irgendwo hat er gelesen, daß solche harten Zeiten automatisch zu neuen Erkenntnissen und schließlich auch zu Ruhe und Selbstvertrauen führen. Cato seufzt. Er hoffte, daß das zutraf.

Ehe er anfing zu lesen, dachte er an Bente und die Jungen. Jetzt lugten sicher schon Tulpen und Krokusse aus der Erde.

Er wußte noch, daß die gelben Tulpen dicht bei der Wand wuchsen, die roten weiter vorn, und die Krokusse ganz am Rand. Er denkt an Bentes warme Oberschenkel und an ihren weichen, feuchten Schoß. Er denkt an Gards wehes, trockenes Schluchzen, als er den Jungen erzählen mußte, daß er ausziehen wollte. An Gards ungläubigen Blick, als er sagte, er habe eine andere kennengelernt. Er denkt an Vetle, der seit dem Auszug seines Vaters wieder zum Bettnässer geworden ist. Der Sohn hatte ihm seine Briefmarkensammlung geschenkt, damit sein Vater ihn nicht vergaß. Cato Isaksen schluckte und schluckte, um seine Tränen zu unterdrücken. Er hatte keine Zeit dafür, keinen Platz. Was würde passieren, wenn er seine Gefühle wirklich an sich heranließe? Würde das Chaos ihn dann nicht in ein alles verzehrendes Weinen stürzen lassen? Und was konnte das schon bringen? Er mußte sich Mühe geben, solche Gedanken zu verdrängen. Er und sonst niemand war an dem Elend schuld, unter dem alle litten, die ihm nahestanden. Das Chaos, das er verursacht hatte, war wie ein Krebsgeschwür, das immer nur noch wuchs. Und im innersten Herzen dieses Geschwürs saß er selber.

Er starrte eine Weile die Glühbirne in der beigen IKEA-Lampe an. Dann las er den Text auf Seite 189:

Zwei Worte wie zwei Brüste. Wenn der gelbe Stern am Himmel der Verdammten leuchtete, trugen sie den Himmel auf ihrer Brust. Den Himmel der Jugend mit seinen Wespenstacheln, und den Himmel mit Trauerflor um den Arm.

Er war siebzehn Jahre alt, ein Alter mit breitem Spielraum.

Und dann eines Nachts, unmittelbar vor der Dämmerung, und dann in noch einer Nacht und in weiteren Nächten, und an Tagen, die Nächte waren, das Rendezvous mit dem Tod, das Rendezvous mit Morgen- und Abenddämmerung des Todes, das Rendezvous mit ihm selber, mit niemandem.

Zwischen Tag und Nacht ist die härteste Etappe der Tag.

Nachts sind die Vorhänge vorgezogen.

Er wandert in den Vorhängen.

Er erhob sich langsam und steckte das Buch ganz leise wieder zwischen die Illustrierten. Er überlegte sich, daß er sich freuen würde, wenn Sigrid es aus Versehen wegwarf. Er ging leise zur Schlafzimmertür und öffnete sie. Im Lichtstreifen, der vom Wohnzimmer her über das Doppelbett fiel, sah er, daß Sigrid nach beiden Seiten die Arme ausgestreckt hatte, so, als sei sie ein Buch. *Das Buch der Fragen* war vielleicht eine Frau mit Sommersprossen auf den Händen. Cato Isaksen setzte sich auf die Bettkante und lauschte auf das leise Atmen des Kindes. Wie viele tausend, vielleicht Millionen Liter Luft hatte dieses kleine Kind im Laufe seines kurzen Lebens wohl schon in die Lunge eingesogen und wieder ausgestoßen? Wie viele Meter Wind würde das wohl insgesamt ergeben? Georg bewegte vorsichtig eine Hand, spreizte zitternd die Finger, dann kam die Hand wieder zur Ruhe. Sein Vater betrachtete das Kinderhändchen und mußte es einfach mit der anderen Hand vergleichen. Mit der anderen Hand, die von schwarzem, geronnenem Blut bedeckt gewesen war, die blauweiß und leblos und auf irgendeine Weise beschützend über dem länglichen, tiefen Messerstich gelegen hatte.

Eine Hand hat siebenundzwanzig Knochen. In einer kleinen Hand gibt es siebenundzwanzig kleine Knochen. Die Hand ist ein phantastisches Gerät. Aufgebaut aus Knochen und Muskeln, mit flexibler Haut überzogen. Die Hand kann halten, stoßen, schlagen, liebkosen, spielen und berühren.

Bald würde die Leiche in einen der Öfen im Krematorium geschoben und in Staub und ansonsten in nichts verwandelt werden. Aber erst mußte die Frau auftauchen. Der Fall mußte aufgeklärt werden. Wenn sich das nicht schnell genug machen ließe, dann würde der Tote auf altmodische Weise bestattet werden.

Cato Isaksen schloß die Augen, riß sie aber sofort wieder auf und ließ sich vom Licht hinter dem Fenster das Vorhangmuster zeigen. So lag er dann da und starrte den Vorhang an. Ließ den leise bebenden Stoff mit den länglichen Strichen und den wogenden Blättern immer tiefer in seine Augen sinken, um dann langsam hineinzuwandern.

16

Cheryl Therkelsen stand am großen Fenster und starrte in den Hinterhof hinaus, wo Braun- und Grüntöne ein gesprenkeltes Muster bildeten. Ihr Blick wanderte langsam die Mauern hoch. Es war Sonntag, ihr zweiter Sonntag hier. Sie betrachtete die graue Mauer gegenüber, die von dem großen, kahlen Baum halb versteckt wurde. Sie starrte die Mauer an und sah noch mehr Mauern, hintereinander, ineinander, übereinander. Sie starrte die Mauern an und versuchte, etwas anderes zu sehen. Zum ersten Mal seit langer Zeit hatte sie das Gefühl, wirklich Kontakt zu sich selber gefunden zu haben.

Hinter sich hörte sie zwei Frauen über eine Hautbehandlung sprechen, die die eine durchgeführt hatte.

Cheryl Therkelsen hatte halblange, blonde, gerade geschnittene Haare und blaue Augen. Obwohl sie schon sechsunddreißig war, sah sie noch immer mädchenhaft aus. Vielleicht lag das an ihrem schmächtigen Körperbau. Im durchsichtigen Spiegelbild, das die Fensterscheibe ihr zeigte, konnte sie aber trotzdem tiefe Linien um Augen und Mund erkennen. Diese Linien waren die ersten behutsamen Hinweise darauf, daß die Zeit auf ihren Körper und ihr Gesicht zeichnen würde. In ihrem Spiegelbild im Fenster schien einer der Äste des Baumes draußen aus ihrem Jochbein zu wachsen. Cheryl stand ganz still da. In der rechten

Hand hielt sie, ohne das zu merken, ein Blatt, auf dem ein Tyrannosaurus gezeichnet war. John hatte es ihr vor über fünf Minuten zugesteckt. Sie hatte es noch nicht registriert. Sie starrte den kräftigen Ast an, der aus ihrem Kopf herauswuchs. Noch trug dieser Ast keine Blätter, aber sie wußte, daß kleine Keime sich ihren Weg zu Luft und Leben bahnten. Das soll ein Symbol für mich sein, dachte Cheryl, und die Frauenstimmen im Hintergrund waren für sie nur noch leises Gemurmel.
Ihre Gedanken dröhnten, als stecke irgendwo tief in ihrer Gehirnlandschaft ein Kraftwerk. Sie fühlte sich schwerelos, so, als ob sie im Wasser läge und ihr Körper sich nicht entscheiden könnte, ob er untergehen oder weitertreiben wollte. Die Frauen hinter ihr redeten ununterbrochen weiter. Ihre Stimmen wurden zu harten Stromstößen, die schmerzhaft gegen ihren Körper prallten.
Sie hatte mehrmals versucht, zu Hause anzurufen. Sie war schon lange hier. Warum ging er nicht ans Telefon? Sie sah den Baum an, konzentrierte sich, um den Baum im Hinterhof zu sehen, dort, wo er stand. Vor der grauen Mauer. Aber als sie dann langsam wieder die Stirn gegen die Fensterscheibe lehnte, merkte sie, daß es guttat, so zu stehen, schwerelos und weit weg, mit einem Ast voller Verheißungen im Kopf.
Daß er nicht ans Telefon ging, machte ihr eine Angst, die sie innerlich aufzufressen schien. Er wußte, daß sie die Kinder mitgenommen hatte. Sie hatte vor über einer Woche am Sonntagvormittag mit ihm gesprochen. Es war ein kurzes Gespräch gewesen. Sie hatte seine Stimme nicht deuten können. Aber seither war er nicht mehr ans Telefon gegangen. Vielleicht war er sauer? Natürlich war er sauer. Sie hatte jeden Nachmittag angerufen, wollte es nicht in seinem Büro versuchen. Vielleicht ging er nicht ans Telefon, weil auch er begriffen hatte, daß Schluß war? Sie konnte nicht mehr. Sie zerstörten sich gegenseitig. Er zerstörte sie. Sie spürte ihre innerste Leere. Die steckte wie ein leises, vibrierendes Geräusch zwischen ihren Schulterblättern. Ja, es war Schluß.

Sie ließ sich von ihrem Ast fallen. Plötzlich war das Geräusch in ihrem Ohr da. Setzte sich dort fest wie eine kleine, winkende Hand. Lebwohl, lebwohl. Ja, jetzt ist Schluß. Lebwohl, lebwohl.

17

Am Montagmorgen wachte die Stadt wieder auf. Sie füllte ihre große Lunge mit Auspuffgasen. Blies Menschen durch Straßen und Gassen, in Cafés hinein, in Supermärkte und U-Bahn-Eingänge. Von oben gesehen sahen die Menschen aus wie Ameisen oder krabbelnde Insekten. Die Autos arbeiteten sich wie schnuppernde, suchende Tiere durch die Straßen. Fahrräder, Kinderwagen, Frauen, Hunde, alte, ängstliche Menschen. Alles und alle bewegten sich und brachten einen eigenen kleinen Seufzer mit ins Stadtbild.
Ein Müllwagen schepperte durch die Straße. Drei lachende Jugendliche gingen über den Bürgersteig. Eine rötliche, hungrige Katze schlich hinter einen alten Bretterzaun. Ein Kind warf einen Stein.
Der Frühling war eine fast abstrakte Jahreszeit. Nur anderes Licht. Frühling ohne Schatten, mit Pastellfarben, dünner Luft und farblosem Himmel.
Cato Isaksen und Roger Høibakk hielten im Parkverbot. In einigermaßen erträglicher Entfernung war einfach kein Parkplatz aufzutreiben. Vor einem Metzgerladen – auf einem blauen Schild darüber stand »Lasher« – stellten sie ihren Wagen halb auf dem Bürgersteig ab.
Die kleinen Steinhäuser in der Urtegate waren grau oder senfgelb. An mehreren Stellen war die Farbe abgeblättert. Unbehol-

fene Graffitimotive dekorierten hier und da die Mauern. Nicht wie bei der U-Bahn-Haltestelle Nationaltheatret oder an einem Lagerhaus in Skøyen, an dem Cato vor kurzem vorbeigefahren war, wo rote, gelbe und dunkelblaue aufgeblasene Buchstaben ein schönes Muster aus Wörtern und Farben gebildet hatten. Hier gab es nur schwarze, unregelmäßige Kritzeleien. Dünn und erbärmlich. So zahm und traurig wie die Mauern, die mit ihnen beschrieben waren.

Roger Høibakk steckte sich einen Kaugummi in den Mund und blickte sich mißmutig um. »Der reinste Slum«, murmelte er. »Da hinten liegt übrigens das Menschenrechtshaus, dieses graue da. Ich war mal da, weil es Ärger gab.«

Eine ältere Frau und zwei Schulmädchen, alle drei in bunten Pluderhosen und der traditionellen Tunika, wichen scheu aus, um die beiden Fahnder vorbeizulassen. Cato Isaksen wandte beklommen seinen Blick ab. Der herbe Geruch von Gewürzen und Schweiß, den er erwartet hatte, blieb aus.

Der Eingang zum Laden lag an einer Ecke. Draußen standen stapelweise Kästen mit Gemüse, zwei weiße Eimer mit in Plastikfolie gewickelten Tulpen und ein Eimer mit Seidenblumen. Vor der Mauer waren unterschiedliche Arten von Keramikgefäßen aufgestellt. Daneben gab es einen Zeitungsständer mit *VG* und *Dagbladet* und eine Art Stange, an der bunt eingepackte Süßigkeiten hingen. Ein kleiner Junge auf einem Dreirad starrte die bunten Herrlichkeiten voller Bewunderung an.

Im Laden war es dunkel, da Regale die Fenster verdeckten. Es roch nach einer herben Mischung aus altem Käse und Gewürzen. Auf einem hellblauen Resopaltresen stand eine Kasse, deren beste Zeiten vorbei waren. Stimmen verrieten, daß sich weiter hinten im Laden Menschen aufhielten.

Die beiden Fahnder warteten und sahen sich derweil um. Der kleine Laden war mit Waren vollgestopft. Mehl und Zucker waren nebeneinander im nächstgelegenen Regal aufgehäuft. Es herrschte eine seltsam chaotische Ordnung. Als gäbe es in den

Stapeln von Keksen, Kindernahrung, Gewürzen, Limonade, Brot, Gemüse, Obst und Schachteln und Gläsern mit unbekannter Schrift und fremden Etiketten ein unsichtbares System.
Cato Isaksen ging zum Fleischtresen hinüber. Fast im selben Moment tauchte rechts hinter ihm ein bleicher, dicklicher Mann auf. Er schien mitten aus einem Regal voller Waren hervorgesegelt zu kommen. Seine weiße Haut betonte die Schweißperlen in seinem schwarzen Haaransatz. Das ist sicher der Bruder des Verstorbenen, Hussain Khan, dachte Cato Isaksen. Der Mann trug ein weißes, nicht ganz sauberes Hemd und eine schwarze Hose. Seine Augen verrieten ein gewisses Unbehagen, als ihm aufging, daß diese beiden Männer keine normalen Kunden waren. Er redete schon drauflos, noch ehe die beiden Ermittler sich vorgestellt hatten.
»Ich habe es weggebracht, alles weggeworfen, sehen Sie nur. Sehen Sie. Was haben wir hier? Schweinefilet von Gilde, Grillwürste, gehen bis zum 30. April. Rindersteaks, auch von Gilde. Sie werden hier nichts finden«, sagte er und schüttelte so heftig den Kopf, daß sein Doppelkinn leise zitterte. »Ich sage Ihnen, nichts. Alles ganz legal importiert.«
Der dickliche Pakistani sprach gutes Norwegisch, wenn auch mit fremdem Akzent.
Cato Isaksen zog seinen Dienstausweis aus der Tasche, streckte die Hand aus und stellte sich vor. Zwei Kundinnen, Frauen von Mitte Dreißig, blieben stehen und beobachteten den kleinen Auftritt voller Neugier.
»Das ist Polizeiadjutant Roger Høibakk«, sagte er dann und stellte seinen Kollegen vor. »Ich nehme an, Sie sind Hussain Khan?«
Der Mann nickte verlegen.
»Wir würden gern wegen des Mordes an Ihrem Bruder Bashir Khan mit Ihnen sprechen.« Cato Isaksen sprach so leise, wie er nur konnte. Die beiden Frauen nahmen sich einen Einkaufskorb und machten sich widerwillig an ihre Einkäufe.

Hussain Khan schob die eine Hand in die Tasche, zog ein nicht ganz sauberes Taschentuch hervor und wischte sich damit die Stirn.

»Ich habe schon so oft mit der Polizei gesprochen«, sagte er. »Ich bin auch auf der Wache gewesen.«

»Das wissen wir«, sagte Cato Isaksen und musterte Khan ruhig.

»Ja«, sagte der Pakistani. »Kommen Sie mit. Wir können hier hinten weiter reden.« Er verschwand zwischen den Regalen und gab den beiden ein Zeichen, ihm zu folgen. Er rief kurz und wütend etwas in seiner eigenen Sprache. Eine kleine dünne Frau von Mitte Vierzig, die ihre schwarzen Haare hinten zu einem strengen Knoten hochgesteckt hatte, kam aus einem kleinen Arbeitszimmer. Sie warf einen ängstlichen Blick auf die Ermittler, ehe sie lautlos zwischen den Regalen verschwand und sich dabei die feuchten Hände an den Hüften abwischte.

Sie bückte sich und raschelte mit einigen großen Zwiebackpakkungen.

Im kleinen hellgrünen Hinterzimmer saß ein Junge und rechnete mit einem Taschenrechner. Der Junge hatte kräftige Augenbrauen und machte ein ernstes Gesicht. Er schien Zuverlässigkeit auszustrahlen.

»Das ist Kim«, sagte Hussain Khan und gab dem Jungen ein Zeichen aufzustehen. »Bashirs Sohn«, fügte er traurig hinzu.

Kim Khan nickte kurz, stand auf und schob seinen Stuhl zu Cato Isaksen hinüber. Roger Høibakk stand in der Türöffnung, während Hussain Khan von dem unordentlichen Schreibtisch einen Stapel von Rechnungen entfernte. Er bewegte sich reichlich hektisch. Sein Hals hatte sich mit roten Flecken überzogen. Kim Khan ging leise in den Laden.

»Wir haben die Ermittlungen im Mordfall an Ihrem Bruder übernommen«, sagte Cato Isaksen und warf einen Blick auf die Pinnwand, an der zwischen Rechnungen, Reklame und in Urdu beschriebenen Zetteln mehrere kleine Farbfotos hingen.

Hussain Khan fingerte an einem zerbrochenen Kugelschreiber herum. Große Rohre, die von der Decke bis zum Boden führten, rauschten. Ein winziges schmutziges Fenster warf graues Licht über die eine Längswand.
»Was haben Sie herausgefunden?« fragte Hussain Khan und ließ nervös den Kugelschreiber auf die unordentliche Tischplatte fallen.
»Wir würden gern noch einmal über einige Dinge mit Ihnen sprechen, wenn Ihnen das nichts ausmacht. Unsere Ermittlungen haben bisher nicht die gewünschten Ergebnisse gebracht.«
»Ach.« Hussain Khan holte tief Luft und setzte sich auf die äußerste Schreibtischkante.
»Möglicherweise sind einige neue Aspekte aufgetaucht. Der Fall hat eine Wendung genommen, könnten wir sagen.«
»Ach. Wieso denn?«
»Darauf werde ich noch zurückkommen«, sagte Cato Isaksen.
»Wie läuft der Laden?« fragte Roger Høibakk von der Türöffnung her.
»Gut«, antwortete Hussain Khan schnell.
»Vorhin haben Sie geglaubt, wir wollten Ihren Fleischtresen inspizieren?«
»Nein, nein.« Der Mann bewegte die Arme, als wolle er alles weit von sich weisen.
»Wie lange sind Sie schon in Norwegen?«
»Fünfzehn Jahre«, kam es wie aus der Pistole geschossen.
»Und Ihr Bruder, wie lange hat der hier gelebt?«
»Schon länger, siebzehn Jahre. Er war der erste, dann bin ich mit seiner Familie hinterhergekommen. Mit seiner ältesten Tochter und seiner Frau, die damals mit Kim schwanger war. Das ist der da draußen an der Kasse.«
Cato Isaksen nickte, und Roger Høibakk machte sich auf einem kleinen Block Notizen. Er hätte gern darauf hingewiesen, daß es nicht »schon länger« hieß sondern »noch länger«, und nicht »schanger«, sondern »schwanger«.

»Können Sie mir erzählen, was am 2. Januar passiert ist?«
Hussain Khan legte sich einen Moment lang die Hand an die Stirn, wie eine Geste der Erschöpfung, dann ließ er sie wieder sinken, beugte sich vor und stützte die Handflächen auf die Oberschenkel. »Es war ein grauenhafter Tag. Es war Weihnachten, oder fast Weihnachten. Wir feiern ja nicht Weihnachten, aber die Kinder waren zu Hause, hatten Ferien. Es war übrigens fast Silvester. Der Tag danach, meine ich, oder vielleicht der Tag nach dem Tag danach, ich weiß es nicht mehr genau. Auf jeden Fall war es ein Sonntag.«
Cato Isaksen betrachtete den Mann, während der das alles sagte. Er wirkte außergewöhnlich nervös.
»Wir hatten Besuch von Ahmed, einem guten Freund«, fuhr Hussain Khan fort. »Auch ein Freund meines Bruders«, fügte er hinzu. »Sonya war da, meine Schwägerin, meine ich, und die Kinder.«
»Ach. Und ist das Ihre Schwägerin, die im Laden arbeitet?« Roger Høibakk nickte zu der dünnen Frau im roten Sari hinüber, die noch immer die Zwiebackpackungen mit Preisschildchen versah.
»Nein, nein. Das ist meine Frau. Sonya ist nicht gesund. Fast nur krank, wissen Sie. Wirklich schlimm.«
Cato Isaksen nickte und wartete auf die Fortsetzung. Roger Høibakk gab Hussain ein Zeichen weiterzureden.
»Ahmed und ich haben ihn gefunden, wir wollten Bashir zum Fest dazuholen. Die Tür stand offen. Nicht weit, nur einen Spalt. Und dann haben wir ihn in der Wohnung gefunden. Auf dem Boden, und überall war Blut. Wir haben die Polizei angerufen, und die ist ziemlich schnell gekommen.«
Hussain Khan atmete beim Sprechen schwer. Es war offensichtlich, daß diese Erinnerung ihm noch immer arg zusetzte. Er richtete sich auf, faltete die Hände auf seinen Knien. »Vielleicht war es dieser Per Karlsen«, fügte er nach einer Weile hinzu. »Der hat meinen Bruder gehaßt, seine ganze Familie, seine Kin-

der.« Hussain Khan war aufgesprungen. »Bei dem müssen Sie mal genauer nachsehen. Die Polizei muß diesen Fall aufklären. Mein Bruder ist jetzt in Pakistan, begraben. Unsere Eltern sind sehr trauerlich. Wir waren nur zwei Söhne, und jetzt bin ich allein.« Hussain Khan zeigte dramatisch auf sich selber.

»Warum war Bashir nicht von Anfang an bei diesem Fest dabei?«

Hussain Khan ignorierte diese Frage und klagte weiter: »Meine Eltern sind krank von allem, was passiert ist. Norwegen ist kein gutes Land für uns. Wir werden gehaßt, und dabei tun wir doch nichts Böses, wir leben hier nur. Wir helfen den Norwegern, verkaufen ihnen Lebensmittel. Viele mögen uns auch, viele sind nett, aber viele hassen.«

»Warum war Bashir nicht von Anfang an bei diesem Fest dabei?« fragte Cato Isaksen noch einmal.

»Das war kein Fest, nicht so.« Hussain Khan zuckte mit den Schultern. »Wir waren einfach nur zusammen. Es sind nicht immer alle gleichzeitig da. Wenn wir zusammen sind, dann ist das für uns ein Fest.«

»Aber er wollte später dazukommen, war das nicht so?«

»Er wollte kommen. Als er nicht kam, wollten wir ihn holen. Und den Rest wissen Sie.«

Roger Høibakk ging in den Laden.

»Dieser Per Karlsen, der wohnt unter Ihrem Bruder, nicht wahr?« fragte Cato Isaksen.

»Ja, genau darunter, er war es bestimmt. Er hat uns alle gehaßt. Die Kinder haben Angst, wenn sie an seiner Tür vorbei müssen. Er macht manchmal auf und spuckt hinter den Kindern her. Verstehen Sie? Die Kinder verstehen das nicht!« Er zuckte resigniert mit den Schultern. »Die Kinder tun ihm doch nichts.«

Roger Høibakk stand wieder in der Türöffnung.

»Unter dem Leichnam Ihres Bruders hat ein Zettel gelegen?«

Hussain Khan war einen Moment lang unsicher. Seine Augen irrten von einem Ermittler zum anderen. »Ich weiß nichts von einem Zettel«, sagte er langsam.

»Unter dem Leichnam Ihres Bruders lag ein Zettel, und darauf stand: *Schlaf nur ruhig, mein Blümelein*«, sagte Roger Høibakk. Hussain Khan sah verwirrt aus.
»Sagt Ihnen das etwas?« fragte Cato Isaksen.
»Nein, vielleicht war das ein Zettel aus der Schule, ich weiß es nicht. Ich weiß nichts von diesem Zettel.« Hussain Khan warf einen genervten Blick in den Laden, als seine Frau ihn rief, sie brauchte Hilfe beim Bedienen der Kundschaft. »Sie spricht kein Norwegisch«, sagte er zur Entschuldigung, dann verließ er das Hinterzimmer.
Eines der kleinen Fotos an der Pinnwand zeigte eine junge schöne Frau in gelber pakistanischer Tracht. Das Bild war auf einem Balkon aufgenommen worden. Im Hintergrund war ein Dutzend Fenster eines grauen Blocks zu sehen.
»Meine Nichte«, sagte Hussain Khan, der wieder im Zimmer stand. »Fatima, Kims ältere Schwester. Sie ist der Trost ihrer Großeltern. Sie wohnt bei ihnen in Lahore.« Eifrig fügte er hinzu: »Es ging ihr hier nicht gut. Sie wissen ja, norwegische Jungen sind nicht gut für unsere Mädchen.«
»Wird sie da unten bleiben?«
»Ja«, erklärte Hussain Khan energisch. »Sie wird heiraten.«
»Wie alt ist sie?«
»Achtzehn.«
»Wenn dieser Zettel aus der Schule stammt, wie Sie meinen, wer kann ihn dann geschrieben haben?«
Hussain Khan zuckte mit den Schultern und schob sein Gesicht vor. »Sara, Leila, was weiß ich. Eine von ihnen.«
»Die Töchter Ihres Bruders?«
»Ja.«
»Nach dem Tod Ihres Bruders haben Sie den Laden so mehr oder weniger übernommen, stimmt das?«
»Nein«, Hussain Khan steckte abwehrend die Arme aus. »Ich arbeite nicht hier, ich komme nur her, um mit Kim zu sprechen, und meine Frau hilft gratis aus. Ich arbeite nicht hier.«

»Sie bekommen Sozialhilfe, nicht wahr, sind schon lange arbeitslos?« Roger Høibakk steckte den Block in die Tasche.
»Es gibt keine Arbeit, und im Laden werden auch nicht viele gebraucht. Es ist ein kleiner Laden. Sie lesen ja Zeitung. Ausländer finden in Oslo keine Arbeit. Norwegen ist für uns ein hartes Land, wissen Sie.«
»Ihr Neffe leitet den Laden also allein?«
»Der Sohn meines Bruders ist sehr tüchtig. Er macht seine Sache im Laden gut und versorgt seine Mutter und seine Schwestern. Er ist wirklich ein guter Junge. Ich kann vielleicht bei der U-Bahn Arbeit bekommen. Ein Freund arbeitet da, er sagt, sie brauchen noch Leute zum Putzen. Vielleicht bekomme ich da Arbeit.«
Cato Isaksen erhob sich und bedankte sich bei dem Pakistani für die Auskünfte. »Das wär's für heute«, sagte er. »Vielleicht müssen wir noch auf Sie zurückkommen.«
Eine Rentnerin, eine alte Dame mit senfgelbem Mantel und einer abgenutzten Handtasche, die von ihrem Handgelenk baumelte, sprach sie an, als sie den Laden gerade verlassen wollten.
»Was ist denn jetzt los, Hussain?« fragte sie und starrte die beiden Ermittler böse an.
»Nichts«, sagte Hussain Khan schnell und schob sie freundlich vor sich her.
Cato Isaksen dachte daran, in wie großem Umfang im kleinen Oslo doch mit Sozialleistungen geschwindelt wurde. Und dieses Problem wurde immer noch größer, egal, was die Politiker sagten.
Kim Khan schaute von den Waren auf, deren Preise er gerade in den Kassenapparat eintippte. Als die Kundin ihre Waren in eine Plastiktüte gesteckt hatte, bat Cato Isaksen den Jungen, sich am nächsten Tag um elf auf der Wache einzufinden.
»Das ist ja gleich um die Ecke«, sagte er und lächelte dem Jungen kurz zu. Der Junge erwiderte das Lächeln nicht.
»Ich weiß, wo das ist. Ich war schon mal da«, sagte Kim Khan

düster. Sein Gesicht war müde und ernst. Er sah älter aus als seine siebzehn Jahre. »Haben Sie den Mörder, oder was?« fragte er und wandte sich den Einkäufen der alten Dame mit dem gelben Mantel zu. Sie hatte ihre wenigen Waren auf den Tresen gelegt.

»Eins kann ich euch sagen«, schaltete die alte Dame sich ein, »schon seit Monaten gibt es hier kein verbotenes Fleisch mehr! Ich weiß das genau, ich kaufe hier ja schließlich jeden Tag ein! Fragt Hussain. Komme ich nicht jeden Tag, Hussain?« Sie drehte sich um und rief quer durch das Lokal. Hinten half Hussain gerade einer jungen Mutter, ein Paket Windeln aus einem der oberen Regalfächer zu nehmen.

»Morgen vormittag um elf also.« Cato Isaksen lächelte den Jungen erneut an, und der nickte widerwillig und tippte eine Packung trockene Kekse und ein kleines Graubrot ein.

Auf dem Weg nach draußen nahm Cato Isaksen plötzlich den Geruch eines ganz besonderen Gewürzes wahr. Sofort assoziierte er damit ein Bild. Bente hatte einmal ein phantastisches Essen aus Zutaten gekocht, die sie von einer pakistanischen Bekannten im Wohnblock auf der anderen Seite der Schnellstraße bekommen hatte. Er erkannte den Duft dieses Gewürzes. Konnte sich daran erinnern, wie diese Mahlzeit ausgesehen hatte, an die Wärme der Paneelöfen und die ruhigen Vorhänge. Es war Winter gewesen, es war einige Jahre her, drei oder vielleicht vier. Eine ganze Ewigkeit. Er ertappte sich bei dem Gedanken ans »damals«, wie ein alter Mann, der zurückdachte. Was er sah, war das eigentliche Leben.

Er ging die kleine Treppe hinunter. Der kleine Junge auf dem Dreirad bewunderte noch immer die bunten Bonbonstreifen. Im Geruch des schmutzigen Frühlings hing der beunruhigende Dunst des Schmerzes.

18

John und Tina kletterten neben ihre Mutter auf den Hocker: »Ich mag das Fleisch nicht«, sagte John und zeigte auf die Koteletts, die nebeneinander in der blauen feuerfesten Form lagen. »Ich will das nicht«, fügte er hinzu und machte einen langen Hals, um zu sehen, was auf dem Flur vor sich ging. Seine Mutter gab keine Antwort, sie legte einfach eine kleine Kartoffel auf den Teller des Jungen.

Tina wandte sich an das kleine Mädchen, das neben ihr auf seinem Hocker saß. »Willst du meine Barbie halten?« fragte sie. Cheryl Therkelsen betrachtete die Frau gegenüber. Sie hatte etwas Hilfloses und Verlorenes an sich. Als sei sie auf dem falschen Planeten gelandet. Sie war vielleicht an die sechzig und am vorigen Abend mit ihrem Schweigen hier eingetroffen. Sie trug einen schreiend pfefferminzgrünen Pullover und einen langweiligen blauen Rock. Auch ohne nennenswerte Kenntnisse von Farbanalyse konnte Cheryl sofort sehen, daß Haut, Haare und Farben sich gegenseitig fast umbrachten. Das Gesicht der Frau war ziemlich blaß, ihre Blicke irrten umher. Sie schien nervös alle Einzelheiten der großen, gemütlichen Küche in sich aufzunehmen. Die Mutter des anderen kleinen Mädchens reichte der pfefferminzgrünen Frau die Kartoffeln.

»Mal sehen, ob wir einen Nachtisch finden«, sagte Sonja Petersen, nahm die Salatschüssel von der Anrichte und stellte sie mit-

ten auf den Tisch, dann ließ sie sich neben der neuen Frau auf einen Hocker fallen.
Sonja Petersens Auftreten war von autoritär beruhigender Wirkung. Sie wußte, wie sie zu sprechen, flüstern, trösten und lachen hatte. Sie wußte wie, warum und wann.
Hugo Wift, der dünne schlaksige Zivi im gelben Pullover saß auf der anderen Seite der Frau in Pfefferminzgrün. Er lächelte John quer über den Tisch hinweg zu. »Dein Dino war toll«, sagte er.
»Das heißt nicht Dino, das heißt Dinosaurier«, sagte der Junge.
Hugo Wift lächelte. »Vielleicht kannst du einen zeichnen, den wir einrahmen und hier an die Wand hängen können?«
»Auch, wenn ich nicht mehr hier bin?« fragte der Junge.
»Ja, für immer«, antwortete Hugo.
John wollte noch immer kein Fleisch, und Cheryl beschloß, ihm seinen Willen zu lassen. Was brachte es schon, sich deshalb zu streiten! Und auch ihr wurde schlecht beim Anblick des gebratenen Fleisches. Sie hatte noch den Geschmack des warmen Fleischklumpens im Mund, des Fleischklumpens, den sie Svend aus dem Arm gebissen hatte, den Geschmack des heißen Blutes, das ihr in kleinen Bächen in den Mund geflossen war, während er ihr die Haare an der linken Schläfe ausgerissen hatte. Auch der Schmerz war noch da. Vorsichtig strich sie sich mit den Fingerspitzen über die Wunde. Danach nahm sie sich ein Kotelett und legte es neben ihren Teller, während ein Eisengeschmack ihre trockene Mundhöhle füllte. Sie konnte den Gedanken daran, dieses Fleisch im Mund zu haben, nicht ertragen. Sie nahm einen Schluck Wasser. Wie hatte er noch geheißen, der kleine Vogel im Nachbarhaus, als sie noch klein war? Jordy. Jordy hatte er geheißen. Sie lächelte ganz leicht und fragte sich, warum ihr gerade jetzt Jordy eingefallen war. Er hatte zitronengelbe Federn gehabt, ganz hell oben, wo die Brust in den Kopf überging. Der Vogel hatte seltsam knurrend gesprochen, dieses Geräusch

schien nicht aus seinem Schnabel zu kommen, sondern direkt aus seiner Kehle. »Wake up, wake up«, knurrte er sehr oft.
Während Cheryl für ihren Sohn Kartoffeln und Tomaten zerdrückte, fiel ihr auf, daß die Frau gegenüber sie anstarrte. Cheryl dachte daran, wie fremd sie sich am ersten Tag hier gefühlt hatte, und sie wußte, daß die andere sich darüber wunderte, daß sie hier ruhig saß und lächelte und sich mit alltäglichen Fragen wie Fleisch oder kein Fleisch befaßte. Mit Barbiepuppen und zerdrückten Tomaten.
»Leg jetzt deine Barbie weg«, sagte Cheryl und nahm ihrer Tochter freundlich die langgliedrige Puppe mit den spitzen Brüsten aus der Hand.
»Aber die muß doch auch essen!« rief Tina.
»Das kann sie nachher noch«, sagte Cheryl ruhig und legte die Puppe neben sich auf den Hocker.
Sonja Pettersen streckte die Hand nach der Schüssel mit den Koteletts aus. Ihre Haare hatten rötlichen Glanz, sie war sehr dünn und zeigte einen Hang zu Kunstgewerbe und Hausfleiß. Ihre braune Batikweste war von rostroten und dunkelgelben Streifen überzogen. Zwischen den Streifen bildete sich ein Muster aus schwarzen Kreisen, die in eine Art lila Kern übergingen. Cheryl war hingerissen von diesen winzigen lila Flecken, die die schwarzen Felder zum Leben erweckten. Beim Kauen spürte sie, wie eine unbekannte Stärke sie überkam. Sie merkte, wie geduldig sie mit den Kindern umging, daß sie nicht böse wurde, auch, wenn John kein Fleisch wollte, daß sie Tina nicht die Puppe aus der Hand riß, als sie die Barbie hochhob und ihren Kopf ins Essen tunkte.
Cheryl holte tief Atem und begegnete einen Moment lang Sonja Pettersens Blick, diesen starken Augen, an die sie sich nun seit neun Tagen anlehnte. Es hatte trotz allem gutgetan, hier zu sein. Sie konnte den Gedanken an die Zukunft nicht ertragen. Aber Sonja Pettersen hatte gesagt, sie müsse daran denken. Sonja Pettersen hatte es geschafft, ihr von ihrer eigenen Stärke etwas

abzugeben. So kam es Cheryl jedenfalls vor. Sie lächelte die Frau mit den seltsamen Augen an, diesen Augen, in denen wie auf der Weste weit hinten kleine Flecken tanzten.

Sonja Pettersen hatte schon so manche gekenterte und zerstörte Frau wieder aufgerichtet. Durch ihre Stimme, durch ihre ruhige, realistische Einschätzung von allem. Durch ihre praktischen Lösungsvorschläge. Alles an ihr flößte Hoffnung ein. Aber Cheryl überlegte sich, daß neun Tage vielleicht ausreichten. Sicher brauchten andere jetzt ihren Platz.

»Ich möchte auch ein Bild zum Einrahmen zeichnen«, sagte Tina. »Das dann immer hier an der Wand hängen kann.«

»Auch, wenn wir wieder bei Papa sind«, fügte John hinzu. »Ich will jetzt nach Hause zu Papa.«

Cheryl versuchte, ihren Sohn anzulächeln, aber es kam nur eine erschöpfte Grimasse dabei heraus.

»Wo ist Papa eigentlich?« fragte Tina und nahm einen großen Schluck von ihrem roten Saft.

Cheryl schüttelte langsam den Kopf, ihr Mund zitterte unkontrolliert, und die Tränen füllten ihren Mund und vermischten sich mit dem Essen.

Sonja Pettersen sah sie an und sprang auf. Sie sagte den Kindern, sie sollten sich selber ihr Eis holen. Sie öffnete die untere Kühlschranktür. Alle drei, Tina noch immer mit Barbie in der Hand, stürzten los, fielen auf die Knie und starrten in die Kälte hinein. Hugo Wift lachte laut. »Danach könnt ihr euch ins Fernsehzimmer setzen«, sagte er lächelnd.

So tief saß also das Gefühl neuer Stärke. Die Tränen ließen die Gesichter der anderen Frauen verzerrt aussehen. Wie graue Wolken. Cheryl Therkelsen senkte den Kopf und starrte ihre Finger an. Sie erinnerten an Gitter. Ihr Körper wurde zum Schatten.

Sonja Pettersen legte Cheryl ihre warme Hand auf die Schulter und bat sie, mit ihr in das kleine Büro zu kommen. Dort sagte sie ihr, sie müsse anderswo Kraft finden, sie dürfe nicht zuviel von sich verlangen. »Du leidest unter einer Müdigkeit, die viele tausend Jahre alt ist«, sagte sie. »Die kann nicht innerhalb von neun Tagen wie ein schwarzer Drache verdampfen.«

19

Auf dem Heimweg am Montagnachmittag überkamen Cato Isaksen bohrende Kopfschmerzen, es war fast schon ein Migräneanfall, der sich mit heftigem Stechen von der einen Seite seines Kopfes her wie spitze Metalldrähte in seine Stirn bohrte. Er schaltete das Autoradio aus, in dem Bob Marleys Musik gerade einer harten Nachrichtenstimme gewichen war. Er mußte anhalten und blieb am Straßenrand gleich bei der Ampel vor dem Autonomenzentrum stehen. Er drehte den Motor aus und lehnte die Stirn aufs Lenkrad, während er spürte, wie der Brechreiz in Wellen aus seinem Magen den Hals hochrollte. Außerdem war er in die falsche Richtung gefahren. Was wollte er bei den Autonomen? Cato Isaksen merkte, wie die Angst seinen Brustbereich umklammerte. *Unsere Brust ist unser Gefängnis. Unsere Rippen sind die Eisenstangen, die verhindern, daß wir ersticken.*

Er taumelte aus dem Wagen. Die scharfe Frühlingsluft umschloß ihn und erleichterte ihm das Atmen. Eine Frau, die ihm auf dem schmutzigen Bürgersteig entgegenkam, hielt seinen Blick gefangen, als ob sie glaubte, er brauche Hilfe. Cato Isaksen wandte sich abweisend ab, und die Frau ging ruhig weiter. Er starrte zu der schreienden Munch-Frau oben an der heruntergekommenen Mauer hoch. Was hatte Bergliot Behrens aus ihrem Wohnzimmer entfernt?

Der stechende Schmerz in seinem Kopf verschwand so schnell, wie er gekommen war. Er wich einer plötzlichen Wut. Jetzt wollte er der Alten wirklich keine Ruhe mehr gönnen! Schließlich lag bei ihr vielleicht der Schlüssel zur Lösung.
Er stieg rasch wieder ins Auto, ließ den Motor an und fuhr schnell und genervt an der Nationalgalerie vorbei, dann am Schloß und weiter durch die Bygdøyallé. Weiter unten bog er nach rechts ab und fuhr am Frognerpark vorbei über die Majorstu-Kreuzung, bis er denn endlich im Trudvangvei einen freien Parkplatz fand.
Er lehnte am Türrahmen, als eine überrasche Bergliot Behrens langsam die Tür öffnete. Der Geruch von altem Mittagessen strömte aus der Wohnung.
»Ich will eine Antwort!« Cato Isaksen kam direkt zur Sache. Seine Kopfschmerzen hatten sich wirklich gelegt und etwas anderem Platz gemacht, einer wehen Müdigkeit, die ihn gereizt machte. Er gab zu verstehen, daß er in die Wohnung wollte. Die alte Dame öffnete unwillig die Tür und löste nervös die Bänder ihrer schmutzigen Schürze.
Cato Isaksen ging ins Wohnzimmer. Die Vorhänge waren aufgezogen. Er trat vor das unordentliche Bücherregal. »Sagen Sie mir, warum Sie hier etwas weggenommen haben, Sie wissen, was ich meine«, sagte er und starrte die Frau an, deren Miene sich plötzlich veränderte. Es war ein seltsamer Anblick. Ihr Körper schien in sich zusammenzusinken, ihr Rücken wurde noch krummer. Sie stand ganz still da und hielt die verschossene Schürze in der Hand. Zog den Stoff nervös zwischen ihren verkrümmten Fingern hin und her. Sie seufzte tief, ließ die Schürze auf einen Stuhl fallen und war den Tränen nahe, als sie sich umdrehte und wieder in die Diele trottete. Sie öffnete eine Tür. Cato Isaksen konnte dahinter ein Bett erkennen. Für den Bruchteil einer Sekunde stellte er sich vor, daß Cheryl Therkelsen und ihre Kinder aus dem Schlafzimmer zum Vorschein kommen würden.

Bergliot Behrens schloß leise wieder die Schlafzimmertür und brachte ihm ein kleines gerahmtes Bild.

»Ich dachte nicht, daß Ihnen das auffallen würde. Ich hatte auch keine Ahnung, daß es wichtig ist. Ich wollte einfach in nichts hineingezogen werden.«

Cato Isaksen nahm das kleine Foto mit dem rosa Plastikrahmen an. Das Bild zeigte Bergliot Behrens und eine junge blonde Frau. Vermutlich war es auf einer Bank unten im Hinterhof aufgenommen worden. Die Fliederbüsche im Hintergrund wiesen auf Sommer hin.

»Das ist vom vorigen Sommer«, sagte die alte Dame und ließ sich müde in den Sessel sinken, in dem sie auch während ihrer letzten Gespräche gesessen hatte.

»Das ist Cheryl Therkelsen, nicht wahr?« Cato Isaksen setzte sich aufs Sofa.

»Das ist Cheryl Therkelsen«, erwiderte Bergliot Behrens müde.

Cato Isaksen fiel das warme Lächeln beider Frauen auf dem Bild auf. Aus Cheryls Augen strahlte ein humoristischer Glanz. Bergliot Behrens wirkte zufrieden und ruhig. Die Frauen lehnten sich aneinander an, wie in einer symbiotischen Zusammengehörigkeit.

»Sie sind gute Freundinnen?«

Die Frau nickte. »Sie war wirklich ein Lichtblick für mich. Wir haben oft im Hinterhof zusammen Kaffee getrunken, während ihre Kinder im Sandkasten spielten.«

»Sie sagen ›war‹?«

Bergliot Behrens traten die Tränen in die Augen. »Ja, jetzt wird das doch sicher alles viel schwieriger.«

»Was wird schwieriger?«

»Na, wenn sie ins Gefängnis kommt. Und was ist mit ihren Kindern, denkt überhaupt irgendwer an die? Sie müssen doch begreifen, daß er es nicht besser verdient hatte.« Der Gesichtsausdruck der alten Frau veränderte sich. »Er war ein Teufel.

Nicht, daß Cheryl das offen gesagt hätte, aber Herrgott, ich bin doch nicht taub. Sie hätten mal hören sollen, wie er gewütet hat, getobt hat er und geschrien. Und wie er sie geschlagen hat! Mehrere Male hätte ich ihn fast angezeigt. Aber das war nicht so leicht«, fügte sie hinzu, vielleicht, um sich selber zu überzeugen. »Einmal ist sie mitten in der Nacht mit den Kindern hier angerannt gekommen. Er hatte ihr so viele Haare ausgerissen, daß sie blutete. Das ist einige Monate her.«
Cato Isaksen betrachtete das Bild. Er konnte sich nicht erinnern, es schon einmal gesehen zu haben. »Wo hat es gestanden?« fragte er. Die Frau zeigte auf das Bücherregal. »Neben den alten Zeitungen«, sagte sie.
»Aber warum wollten Sie verbergen, wie gut Sie Cheryl Therkelsen kennen?«
Bergliot Behrens Blick traf seinen. Ihrer war hilflos. »Ich fand es so unerträglich, was dieser Mann für ein Tyrann war«, sagte sie. »Aber daß Cheryl ihn wirklich umgebracht hat!« Sie schüttelte langsam den Kopf und starrte wie in Trance auf einen Punkt über Catos Kopf.
»Sie wollten verbergen, daß Sie Cheryl für die Mörderin halten, ist das so?«
Die Nachmittagssonne fiel als staubiger Kegel durch das Fenster und legte sich wie zufällig über die Schultern der alten Frau. »Doch, das ist wohl so«, murmelte sie traurig. »Und wenn es so ist, dann fühlte ich mich auch schuldig. Wenn ich doch nur etwas unternommen hätte, ehe es zu spät war! Vergessen Sie nicht, Herr Kommissar, daß Cheryl aus Amerika kommt. Sie hat keine Familie hier, die ihr helfen könnte. Ich weiß ja, daß sie Freundinnen hat, aber ...«
»Und als Sie gesagt haben, auch *sie,* also Cheryl Therkelsen, hätte tot sein können, da wollten Sie eigentlich sagen, daß es wahrscheinlicher gewesen wäre, wenn er Cheryl bei einer ihrer vielen Auseinandersetzungen umgebracht hätte.«
»Das hätte mich wirklich nicht gewundert. Er war doch schließlich stärker. Aber wissen Sie überhaupt, was es für ein Gefühl ist,

im Bett zu liegen und dabei immer wieder verzweifelte Schreie und Hilferufe von oben zu hören? Am Ende war es so schlimm, daß ich auch glaubte, Heulen und Lärm und Füßestampfen zu hören, wenn sie sich gar nicht stritten. Phantomgeräusche, wird das nicht so genannt? Als sie einmal verreist waren, glaubte ich auch, oben Geräusche zu hören. Verstehen Sie, ich hatte fast nie Ruhe. Das hat mich krank gemacht.«

Cato Isaksen nickte verständnisvoll.

»Wie oft haben sie sich gestritten?«

Bergliot Behrens zuckte traurig mit den Schultern. »Einmal im Monat vielleicht, manchmal häufiger, manchmal seltener, aber immer gleich laut.«

Er ließ sich auf dem Sofa zurücksinken. »Haben Sie an dem betreffenden Tag etwas gehört?« fragte er, »am 13. oder 14. April, am vergangenen Samstag oder Sonntag?«

Die Frau starrte den Boden an. »Ich habe lautes Dröhnen gehört«, sagte sie leise, »ich glaube, es war am Sonntag, weil die Fernsehnachrichten bis acht Uhr gedauert haben. Es war ein schreckliches Dröhnen, gerade, als die Ansagerin im Bild war. Aber es hat sich schnell wieder gelegt. Und deshalb dachte ich, ich hätte mich sicher verhört. Aber am Vortag, am Samstag also, da war es noch schlimmer. Da haben sie bis spätnachts weitergemacht. Ich glaube, ich bin erst so gegen drei eingeschlafen.«

»Haben Sie irgendeine Vorstellung, wo Cheryl Therkelsen stekken könnte?« fragte Cato Isaksen und fügte hinzu, »und ich warne Sie, diesmal wird es viel ernsthaftere Konsequenzen haben, wenn Sie der Polizei etwas verheimlichen.«

Die Frau blickte ihn aus ihren müden Augen an. Ihr Gesicht war womöglich noch runzliger als am Vortag.

»Nein«, sagte sie leise und schlang die dünnen Finger umeinander, wie zu einem Knoten. »Ich weiß nicht, wo Cheryl und die Kinder wohl stecken könnten.« Ihre Augen bewegten sich nicht. Sie hingen an einer beschnittenen Topfblume auf der Fensterbank fest.

20

In den Fernsehnachrichten wurde berichtet, daß Lachse auf »humanere« Weise getötet werden müßten, wenn man die Qualität des Fisches verbessern wollte. Wenn Lachse zuerst stark abgekühlt und dann in ein Betäubungsbad geworfen werden, treten sie dem Tod sehr viel gelassener gegenüber. Wenn man also Angst und Streß vermeidet – denn auch Lachse können Angst empfinden, wie der interviewte Experte mitteilte –, dann kann man in Zukunft auch wesentlich besseres Fischfleisch anbieten.

Cato Isaksen ließ den Kopf in den Nacken sinken. Etwas pochte leise hinter seiner Stirn. Die unbeholfenen und fehlervollen Wege der Liebe. Kalte Fische, die den Tod nicht fürchten. Er war nervös. Es gab etwas, das er verstehen müßte. Einen kleinen Zusammenhang, den er nicht zu fassen bekam. Er legte die Hände auf die Armlehnen. Seine Gedanken waren zu trübe und konnten die Oberfläche nicht ganz erreichen. Der Tote hatte seine Frau mißhandelt. Eigentlich hätte er sofort Ingeborg Myklebust anrufen müssen, aber das brachte er einfach nicht über sich.

Gleich nach dem Wetterbericht schellte das Telefon. Es war Bente. Er war überwältigt vom Klang ihrer Stimme. Diese Stimme erinnerte ihn an Bewegung. Er zog die Tür hinter sich ins Schloß. Sigrid war im Badezimmer und machte Georg fertig.

Es war ein kurzes Gespräch. Bente sagte, sie habe nachgedacht. Sie halte es für vernünftiger, die Mittwochsbesuche aufzugeben. »Das bringt nur Streß«, sagte sie. »Mittwochs haben sie doch immer Fußball. Das alles macht sie müde, Cato. Und am Donnerstag müssen sie so früh aufstehen.«
Sie legte eine Pause ein. Er hörte ihr Schweigen in der Leitung, wußte, was dieser Anruf sie gekostet hatte.
Er seufzte. »Du hast recht«, sagte er.
Ermuntert durch diese positive Antwort fügte sie hinzu: »Außerdem«, dann verstummte sie wieder.
»Ja?«
»Kannst du nicht versuchen, allein mit den beiden etwas zu unternehmen, wenn sie am Wochenende zu dir kommen?«
»Wie meinst du das?«
Er wußte, daß es um Sigrid ging.
»Sie wollen mit dir zusammen sein«, sagte Bente und betonte dabei das »dir«.
»Wir unternehmen doch alles mögliche allein«, sagte er, mußte sich aber korrigieren. Wann hatte er zuletzt allein mit den Jungen etwas unternommen? Zu dritt? Ihm lief ein kurzer Schauer über den Nacken. Er ärgerte sich, weil sie recht hatte.
»Du bist mit ihnen in diesem Winter nicht ein einziges Mal am Slalomhang gewesen.«
»Georg hatte so oft Koliken.«
Er konnte durch die Leitung ihr wütendes Gesicht sehen.
»Kannst du nicht ab und zu mal mit ihnen losgehen, irgendwohin ... ohne, daß Sigrid und dieser kleine Schreihals dabei sein müssen?«
»Schreihals?« Cato ballte die Faust um den Hörer. Sigrid würde entzückt sein, wenn er Bente per Telefon anpöbelte.
»Und eine große Wohnung habt ihr auch nicht«, sagte Bente. »Sie haben nicht einmal ein eigenes Zimmer.«
»Ich kann mir keine größere Wohnung leisten, so lange du auf dem Haus sitzt«, entgegnete Cato kalt.

Später, als er den Hörer auf die Gabel gelegt hatte, merkte er, daß dieses Gespräch wie eine Eiterbeule in seiner Brust saß. Die Jungen waren unglücklich. Das wußte er doch selber. Er war bereit, die Mittwochsbesuche aufzugeben. Plötzlich überkam ihn der Drang, Sigrid zu verteidigen. Sie gab sich doch alle Mühe. Oder vielleicht doch nicht?

Sigrid kam mit Georg auf der Hüfte aus dem Badezimmer. »Wer war denn das?« fragte sie.

»Bente«, antwortete er mürrisch.

»Was wollte sie?«

»Reden.«

»Worüber denn?«

»Über die Jungen, natürlich. Worüber denn sonst?« Er erzählte ihr nichts von der neuen Abmachung. Beschloß, das erst später zur Sprache zu bringen.

Sigrid trug das Kind in die Küche. Ihre heftige Bewegung tat ihm im Kopf weh. Sigrid überlegte. Sie wußte, daß ihr Leiden feige und dumm war, und daß es nur daran lag, daß sie so bewußt litt. Ich könnte den beiden Jungen wirklich etwas antun, dachte sie.

Sie öffnete den Schrank, ein Messer oder eine Gabel fiel zu Boden. Sie sah nicht genauer hin. Sie ging zur Tür zurück. Sie sah aus, als ob sie noch mehr zu sagen habe.

21

Bente legte leise auf. Als Cato eine andere gefunden und sie und die Jungen verlassen hatte, war sie in einem Zustand versunken, von dem sie vorher keine Vorstellung gehabt hatte. Sie hatte davon gehört, hatte ihn von außen bei anderen gesehen. Sie mußte zugeben, daß Trauer ein Leben auf fatale Weise ändern konnte. Die Trauer war eine Ratte. Sie konnte alles, was es in einem Körper gab, zerstören und zum Einsturz bringen.

Plötzlich konnte einer der Jungen fragen: »Was ist los? Bist du krank?«

Sie mußte sich zusammenreißen. Schon verlor sie die Hausarbeit aus dem Griff. Sie ertappte sich dabei, wie sie ins Zimmer der Jungen schaute. Die Unordnung ärgerte und empörte sie. Sie ertappte sich dabei, daß sie sehr lange in der Tür stand.

Die Gegenstände in der Wohnung sahen jetzt anders aus. Sie hätten auch neu sein können. Sie hatten andere Formen, andere Farben angenommen.

Aus den ersten Tagen nach Catos Auszug erinnerte sie sich am besten an das Gefühl, in einer Schachtel zu stecken, einer chinesischen Schachtel. Sie, die normalerweise ausgeglichen und realistisch war, wurde zeitweise von grauer Angst überwältigt, und sie empfand eine Einsamkeit, die zu einem unüberwindbaren, tiefen See heranwuchs.

Das erschreckendste an diesem See- und Schachtelgefühl war die Finsternis. Sie träumte. Jede zweite Nacht träumte sie von Wasser und finsteren Schachteln. Sie war eingesperrt oder kurz vorm Ertrinken.
In mehreren Träumen tauchten Tannenzapfen aus ihrer Kindheit auf. Braune Tannenzapfen mit Streichholzbeinen. Sie standen am Ufer, sahen aber nicht aus wie Tiere. Sie erkannte den verbotenen Geschmack von nassem Schwefel, als sie die Streichhölzer in den Mund steckte. In der chinesischen Schachtel steckten dünne Schichten aus Seidenpapier, aus denen sie Lampions falten sollte. Aber das schaffte sie nicht. Und ohne die Lampions wurde es immer noch finsterer. Einmal lag sie zusammengekrümmt in einer finsteren Ecke. Sie war in einen kleinen Tannenzapfen verwandelt worden. Sie trug ein blaues Seidenpapierkleid. Und dann kam ein großes Eichhörnchen und fing an, sie anzunagen.
Bente schob diese Gedanken weg, ging in die Küche und nahm sich etwas zu trinken. Ihr hatte vor diesem Anruf gegraust. Das Telefon war ein unüberwindliches Raubtier gewesen.
Auf dem Küchentisch stand ein Fleißiges Lieschen in einem blauen Topf. Das Telefon klingelte. Sie ging nicht hin.
Ehe sie diese Sigrid kennengelernt hatte, diese berühmte *andere,* hatte sie Sigrid ganz selbstverständlich für eine Schönheit gehalten. Die andere war immer eine Schönheit. In ihrer Phantasie war die andere zu einer Frau geworden, die alles hatte, was ihr selber fehlte. Seither hatte sie es sehr oft bereut, daß sie ihn einfach freigegeben hatte. Wie sollte er begreifen, wie unglücklich sie in ihrer Einsamkeit war! Das Gewicht ihrer Gedanken zwang sie dazu, die Augen zu schließen. Nach einer Weile öffnete sie sie wieder.
Im Küchenfenster sah sie ihr Spiegelbild. Sie hob das Glas an den Mund. Starkes Mitleid überkam sie. Und dieses Mitleid galt ihnen beiden. »Armer Cato«, sagte sie zum Fenster.
Die andere war eine ganz normale Frau mit kurzen braunen

Haaren und Sommersprossen. Die andere war die Mutter seines neuen Kindes. »Arme Bente«, sagte sie.
Sie ging ins Wohnzimmer und setzte sich aufs Sofa. Das Zimmer heulte ihr lautlos entgegen. Sie schaltete den Fernseher ein. Ließ das Bild einen Ort sein, an dem ihre Augen sich ausruhen konnten. Sie drehte den Ton leise.
Sie konnte nicht behaupten, ein Teil von ihm zu sein, das kam ihr dumm und altmodisch vor. Aber sie war eben doch ein Teil von ihm. Sie waren so lange zusammen gewesen. Hatten zwei Kinder zusammen bekommen, waren achtzehnmal zusammen in Urlaub gefahren. Hatten achtzehnmal Weihnachten, siebzehnmal Ostern und siebzehnmal Hochzeitstag gefeiert. Und trotzdem war er eines Tages einfach so gegangen, als ob ihm das alles niemals etwas bedeutet hätte!
Sie schaltete den Fernseher aus. Stand auf und legte eine CD ein.
Die Musik breitete sich im Zimmer aus. Kroch in Bentes Whiskyglas, untersuchte ihre Seele und streichelte behutsam ihre unsichtbaren Narben. Daß ein Mann geht, kann die Sterne am Himmel nicht versetzen, dachte sie trotzig und legte sich mit dem Rücken aufs Sofa. Ihre Seele war hautlos. Die Gedanken berührten sie und taten ihr weh. Sie schloß die Augen. Sie endete, und die Musik endete. Die Musik verzehrte die Möbel und gab dem Zimmer ein anderes Gesicht.

22

Drei Bilder vom Karneval in Venedig. Die Illustriertenfotos zeigten Menschen in Dominos und Masken, die auf einer gewölbten Brücke standen. Eine Gondel verschwand gerade unter dieser Brücke. Auf einem Bild kehrte ein Kind der Kamera den Rücken. Alles an diesem Kind verriet, daß es etwas Erschreckendes sah.
Die Frau in der Telefonzentrale des Polizeipräsidiums schloß die Zeitschrift und steckte sie in die Handtasche, während sie gleichzeitig zum Telefon griff. »Ja, einen Moment«, sagte sie und stellte einen Mann zur Kriminalbereitschaft durch.
Es war Dienstagmorgen, der 23. April. Dem Mann war sein Auto gestohlen worden. Zwei nebeneinanderliegende Reihenhäuser hatten nächtliche Einbrüche in ihre Garagen gemeldet. Eine Frau rief aus dem Frauenhaus an, um einen gewalttätigen Mann anzuzeigen. In ihrer Stimme lag ein leichtes zweifelndes Beben. Sie schien von Tag und Nacht ein wenig belastet zu sein.

23

Am zehnten Tag beschloß Cheryl Therkelsen, das Frauenhaus zu verlassen. Es tat ihr fast körperlich weh, dieses Haus zu verlassen, das sie in der letzten Zeit beschützt und beruhigt hatte. Es war wie ein umgekehrtes Gefängnis. Nicht die Insassen waren gefährlich, sondern die, die draußen waren. Aber sie wußte, daß es keine Lösung war, ihren Aufbruch noch weiter hinauszuschieben. Zehn Tage waren eine lange Zeit. Alle hier hatten gesagt, sie dürfe ruhig noch bleiben, sie solle abwarten, bis sie sich stark genug fühlte. Stark genug? Sie glaubte, niemals stark genug sein zu können. Und wenn, dann bedeutete diese Stärke den Abschied. Und der Abschied bedeutete Trauer und sonst nichts. Aber vielleicht später, hatte sie sich überlegt, würde sich der Inhalt der Stärke verändern. Die Stärke würde sich vielleicht ausweiten und einen Fächer von Mut und Hoffnung und neuem Leben bilden. Sie lächelte traurig, sie wußte, daß das lange dauern würde.

Sie hatte diese Menschen liebgewonnen, die zum Helfen hier waren. Aina und Dagmar, Hugo und Sonja. Ihre Hände und ihre Gesichter, ihre Stimmen. Alles an ihnen hatte akzeptiert, daß sie eine schwache Verliererin war. Sie sagten, nicht sie habe verloren, und das meinten sie auch so. Aber sie fühlte sich trotzdem als Verliererin. Nichts konnte jemals wieder so sein wie vor-

her. Das war das einzige, was sie sicher wußte. Und das allein erschien ihr schon als Niederlage.
Nach dem Frühstück rief sie als erstes bei der Polizei an, um ihn anzuzeigen. Sie hielt den Telefonhörer in der einen Hand und berührte mit der anderen ihr müdes Gesicht. Wußte nicht, ob es richtig oder falsch war, was sie hier tat. Und ob es überhaupt sein mußte. Sie überlegte, daß sie ihre eigene Entwicklung vielleicht antreiben könnte.
Der Polizist, mit dem sie sprach, sagte, sie müsse auf die Wache kommen und eine schriftliche Anzeige erstatten. Seine Stimme hatte sehr freundlich geklungen. Als sie auflegte, wußte sie, daß sie das möglichst bald erledigen wollte.
Viel hatte sie nicht zu packen, sie hatte nur ein paar Kleider mitgehabt.
Sie ging zusammen mit Sonja Pettersen, die zum Schwimmbad wollte. Jede hielt dabei ein Kind an der Hand. Sie sahen aus wie Freundinnen oder wie Schwestern, die einen Spaziergang machen.
John und Tina hüpften und sprangen herum. »Ich will auch schwimmen gehen, Mama«, sagte Tina.
»Ein andermal, Liebes«, sagte Cheryl.
»Dürfen wir heute nacht in deinem Bett schlafen?« fragte John ein bißchen ängstlich und blickte fragend zu seiner Mutter hoch.
»Vielleicht«, sagte Cheryl leichthin.
Sonja Pettersen sah zu ihr hinüber. »Du schaffst das«, sie lächelte warm. »Das geht gut.«
Die zehn unwirklichen Tage kamen ihr vor wie Stunden. Cheryl hätte sie am liebsten abgeschüttelt wie eine Last von bösen Träumen. Jeder Schritt war neu. Es war Frühling. Auch, wenn sie allein bleiben müßte, so wußte sie doch, daß sie sich vielleicht nicht mehr so einsam fühlen würde.
Die Kinder quengelten noch immer herum, weil sie baden wollten. Es fiel ihr schwer, die Geduld nicht zu verlieren, die im

Frauenhaus so selbstverständlich gewesen war. Vor allem, als Tina losheulte. Sie verzog ihr unzufriedenes Gesichtchen, bis sie aussah wie ein kleiner häßlicher Engel.

Cheryl mußte sich hart am Riemen reißen, um die Kleine nicht zu schütteln oder ihr einen Klaps zu versetzen. Jetzt überkam es sie wieder. Daß es möglich war, die eigenen Kinder dermaßen glühend zu hassen!

»Wir fahren jetzt mit dem Bus nach Hause, und in ein paar Tagen kommen wir dann wieder her und gehen schwimmen. Vielleicht zusammen mit Sonja.«

»Das verspreche ich.« Sonja Pettersen lächelte. »Wir sehen uns wieder«, sagte sie. »Ihr seid alle drei hier jederzeit herzlich willkommen.«

Cheryl versprach einen Besuch, wußte aber nicht, ob sie sich wiedersehen würden. Etwas in ihr hatte schon Abschied vom Frauenhaus genommen.

Svend war jetzt sicher im Büro, er hatte doch nicht die ganze Zeit zu Hause sitzen und auf sie warten können. Außerdem war er jetzt nicht gefährlich. Hinterher war er nie gefährlich. Das war ja gerade das Frustrierende, war es seit vielen Jahren. Wenn sie nur einen Lichtstreifen gesehen hätte. Etwas, das sie sich vor Augen halten und dann sagen könnte: In ein paar Wochen, Monaten ist alles besser. Aber sie wußte, daß er sich niemals ändern würde. Sonja hatte sie dazu gebracht, das in Worte zu fassen. »Sag es laut«, hatte sie verlangt. Und Cheryl hatte gesagt:

»Er wird sich nie ändern.«

Als sie das sagte, wußte sie, daß diese Worte die Wahrheit waren. In Gedanken rief sie sich sein verzweifeltes und wütendes Gesicht vor Augen. Sie wünschte, er könnte dieses Gesicht verlieren. Aber sie glaubte nicht mehr daran.

In Gedanken sprach Cheryl jetzt mit ihm, sprach aus der Finsternis ihrer müden Seele mit ihm.

Sie hörte seine Handflächen klatschen, wenn er sie schlug,

hörte das Dröhnen seiner Fäuste. Hörte seine Stimme: »Du holst das Schlimmste aus mir heraus! Ich weiß nicht, was ich tun soll, um dich daran zu hindern!«

Aus einer Telefonzelle rief sie Bergliot Behrens an. Wollte wissen, ob die mit Svend gesprochen hatte. Bergliot Behrens antwortete kurz, sie habe ihn nicht gesehen. Das kam unerwartet für Cheryl. Sie waren doch so gute Freundinnen gewesen. Vielleicht hatte Svend doch mit ihr gesprochen, ihr seine Version erzählt.

Hier stimmte etwas nicht. Und dieses Etwas sorgte dafür, daß sie sich doch nicht nach Hause traute. Das Wort zu Hause blieb ihr in der Kehle stecken.

Sie dachte an die beiden neuen Frauen, die im Laufe der Nacht gekommen waren. Die eine war sofort ins Krankenhaus gebracht worden. Die andere hatte keine äußerlichen Verletzungen gehabt. Cheryl war ihr in der Eßzimmertür begegnet, als sie gerade gehen wollte.

Cheryl Therkelsen hatte einen großen Stein im Bauch, ihre Brust war schwer. Die Angst in ihrem Herzen jagte ihr einen lautlosen Schmerz durch den Hals.

24

Sigrid machte ausgreifende, kräftige Schwimmzüge. Ihr Körper schoß im grünweißen Chlorwasser nach vorn. Die Haare hingen ihr wie ein feuchtes Netz über die Schulter. Der Widerhall von Stimmen und Rufen drang in ihre Gehörgänge ein, wenn sie den Kopf über die Wasseroberfläche hob, um Atem zu holen. Aber unten, wenn ihr Gesicht unter Wasser war, gab es nur Stille. Sie öffnete die Augen und fuhr zusammen, als sie dicht vor ihrem eigenen das Gesicht der anderen Frau sah. Beide lächelten über die Kollision, die sie in letzter Minute noch vermieden hatten.
Später kamen sie im Umkleideraum ins Gespräch miteinander. Die Frau stellte sich vor, sagte, sie heiße Sonja Pettersen, arbeite gleich in der Nähe und stehle sich die Zeit fürs Schwimmen. Das müsse sie einfach, um bei ihrem Job zu überleben. Sie lachte dabei. »Außerdem habe ich Rückenschmerzen«, fügte sie hinzu. »Und das Schwimmen hält die Schmerzen in Schach. Du hast übrigens ein unglaublich braves Kind«, sagte sie dann und blickte zum Kinderwagen hinüber, in dem Georg nun schon seit fast anderthalb Stunden schlief. »Das ist mir schon aufgefallen.«
Sigrid lächelte stolz. »Das liegt an Chlorgeruch und Wärme«, sagte sie. »Aber warte nur, nachts wird er dafür mehrmals wach. Ich traue mich gar nicht, meinem Mann zu verraten, daß er tagsüber so viel schläft.«

Sigrid erkundigte sich dann nach der Arbeit der Frau. Die beugte dabei ihr Gesicht zu ihrem Oberschenkel hinab, zog sich ihre schwarze Stumpfhose an und erzählte, sie arbeite gleich um die Ecke im Frauenhaus.

»Und du?«

»Ich bin Lehrerin«, sagte Sigrid schnell. »Bin im Moment beurlaubt, aber ich werde wohl im nächsten Herbst wieder anfangen. Ich wußte gar nicht, daß das Frauenhaus hier in der Nähe liegt.«

Sonja Pettersen lächelte kurz. »Das wissen die wenigsten, bis sie dann eines Tages selber dort landen. Bis sie fast in Fetzen eingeliefert werden«, sie lachte sarkastisch. »Wir posaunen unsere Adresse schließlich auch nicht heraus.« Sie richtete sich auf und hob theatralisch die Arme in die Luft. »Gott sei Dank, daß es Wasser gibt«, sie lachte. »Wenn ich doch bloß ein Fisch sein könnte!«

25

Kim Khan stand schon auf dem Flur und wartete, als Cato Isaksen um elf die Morgenbesprechung hinter sich hatte. Ihm fiel auf, wie dünn und schlaksig der Junge war. Seine Augen und sein Mund sahen in dem dunklen Gesicht aus wie einsame Seen. Er lehnte in einer seltsam verzerrten und unnatürlichen Haltung an der Wand. Offenbar versuchte er so auszusehen, als sei ihm alles egal.

»Du bist schon da, dann kannst du auch gleich mit reinkommen«, sagte Cato Isaksen und gab sich alle Mühe, freundlich zu wirken. »Na los«, er lächelte.

Der Junge riß sich von der Wand los, und Cato Isaksen fiel auf, daß Kim fast so groß war wie er selber.

Kim Khan hatte in der letzten Nacht offenbar nicht besonders gut geschlafen. Er hatte dunkle Ringe unter den Augen, und seine hellbraune Haut sah unnatürlich blaß aus.

Der Fahnder hatte beschlossen, als erstes die Frage zu stellen, die der Onkel am Vortag im Laden nicht hatte beantworten wollen. Nämlich, warum Bashir Khan am 2. Januar bei dem Fest nicht dabeigewesen war. Er hätte gern gewußt, warum Hussain Khan und sein Freund Ahmed ihn dann später hatten holen wollen.

Noch ehe er sich gesetzt hatte, fing der Junge an zu reden. Mit verbissener Stimme behauptete er, nichts zu wissen. Er sprach mit deutlichem Ost-Osloer Akzent und Slangeinschlag.

Cato Isaksen musterte den Siebzehnjährigen ruhig. »Ich möchte nur mit dir reden, um deine Version zu hören«, sagte er freundlich. »Schließlich ist dein Vater umgebracht worden. Du willst doch, daß wir den Fall aufklären, daß wir den Täter finden, oder etwa nicht?«
Kim Khan errötete heftig und nickte stumm.
»Du bist der Älteste, nicht wahr?«
»Der Zweitälteste«, antwortete der Junge schnell. »Meine Schwester ist in Pakistan. Sie ist die Älteste. Ich bin der einzige Junge.«
»Kannst du mir erzählen, was passiert ist?«
»Am 2. Januar?«
»Ja.«
Der Junge schluckte zweimal. Sein Adamsapfel bewegte sich hektisch in dem dünnen Hals. Er wußte nicht, was er mit seinen Händen anfangen sollte. Es fiel ihm sichtlich schwer, über dieses Thema zu sprechen. »Ich war bei einem Freund, Hassan«, sagte er dann eilig. »Seine Eltern waren in Pakistan. Er war zwei Monate allein. Als ich nach Hause kam, standen vor dem Haus ein Krankenwagen und ein Bullenwagen. Jemand hat gesagt, bei uns wäre was passiert. Ich bin raufgerannt, ich hatte Angst. Im Treppenhaus standen lauter Neugierige. Ich weiß nicht mehr wer. Und ein Polizist hat gesagt, mein Vater wäre tot.«
Er rutschte auf seinem Stuhl herum, und er sprach eher mit sich selber als mit dem Ermittler. »Ich konnte das irgendwie nicht glauben. Die hatten ihn schon in schwarze Plastikfolie und so eingewickelt. Aber auf dem Boden war jede Menge Blut«, fügte er dann hinzu.
»Was war dein erster Gedanke, Kim?«
»Sie meinen, wen ich für den Mörder gehalten habe?« Der Junge sah traurig aus.
Cato Isaksen nickte.
»Nein, keine Ahnung.« Kim schüttelte langsam den Kopf und sagte dann: »Es war doch mein Vater, nicht wahr. Ich habe an

meine Großeltern gedacht, daran, wie traurig die sein würden.« Er senkte den Kopf und kniff die Lippen zusammen. Es war ganz deutlich, daß er weinte.

»Weißt du noch, ob du überhaupt überlegt hast, wer der Mörder sein könnte?«

»Nein, ich habe vielleicht gedacht, das wäre der Verrückte unter uns gewesen. Aber ich glaube, auf den Gedanken bin ich erst einen Tag später gekommen.«

»Per Allan Karlsen?«

Kim nickte. »Dem ist alles mögliche zuzutrauen.«

Es war still im Zimmer. Nur eine wütende Frühlingsfliege brummte vor dem Fenster herum.

»Wie war eigentlich dein Vater? Kannst du ihn mir beschreiben?«

»Meinen Sie aussehensmäßig?«

»Nein, ich meine ... wie war er?«

Der Junge schluckte rasch. »Er war ein verdammt ... normaler Vater. Ein bißchen streng natürlich, aber das sind die meisten pakistanischen Väter, wissen Sie. Die sind einfach so. Ich durfte nicht alles, aber dann habe ich es doch gemacht. Meine Schwester hatte dauernd Krach mit dem Alten, sie wollte nicht heiraten. Deshalb wurde sie nach Pakistan geschickt. Er hat gedroht, auch mich hinzuschicken. Ich wollte aber nicht. Ich habe nie da gewohnt. Ich bin doch Norweger, finde ich.«

»Wen sollte sie denn heiraten?«

»Einen Typen aus einer Familie, die der Alte in Lahore kennt. Ich weiß nichts über den. Wir sind wohl irgendwie entfernt verwandt. Hab' bloß Bilder gesehen. Der sieht reichlich bescheuert aus, ziemlich fett und so.«

»Wie alt ist deine Schwester?«

»Achtzehn.«

»Ziemlich jung zum Heiraten.«

»Nicht bei uns«, sagte Kim schnell. »Sie war fast mit der Schule fertig, hätte jetzt im Frühling Abi gemacht.«

Cato Isaksen öffnete eine Schublade und nahm eine Schachtel mit Halspastillen heraus. Kim schüttelte den Kopf. Er wollte keine.
»Gefällt es dir eigentlich in Norwegen, Kim?«
Der Junge wandte sich halbwegs weg. Ein trauriger Zug huschte über sein Gesicht. »Wohin sollte ich denn sonst gehen«, fragte er.
Die Miene des Jungen kam Cato Isaksen bekannt vor. Kim Khans Verzweiflung erinnerte ihn an seinen eigenen Sohn. In Kims Gesicht fand er Gard wieder. Kims Miene zeigte einen fast unerträglichen Schmerz.
»Aber die Schule, warum hast du da aufgehört?«
Kim Khan zuckte gleichgültig mit den Schultern. »Der Laden«, sagte er. »Meine Mutter kann einfach nicht arbeiten. Und ich weiß doch, daß aus mir sowieso nichts geworden wäre.«
Cato Isaksen beugte sich vor und stützte die Ellbogen auf den Schreibtisch.
»Aber du leitest doch euren Laden, ist das nicht auch was?«
Ein kleines Lächeln huschte über die Lippen des Jungen.
»Oder ist dein Onkel der eigentliche Chef?«
Kim Khan reagierte nicht auf diese Frage. Er zuckte nur müde mit den Schultern. »Der ist in Ordnung«, sagte er.
Cato Isaksen stand auf. In diesem Moment klingelte das Telefon. Er nahm den Hörer ab und bat, nicht gestört zu werden.
»Daß dein Onkel eigentlich gar nicht in eurem Laden arbeiten darf, das interessiert uns nicht so sehr. Das fällt nicht in unser Ressort. Hier liegt ein Mordfall vor. Wir müssen einen Täter finden. Das ist meine Aufgabe.«
Kim Khan schluckte rasch, setzte sich ein wenig gerader und nickte. Obwohl seine dünne Gestalt so hoffnungslos aussah, besaß er doch eine auffällige Stärke.
»Hast du irgendeine Vorstellung, wer deinem Vater den Tod gewünscht haben könnte, abgesehen von diesem Nachbarn?«
»Ach, da gibt es sicher viele«, sagte Kim Khan langsam. »Aber

eigentlich glaube ich, daß es dieser Karlsen war.« Kim rutschte unruhig auf seinem Stuhl hin und her. »Aber es kann ja auch ein Einbrecher oder so gewesen sein.«
Die Sonne hatte inzwischen das Zimmer stickig und warm werden lassen.
Cato Isaksen bot dem Jungen eine Cola an. Kim nickte. Der Fahnder erhob sich und holte vom Automaten auf dem Flur eine Flasche. Der Junge nahm die Flasche, öffnete sie aber nicht. Als Cato Isaksen sich wieder gesetzt hatte, fragte er, ob Kim es für möglich hielt, daß sein Onkel oder Ahmed Nabil, der Freund des Vaters, etwas mit dem Mord zu tun haben könnten. Sofort schien den Jungen eine Art zäher Trotz zu überkommen. »Nie im Leben«, sagte er hart. »Die waren doch Brüder, Mann, und Freunde. Die waren meistens einer Meinung.«
»Wie meinst du das?«
»Ihr glaubt, daß alles so selbstverständlich ist. Daß wir dankbar sein sollen, weil wir herkommen und schuften dürfen. Was ihr nicht kapiert, ist, daß die Welt für alle da ist, daß ich dasselbe Recht habe, hierzusein, wie Sie. Daß ich nicht schlechter bin als Sie.«
Cato Isaksen betrachtete den Jungen und versuchte, diesen Ausfall zu analysieren. Es war deutlich, daß die Frage ihn provoziert hatte.
»Aber es liegt doch wohl in deinem Interesse, daß wir diesen Mord aufklären?«
»Natürlich«, rief Kim Khan. »Habe ich vielleicht was anderes gesagt?« Er breitete die Arme aus.
»Warum war dein Vater am 2. Januar nicht mit auf dem Fest?«
»Fest«, Kim schnaubte, »das war kein richtiges Fest. Wir sind fast jeden Tag zusammen, nicht wie ihr Norweger, nur einmal im Jahr«, fügte er höhnisch hinzu. »Er war sicher müde, hatte wohl keine Lust. Und vielleicht hatten sie sich gerade wieder gestritten.«
»Worüber denn?«

»Mein Alter und mein Onkel waren nicht immer einer Meinung. Das habe ich doch schon gesagt. Nur ihr Norweger wollt unbedingt immer einer Meinung sein. Die hatten sich sicher ein bißchen gestritten. Aber es war nichts Ernstes«, fügte er hinzu.
Cato Isaksen musterte den jungen Pakistani. Er betrachtete den dünnen Hals mit dem hilflosen Adamsapfel. Die schmalen Hände, die leicht krumme Haltung. Den schwarzen Flaum an der Oberlippe. Den ein wenig feindseligen Blick.
Plötzlich tauchte in Cato Isaksens Gedanken eine vage, wehe Erinnerung auf. Er war mit einem Kumpel per Interrail unterwegs, er war achtzehn. Seine Eltern waren gleichzeitig mit den beiden in Paris. Cato und sein Freund waren um zwölf Uhr am 14. Juli, dem französischen Nationalfeiertag, mit ihnen auf der obersten Treppenstufe von Sacré Cœur verabredet. Sie wollten eine Stunde warten, wenn die anderen nicht rechtzeitig kämen. Cato und sein Freund kamen um fünf vor zwölf bei der Kirche an. Gespannt reckte Cato den Hals, um in der wogenden Menschenmenge seine Eltern zu entdecken. Immer wieder glaubte er, sie zu sehen. Die Mutter mit den straffen Dauerwellen in den blonden Haaren. Den Vater mit dem runden Gesicht und den fast weißen, immer fest an den Kopf gekämmten Haaren.
Sie warteten bis ein Uhr, bis zwei Uhr. Die Eltern kamen nicht. Cato war unglaublich enttäuscht. Bis heute wußte er nicht so recht, warum eigentlich. Er war damals achtzehn. Später hatte er erfahren, daß seine Eltern am 14. wirklich in Paris gewesen waren, daß seine Mutter es aber so stressig und anstrengend gefunden hatte, sich am Nationalfeiertag durch die Menschenmenge zu der weißen Kirche durchzuschlagen. Sie wollte einfach nicht. Das war jetzt lange her, fast dreißig Jahre. Himmel, sein Vater war seit zehn Jahren tot. Auf ewig verschwunden.
Plötzlich merkte er, daß Kim Khan ihn anstarrte.
»Tut mir leid«, sagte Cato und strich sich die Haare nach hinten. »Erzähl von diesem Freund, den du damals besucht hast.«

Kim Khan wollte gerade die Colaflasche öffnen, hielt dann aber inne. In diesem Moment wurde an die Tür geklopft, Randi schaute herein und lächelte, als wolle sie um Entschuldigung bitten. »Da ist eine ältere Dame, eine Bergliot Behrens. Sie will mit dir sprechen, sagt, es sei dringend.«
»Ist sie hier?«
»Das kannst du wohl sagen«, antwortete Randi mit resigniertem Blick.
»Ich bin gleich wieder da, Kim«, sagte Cato Isaksen und nickte dem Jungen zu, dann zog er die Tür hinter sich ins Schloß.

26

Kim Khan ging zum Fenster. Dort blieb er stehen und starrte auf den Platz vor dem Polizeipräsidium hinunter. Leute eilten hin und her, ein Streifenwagen fuhr langsam auf die Straße. Eine Frau zerrte an ihrer Hundeleine. Das gelbliche Sonnenlicht traf auf einen Fahrradlenker. Kim ging auf, daß er sich vor den Fragen fürchtete.
Eingetrocknete Regentropfen hatten die Fensterscheiben grau gefärbt. Er versuchte, das Fenster zu öffnen, aber ein Sperrmechanismus erlaubte nur, es auf Kipp zu stellen. Die dicke schwarze Fliege verschwand. Kim seufzte tief und schloß das Fenster. Er hatte an diesem Tag noch nichts essen können und hatte nachts fast nicht geschlafen. Jetzt merkte er, daß er Bauchweh hatte und daß ihm die Tränen in den Augen standen. Wenn er nur nicht dieses ekelhafte Gefühl im Bauch hätte. Wenn er nur dem Onkel und Ahmed und der Mutter geglaubt hätte. Aber die widersprachen sich ja allesamt. Und das machte alles so schwer.
Er stellte die Flasche auf die Fensterbank, ging leise zur Tür und machte sie auf. Und dann ging er durch den Flur davon.

27

Ich fand es gar nicht leicht, die Unschuldige zu spielen, stammelte Bergliot Behrens hektisch, während Cato Isaksen versuchte, sie zu beruhigen. »Ich wußte ja nicht einmal, in welchem Stock ich Sie finden könnte«, fügte sie hinzu. »Ich weiß ja, daß ihr sie verdächtigt, und weil ich in nichts hineingezogen werden und erst recht nicht gegen die Polizei arbeiten will, habe ich am Telefon nichts gesagt.«
Cato Isaksen schob Bergliot Behrens ruhig zu einer kleinen Sitzgruppe in der Nähe der Toilettentüren. Bergliot Behrens hatte ihren blaugrauen Hut etwas zu tief in die Stirn gezogen. Ihr Mantel stand offen. Sie schien überstürzt losgerannt zu sein. Erschöpft ließ sie sich auf das kleine Sofa sinken. Ihre Handtasche fiel auf den Boden. Cato Isaksen bückte sich und hob sie auf. Bergliot Behrens riß sie ihm fast aus der Hand und bedankte sich nicht.
»Also, sie hat angerufen, vermutlich von einer Telefonzelle aus, und sie hat gefragt, ob ich ihren Mann gesehen hätte. Das mußte ich ja verneinen, aber ich habe nicht erwähnt, was passiert ist. Ja, ich meine, wenn sie das war, dann weiß sie es ja selber, nicht wahr?«
»Sie reden hier von Cheryl Therkelsen?«
»Ja, natürlich, und sie hat gesagt, sie wäre auf dem Weg nach Hause. Ich mußte mir wirklich alle Mühe geben, um mich

natürlich anzuhören. Aber ich glaube, ich habe es geschafft.«

»Hat sie gesagt, wo sie die ganze Zeit gesteckt hat?«

»Wahrscheinlich hat sie meiner Stimme angehört, daß irgend etwas passiert ist. Ich konnte da nichts für. Aber es steht ja auch nicht fest, Herr Inspektor, daß sie das wirklich war. Je mehr ich mir das überlege, um so absurder finde ich die Vorstellung. Ich glaube nicht, daß sie es war.«

Cato Isaksen lächelte kurz, als sie ihn »Inspektor« nannte. Er unterbrach ihren Redefluß ganz gelassen. »Hat sie gesagt, wo sie die ganze Zeit gesteckt hat?« fragte er noch einmal.

»Sie hat gesagt, sie wäre in so einem Frauenhaus gewesen, Sie wissen schon, für gewalttätige Frauen. Nein, ich meine ...« Die alte Frau hob demonstrativ die Hände und legte sie über ihr Herz. »Das hat mir arg zugesetzt. Ich bin einfach ins nächste Taxi gesprungen, das wartet übrigens unten vor dem Haus. Das wird ganz schön teuer.«

Cato Isaksen verfluchte sich. Was war er doch für ein Trottel gewesen! Im Frauenhaus. Natürlich!

»O verdammt«, fluchte er leise. »Warten Sie einen Moment«, sagte er und lief zu Randi. »Schaff Roger her«, befahl er. »Und zwar sofort.«

Roger Høibakk freute sich nicht gerade über den Auftrag, Bergliot Behrens nach Hause zu fahren und in der Wohnung des Toten auf Cheryl Therkelsen zu warten.

»Nimm noch irgendwen mit«, sagte Cato Isaksen und klopfte der alten Frau Behrens beruhigend auf den Arm. »Haben Sie vielen Dank«, sagte er. »Aber vergessen Sie nicht, daß es auch noch das Telefon gibt.« Dann lief er zurück in sein Büro. Nur, um festzustellen, daß das leer war. Kim Khan war verschwunden.

28 Cheryl Therkelsen hatte die Tasche über der Schulter und an jeder Hand ein Kind. Sie ging die Straße entlang. Der Abschied von Sonja Pettersen bedeutete fast einen physischen Schmerz. Als habe sie eine Art Mutter verloren. Es wehte ein kräftiger Wind. Eine graue Wolke versteckte die Sonne. Plötzlich fielen große nasse Schneeflocken. Sie wirbelten durch die Luft und klebten an den Mantelschultern und den Haaren der Kinder.

»Es schneit«, rief John und hob sein Gesicht zum Himmel. »Mach den Mund auf, Tina«, lachte er. »Das ist witzig.«

Die Schneeflocken starben, wenn sie auf den Boden auftrafen. Der Frühling ärgerte sich. Wieder war er ausgetrickst worden.

»Wir hätten lieber ins Schwimmbad gehen sollen«, sagte Tina sauer. »Wenn es doch schneit!«

Sie gingen zu McDonald's im Kirkevei. Das rosa Haus im Trudvangvei war noch eine Viertelstunde entfernt. Cheryl entdeckte ganz hinten in der Ecke einen freien Tisch. Sie zog den Kindern die nassen Mäntel aus und hängte sie über die Stuhllehnen.

»Ich will an der Wand sitzen«, rief Tina und warf ihre Barbiepuppe in die Ecke, damit die den Platz für sie freihielt..

Als Cheryl das Essen geholt hatte, quengelte John, weil die Gurke sauer war, während Tina sich alle Mühe gab, um Barbie in die Hamburgerschachtel aus Pappe zu quetschen. »Können wir

Fenster ausschneiden, Mama?« fragte sie. »Und ein Haus daraus machen?«
Im Spiegel über den grüngepunkteten Sofalehnen blickte Cheryl in ihre eigenen Augen. Die machten ihr angst. Sie waren ganz leer. So leere Augen wollte sie nicht haben. Sie dachte an die vielen Tränen, die aus ihnen herausgeflossen waren. Sie dachte an ihre geborgene Kindheit in den USA, an ihre Jugendzeit.
Sie war heftig in Svend verliebt gewesen. Sie hatte ihn auf einem Fest für ausländische Betriebswirtschaftsstudenten getroffen. Ihre Schwester, Cherrie, hatte sie mitgeschleift. »Denk dran, die sind im Ausland«, hatte Cherrie gesagt und gelacht. »Hier können sie ihren Leidenschaften freien Lauf lassen. Sie brauchen weder auf Mütter, Schwestern noch auf Exfreundinnen Rücksicht zu nehmen.« Auch Cheryl hatte gelacht. »Die sind wie Tiere«, hatte Cherrie dann gesagt, ihr zugezwinkert und ihr den Rücken zugewandt, damit Cheryl ihren Reißverschluß hochziehen konnte. »Freust du dich?«
»Können wir Fenster ausschneiden, Mama?«
So viele Tränen waren aus ihren Augen geflossen. So viele Tropfen waren seither ins Meer geströmt. Er hatte schon wenige Monate nach der Hochzeit angefangen, sie zu schlagen. Aber anfangs war es noch nicht so schlimm gewesen. Sie hatte gewußt, wie sie das vermeiden konnte. In den letzten Jahren, seit die Kinder gekommen waren, war es schlimmer geworden. Die Kinder, die er doch liebte, schienen in ihm eine geheimnisvolle Eifersucht zu entfachen. Cheryl begriff seine Mechanismen nicht mehr, konnte nicht mehr auf der dünnen Linie balancieren, die Überleben hieß. Sie überlebte nicht mehr.
Während sie auf ihren Pommes herumkaute, sah sie im Spiegel die Wunde. Die Wunde grinste sie vom Haaransatz über der Schläfe her an. Sie sah im Spiegel, daß eine Kindergartenklasse jetzt die drei freien Tische bei der Tür besetzte.
Die Kruste ging jetzt langsam ab. Wunden verheilen schnell. Jedenfalls die äußerlichen. Bald würde ihr Körper alle sichtbaren

Spuren lossein. Wenn auch nicht alle. Die blauen Flecken zwischen ihren Schulterblättern waren heute noch dunkler. Das hatte sie am Morgen im Badezimmer gesehen.
Wie gut es tun würde, andere Kleider anzuziehen. Sie würde die weiße Bluse und die blaue Hose wegwerfen. Ihr Anblick würde sie sonst immer an die endgültige Niederlage erinnern.
»Können wir Fenster ausschneiden, Mama?«
»Ja«, sagte Cheryl tonlos.
»Nicht an meinem« sagte John. »Das sieht doch blöd aus.«
Er würde alles für sie tun, wenn sie nach Hause kam, würde der Mann sein, den sie sich wünschte. Und dagegen mußte sie sich hart machen. Sie dachte daran, was Sonja Pettersen gesagt hatte: »Du mußt jetzt die Verantwortung für dein Leben übernehmen. Jetzt. Ich meine, jetzt.« Sie hatte dieses »jetzt« mehrmals betont. »Nicht morgen oder übermorgen oder am Tag danach. Verstehst du? Du mußt einsehen, daß er sich niemals ändern wird. Du mußt dich ändern. Du bist die einzige von euch beiden, die das kann. Du mußt überlegen, ob du ihn verlassen solltest.«
Sie wußte, daß er alles versuchen würde, um den Haß in ihrem Herzen zu ersticken. Aber jetzt sah sie ihn. Mußte ihn sehen, ehe die Kinder daran kaputtgingen. Sie sah ihn, so, wie er war, wie er immer gewesen war.
Tief in ihrem Hinterkopf, hinter dem brüchigen Helm aus Knochen, saß ein kleines Krafttier. »Alle haben ein Krafttier«, sagte Sonja Pettersen. »Auch du.«
Sie hatte ein Krafttier. Sie schloß die Augen, als John mehr Cola verlangte. In ihrem Kopf saß ein kleines vibrierendes Krafttier. Sie spürte, wie sich die Vibrationen in ihrem Körper verbreiteten. Kennst du mich noch, fragte das Tier. Weißt du noch, wie ich die Flügel bewege, wie ich dir Selbstvertrauen schenke, wie ich vor Freude tanze?
Der Lärm der Menschen im Lokal, das Geschrei der Kinder, das ihr so vertraut war, daß sie es normalerweise nicht hörte, schrillte jetzt in ihren Ohren.

»Wir schneiden Fenster aus, Mama, ja?«
Sie versuchte, ihr normales Gesicht zu machen, kam sich ein wenig alt vor, lächelte aber. »Ja, wir schneiden Fenster aus, das verspreche ich dir, Liebes.«

29

Ein kurzer Anruf im Frauenhaus bestätigte, daß Cheryl Therkelsen und ihre beiden Kinder dort die letzten zehn Tage verbracht hatten. Allerdings konnte die Frau, die sich als Dagmar Løw vorstellte, nicht bestätigen, daß Sonya Kahn um den 2. Januar herum dort gewesen war. »Nein«, sagte sie, nachdem sie den Computer befragt hatte, »wir haben alle Klientinnen im Computer. Und in der fraglichen Zeit hatten wir hier nur eine Inderin.«

»Können Sie feststellen, ob Sonya Khan überhaupt jemals bei Ihnen gewesen ist?« fragte Cato Isaksen. Er fluchte, als die Frau das verneinte. Damit war diese Theorie über Bord gegangen.

Zwei Stunden später rief ein ziemlich genervter Roger Høibakk an. Cheryl Therkelsen und ihre beiden Kinder hatten sich nicht blicken lassen. Entweder log die Alte aus dem Erdgeschoß, oder die Amifrau hatte kalte Füße bekommen. »Nenn sie bitte nicht Amifrau«, sagte Cato Isaksen gereizt. »Sie ist norwegische Staatsbürgerin und wohnt seit Jahren hier.«

»Jedenfalls ist sie noch nicht hier aufgetaucht«, sagte Roger Høibakk noch einmal sauer. »Nur die verrückte Alte von unten nervt mit ihrem blöden Biskuitkuchen.«

Ingeborg Myklebust trat in die Tür. Sie war ernst. Ihre Augen glänzten, sie war weiß im Gesicht. Cato Isaksen bat Roger Høibakk, noch weiter zu warten und beendete dann das Gespräch.

»Ich habe Fieber«, sagte Ingeborg Myklebust düster. »Ist sie schon da?«
Cato Isaksen schüttelte den Kopf. »Seltsam«, sagte er. »Im Frauenhaus heißt es, sie sei schon heute morgen früh gegangen.«
Ingeborg Myklebust richtete sich auf. »Ich muß gehen«, sagte sie. »Wenn ich mich jetzt ins Bett lege, dann bin ich morgen vielleicht wieder auf den Beinen. Aber ich wäre gern beim Verhör der Witwe dabei«, fügte sie hinzu. »Ich glaube, da ist etwas zu holen. Sie weiß etwas.«
Er nickte zu seinem chaotischen Schreibtisch hinüber, auf dem Dokumente und Papiere sich um den besten Platz schlugen.
Ingeborg Myklebust stand wartend in der Türöffnung. Cato Isaksen sah sie wieder an. »Geh du nur«, sagte er. »Ich kümmere mich schon um Cheryl Therkelsen, wenn sie auftaucht.«

30

Er würde nie vergessen, wie ihre Augen von ihrem Gesicht getragen wurden. Wie das Zimmer ihren Körper einrahmte. Wie alles für etwas offenstand, das nie zurückkehren würde. Ihr Weinen hatte einen leichten, säuerlichen Geruch, wie verfaulende Blätter. Das ganze Büro war von diesem Weinen gefangen.

Sie hob ihr Gesicht. Abgesehen von ihren Augen war die dunkle Kruste unter dem Haaransatz das erste, was ihm aufgefallen war. Die Stelle über einem Wangenknochen war immer noch geschwollen.

Außer Cato Isaksen befanden sich noch Roger Høibakk und Randi im Zimmer. Randi zog ihren Stuhl zu Cheryl Therkelsen und legte ihr beschützend einen Arm um die Schulter. »Halten Sie das hier durch«, fragte sie vorsichtig, »oder ist das zu schwer für Sie?«

»Ich werde es versuchen«, weinte die Frau. Ihre Augen waren nur noch kleine blanke Schlitze. In den Händen hielt sie ein zerknülltes Stück Haushaltspapier.

Cato Isaksen teilte der Telefonzentrale mit, daß er nicht gestört oder unterbrochen werden wollte. Er setzte sich ein wenig schwerfällig auf den Stuhl hinter dem Schreibtisch. Roger Høibakk lehnte abwartend an der Wand.

»Frau Therkelsen«, sagte Cato Isaksen ruhig. »Es tut mir leid, daß wir Sie sofort verhören müssen. Aber Sie waren lange verschwunden. Wo haben Sie sich aufgehalten?«

»Im Frauenhaus«, antwortete Cheryl rasch und schluckte.

Er sah die Frau an. »Im Haus für mißhandelte und vergewaltigte Frauen?«

Sie nickte verlegen.

»Wann sind Sie dort hingegangen?«

»Am Samstag, in der Nacht.« Die Frau fing wieder an zu weinen.

Bergliot Behrens hatte am Samstag über sich Lärm gehört.

»Am dreizehnten also, am Samstag, den dreizehnten. Stimmt das?«

Die Frau nickte. »Es war wohl der dreizehnte, ja.« Sie sprach mit leichtem amerikanischen Akzent, aber ihre Grammatik war fehlerfrei.

»Wie lange wohnen Sie schon in Norwegen?«

»Seit fast zehn Jahren.«

»Und waren Sie schon früher im Frauenhaus?«

»Nein, nie.« Sie wollte noch etwas sagen, verstummte dann aber. Und dann sagte sie es doch. »Ich hätte das schon längst machen sollen. Ich hätte es nicht soweit kommen lassen dürfen. Ich hätte ihn verlassen sollen. Er hätte nicht so weitermachen dürfen. Die Kinder... sie... aber jetzt...« Die Frau sank in ihrem Sessel noch mehr in sich zusammen. »Er war nicht immer so. Es ist so schwer zu erklären.«

»Das brauchen Sie auch nicht«, sagte Randi beruhigend, aber Cheryl Therkelsen hatte sie nicht gehört.

»Die Kinder, sie hatten nicht nur Angst. Sie haben es auch ausgenützt, die ganze Situation, meine ich, manchmal waren sie gemeine kleine Ungeheuer. Sie konnten ekelhaft sein. Sie können ekelhaft sein«, korrigierte sie sich und legte eine kurze Pause ein. »Manchmal schienen sie Stärke zu gewinnen, wenn Svend mich gequält hat. Einmal hat John mich ausgesperrt.« Sie putzte sich mit dem Küchenpapier die Nase. »Manchmal«, sie senkte den Kopf, »waren sie vor Angst und Kummer wie zerstört.« Sie legte wieder eine Pause ein. »Wie war das nur möglich? Ich habe immer wieder angerufen, aber er ist nie ans Telefon gegangen. Aber am Sonntag habe ich mit ihm gesprochen, am Tag, nachdem ich gegangen war.«

»Am Sonntag, den vierzehnten?«

Cheryl Therkelsen nickte. »Vormittags«, sagte sie.

»Können Sie sich an den Wortlaut Ihres Gesprächs erinnern?«

Sie dachte kurz nach. »Ich habe ihm gesagt, wo wir waren. Er schwieg zuerst, und dann hat er gefragt, wann wir wieder nach Hause kommen würden. Ich sagte, das wüßte ich noch nicht. Und er hat mich gebeten, wieder anzurufen.«

Sie stockte erneut. »Das habe ich versucht, aber er ist nicht ans Telefon gegangen. Ich wollte ihn nicht im Büro anrufen. Wollte mit niemandem reden. Das schlimmste ist, daß ich mir oft vorgestellt habe, er sei tot«, das sagte sie eher zu sich selber. »Mir vorgestellt habe, wie er sterben könnte. Daß dann alles anders sein würde.« Sie schaute auf, ihre Worte hatten ihr offenbar angst gemacht.

»Ich habe mir das nur vorgestellt, ich hätte es niemals gemacht. Ich habe es ja auch nicht gemacht!«

Cato Isaksen blickte in das Gesicht der Frau und dachte, daß er darin lesen könne wie in einem Buch. Der Schock hatte sich in jeden ihrer Züge hineingefressen. Ihr Hals war vor Aufregung feucht und mit roten Flecken bedeckt. Ihre Augen glänzten wie im Fieber. Ihre Hände sahen aus wie unruhige Tiere, als sie auf den Armlehnen des Sessels herumtasteten. Randi riß ein neues Stück Papier von der Rolle und reichte es ihr. Cheryl Therkelsens Blick blieb für den Bruchteil einer Sekunde in Catos hängen, und er sah den Schmerz, der ihre Pupillen schwarz werden ließ.

»Konnten Sie ihm überhaupt noch warme Gefühle entgegenbringen?« Er ließ seine Finger über die Tischkante wandern.

»Nein«, sagte Cheryl hart. »Ich habe ihn gehaßt.«
Die Stille danach füllte das ganze Zimmer. Aber dann sprach die Frau weiter. »Ich glaubte, ihn zu hassen, aber jetzt weiß ich es nicht mehr so genau«, sagte sie leise. »Liebe, Haß, was ist eigentlich der Unterschied? Es war die ganze Zeit Irrsinn, in jeder Hinsicht.« Sie blickte auf. »Ich habe soviel geweint. Mit einem solchen Mann zusammenzuleben bedeutet, daß sich alles verzerrt, wenn Sie das verstehen. Ich glaube, Farben und Gerüche, alles, sitzt in der Seele. Man wird zu einer Art Engel. Die Phantasieflügel lassen uns manchmal von allem wegfliegen. Das muß so sein, wenn wir überleben wollen. Allein schon, mit einer Freundin in einem Café zu sitzen oder einen Spaziergang zu machen und zu wissen, *heute ist alles in Ordnung.* Heute ist er nicht böse. Heute ist er normal. Man lernt, diese Momente voll auszukosten, irgendwie Kräfte für das, was kommen wird, zu sammeln. Für das, wovon wir wissen, daß es kommen wird.«
Cato Isaksen nickte ruhig. Er war beeindruckt von der Fähigkeit der Frau, ihre Gefühle in Worte zu kleiden.
»Ihr Mann hatte eine häßliche Bißwunde am Oberarm. Wissen Sie etwas darüber?«
»Das war ich.« Cheryl Therkelsen entfernte das Stück Papier von ihrer Nase. Sie setzte sich gerade und schluckte. »Ich habe ihn in den Arm gebissen, damit er mich nicht mehr an den Haaren zog. Sehen Sie mal.« Sie hob ihre schönen blonden Haare. Sie war eigentlich sehr hübsch. Sie erinnerte ihn an Catherine Deneuve.
Die blaulila Kruste unter dem Haaransatz an ihrer Schläfe, die sich bis zur Mitte der Stirn hinzog, löste sich jetzt wirklich. »Und hier.« Die Frau erhob sich und zog die Bluse aus dem Hosenbund. Sie zog sich die Bluse über den Kopf und stand in ihrem weißen BH vor ihnen. Zwischen ihren Schulterblättern zeigte sich eine blaugraue Landschaft. Cato Isaksen ertappte sich wieder bei dem Gedanken, wie grauenhaft schön sie doch sein konnten, wie Stickereien. Wie Batik. Er dachte an das Blut-

muster auf dem toten Ehemann dieser Frau, und er betrachtete die Farben zwischen ihren Schulterblättern.
»Und hier.« Die Frau drehte sich noch einmal um und hob den rechten Arm. Ihr Oberarm war von deutlichen dunkelgelben Flecken bedeckt. »Er hat mir fast das Handgelenk gebrochen. So hat es sich wenigstens angefühlt. Aber es ist doch nicht gebrochen, diesmal nicht.«
»Hat er Ihnen schon einmal das Handgelenk gebrochen?« fragte Randi.
»Vor drei Jahren. Ich mußte zur Unfallstation und es eingipsen lassen. Ich habe gesagt, ich sei gestürzt.«
Randi stand auf und öffnete einen Spaltbreit das Fenster. »Ein bißchen frische Luft«, sagte sie.
»Hol bitte eine Runde Kaffee«, sagte Cato Isaksen.
Roger Høibakk blickte Cheryl Therkelsen fragend an, und sie nickte. »Kaffee tut mir bestimmt gut«, sagte sie.
»Erzählen Sie uns, was am Samstag, den 13., genau passiert ist.«
Als Roger Høibakk mit dem Kaffee zurückkam, wurde er an den Computer beordert.
Cheryl Therkelsen trank zwei große Schlucke heißen Kaffee. »Es ist so seltsam, hier zu sitzen«, sagte sie leise. »Ich kann fast nicht glauben, daß es wahr ist.« Sie schüttelte langsam den Kopf und schien wieder in Tränen ausbrechen zu wollen.
»Ich habe das Gefühl, in zwei Universen zugleich zu sein. Das eine ist hier. Das andere«, sie senkte den Kopf und schlug die Hände vors Gesicht. »Das andere ist da, wo er ist.«
»Was ist am 13. passiert?« Cato Isaksen stand auf und trat ans Fenster. Er betrachtete die Fingerabdrücke auf der Fensterscheibe und fragte sich, von wem die wohl stammten.
»Es war ein ganz normaler Samstag«, begann Cheryl Therkelsen vorsichtig. »Alle Tage fingen normal an«, sagte sie mit ruhiger Stimme. »Ich wußte nie im voraus, ob es passieren würde. Die Kinder hatten auch Angst. Vor allem John, er hat sehr feine

Antennen. Wir waren einkaufen gewesen, im CC Vest. Ich hatte den Einkaufszettel zu Hause vergessen. Die Kinder waren zum Spielen bei den Nachbarn. Aber ich merkte gleich, daß er schlecht gelaunt war, daß er sich über alles ärgerte. Ich kenne die Gefahrensignale, die sitzen mir sofort im Bauch. Mir wurde schlecht, ich hatte Kopfschmerzen und Magenkrämpfe. Und das ärgerte ihn noch mehr.

Als wir nach Hause kamen, wollte er sich ausruhen, er war müde nach einer harten Arbeitswoche. Er hatte eine wichtige Stelle und würde bald eine noch wichtigere bekommen.«

»Moment mal«, Roger Høibakk fiel ihr ins Wort. Das Klappern seiner Tastatur hörte sich an wie die Schritte eines Stepptänzers.

»Sie sprechen so schnell. Um wieviel Uhr waren Sie vom Einkaufen zurück?«

»Vielleicht um drei«, antwortete Cheryl Therkelsen ruhig. »So ungefähr.«

»Gegen fünfzehn Uhr also?«

»Ja«, Cheryl Therkelsen nickte und sprach weiter. »Es fing an, als die Kinder im Bett waren. Wir hatten vergessen, Bier zu kaufen. Oder, genauer gesagt, ich hatte das vergessen. Er bezeichnete mich als schlechte Ehefrau, die nicht an ihn dachte. Er sagte, schließlich verdiente er das ganze Geld, und norwegische Ehefrauen gingen auch arbeiten. Ich sollte mir eine Arbeit suchen. Aber sonst wollte er das ja nicht. Er meinte, es sei wichtig für die Kinder, daß ich zu Hause war, und für ihn sei es auch wichtig.« Sie schloß kurz die Augen und schüttelte langsam den Kopf.

»Plötzlich, als ich in der Küche stand und einen Geflügelsalat machte, stieß er mich von hinten so hart an, daß ich mit der Hüfte gegen das Spülbecken stieß. Es tat schrecklich weh, und ich fuhr herum und starrte ihn wütend an. Und das war das Schlimmste, was ich machen konnte. Mich zu wehren, meine ich. Das wußte ich ja schon. Und er packte mich an den Haaren und bog mich nach hinten. Es tat schrecklich weh. Er zog mich an den Haaren ins Wohnzimmer und stieß mich gegen das Sofa. Ich versuchte, nicht laut zu werden, nicht zu weinen, ich wollte die Kinder doch nicht wecken. Er wußte, daß es schrecklich für mich war, wenn die Kinder dabei aufwachten. Das war das Schlimmste, was er mir antun konnte; sie zu wecken. Deshalb sprach er laut, er schrie mich fast an. Brüllte, um sie aufzuwekken. Auf diese Weise rächte er sich«, sagte sie und starrte geistesabwesend den Boden an, dann schlug sie wieder die Hände vors Gesicht.

Roger Høibakk tauschte mit Randi den Platz, und sie schrieb nun weiter. Jetzt erhob sich Cheryl Therkelsen. Sie ging zum offenen Fenster und schaute kurz hinaus. Hob die Hand und strich sich damit müde durchs Gesicht. Schloß die geschwollenen Augen und sprach mit dem Rücken zu ihnen weiter. »Die Kinder wurden wach. Beide weinten, hielten sich an den Händen und drückten sich neben mich aufs Sofa. Ich durfte sie nicht anfassen, aber er wollte, daß ich sie ansah. Er war noch nie dermaßen außer sich gewesen. Als Tina sich an mich schmiegen wollte, schleuderte er sie quer durchs Zimmer. Tinas Augen«, Cheryl Therkelsen drehte sich um und erwiderte ruhig Cato Isaksens Blick, »ihre Augen waren wie schwarze Löcher. Haben Sie schon einmal gesehen, wie ein Kindergesicht sich auflöst? Tinas Gesicht hat sich an diesem Abend aufgelöst. Sie konnte nicht glauben, daß ihr Vater ihr das angetan hatte, und dieses Gefühl ging dann in einen hilflosen Haß über. Das konnte ich in ihrem Gesicht lesen. Sie hat nicht einmal geweint, sie starrte nur verängstigt ihren Vater an, der sie am Arm packte und in ihr Zimmer schleuderte. Dann warf er John hinterher. Er verbot ihnen, sich noch einmal sehen zu lassen. Und dann ging es richtig los«, sagte sie leise.

Später stand in ihrer Zeugenaussage zu lesen:

»Der Verstorbene schlug sie mit aller Kraft mit der Faust zwischen die Schulterblätter. Drehte sie dann zu sich um und preßte seinen

Mund auf ihren. Spuckte sie ins Gesicht. Packte sie am Hals und würgte sie. Drückte mit aller Gewalt ihre Hand nach hinten, um ihr das Handgelenk zu brechen. Riß ihr über der Schläfe dicke Haarbüschel aus.
C. T. konnte sich einmal von ihm losreißen, worauf er sich auf sie stürzte, sie zu Boden warf und sie an den Füßen durch die Wohnung zerrte. Die Kinder saßen die ganze Zeit still in ihrem Schlafzimmer. Nach stundenlangem Streit und Lärm schaltete er den Fernseher ein und sah sich ein Unterhaltungsprogramm an. C. T. hielt sich im Badezimmer auf, sie hatte sich dort eingeschlossen. Danach konnte sie sich unbemerkt zu den Kindern schleichen, diese anziehen, Kleider zum Wechseln in eine Tasche packen und die Kinder in die Diele schieben. Der Ehemann hatte inzwischen eine Flasche Rotwein geleert und war auf dem Sofa eingeschlafen. Er erwachte, als sie die Tür öffneten. Lief hinter ihnen her und zog C. T. mit Gewalt in die Wohnung zurück. Die Kinder blieben draußen im Treppenhaus stehen. Er knallte die Tür ins Schloß und fing an, C. T. zu würgen. Dabei zerriß er ihren Mantelkragen. C. T. konnte den Mann in die Unterseite des Oberarms beißen (er trug ein kurzärmliges Hemd). Sie biß so hart zu, daß er sich vor Schmerz krümmte und anfing zu bluten. Sie biß ein Stück Fleisch aus seinem Arm und spuckte es auf den Boden. Dann rannte sie ins Badezimmer, um sich das Blut aus dem Mund zu spülen. Der Mann lief in die Küche, um den Arm unter kaltes Wasser zu halten. C. T. konnte mit beiden Kindern, die jetzt vor Angst fast hysterisch waren, aus dem Haus laufen. Der Junge klapperte vor Angst mit den Zähnen, ihm wurde schlecht, und er mußte sich erbrechen. Das Mädchen machte sich in die Hose. C. T. konnte gleich vor dem Haus ein Taxi anhalten und ließ sich zum Frauenhaus fahren, wo sie dann zehn Tage verbracht hat. Sie hat einmal mit ihrem Mann telefoniert, und zwar am Sonntagvormittag gegen 10.00 Uhr.
Hinzufügung: Bergliot Behrens, die Bewohnerin der Wohnung unter der der Familie T., kann bezeugen, daß sie an diesem Abend von oben Lärm gehört hat. C. T. und die Kinder haben schon einmal bei ihr Zuflucht gesucht, als der Mann gewalttätig war.

Langsam tickte die Uhr an der Wand. Mattigkeit kroch über den Teppichboden. Die Neonröhren an der Decke murmelten leise vor sich hin. Das Verhör hatte drei Stunden gedauert. Cheryl Therkelsen bat dann, eine Freundin anrufen zu dürfen, die sie sicher abholen würde. Die Technik hatte die Wohnung noch nicht wieder freigegeben. Diese Freundin würde sie zum Trudvangvei fahren, um die Kinder abzuholen, um die sich im Moment Bergliot Behrens kümmerte. »Ich hoffe, wir können bei meiner Freundin übernachten. Doch, ich bin sicher, daß das geht«, sagte Cheryl leise.
Cato Isaksen war damit einverstanden. Er wollte sich am nächsten Tag bei dieser Freundin melden. Ob diese Freundin sich wohl ausweisen und in der Rezeption Namen und Telefonnummer hinterlegen könnte? Und konnte auch Cheryl Therkelsen ihren Paß abgeben? Es sei reine Routine, versicherte er.
Sie nickte. »Nur noch eins«, sagte sie. »Vielleicht sollten Sie wissen, daß ich ihm sagen wollte, daß ich mich zur Scheidung entschlossen hatte.«
Ihr Bild vor dem offenen Fenster vibrierte für eine Sekunde. Cato Isaksen sah die zierliche Frau an. Sie hatte jetzt etwas Energisches.
»Ich konnte einfach nicht mehr«, seufzte sie. »Ich konnte nicht mehr wie eine Bettlerin in seiner Wohnung leben.« Resigniert starrte sie vor sich hin. »Aber den Tod habe ich ihm nicht gewünscht«, sagte sie und schlug die Augen nieder.

31 In dieser Nacht träumte er von einem Vogel, der weinte, als er von einer steilen Klippe stürzte. »Ich war's nicht«, sagte der Vogel. »Ich nicht. Das war der andere Vogel!«
»Welcher andere Vogel?« rief er. Aber der Vogel gab keine Antwort. Er öffnete nur seine Flügel und flog davon.
Sie saßen im Wohnzimmer, er und Bente. Er konnte das Reihenhaus von oben sehen. Er sah das Dach.
Sie saßen im Haus und tranken Kaffee. Wie sie das immer machten. Als ob sie das immer machen würden.
Unter dem einen Flügel hielt der Vogel ein langes scharfes Messer. Die Gerichtsmedizin hatte festgestellt, daß der Mord mit einer sehr dünnen Messerklinge durchgeführt worden war.
Es schien alles so lange her zu sein. Sehr lange. Aber dann rief jemand: »Bente ist am Telefon.« Er stand auf und ging durch das Zimmer zu dem schwarzen Telefon. Bente war nicht mehr im Wohnzimmer, sondern im Telefon. Er wiegte den Hörer in der Hand. Er hielt ihn sich nicht ans Ohr, sondern an den Mund. Und an die Augen. Tief im Hörer saß die Frau. Er rief nach ihr, wollte die Hand in den Hörer stecken und sie herausziehen. Aber das gelang ihm nicht. Sie rief um Hilfe. Er konnte ihr Weinen hören. Sie hörte nicht, was er sagte. Seine Worte wurden zu Wasser. Seine Stimme trug nicht. Die Worte wurden zu Wasser.

Das Wasser wurde zu Stein. Der Stein wurde zu einem Umhang. Der Umhang wurde zu einem Vogel. Der Vogel wurde zu einem Messer. Das Messer wurde zu einem Telefon. Das Telefon wurde zu einem kleinen Kind. Das Kind wurde zu einer Welle. Die Welle verschwand. Nur der Sand war noch da. Er bückte sich und hob ein Sandkorn hoch. Ein Sandkorn. Ein Sandkorn war alles, was er hatte. Es lag in seiner Hand. Er hob das Gesicht und spürte, daß der Wind derselbe war wie zuvor.

32

»Hast du so etwas schon einmal mitgemacht?«
Cato Isaksen drehte sich um und lächelte Randi an, die neben ihm im Auto saß.
»Nein, einen Mord nicht gerade, nein«, antwortete Randi leise und wischte Mandelkrümel vom Sitz.
»Roger«, erklärte Cato Isaksen. »Der hat hier neulich ein Mandelhörnchen gegessen.«
Die Art, wie sie sich anschnallte, wirkte fast andächtig, so, als sei sie zum erstenmal unterwegs zum wirklichen Leben.
Du bist unterwegs zum wirklichen Tod, dachte Cato Isaksen.
Es war Mittwochmorgen, der Himmel war mittelblau, einige aufgeblasene weiße Wolken gaben sich alle Mühe, um den schwachen Sonnenball zu verdecken. Sie waren unterwegs nach Grorud, zu Kim Khans Mutter. Cato Isaksen war plötzlich aufgegangen, daß es sich lohnen könne, eine Frau mitzunehmen. Und er mochte Randi. Sie war einfach nur da. Sie beanspruchte nicht viel Platz. Bedrohte ihn nie. Daß er so empfand, störte ihn, er glaubte, er müsse mit allen Frauentypen umgehen können. Aber Randi bedeutete für ihn keinen Streß. Und das war ein großer Vorteil.
Im Kreisverkehr auf dem Carl-Berners-Platz hätte sie fast ein alter Mann in einem roten Wagen angefahren. »Herr Jesus, paß doch auf«, rief Cato Isaksen gereizt und kurbelte das Fenster

herunter. Er hielt im Rückspiegel nach dem Mann Ausschau. »Sonntagsfahrer«, sagte er. »Diese Leute sind müde und unaufmerksam. Alte Männer sind die Schlimmsten«, fügte er noch hinzu.

»Ich dachte, ihr fändet die Frauen am schlimmsten«, lachte Randi.

»Ach, ich weiß nicht, die sind nicht so respektlos.«

Als sie sich dem Grorudsenter näherten, fragte er, ob sie sich in der Gegend auskenne. »Nein, leider nicht«, antwortete Randi höflich und nahm die Karte, die Cato ihr hinhielt.

Linderud, Lofthus, Lia, Disen und Tønsehagen. O doch, er war vor Hunderten von Jahren hier aufgewachsen. Plötzlich fielen ihm seine Joggingtouren am Trondheimsvei ein, die Jahre in der Sinsenschule. Der Schulweg durch die Gartenstadt Sinsen, die Schulzahnärztin, die Ragnhild hieß und groß und dick war und Wurstfinger und dunkle Tränensäcke hatte. Und die nie lächelte.

Die Wohnblocks lagen wie helle Bausteine zwischen Tannen und Kiefern, Supermärkten und Schnellstraßen.

Sie lagen da als Beweis dafür, wie in den 60er, 70er und 80er Jahren die Träume der Menschen zu Steinblocks umgebaut worden waren. Die Träume waren zu Jahren geworden. Viele waren hier niemals wieder herausgekommen.

An der Straße lagen fünfstöckige abgerundete Steinhäuser mit breiten Balkons. Weiter hinten standen die ältesten Blocks, aus den 60er Jahren, mit kleinen, viereckigen Balkons, mit quadratischen Küchenfenstern und Wohnzimmerfenstern, die genau untereinander lagen, wie viereckige Perlen an einer Kette. Hinter den Fenstern hingen Vorhänge in allen möglichen Varianten. Er erkannte die dünnen, weißen Tüllgardinen, die immer vorgezogen waren, die Ausblick und Einblick verhinderten. Er kannte sie aus seiner eigenen Kindheit. Sie sahen aus wie Schleier, und immer rochen sie nach Wäschestärke und Nikotin.

Sie konnten rasch feststellen, daß Nr. 81 der mittlere der neueren, niedrigeren Wohnblocks war.

Cato Isaksen hielt auf dem Besucherparkplatz.
Hinter dem Block lag ein Spielplatz. Zwei Kinder von vielleicht vier Jahren, eins mit dunkler Haut, standen vor dem Zaun und kippten über den heulenden Kindern dahinter Eimer mit schmutzigem und halbgeschmolzenem Schnee aus.
Die helle, schwache Frühlingssonne färbte den halben Block gelb. Die andere Hälfte war durch den Schatten des Nachbarblocks grau.
Vor der Haustür von Nr. 81, auf dem Eisenrost, der als Fußmatte dienen sollte, saß ein mageres kleines Mädchen von vielleicht sechs Jahren. Sie hob ihr schmales, blasses Gesicht und blickte zu ihnen hoch. Ihre rosa Windjacke war zu beiden Seiten des Reißverschlusses mit Flecken übersät. Vor der Kleinen stand ein offenes Puppenköfferchen mit schmutzigen Puppenkleidern, Stöckchen und runden Steinen. Cato und Randi mußten über den Koffer steigen, um ins Haus zu gelangen.
Die Kleine beobachtete sie mit ernster Miene. Es war unmöglich, ihre dünnen weißen Hände zu übersehen. Sie senkte wieder den Kopf, ihre hellen Haare fielen nach vorn und verdeckten ihr Gesicht. Sie legte die kleine Plastikpuppe, die sie in der Hand gehalten hatte, in den Koffer und klappte den Deckel zu.
Die eine Wand des Treppenhauses war mit zwei Reihen von abgenutzten grünen Briefkästen dekoriert. ARSCHLOCH stand mit schwarzem Filzstift an der rosa Wand unter den Briefkästen. Cato Isaksen suchte nach den beiden Namen. Per Allan Karlsen fand er unten links. Auf der Visitenkarte, die in das kleine Viereck gesteckt worden war, war der Nachname fast nicht mehr zu lesen. In der oberen Reihe war der Name Khan mit schiefen Filzstiftbuchstaben direkt auf das grüne Metall geschrieben. An einen der unteren Briefkästen war ein roter Reklameprospekt geklebt. Er bedeckte die ganze Fläche. In einer Ecke lagen alte Zeitungen und ungelesene Reklame. Zwei Kinderwagen standen nebeneinander auf dem sandigen Steinboden.

In dem sterilen Treppenhaus herrschte ein kühler Steingeruch. Ein schwacher Parfümduft löste sich langsam auf.
Mehrere der hellen Holztüren waren verschrammt und zerkratzt. Manche hatten mit viel Erfolg ihre Türen knallgrün oder -blau angestrichen. Khans wohnten im zweiten Stock. Die abgetretene Fußmatte lag ein ziemliches Stück von der Tür entfernt. Cato Isaksen schob sie mit dem Fuß zurecht und klingelte. Die Stille danach betonte nur das graue Gefühl, das dieses Haus ihm einflößte. Ein schwacher Schmerz jagte durch seine Brust. Nach einer Weile öffnete eine dickliche Pakistanerin die Tür, sie trug eine blaue, engsitzende Tunika mit großen rosa Blumen. Darunter hatte sie eine gemusterte orange Hose. Die Farben bissen sich. Cato Isaksen stellte sich vor, nickte kurz zu Randi hinüber und nannte auch ihren Namen. Er zeigte seinen Ausweis und fragte, ob sie zu einem kurzen Gespräch in die Wohnung dürften. Die Frau blickte ihn fragend an. Sie drehte sich um, rief irgend etwas in die Wohnung hinein und schob gleichzeitig die Tür halbwegs wieder zu. Cato Isaksen schaute Randi an. »Die hätten wohl lieber keinen Besuch«, sagte er mit ironischem Lächeln. Ein vielleicht sechsjähriges Mädchen in rotem Kleid und grauer Strumpfhose lugte durch den Türspalt und öffnete dann zögernd die Tür. Der Polizist lächelte die Kleine vorsichtig an, die Mutter ließ sich nicht sehen. »Wir würden gern kurz mit deiner Mutter sprechen«, sagte er. »Meinst du, das geht?« Die Kleine machte die Tür etwas weiter auf und trat mit ernstem Gesicht einen Schritt zur Seite. Sie gingen in die kleine Diele.
Eine seltsam stickige Luft strömte ihnen entgegen, ein unbekannter Geruch, der vor allem wie eine Mischung aus Staub und Gewürzen wirkte.
Die Kleine sprang vor ihnen auf und ab und hatte noch immer beide Hände auf der Türklinke liegen. Sie rief der Mutter in ihrer Sprache etwas zu. Die Mutter antwortete sofort, und die Kleine sagte, sie dürften eintreten.

Cato Isaksen streifte sich die Schuhe ab und ging langsam in das Wohnzimmer. Dieser Raum war verhältnismäßig groß und luftig, aber auch ziemlich farblos und fast unmöbliert. Ein großer, bräunlich gemusterter Teppich bedeckte fast den gesamten grauen Linoleumboden. Es war der größte Teppich, den Cato Isaksen jemals gesehen hatte. An der einen Längswand stand ein abgerundetes goldenes Plüschsofa. Es ragte wie zufällig ins Zimmer hinein. Der Couchtisch war aus Glas, auf ihm standen rosa Seidenblumen in einer schwarzen Vase. Die Glasfläche war von Fingerabdrücken übersät. Ansonsten gab es im Zimmer nur noch ein Bücherregal und eine Stereoanlage und natürlich in einer Ecke einen großen Fernseher. Drei kleine Bilder einer fremdartigen Landschaft hingen in einem unklaren Zickzackmuster an der Wand über dem Sofa. Die Luft in der Wohnung war trocken und muffig, die Paneelöfen spuckten Wärme aus.
Sonya Khan ließ sich noch immer nicht sehen, ihre Stimme war jedoch aus einem anderen Zimmer zu hören. Plötzlich erschien sie in der Tür, die vermutlich zur Küche führte.
»Dürfen wir uns setzen?«
Die Frau nickte und hob die Arme, um ihre Zustimmung zu betonen. Danach verschwand sie und schepperte gewaltig herum. Sie hörten Tassen, die hart auf einen Tisch gesetzt wurden, und fließendes Wasser.
Cato Isaksen starrte die Türöffnung an. Was machte sie eigentlich da draußen?
»Sie spricht kein Norwegisch«, sagte Randi und fuhr sich über ihre dunkelblonden Locken.
»Nein, daran hätte ich denken sollen.« Cato Isaksen seufzte resigniert.
Die Kleine, die ihnen vorhin die Tür aufgemacht hatte, kam aus dem Zimmer neben er Küche. Ein älteres Mädchen, das sich offenbar in aller Eile angezogen hatte, tauchte hinter ihr auf. Über ihren Kleidern trug sie einen gelben Morgenrock. Ihr

Gesicht war blaß, die Augen glänzten. Sie schob sich einen Plastikreifen über die langen, ungekämmten Haare, die hinten zu einem Zopf geflochten waren. Die Mutter kam aus der Küche und sagte rasendschnell irgend etwas. Das große Mädchen nickte. Sonya Khans Blick wich die ganze Zeit den beiden Menschen auf dem Sofa aus. Cato versuchte, in ihrem Gesicht zu lesen, aber sie machte auf dem Absatz kehrt und verschwand wieder in der Küche.

Das ältere Mädchen kam langsam auf die Sitzecke zu. Sie schien Angst zu haben.

Cato Isaksen erhob sich. »Hallo«, sagte er. »Wir würden gern kurz mit deiner Mutter sprechen.«

»Meine Mutter kann kein Norwegisch.«

»Das ist schade, aber meinst du, du könntest uns ein bißchen helfen? Bist du krank?«

»Eigentlich ja«, antwortete das Mädchen und setzte sich auf die Sofakante.

»Erkältet?«

»Ein bißchen«, sagte sie und hustete.

»Wie alt bist du?«

»Zehn.«

Cato nickte freundlich. »Und wie heißt du?«

»Sara«, antwortete das Mädchen und blickte zu Randi hinüber.

»Das ist Randi, sie arbeitet auch bei der Polizei.«

»Da will ich auch hin«, sagte die Jüngere. Sara lächelte kurz.

»Wie alt ist deine Schwester?«

»Lubna ist sechs.«

»Papa ist nicht tot. Er ist nur irgendwo in der Luft«, sagte Lubna. »Fatima ist in Pakistan.«

Die Mutter brachte auf einem runden Plastikbrett zwei Kaffeetassen und eine Schüssel mit zerkrümelten Kartoffelchips. Sie schien Atembeschwerden zu haben. Die kleine Lubna setzte sich neben Cato Isaksen auf das Sofa und lächelte ihn zahnlos

an. Sie packte ihre Füße mit beiden Händen, zog sie hoch und lachte dabei laut und herzlich.
»Hast du deine Zähne verloren?« fragte Cato Isaksen.
»Mmmm«, sagte die Kleine. »Du aber nicht.«
»Nein, zum Glück nicht.« Er lächelte.
Sonya Khan stellte die Kaffeetassen vor ihnen auf den Glastisch und sagte in gebrochenem Norwegisch »Bitte sehr«.
Sie bedankten sich wie aus einem Munde und hoben höflich die Tassen zum Mund. Der Kaffee war schwarz und stark.
In so einem Leben bei der Polizei lernt man doch allerlei Kaffeetypen kennen, überlegte Cato Isaksen.
Sonya Khan blieb stehen und starrte sie einen Moment lang nachdenklich an, dann ging sie plötzlich drei Schritte zurück in Richtung Küchentür und hockte sich auf den Boden. Sie strich mit beiden Händen über den Linoleumboden und sagte mit leiser Stimme etwas.
»Da hat er gelegen«, übersetzte Sara scheinbar unberührt und nahm sich eine Handvoll Kartoffelchips. Lubna beugte sich über den Tisch und griff ebenfalls zu. Zwei Chips fielen ihr auf den Boden, und sie mußte lachen.
Cato Isaksen ertappte sich bei dem Gedanken, wie praktisch es doch sei, daß der Familienvater dort hinten ermordet worden war, dann hatte ihnen das viele Blut immerhin nicht den Teppich verdorben.
»Kannst du deine Mutter bitten, sich zu setzen und ein bißchen mit uns zu reden?« fragte Randi.
Sonya Khan nickte, offenbar hatte sie das verstanden. Sie setzte sich neben Sara auf das Sofa.
»Sie haben fünf Kinder«, begann Cato Isaksen.
Die Frau nickte. Sie hob fünf Finger. »Vier Mädchen und einen Jungen«, sagte Sara.
»Wir versuchen herauszufinden, was im Januar mit Ihrem Mann passiert ist.« Er wandte sich an die Zehnjährige, die nickte und für ihre Mutter übersetzte.

»Kannst du deine Mutter bitten, zu erzählen, was an dem Tag passiert ist?«
Der Mutter gefiel diese Frage sichtlich nicht, aber sie gab eine kurze, rasche Antwort, die ihre Tochter dann übersetzte.
»Sie war nicht hier.«
»Wo war sie?«
»Bei Onkel Ahmed.« Sofort fiel ihr die Mutter ins Wort, sagte sehr schnell etwas und gestikulierte dabei heftig. »Bei Onkel Hussain«, korrigierte das Mädchen verlegen. »Er wohnt gleich nebenan.«
»Warst du auch da?« Sie nickte rasch.
»Und Lubna?« Sie nickte wieder und fügte hinzu: »Und Leila.«
»Deine andere Schwester?«
»Ja, sie ist acht, sie ist in der Schule. Sie kommt bald in die zweite Klasse.«
»War auch dein Bruder Kim dabei?«
Sara übersetzte diese Frage für ihre Mutter, und die schüttelte den Kopf und erzählte, Kim sei bei einem Freund gewesen.
Er fragte nach diesem Freund, aber die Mutter schüttelte den Kopf und behauptete, ihn nicht zu kennen.
Cato Isaksen ließ nicht locker. »Ist dein Vater gern ausgegangen? War er oft im Kino und im Restaurant und so, zusammen mit anderen Freunden?«
Die Mutter rutschte unruhig auf dem Sofa hin und her. Die Kleine sah ihn aus ernsten Augen an, dann schüttelte sie langsam den Kopf. »Wir waren immer bei Onkel Hussain«, sagte sie leise.
Cato Isaksen steckte die Hand in die Tasche und zog ein Foto des weißen Zettels heraus. Er überlegte kurz, daß es nicht richtig sei, ein kleines Mädchen in einem Mordfall dolmetschen zu lassen. Aber er machte trotzdem weiter. »Das ist das Bild eines Zettels, der hier in der Wohnung gefunden worden ist. Hat vielleicht eine von euch den geschrieben, was meinst du? Vielleicht

in der Schule?« Er reichte Sara das Foto, und die nahm es mit ernster Miene entgegen. Die Mutter beugte sich vor und betrachtete das Bild aus zusammengekniffenen Augen, die sechsjährige Lubna sprang auf den Schoß der Mutter und quengelte, weil sie das Bild auch sehen wollte.

Sara schüttelte den Kopf und gab Cato Isaksen das Foto zurück. »Wir haben das nicht geschrieben«, sagte sie langsam.

»Bist du dir da ganz sicher? Wenn das eine von euch war, dann sind wir nur froh, dann brauchen wir uns nicht länger damit herumzuplagen«, sagte er und lächelte Sara an. Aber die schüttelte energisch den Kopf. »Keine von uns hat so eine Handschrift«, sagte sie entschieden.

»Ich auch nicht«, fügte Lubna hinzu und strich mit der Hand über den molligen Arm ihrer Mutter.

»Du kannst ja gar nicht schreiben«, spottete ihre Schwester und bedachte die Kleine mit einem harten Blick.

»Ich kann Ms zeichnen.«

»Ms, ja, aber mehr kannst du auch nicht.«

Cato Isaksen lächelte, um die Lage zu entspannen. »Und was ist mit Leila?«

»Die ist acht, sie hat noch keine schöne Schrift.«

Die Mutter sagte etwas zu Sara, und Sara übersetzte: »Meine Mutter möchte lieber mit Ihnen reden, wenn Kim dabei ist. Oder sprechen Sie mit Onkel Hussain. Meine Mutter will nicht mehr darüber sprechen. Das macht sie traurig. Und sie ist müde.«

Cato Isaksen nickte verständnisvoll. »Vielen Dank, Sara. Jetzt kannst du wieder ins Bett gehen.«

»Ich habe auch Bauchweh«, sagte Sara ernst.

»Die sind so blöd in der Schule«, sagte Lubna. »Die nennen sie Nigger.«

Sofort schlug Sara die Augen nieder. »Das ist nicht wahr«, sagte sie leise. »Ich bin erkältet.«

Randi blickte sie kurz an. »Und wenn, dann nimm das nicht so

schwer«, sagte sie. »In Norwegen gibt es so viele blöde Leute!«
»Das weiß ich«, antwortete Sara leise.
Sie standen auf und wollten gehen. Sonya Khan war sichtlich erleichtert darüber, daß der Besuch endlich vorüber war. Sie brachte sie lächelnd zur Tür und sagte kurz auf Norwegisch »Bis dann«.
Als die Tür hinter ihnen ins Schloß gefallen war, folgte eine kurze unerträgliche Stille. Eine kleine, unnatürliche Nische voll Ruhe. Cato Isaksen spürte, wie Fragmente von Erinnerungen und Gerüchten dieses kleine Vakuum füllten. Er nahm den kühlen Dunst wahr, den Steinboden und Mauern ausstrahlten. Wortfetzen drangen durch die geschlossenen Türen. Er hörte Kinder weinen und Hunde bellen. Dann folgte wieder eine kurze Stille. Und dann fiel irgendwo im Haus krachend eine Tür ins Schloß.

33

Sie klingelten bei Per Allan Karlsen, dem Nachbarn, der sich über die Familie Khan beschwert hatte. Er hatte auch mit Mord gedroht. Nach einer Weile öffnete ein sonnengebräunter Mann von Mitte Vierzig die Tür. Per Allan Karlsen war Frührentner. Trotz seines noch jungen Alters war sein Gesicht schon runzlig. Seine gelbweißen Haare waren ungekämmt. Er schien soeben aus dem Bett zu kommen.

»Wir sind von der Polizei«, sagte Cato Isaksen. »Wir möchten darüber sprechen, was vor einigen Monaten in der Wohnung über Ihnen passiert ist.«

Der Mann starrte sie mit ernster Miene an. »Ich war schon zum Verhör auf der Wache«, sagte er mürrisch und versuchte, mit der freien Hand seine Haare zu ordnen. »Meine Fingerabdrücke haben sie auch genommen. Ich war überhaupt nie in der Wohnung von diesem Pakistaner.«

»Das weiß ich doch«, sagte der Polizist. »Nur sind einige kleine neue Aspekte dazugekommen. Wir wollen nur kurz mit Ihnen sprechen. Ich habe die Ermittlungen übernommen und will mich nicht nur an den vorliegenden Dokumenten orientieren.«

»Warten Sie kurz«, sagte der Mann. Er sah resigniert und genervt aus. Er machte die Tür halb wieder zu.

»Das scheint in diesem Block so Sitte zu sein, den Leuten die Tür vor der Nase zuzumachen.«
Randi lächelte kurz.
Bald darauf machte Karlsen die Tür wieder auf und bat sie, einzutreten. Jetzt wirkte er nicht mehr so mürrisch.
»Ich bin gerade von Gran Canaria zurückgekommen, wissen Sie. Hatte mich nur kurz mal hingelegt.«
»Wo auf Gran Canaria waren Sie denn?« fragte Randi voller Interesse.
»Playa«, antwortete der Mann. »Tolle Gegend.«
Das Wohnzimmer war kleiner als das der Khans, und es war unordentlicher. Ein ungeöffneter Koffer stand mitten im Zimmer. Es war deutlich, daß der Mann allein lebte, was er dann auch bestätigte. Außerdem stank die Wohnung nach altem Rauch. Eine graue Schicht überzog die Fenster, die sicher lange nicht mehr geputzt worden waren.
»Die haben immer einen Höllenlärm gemacht«, erklärte Per Allan Karlsen, noch ehe sie sich gesetzt hatten. Er hustete und nickte zur Decke hoch. Cato Isaksen fragte, ob sich die Lage nun gebessert habe. Der Mann steckte sich eine Zigarette an und nickte. »Ein bißchen besser ist es schon, ja«, sagte er. »Wissen Sie, diese Kinder sind die halbe Nacht auf, rennen durch die Gegend und lärmen im Treppenhaus herum. Jagen durch die Wohnung und heulen und schreien. Tagsüber sind sie mit ihren Fahrrädern genau vor meinen Wohnzimmerfenstern zugange. Ich habe ja einen Balkon, aber den kann ich nie benutzen. Ich bin nicht der einzige, den das nervt, fragen Sie nur Johansen von gegenüber oder die Nachbarn aus dem zweiten Stock. Und außerdem riecht es durch die Lüftungsanlage rund um die Uhr nach Gewürzen.«
Cato Isaksen notierte alles und überlegte sich, daß die Gewürze unmöglich schlimmer riechen konnten als der Tabaksgeruch, der in Karlsens eigenem Wohnzimmer an den Wänden hing.
»Ich glaube, die hatten mich in Verdacht. Es geht wirklich zu

weit, daß man in seinem eigenen Land nicht mehr seine Meinung sagen kann. Ich muß schon sagen, dieser Rechtspopulist Hagen hat wirklich in vieler Hinsicht recht. Und er ist verdammt noch mal der einzige, der sich traut zu sagen, was Sache ist.«

Randi senkte den Kopf. Es war deutlich, daß dieser Mann sie anekelte.

»Es sind also neue Aspekte aufgekommen«, sagte Karlsen und redete dann weiter, ohne die Antwort abzuwarten. »Dieser andere Fahnder hat versucht, mich zu einem Geständnis zu bringen, ich sollte zugeben, daß ich es war. Daß ich wegen diesem Kanacken zum Mörder geworden wäre. Nie im Leben! Da wohnt man in einem ganz normalen norwegischen Wohnblock, und dann kommen solche Leute. Die hätten da bleiben sollen, wo sie hergekommen sind. Die werfen sogar Abfälle vom Balkon!« Der Mann zeigte mit der Zigarette auf das Fenster. »Die passen sich einfach nicht unserem System an. Ich weiß übrigens nicht, ob der Müll wirklich von denen war. Hier wohnen noch mehr Ausländer, wissen Sie,« fügte er als Erklärung hinzu. »Glauben Sie bloß nicht, ich wäre hier der einzige, den das stört. Fragen Sie die Familie von gegenüber, fragen Sie, wen Sie wollen«, wiederholte Per Allan Karlsen noch einmal.

Das braune Gesicht wurde noch dunkler. »Das Schlimmste von allem ist ja, daß ich verdächtigt werde! Ja, ich gebe gern zu, daß ich diesen Mistkerl nicht weiter betrauert habe. Das habe ich nicht, ich hab' auch keine Lust, mich zu verstellen. Aber, verdammt noch mal, ich hab' den Kerl nicht umgebracht. Halten Sie mich denn für total verrückt? Ich glaube, die waren das selber, einer von den Freunden oder der Bruder. Die sind doch dauernd aneinandergeraten.«

»Sie sagen, es sei jetzt ruhiger, aber es war doch wohl nicht der Familienvater, der den Krach gemacht hat?«

»Das waren die Kinder, das habe ich doch gesagt. Aber die hatten wohl mehr Besuch, als der Alte noch lebte, Leute mit Kindern. Die haben doch alle ein Dutzend Gören, diese Leute. Und jetzt passiert das wohl seltener. Daß sie Besuch kriegen, meine ich.«

»Daß sie häufiger aneinandergeraten sind – an wen denken Sie, wenn Sie das sagen?«

»An alle«, antwortete Karlsen und drückte seine Zigarette aus. »Durch die Decke kann ich die Stimmen nicht gut auseinanderhalten, aber ich weiß, daß er sich oft mit seinem Bruder gestritten hat. Das habe ich auf jeden Fall gehört.«

Plötzlich fiel Cato Isaksen ein, daß die Frauen der Ermordeten beide aus dem Ausland stammten. Ob das von Bedeutung sein konnte? Waren hier Drogen mit im Spiel? Thorsen hatte versichert, daß sie das sorgfältig untersucht hatten und zu dem Ergebnis gekommen waren, daß Rauschgift in diesem Fall keine Rolle spielte. »Nicht alle Ausländer handeln mit Drogen«, hatte er gesagt. Und Bashir Khan hatte einen tadellosen Leumund, abgesehen davon, daß er vor Jahren ein wenig mit der Sozialhilfe geschwindelt hatte. Das galt auch für seinen Bruder Hussain. Der Algerier Ahmed dagegen hatte zwei Schönheitsflecken aufzuweisen, aber das waren, wie Bjørn Thorsen gesagt hatte, Bagatellen. Cato Isaksen beschloß trotzdem, sich diesen Ahmed genauer anzusehen. »Ich glaube, wir kommen heute nicht mehr weiter«, sagte er ruhig. »Sie waren am 2. Januar hier, nicht wahr?«

»Wie ich schon hundertmal gesagt habe, war ich hier. Allein«, fügte Per Allan Karlsen herausfordernd hinzu und steckte sich eine neue Zigarette an. Randi machte ein Gesicht, als müsse sie an dem grauen Rauch ersticken.

»Nur noch eins«, sage Cato Isaksen und erhob sich. »Kennen Sie ein Kinderlied, das so geht: *Schlaf du ruhig, mein Blümelein*?«

»Hä?« Der Mann schüttelte verständnislos den Kopf. »Ich habe keine Ahnung, wovon Sie da reden.«

»Na, ist schon gut«, sagte Cato Isaksen. »Sie sind Frührentner, oder irre ich mich da?«

Der Mann nickte. »Der Rücken«, sagte er rasch. »Der will schon seit Jahren nicht mehr.«
»Aber Gran Canaria können Sie sich leisten?«
»Dafür spare ich, wissen Sie«, der Mann lächelte bitter. »Warum sollte ich nicht auch was Nettes abkriegen? Schließlich habe ich viele Jahre lang malocht.«
»Was haben Sie eigentlich gemacht?« fragte Randi.
»Straßenbau«, antwortete der Mann und legte sich die Hand ins Kreuz. »Asphaltieren«, fügte er hinzu.
Cato Isaksen wollte das Gespräch nun beenden. »Na gut«, sagte er. »Kann sein, daß wir noch einmal auf Sie zurückkommen müssen. Wäre das schlimm?«
»Nicht doch«, sagte der Mann rasch. Deutlich erleichtert, weil der Besuch nun ein Ende nahm. Eilig schloß er hinter ihnen die Tür.
Randi schüttelte resigniert den Kopf. »Was für ein Heini«, sagte sie lächelnd. »Der Rauch hängt mir sicher in den Haaren«, sie schüttelte demonstrativ ihre Locken. »Ich fahre jetzt gleich nach Hause und wasche sie mir.«
Die Kleine mit dem Puppenköfferchen und der rosa Jacke war verschwunden. Cato Isaksen blieb vor den Briefkästen stehen. Vorhin, als sie gekommen waren, war ihm etwas aufgefallen. Aber was? Eine Farbe, die nicht hierher gehörte? Er fiel ihm nicht mehr ein, und deshalb überkam ihn ein vages, unbestimmtes Gefühl. Das ekelhafte Gefühl, daß ihm etwas Wichtiges entglitt. Etwas hier in diesem Treppenhaus. Etwas hier im Geruch der Steine und Mauern. Etwas hier in dieser kühlen Atmosphäre zwischen drinnen und draußen. Randi blieb ratlos hinter ihm stehen.
Cato Isaksen drehte sich um und warf noch einen Blick auf die Briefkästen. Die grünen Kästen mit ihren schmalen Rachen schienen ihn anzugrinsen. Sein Gehirn hatte vorhin, als sie gekommen waren, ein Signal aufgefangen. Aber dieses Signal hatte sich nicht richtig festgesetzt. Jetzt wanderte sein Blick von

Briefkasten zu Briefkasten, von Namen zu Namen. Seine Augen suchten die grünen, abgenutzten Flächen ab. Das Wort ARSCHLOCH lenkte seinen Blick auf sich. Wieder wanderten seine Augen über die Namensschilder. Er sah den mit Filzstift geschriebenen Namen Khan, sah Per Allan Karlsens halbe Visitenkarte. Und er las: Johansen, Myre, Bakkevik, Reidun Sletten und Malik. Neckisch lugten Reklamezettel aus einigen schmalen Briefkastenmündern. Auf dem Briefkasten unten rechts stand der Name Robert Hansen. Dieser Name war mit Bleistift auf einen hellblauen Zettel geschrieben. Aber Cato Isaksen reagierte nicht auf den Namen, sondern auf das, was darunter klebte. Auf die Titelseite eines Werbeprospektes. Eines roten Werbeprospektes. Dessen Buchstaben ihm entgegenleuchteten. *Fit in den Sommer*, stand dort in dicker schwarzer Schrift.

34

Manchmal, wenn die Bruchstücke endlich ein Bild ergaben, war es fast ein ekstatisches Gefühl, mit Mordfällen zu arbeiten. Um nicht zu sagen, erotisch. Wenn sich zwei Fragmente zusammenfügten, wenn ein kleiner Faden zu einem bestimmten Muster paßte.
Das Blut strömte durch seine Adern. Zufälle, dachte er, oft bringen Zufälle einen Mörder zur Strecke. Details, die sich ineinander verbeißen wie kleine Glieder einer Kette. Schließlich liegt dann die Antwort vor uns. Und oft erscheint sie dann als selbstverständlich.
Cato Isaksen schaltete den Computer ein und suchte sich seinen Weg. Der PC dachte und gluckste. Die Schrift jagte über den blauen Schirm.
Robert Hansen war nicht vorbestraft, nichts lag gegen ihn vor, nur ein paar Bußgelder wegen Falschparkens.
Zehn Minuten später erschien Roger Høibakk in Cato Isaksens Büro. »Stoßzeit«, sagte er seufzend und schnüffelte demonstrativ unter seinen verschwitzten Armen herum. »Verdammter Verkehr.«
Cato Isaksen blickte resigniert zu seinem Kollegen hoch. »Wo hast du dich denn rumgetrieben?« fragte er.
Roger Høibakk lächelte. »Pia und ich«, fing er an, »ja . . .«
Cato Isaksen winkte ab. Manchmal hielt er Roger Høibakk

für einen aufgeblasenen Trottel. Er hatte dann das Gefühl, daß sie von zwei verschiedenen Planeten kamen. Er konnte Roger nur als oberflächliches und schlichtes Gemüt betrachten. Manchmal kamen ihm Zweifel, ob sein Kollege auf dem richtigen Posten gelandet war. Roger hatte selber einmal, wenn auch aus Jux, gesagt, er hätte besser Friseur werden sollen.

»Da besteht vermutlich ein Zusammenhang«, sagte Cato Isaksen ohne näher auf Rogers Unternehmungen einzugehen. »Oder besser gesagt, aller Wahrscheinlichkeit nach besteht ein Zusammenhang zwischen dem Mord in Groruddalen und dem im Trudvangvei.«

»Das wissen wir doch schon«, sagte Roger Høibakk und dachte an die Zettel.

»In dem Haus in Grorud, in dem Bashir Khan gewohnt hat«, erzählte Cato Isaksen weiter, »wohnt ein Mann namens Robert Hansen.«

»Aha«, sagte sein Kollege und blickte ihn abwartend an.

»Mir ist am Tatort ein Reklameprospekt aufgefallen, er lag unter dem Telefon. Kam von einem Fitneßstudio in Ullevål.«

»Aha.«

»Der Mann, dem das gehört, wohnt im selben Haus wie Bashir Khan.«

»Robert Hansen?«

»Robert Hansen.«

Roger Høibakk setzte sich, zog das Kaugummi aus dem Mund und versteckte es in seiner Hand. »Hast du schon mit ihm gesprochen?«

Cato Isaksen schüttelte den Kopf. »Wir fahren jetzt zu ihm«, sagte er. »Du und ich.«

Während sie sich durch den Feierabendverkehr quälten, an diesem geschäftigen Frühlingsnachmittag, mußte Cato Isaksen an den Mörder denken. Irgendwo lief jetzt ein Mörder umher. Wie ein normaler Mensch. Mörder sahen normalen Menschen zum Verwechseln ähnlich. Dem Betreffenden stand nichts im Gesicht geschrieben, nichts war seinen Händen anzusehen. Oder seiner Körpersprache, seinen Augen. Seine Umgebung hatte keine Chance. Der Mörder konnte ein jovialer, positiver und beliebter Mitbürger sein. Ein normaler Mensch, der über die Straße geht, ein normaler Mensch, der Milch und Brot und Butter kauft, der hinter uns im Postamt Schlange steht. Irgendwo gab es eine Waffe, ein spitzes Messer mit einer dünnen, lebensgefährlichen Klinge. Dieses Messer lag jetzt irgendwo in dieser Stadt. In einem Schrank, einer Schublade, einem Koffer, einem Keller?

»Wie kann dieser Zusammenhang denn aussehen?« Roger Høibakk schaute müde aus dem Seitenfenster.

»Keine Ahnung«, antwortete Cato Isaksen. »Aber es kann kein Zufall sein. Auf dem Prospekt war auch etwas notiert.«

»Auf welchem?«

»Dem auf dem Telefontisch. Lebensmittel. Eine Einkaufsliste, die Cheryl Therkelsen vergessen hatte, als sie ins CC-Vest wollten. Das kann kein Zufall sein«, sagte er noch einmal.

»Warum nicht? Das Fitneß-Studio verteilt die doch sicher zu Tausenden in der ganzen Stadt«, sagte Roger Høibakk und seufzte. »Ja, verdammt, vielleicht bin ich ja wirklich verliebt«, murmelte er vor sich hin.

Cato Isaksen achtete nicht auf ihn. »Ich habe über die Tatsache nachgedacht, daß beide Ehefrauen Ausländerinnen sind«, sagte er.

Roger Høibakk wandte sich zu ihm um. »Aber was soll das mit der Sache zu tun haben? Ich kann mir da keinen Zusammenhang vorstellen. Was sollte das mit der Sache zu tun haben«, wiederholte er und fügte müde hinzu: »Hoffentlich können wir bald irgendwas rauswürgen. Myklebust hätte das verdient, die alte Kuh.«

Er kurbelte das Fenster um einen Zentimeter herunter. Ein munterer Lufthauch tanzte über ihre Köpfe hinweg. »Da hat sie sich doch tatsächlich erkältet. Da beißen die bösen kleinen

Bazillen bei der Riesenfrau doch tatsächlich an.« Er lachte und erzählte von einem Onkel, der an Lungenentzündung gestorben war.

In einem Nebensatz erwähnte er auch noch seine neuesten Erfolge bei Pia Halvorsen.

Cato Isaksen sah ihn an. »Das kann doch nicht stimmen!«

»Das kann nicht stimmen?« Roger Høibakk zog den Kamm aus der Hosentasche.

»Wieso bist du nicht Friseur geworden, dann brauchtest du den Kamm überhaupt nicht mehr aus der Hand zu legen.«

Roger lachte laut. »Soll ich dir was erzählen?« fragte er lächelnd.

»Lieber nicht«, sagte Cato, und nun mußte auch er lachen.

Im vierten Stock war an einer Wohnungstür der Name »Hansen« in ein selbstgemachtes Holzschild eingebrannt. Cato Isaksen und Roger Høibakk klingelten, aber niemand machte auf.

Der Nachbar, ein kleiner dünner Mann mit einer grauen Hose und Hosenträgern, konnte bestätigen, daß Robert Hansen beim Ullevål Stadion ein Fitneß-Studio betrieb. Er hatte ihn seit Tagen nicht mehr gesehen und wußte nicht, wo Hansen stecken konnte. »Manchmal kommt er erst sehr spät nach Hause«, sagte der Mann. »Und manchmal ist er auch den ganzen Tag in der Wohnung.« Seine Frau wuselte im Hintergrund herum, auch sie war dünn, und sie hatte altmodische Lockenwickler in den Haaren. Jetzt lugte ihr spitzes Gesicht hinter ihrem Mann hervor. »Ich hab's ja immer schon gesagt, mit dem Mann stimmt was nicht. Was der hier für Frauen anschleppt, solche albernen Muskelpakete ...«

Ihr Ehemann fiel ihr ins Wort. »Das geht uns nichts an, aber jedenfalls ist er oft nicht zu Hause.«

Cato Isaksen bedankte sich höflich für diese Auskünfte. Als sie zum Auto gingen, wirbelten Motive und Taten in seinen Gedanken wild durcheinander. Wenn nun Cheryl Therkelsen und Robert Hansen ein Verhältnis gehabt und beschlossen hatten, Cheryls Ehemann beiseite zu räumen? Wenn Bashir Khan irgend etwas entdeckt hatte? Irgendein Gespräch belauscht, irgend etwas gesehen hatte? Oder vielleicht war ja auch das Fitneß-Studio der eigentliche Knotenpunkt. Vielleicht trainierten sie da alle? Cheryl Therkelsen und Kim Khan? Oder hatten die Opfer etwas mit dem Studio zu tun gehabt? Sollte er da ansetzen?

Roger Hibakk gähnte laut. »Ich hab' einen tierischen Kohldampf«, sagte er. »Laß uns doch beim Burger King vorbeischauen.«

Als sie im Auto saßen, tauchte im heruntergekurbelten Seitenfenster ein kleines Gesicht auf. Es war die zahnlose kleine Lubna. Sie zog ein winziges Fahrrad hinter sich her und schob sich die schwarzen Haare aus dem Gesicht. »Hallo«, sagte sie. »Dich kenne ich. Du hast uns heute besucht.« Cato Isaksen nickte. »Du hast aber ein schönes Fahrrad«, sagte er und drehte den Zündschlüssel um.

35

Das Studio Ullevål Fit und Gesund lag dem Stadion genau gegenüber. Der Eingang befand sich hinter der Tankstelle an der Ecke. Roger Høibakk redete noch immer von seinem Hamburger. »Der kommt gleich danach an die Reihe«, erklärte er.

Rhythmische High-Tech-Musik schlug ihnen entgegen, als sie die Tür öffneten. Die schweren Trainingsapparate klirrten metallisch und knallten leise, wenn sie gestemmt und wieder gesenkt wurden. Ein Bodybuilder von vielleicht Mitte Zwanzig starrte sie an. Seine Haare waren oben weiß und im Nacken und an den Ohren schwarz.

Hinter dem runden, türkisen Rezeptionstresen war kein Mensch zu sehen. Roger Høibakk ging langsam durch den Saal, Cato Isaksen setzte sich in einen der weißen Korbsessel neben dem brummenden Glasschrank mit Erfrischungsgetränken. Sofort registrierte er den Stapel roter Broschüren auf einem weißen Tischchen. Er nahm sich eine.

Ein hochgewachsener Anaboltyp in engen, glänzenden Fahrradshorts ging langsam vorbei und rieb sich mit einem kleinen Handtuch den Nacken trocken.

Roger Høibakk kam zurückgeschlendert. Durch die Glaswände konnte er sehen, daß in zwei Parallelkursen Aerobic gelehrt wurde. Die Polizisten tauschten angesichts der vielen Frauenkörper, die sich rhythmisch und rasch zur Musik bewegten, ein Lächeln. Roger Høibakk wollte gerade eine flapsige Bemerkung machen, als eine junge, blonde und durchtrainierte Frau hinter dem Tresen auftauchte. Sie faltete einige Papiere zusammen. »Kann ich Ihnen irgendwie behilflich sein?« fragte sie und setzte ein professionelles Lächeln auf.

»Robert Hansen?« fragte Cato Isaksen und erhob sich. Die Frau schüttelte rasch den Kopf. »Der ist noch nicht da. Hat sicher verschlafen.«

Die beiden Fahnder blickten einander resigniert an. »Wir kommen gerade von dort«, sagte Roger Høibakk.

»Er macht nicht immer auf. Schläft sicher noch.« Das schöne Gesicht der jungen Frau hatten etwas Nichtssagendes und Belangloses.

»Können Sie feststellen, ob Cheryl oder Svend Ivar Therkelsen bei Ihnen Mitglieder sind?«

Die Frau verzog unwillig das Gesicht. »Nein, wir erteilen keine Auskünfte über unsere Kundschaft«, sagte sie abweisend.

Cato Isaksen griff zu seinem Dienstausweis. Roger Høibakk tat es ihm nach. »Polizei«, sagte er kurz.

Die Frau machte widerwillig ihren Computer an und gab die Namen ein. »Nein«, sagte sie schroff. »Therkelsen haben wir nicht.«

»Khan vielleicht«, schlug Roger Høibakk vor. »Kim oder Kerim?«

Die Frau schüttelte den Kopf.

»Und was ist mit Bashir?« Cato Isaksen beugte sich über den Tresen.

»Nein. Ich habe hier drei Khans, aber alle mit anderen Vornamen. Sehen Sie doch selber nach.« Sie blickte ernst zu den Ermittlern hoch.

»Was ist denn eigentlich passiert?«

Cato Isaksen schüttelte abweisend den Kopf. »Danke«, sagte er. Die Frau bedachte sie mit einem kurzen Lächeln.

Das Telefon klingelte. Sie schaltete sofort ihr einstudiertes Lächeln aus. Als sie den Hörer abnahm, waren die beiden Polizisten vergessen.
»Wir sind sicher nicht ihr Typ«, flüsterte Roger Høibakk. Die Rezeptionistin gurrte leise in die Sprechmuschel. Sie kehrte den Männern den Rücken zu und hielt sich beschützend die Hand auf das Ohr, während sie leise kicherte. Die rhythmische, hämmernde Musik ließ die Glasscheiben beben. Die Stimme des Trainers war gelegentlich zu hören, laute anfeuernde Ermutigungsrufe. »Na los! Gut so!«

Auf der Rückfahrt nach Grorud überlegte Cato Isaksen, wie sehr wir doch von der Umgebung geformt werden, in der wir aufwachsen. Wie relativ alles im Grunde ist. Daß es für manche das Ideal darstellte, so auszusehen wie die Anabolgnome, die sie vorhin in Augenschein genommen hatten, konnte er nicht verstehen. Sie schienen auf irgendeine Weise eine Rasse für sich zu bilden. Eine kulturlose, nichtssagende Rasse. Natürlich soll man die Menschen nicht nach ihrem Aussehen und ihren Interessen beurteilen, aber du meine Güte!
»Ich frage mich, ob ich nicht auch mit Gewichtheben anfangen soll.« Roger Høibakken riß Cato aus seinen Gedanken.
Cato sah ihn an. »Soll das ein Witz sein?« fragte er.
»Nein, zum Henker. Das ist gesund.«
Cato Isaksen seufzte.
Sie stellten den Wagen neben einem verbeulten alten Skoda ab. »Den kannst du billig haben«, sagte Roger und knallte die Tür hinter sich zu. Sie gingen zum Eingang der Nr. 81. Plötzlich passierte alles auf einmal. Das Mobiltelefon klingelte. Ein Mann, bei dem es sich nur um Robert Hansen handeln konnte, öffnete die Haustür und lief auf den Fußweg. Er war unnatürlich braun und hatte kurze gebleichte Stoppelhaare. Er trug Turnschuhe mit dicken Sohlen, dicke Socken, eine viel zu weite graue Trainingshose mit roten Tupfen und einen dicken, lose hängenden grünen Pullover.

Cato Isaksen hob das Telefon ans Ohr, während Roger Høibakk dem Mann entgegenging und sich vorstellte. Der Mann sagte ja, er sei Robert Hansen. Er sah überrascht aus. Nervös steckte er die Hände in die tiefen Hosentaschen, und sein Gesicht wirkte plötzlich abweisend und mißtrauisch. »Worum geht es?« fragte er.

Im Fenster links neben der Haustür erschien das Gesicht von Per Allan Karlsen. Roger Høibakk fragte, ob sie sich wohl in Hansens Wohnung unterhalten könnten. Das lehnte Robert Hansen ab. Durchaus nicht, er glaubte nicht, der Polizei irgend etwas mitteilen zu können. Schließlich ließ er sich widerwillig dazu überreden, sich kurz in den Corsa zu setzen.

Cato Isaksen beendete sein Gespräch mit der Wache und setzte sich auf den Rücksitz des Wagens.

»Das ist nicht gerade ein normaler Schauplatz für ein Verhör«, sagte Roger Høibakk ernst. »Aber im Moment passiert leider zuviel auf einmal. Ich hoffe, Sie sind bereit, das hier als informelles Gespräch zu betrachten.«

Robert Hansen wirkte gleich etwas weniger verspannt. »Ist irgendwelchen Bekannten von mir etwas passiert?« fragte er.

Roger Høibakk musterte den grobschlächtigen Mann. »Ich weiß nicht, ob Sie eine Ahnung davon haben, worüber wir mit Ihnen sprechen wollen«, sagte er und ließ Hansens Frage bewußt unbeantwortet. Der Besitzer des Fitneß-Studios zuckte gleichgültig mit den Schultern. »Wenn es um Anabolika geht, dann können Sie das gleich vergessen. Bei mir finden Sie keine Bolis.«

»Es geht um einen Mord, der am 2. Januar geschehen ist«, sagte Cato Isaksen vom Rücksitz her. »Haben Sie Bashir Khan gekannt?«

Robert Hansen wandte sich halbwegs zum Kommissar um. Er antwortete mit einem irritierten Schnaufen. »Machen Sie Witze, oder was? Mit dem Mann hab' ich nie ein Wort gewechselt.«

»Was ist mit Svend Ivar Therkelsen?«
»Nie von dem Typen gehört«, sagte Robert Hansen wie aus der Pistole geschossen. »Warum wollen Sie das wissen? Was zum Henker soll der ganze Unfug überhaupt?«
Roger Høibakk betrachtete seinen großgewachsenen Nebenmann. Dessen Oberschenkel waren breit wie zwei Baumstämme, seine Handgelenke waren vermutlich dicker als Rogers Knöchel.
»Das ist einfach eine Routinebefragung. Sehen Sie das so: Wir wollen sichergehen, daß Sie mit dem Fall nichts zu tun haben.«
»Von welchem verdammten Fall reden Sie hier eigentlich?« Wieder drehte Robert Hansen sich um. Es war klar, daß es ihm nicht paßte, den Kommissar hinter sich zu haben.
»Ihre Werbebroschüren ...«, begann Roger Høibakk.
»Was ist damit?« unterbrach ihn Robert Hansen.
»Wie verteilen Sie die und wo?«
»Hä? Also echt. Ich weiß wirklich nicht, was das alles soll. Was ist denn daran ein Verbrechen?«
»Nichts«, sagte Cato Isaksen. »Beantworten Sie doch einfach unsere Frage.«
Der Kraftprotz auf dem Vordersitz schüttelte den Kopf und seufzte. »Fünfzehntausend«, sagte er. »Überall in Groruddalen, Majorstua, Frogner, Ullevål Hageby ...«
»Alles klar«, sagte Cato Isaksen gleich darauf. »Sie können gehen. Haben Sie vielen Dank.«
Robert Hansen starrte Roger Høibakk einen Moment lang fragend an, und der starrte ruhig zurück. Danach stieg er fast widerwillig aus dem Wagen aus. Er beugte sich durch die offene Tür und fragte spöttisch, ob er sich einen Anwalt suchen solle.
»Das ist nicht nötig«, antwortete Cato Isaksen. »Noch nicht«, fügte er hinzu. »Wir werden Sie in den nächsten Tagen zu einem formellen Verhör bestellen.«
Hansen knallte mit der Autotür und ging mit dem Watschelgang eines großen Gorillas zu einem neuen Volvo.

Cato Isaksen öffnete die Hintertür und rutschte von der Rückbank. Er ließ sich auf den Beifahrersitz fallen und lehnte den Kopf an die Nackenstütze.
Roger Høibakk schlug gereizt mit der Faust aufs Lenkrad. »Verdammt«, sagte er.
Vermutlich einer von diesen ironischen Zufällen, die uns ein wenig zu oft passieren, dachte Cato Isaksen.
»Du kannst fahren«, sagte er.
Er hatte es natürlich schon häufiger erlebt: Zufälle wirkten so überzeugend, daß der Fall aufgeklärt zu sein schien, und dann stellte sich eine unerwartete Entwicklung ein. Er fand es grauenhaft, wenn eine klare Lösung sich als Sackgasse entpuppte. Der Schmerz, der von seinem Nacken bis in seine Stirn reichte, hielt ihn zum Narren. Hoffen und Harren macht manchen zum Narren. Zum Narren. Zum Narren.

36

Cato Isaksen stand in der Garderobe und starrte die Struktur in der Mauer geistesabwesend an. Er fuhr langsam mit den Fingerspitzen darüber hinweg und schloß die Augen. Als ob die kleinen Buckel Blindenschrift darstellten. Er mochte einfach noch nicht zu Sigrid nach Hause gehen. Nach Hause, er wußte ja gar nicht mehr, wo er zu Hause war.

Er kehrte der Wand den Rücken zu und zog den Pullover über den Kopf. Er wollte eine Runde joggen. Sein Körper brauchte Bewegung. Er zog sich rasch um. Schlüpfte in seinen Trainingsanzug und stieg in die abgelatschten Turnschuhe. Er brauchte dringend neue. Als er durch den Flur ging, tanzten die roten Broschüren vor seinen Augen wie rote Tücher beim Stierkampf.

Er lief los, als er den Akerselv sah. Er hatte Sigrid angerufen und ihr erzählt, daß die Jungen nicht kommen würden, daß Schluß sei mit den Mittwochsbesuchen. Daß Bente am Vorabend angerufen hatte.

Er konnte die Erleichterung in Sigrids Stimme deutlich hören. Als ob sie in einer Lotterie gewonnen hätte. »Aber ich komme noch nicht sofort«, sagte er dann. »Ich muß vorher noch einiges erledigen.«

»Ist schon in Ordnung«, sagte Sigrid munter.

Das Joggen fand er unbehaglich. Sein Körper schien nicht mitmachen zu wollen. Die Muskulatur mußte gezwungen werden. Der drückende Schmerz hinter seiner Stirn erinnerte ihn immer wieder an seine unerträgliche Lage. Aber wie sollte er die ändern? Die Turnschuhe federten die heftigsten Stöße ab. Langsam erwärmten sich seine Waden. Seine Augen richteten sich auf die Unregelmäßigkeiten im Boden. Beim Laufen ließ er seinen Blick über den Weg schweifen. Er fragte sich, was der Boden unter ihm erzählen könnte. Der Boden, der schon immer dagewesen war. Er lief an einem Bagger vorbei. Der Bagger hatte das Maul voll Erde. Der Mann im Führerhaus bewegte sich hinter der riesigen Maschine. Für einen kurzen Moment nahm Cato Isaksen das ganze Bild in sich auf. Die Bruchstücke des aufgerissenen Asphalts. Darunter das alte Straßenpflaster. Stein um Stein, gelegt von den Händen längst verstorbener Arbeiter. Stinkende, eingeschlossene Erde, die seit Jahren hermetisch abgeriegelt gewesen war. Irgendwo hatte er gelesen, daß Erde ohne Sauerstoffzufuhr erstickt. Daß die Nährstoffe absterben. Pflastersteine und Asphalt hatten lange Zeit als dicke Leichentücher fungiert. Wie hatte es hier früher ausgesehen? Ehe Autos und Auspuffgase und Häuser gekommen waren. Er bildete sich ein, Menschen in durchsichtiger, grauer Kleidung auf sich zukommen zu sehen. Frauen mit Kindern in den Armen, alte Männer, die schwere Lasten trugen. Arme Arbeitsleute. Wieviel wert waren eigentlich eine Generation, ein Leben? Auf jeden Fall währte alles nur für einen Atemzug. Eine Sekunde von Kummer und Freude. *Ist es nicht die Laute, die dein Gemüt beruhigt, das von Messern ausgehöhlte Holz? Kummer und Freude gehören zusammen. Wenn der eine an deinem Tisch sitzt, schläft die andere in deinem Bett.* Er dachte an Bente im Bett. Halb von einer Decke in Pastellfarben zugedeckt. Er dachte an seinen Vater, der tot war und auf dem Vestre Gravlund unter einer dikken Erddecke lag. Er dachte an seine Mutter, und sein schlechtes Gewissen versetzte ihm einen Stich. Er hatte sie schon

wochenlang nicht mehr im Pflegeheim besucht. Der Boden war unter ihm. Zog ihn an. Als es die Stadt noch nicht gegeben hatte, waren hier Wälder und Bäume und Pflanzen gewachsen. Genau hier.
Im aufgerissenen Boden, dort, wo der Eisengreifer ausruhte, hatte er die Reste eines Tierskeletts gesehen. Vielleicht eines Fuchses. Er hatte alte Wurzeln gesehen, hellbraune und graue. Sie waren unbarmherzig in der versiegelten Erde aufbewahrt worden. Sie hatten dort gewohnt, vor vielen Jahren, mitten in ihrer schönsten Lebenszeit. Sie waren so dünn und fein, daß sie zerfallen würden, wenn die Eisenkralle sie nur berührte. Wie lange diese Gewächse wohl schon auf die befreiende Verwesung warteten? Im Greifer hatte er Steine und große, alte Baumwurzeln gesehen, die zwischen den Zähnen des kräftigen Unterkiefers hingen.
Immer, wenn seine Füße auf den Boden auftraten, hörte er ein dumpfes kleines Dröhnen, als befänden sich unter dem Asphalt geheime Hohlräume. Wie in ihm selber, unter der Asphalthaut, unter der Körpererde.
Cato Isaksen hatte geduscht und sich in der Garderobe umgezogen. Roger Høibakken hielt sein Gesicht ins Waschbecken und ließ das Wasser fließen. Er war gebeten worden, eine Extraschicht in der Kriminalabteilung zu machen. Die brauchten Leute, er brauchte Geld. »Das wird eine lange Nacht«, sagte er. »Übrigens hat Myklebust reingeschaut. Sie hat nach dir gefragt. Sie ist noch immer erkältet.«

In dem Moment, als Cato Isaksen die Tür seines Büros öffnete, klingelte das Telefon. Es war Bente. Wieder hämmerte sein Herz los. Seine Handflächen waren schweißnaß. Er setzte sich und wartete ab, er stützte die Ellbogen auf die kühle Tischplatte und spürte, daß das Joggen ihm trotz allem gutgetan hatte. Er fragte, ob sie schon einmal angerufen hätte. Das hatte sie nicht. »Ich komme gerade zur Tür herein, weißt du«, sagte er.

»Ich muß mit dir reden«, begann sie energisch.
»Ist was passiert? Oder liegt was Besonderes an?«
»Das nicht«, sagte sie rasch. »Sie sind froh, daß ihnen die Mittwochsbesuche erspart bleiben.«
Sein Herz lag schwer in seiner Brust. »Das ist ja gut«, sagte er und merkte, wie verletzt er war.
Sie sagte, es sei sicher ein Vorteil, wenn sie sich treffen könnten, sie müßten wegen der Jungen noch mehr besprechen.
»Ach«, sagte er. »Was denn?«
»Ich will mit dir reden, und das nicht nur am Telefon«, sagte Bente. Sie sagte, sie wolle ihn nicht zu Hause anrufen. Wolle nicht mit Sigrid sprechen müssen. Sie war froh, daß er im Büro war. Er konnte ihrer Stimme anhören, daß sie das alles auch meinte.
Bente erschien Sigrid als gefährlich. Ihre Existenz brachte immer neue Probleme mit sich. Sigrid hatte Angst vor all den Jahren, die Cato an Bente banden – und umgekehrt. Sigrid fand Bente in Catos Kleidern, in seinem immer deutlicher werdenden Schweigen, in seinen Büchern, in der Briefmarkensammlung, die Vetle ihm geschenkt hatte, dem Fotoalbum, das er mitgebracht hatte. Das war übrigens das einzige, was er mitgebracht hatte, ein braunes Album mit Kunstledereinband und seine Kleider.
Bente hatte eine singende, helle Stimme. Er hörte ihre Stimme gern. Er ließ seine Schultern ein wenig sinken und sein Kinn am Hörer ruhen. Hob sein Gesicht und sah zu, wie die Nachmittagssonne auf die Schreibtischecke fiel. Sie lag da wie ein kleiner, gelber Klecks und horchte.
Er sah sein Gesicht im blanken Fuß der Lampe auf seiner rechten Seite. Sein Gesicht kam ihm langsam vor. Die Augen sahen aus, als ob sie in seiner Psyche erstarrt wären. Wer tagsüber mit Menschen arbeitet, die gemordet haben, Menschen, die eine Grenze überschritten, etwas getan haben, das sich nie wiedergutmachen läßt, wird davon geprägt. Cato Isaksen hatte viele

Mörder kennengelernt: leise, höfliche, sympathische Typen. Manche hatten über einen psychischen Verteidigungsmechanismus verfügt, oft auch über eine unbegreifliche Ausstrahlung, die sie vor ihrer eigenen Persönlichkeit beschützte. Andere hatten keinerlei Charisma besessen und waren unsympathisch gewesen. Während Bente sprach, verzehrte ihn dieses Gefühl der Traurigkeit. Es war schwer, im Alltag zur Ruhe zu kommen. Das Privatleben konnte ihm als Belastung erscheinen, als Quasi-Leben. Als Surrogat, weit weg vom wirklichen Leben. Weit weg von den wirklichen Menschen. Den Mördern. Er sah nun ein, daß er Bente auch deswegen verlassen hatte. Er hatte vielleicht geglaubt, alles werde anders sein, ein neuer Anfang könne ihn vom Alten befreien, von allem. O verdammt.

Hatte das Gefühl von Stagnation ihn dazu gebracht, Bente zu verlassen? Hatte die Hoffnung, seine stabile psychische Gesundheit zurückzuerobern, ihn zu einer neuen Beziehung verleitet? Vielleicht die hoffnungslose Lüge, noch einmal jung sein zu können.

Plötzlich ging ihm auf, daß er sich selber vermißte. Er hörte nicht, was Bente sagte. Die wirkliche Angst war die Furcht davor, sich selber zu verlieren. Er konnte sterben, die Jungen konnten sterben, Bente und Sigrid konnten sterben. In kalte, weiße Leichen verwandelt werden. Sigrid haßte Bente.

Er seufzte und hatte das Gefühl, aus einer glatten Schale zu bestehen, aus Innereien, die nicht in diese Schale gehörten. Der eigentliche Cato Isaksen hatte eine andere Farbe, einen anderen Geruch. Bentes Stimme fing ihn wieder ein. Sie schlug ein Treffen für den nächsten Tag vor, beim See Semsvann. Sie fragte, wann er Feierabend machen würde. Er sagte, sie könnten sich auf dem Parkplatz vor dem Modellbauernhof treffen, um halb sechs.

37

Als Georg am Donnerstagmorgen um fünf losweinte, hatte Cato das Gefühl, keine Minute geschlafen zu haben. Die Kopfschmerzen setzten ein, sowie er den Kopf vom Kissen hob. Er war mit Bente am Semsvann verabredet. »Wir können dabei unseren Spaziergang machen«, hatte sie gesagt. Unseren Spaziergang? Er hatte zugestimmt, hatte aber in dem Moment, als er den Hörer auf die Gabel legte, gewußt, daß eine Ablehnung das einzig Richtige gewesen wäre.

Gestern, nach dem Joggen am Akerselv, nach Bentes Anruf, hatte Cato Isaksen sich nicht mehr auf die Morde konzentrieren können. Die Aktenberge hatten ihm eine hoffnungslose Müdigkeit eingeflößt. Diese Müdigkeit wuchs noch, als er dann in den Papieren blätterte. Jetzt, in diesem Schlafzimmer, empfand er dieselbe Müdigkeit. Die Gedanken wirbelten nur so durch seinen Kopf. Georgs Weinen traf ihn wie ein physischer Schmerz. Es war fünf nach fünf. Sigrid drehte sich mit irritiertem Seufzen um. Ihre Haare rochen nach Chlor, ein Geruch, der sich bei jeder Bewegung verbreitete.

Er stand auf und steckte sich das Kind unter den Arm. Die Wärme im Badezimmer war schwer und feucht, das Licht scharf. Georg blubberte zufrieden vor sich hin und versuchte, den dikken Zeh in den Mund zu stecken. Seine Windel war triefnaß. Der Kinderurin roch unangenehm nach Gummi. Cato trug das

Kind in die Küche. Während er Milch für den Brei warmmachte, schaute Cato Isaksen nach, ob die Zeitung schon gekommen sei. Das war sie nicht. Er ließ die Kaffeemaschine laufen, während er Georg fütterte. Der kleine feuchte Mund nahm den Brei gierig in sich auf. »Hunger hast du also gehabt? Deshalb hast du so geweint?«

Die Stille in der warmen Küche und die Ausstrahlung des Kindes ließen ihn für einen Moment ruhig werden. Alles an dem Kleinen strahlte Glück aus. Die Hände, die Füße, die Augen. Der sabbernde Mund. Der Junge protestierte nicht, als er nach dem Füttern ins Laufställchen gesteckt wurde.

Cato goß Kaffee in die gelbe Tasse. Ging ins Wohnzimmer und holte das »Buch der Fragen.« Es ruhte schwer in seiner Hand. Etwas mußte er einfach lesen. Um diese Tageszeit kam die Küche ihm größer vor. Als wolle sie sich auf eine geheime Weise von ihrer eigentlichen Seite zeigen. Im Buch stand: *Fragen wir unseren Schatten, was ihm nachts passiert ist, und fragen wir die Nacht nach Neuigkeiten über ihren Schatten?*

Georg blubberte und stieß lautes schrilles Lachen aus. Cato betrachtete sein Kind. Er spürte, daß er stärker wurde, wenn er Georg betrachtete. Dann las er weiter: *Wir sind mit Bändern an Personen und Dinge gebunden, die so fein sind, daß sie oft reißen, ohne daß wir das wissen. Ein Atemhauch, ein Blick, ein Zeichen, ab und zu auch die vertrauliche Mitteilung eines Schattens. So ungefähr entstehen unsere Bindungen. Wenn unsere Bänder ewig sind, dann liegt es daran, daß sie göttlich sind.*

Cato Isaksen gähnte und ließ müde den Kopf auf das Buch sinken. In wenigen Stunden würde er Bente treffen. Er hätte sie niemals verlassen dürfen. Er bildete sich seine Reue nicht ein. Positiv gesehen, vermittelte Reue Hoffnung. Sie schuf einen Rhythmus, der einen Traum schuf. Ihr Mund und ihre Arme. Er spürte, daß sein Körper begann, sie zu leben. Mit der Wange auf dem Buch schlief er zum Plappern des Kindes ein. Das Papier wurde warm. Die Seiten wurden feucht von seinen Tränen.

38 Der Tag hatte einfach kein Ende nehmen wollen. Die ewigen Besprechungen, langweilig und hoffnungslos. Die Frühlingswärme hüllte die Ermittler wie eine Wolldecke ein. Die Minuten hatten die Stunden nur langsam verzehrt.

Bente lehnte an dem grauen Civic Shuttleen. Sie hatte ihn noch nicht entdeckt. Er hatte seinen Wagen ganz unten an der Hauptstraße abgestellt. Es fiel ihm leichter, auf Bente zuzugehen, statt zu fahren. Auf der Ausfahrt aus der Stadt hatte er lange im Stau gesteckt. Und unterwegs hatte er an Cheryl Therkelsen gedacht. Er hatte auch an Kim Khan und dessen Mutter Sonya Khan gedacht. Der Boden war hart unter seinen Füßen. Er ging am weißen Hauptgebäude des Hofes vorbei. Das Regenwasser aus der Dachrinne hatte an den Wänden häßliche dunkelgraue Spuren hinterlassen. Er dachte an Bente. Er sah sie, ehe sie ihn sah. Sie hatte die Arme verschränkt und lehnte an dem silbergrauen Auto. Sie hatte ihr Gesicht abgewandt.

Als sie ihn entdeckte, riß sie sich vom Wagen los. Sie war sportlich gekleidet, im Gegensatz zu ihm. Sie blickte verlegen zu Boden. Sie gingen einfach los. Die Stille zwischen ihnen war gespannt und abwartend, sie schienen allein nebeneinander herzugehen. Ihre Körper fanden einen gemeinsamen Rhythmus,

aber Cato spürte die Kälte und Fremdheit. Und auf diese Weise wurde er an seinen Verlust erinnert.
Das Semsvann lag frühlingsgrau und blank unterhalb des Kieswegs. Der rotweiße Hof auf dem anderen Ufer spiegelte sein Gesicht im schweren, ruhigen Wasser. Der Himmel hatte seine Farbe geändert und war nicht mehr blau, er war weißlich, mit traurigen grauen Schattierungen. In der Luft hing Nieselregen.
Bente brach schließlich das Schweigen. Sie verschränkte wieder die Arme, der Rhythmus ihrer Schritte änderte sich, wurde langsamer. Sie starrte den Boden an. »Ich war gespannt darauf, ob du wirklich kommen würdest«, sagte Bente.
Cato lächelte müde. »Selbstverständlich bin ich gekommen«, sagte er. »Es hat mich überrascht, daß du mich sehen, mit mir reden willst.« Bente gab keine Antwort, sie verzog nur resigniert den Mund. Er kannte diese Grimasse so gut. Die schnitt sie immer, wenn einer der Jungen nicht hören wollte.
»Sicher will ich mit dir reden«, sagte sie. »Und sei es nur den Jungen zuliebe.«
»Wie geht es ihnen denn?« Er glaubte, sich anzuhören wie ein alter Onkel, der sich nach Kindern erkundigt, die ihn überhaupt nicht interessieren.
»Jetzt müßte ich eigentlich antworten: ›Danke, gut‹.« Tiefe Bitterkeit lag in Bentes Stimme. »Aber es geht ihnen nicht gut.« Ihre Stimme hob sich um einige Oktaven. Die Steine auf dem Kiesweg waren fast schwarz. Sicher kam das von dem grauen Licht. Ein älterer Mann mit einem Golden Retriever kam langsam auf sie zu. Als Gruß legte er den Kopf ein wenig schräg.
»Gard weint sich fast jeden Abend in den Schlaf. Ich höre ihn, aber ich kann nicht zu ihm gehen. Ein Junge von vierzehn Jahren. Er will nicht, daß ich ihn so sehe. Er will nicht so sein. Und es ist auch nicht richtig, daß er so sein muß.«
Sie legte eine kleine Pause ein, dann sagte sie: »Er hat, du weißt schon, daß er nicht konfirmiert werden will?«

Cato schluckte. »Darüber wollte ich mit dir reden.«
»Da gibt es nichts mehr zu bereden«, sagte sie entschieden. »Er will nicht.«
»Das Fest?« murmelte Cato.
»Ja, das wird zu kompliziert für ihn.«
Eine Weile gingen sie schweigend weiter. »Die Mutter von Marte aus Vetles Klasse ist vor einigen Tagen an Krebs gestorben.«
Bente blieb stehen und zog einen Schuh aus. Ein kleiner Stein fiel heraus, als sie den Schuh umdrehte. Sie lehnte sich nicht gegen Cato, sondern gegen einen Baum.
»Ich wußte nicht einmal, daß sie krank war«, sagte er, er kannte sie von den Elternabenden. Dunkle lange Haare, oft hochgesteckt oder zum Pferdeschwanz gebunden.
Bente drehte sich zu ihm um. »Natürlich nicht«, sagte sie. »Du kannst ja nicht alles wissen, was draußen bei uns passiert.«
Draußen bei uns. Da war es wieder. Das schlimmste Gefühl von allen.
»Es war ganz schrecklich. Deshalb wollte ich mit dir sprechen. Ich habe plötzlich begriffen, wie sehr die Jungen leiden.« Sie unterbrach sich, wie, um den Ernst ihrer Worte zu betonen. »Auch Vetle macht die Sache zu schaffen. Als wir am Abend nach der Beerdigung beim Essen saßen, hat er mich gefragt, ob es Marte jetzt schlechter geht als ihm, nach deinem Auszug.«
Bentes Worte trafen ihn wie ein spitzer Pfeil. Er starrte seine armseligen Schuhe an.
»Ich wußte einfach nicht, was ich antworten sollte«, sagte jetzt Bente. »Aber ich habe mir so meine Gedanken gemacht.«
»Was für Gedanken?«
Sie setzte sich wieder in Bewegung. Er paßte sich ihrem Tempo an. »Ich habe mir überlegt, daß es fast leichter wäre, wenn du gestorben wärst«, sagte sie hart. »Dann hätten die Jungen dich betrauern können. Dann hätte die Umgebung ihre Trauer akzeptiert. Und meine übrigens auch«, fügte sie bitter hinzu.
Er glaubte, daß sie weinte, und er wollte sie nicht ansehen. Er

registrierte, daß sie schneller gingen, alle beide, als könne das höhere Tempo ihren Worten den Stachel abbrechen. Es fing an zu regnen. Keine großen schweren Tropfen, sondern helle, durchsichtige Frühlingstropfen. Die Pflanzen, an denen sie vorbeigingen, strahlten Müdigkeit aus, sie schienen ihre Arme nicht heben zu wollen. Als wollten die Bäume nicht glauben, daß die Natur sie bald in schöne grüne Blätter hüllen würde. *Es tut weh, wenn Knospen bersten.* Vielleicht empfanden auch Zweige und Blätter Schmerzen. Die grauen Tropfen fielen immer dichter. Plötzlich und unerwartet lachte Bente. »Weißt du noch, wie wir damals das Ferienhaus an der Südküste gemietet hatten? Weißt du noch, wie der Regen anfing, und wir vierzehn Löcher im Dach hatten?«

Cato fuhr zu ihr herum. Für einen Moment leuchtete in ihren Augen ein Lächeln auf, dann erlosch es wieder, und ihr Blick wurde grau. Einen Moment lang dachte er an den Regen, der in den roten Eimern getrommelt hatte, an die gelbe Waschschüssel und die blanken Beereneimer. Er dachte an Bentes Körper unter der geblümten Sommerdecke, an den schwachen Schimmelgeruch. Ihre Augen dicht vor seinem Hals. Wie Verschworene gegen die gierigen Finger des Regens lagen sie da und waren ein Mensch. In ihm pochte der Schmerz. Er dachte, sie müsse das verstehen. Es gehörten zwei dazu, eine Ehe zu brechen. Er wollte sie nicht mit Vorwürfen aufhalten. Aber Bente schwieg jetzt, ging einfach nur neben ihm her, in passender Entfernung. Sie hatte die Stelle erreicht, wo der Weg sich teilte. Automatisch gingen sie durch das Tor auf der linken Seite und weiter am See entlang.

»Du bist nicht gerade für diesen Spaziergang angezogen«, sagte Bente. Er hatte sich das noch nicht überlegt. Sie hatte recht. Er trug Seglerschuhe und eine blaue Hose. Einen modischen Pullover und ein normales moosgrünes Jackett. Bente trug Stiefel und einen Regenmantel.

»Ich habe mir überlegt«, sagte Bente, »daß wir für die Jungen

eine brauchbare Lösung finden müssen.« Sie seufzte tief. »Meine eigene Trauer, meine eigene Wut, sind in der Hinsicht unwichtig.« Ihre Stimme hatte jetzt eine andere Stärke.
»Ich weiß, daß ich das schaffen werde. Ich werde überleben«, sagte sie und wandte sich ihm zu. Ihre Stärke gefiel ihm nicht.
»Ich bin in letzter Zeit stärker geworden«, erklärte sie. »Und die Kinder sind das wichtigste. Ich liebe die Kinder mehr als mich selber, mehr als ...« Sie unterbrach sich, und Catos Gesicht wurde heiß, als er an das dachte, was sie nicht gesagt hatte.
Die Jungen, die Kinder, sein eigenes Fleisch und Blut. Er hatte im letzten Jahr versucht, so wenig wie möglich an Gard und Vetle zu denken. Solche Gedanken würden ihn doch nur zu Boden zwingen. Es war aber auch sehr anstrengend, diese Gedanken zu verdrängen. Er brauchte viel Energie, um sich seine Gefühle vom Leib zu halten.
Sie hatten die schmalste Stelle des Weges erreicht, wo der Weg dicht am Wasser vorbeiführte. Dort, wo der große Baum über dem Wasser hing, mußten sie über große Steine klettern. Ein altes Seil hing an einem Ast. Im Sommer schwangen sich die Kinder damit über den See und ließen dann los.
Die Steine waren glatt. Sie ließen sich bereitwillig auf den Rükken treten. Unter ihnen schwappte mechanisch das Wasser. Die Stimme des Wassers schien murmelnd mitzuteilen, daß sie ihr Dasein als Steine nicht mehr ertragen könnten.
Vater. Ein grausames Wort. Ein Wort fast wie ein Stein. »Vater« war das Wort, das ihm die Kleider vom Leib riß. Er hatte seinem Vater viel zu viele Vorwürfe gemacht, immerhin war der stets treu zur Stelle gewesen. Cato Isaksen dachte an die traurigen Steine. Er hatte einen guten Vater gehabt.
»Ich habe mir überlegt«, sagte Bente jetzt, kam aber nicht weiter. Sie wäre fast ausgerutscht. Cato packte ihren Oberarm. Und plötzlich lag ihre Hand in seiner. Er spürte die Wärme ihrer Hand wie die eines Ofens. Elektrisch geladen und mit gewaltiger Energie. Er hatte plötzlich das Gefühl, vierzehn Jahre alt zu

sein und mit einer heimlichen kleinen Freundin über diesen glitschigen Weg zu gehen. Ihr Körper bewegte seinen, sein Glied wurde steif. Sein Herz hämmerte und füllte seine Kehle mit einem scheußlichen Geschmack.

»Ich habe mir überlegt, daß du jedes zweite Wochenende mit den Jungen draußen bei uns verbringen kannst«, sagte Bente ruhig und blieb stehen. Aber sie ließ seine Hand nicht los. »Dann brauchen die Jungen nicht mit Sigrid zusammen zu sein. Sie mögen sie nicht. Und Sigrid mag sie auch nicht.«

Draußen bei uns. Er spürte, wie seine Tränen sich mit den Regentropfen vermischten. Die eiskalten Tropfen trafen sein Gesicht wie spitze Nadeln. Wie kleine Schmerzen schlugen die Tropfen ihn ins Gesicht, dann zerstreute sie ein kräftiger Windstoß.

»Ich werde natürlich nicht dabei sein«, fügte sie demütig hinzu.

Ihn überkam eine gewaltige Lust. Die Stärke dieser Lust warf ihn fast um. Er sah Bente an. Bente sah fremd aus. Ihr Gesicht war von feuchten, verklebten Haaren eingerahmt. Er hatte nur noch Lust, sie zu Boden zu werfen, zwischen Gras und Farn. Sie in die kühle Feuchtigkeit zu drücken, sich auf sie zu legen und die Regentropfen von ihrem Gesicht und ihren Lippen zu lekken. Sich in sie, in den Erdboden hineinzubohren. Die Rotation der Erde zu spüren. Die verlorene Schwerkraft wiederzufinden. Bente war die einzige, die ihn vor dem Mann retten konnte, zu dem er geworden war. »Ich liebe dich«, sagte er leise. Das mußte er sagen, und es klang nicht banal. Er meinte es wirklich. Er hatte es noch nie gesagt, zu keiner.

39 Milliarden von Dingen geschehen gleichzeitig. Der Zauberteppich des Lebens wird gewebt. Und zwar die ganze Zeit. Zwischen den Menschen werden Lebensfäden gesponnen. Wenn wir die Geräusche der Einzelheiten wiedergeben könnten, dann würden sie wie ein riesiges Kraftwerk summen. Es würde weit draußen im All lärmen. Und die ganze Welt würde in den Geräuschen wohnen. Gleichzeitig und kontinuierlich. Nie ist es auf der ganzen Welt Nacht. Eine Gesellschaft nach der anderen bewegt sich. Tiergeräusche. Stimmen und Sprachen, Dialekte. Rufen, Weinen und Lachen. Wurzeln kratzen zwischen den Ruinen, Wellen singen am Strand. Automotoren dröhnen. Leise Geräusche von Blättern und Bäumen. Kein Laut von den Blumen. Jemand gießt Kaffee in eine Tasse und wickelt ein Kind in frische Windeln. Ein Staubsauger leckt über einen Boden. Kontinuierliche Tätigkeiten. Details, die in ihrer äußersten Konsequenz Geburt und Tod beinhalten.

In der Stadt stirbt jemand. Cato küßt Bente. Parallele Ereignisse werden unsichtbar miteinander verflochten. Im Wald, unter den triefendnassen Farnblättern. Bentes weiße weiche Haut. Aber in der Stadt wird andere Haut von einem scharfen Messer zerschnitten. Diese Haut, die zuerst weich und geschmeidig ist, die sich dehnt und einen Moment lang anspannt, ehe die Messer-

klinge ihre Oberfläche durchtrennt. Im Laufe weniger Sekunden ist alles vorbei. Das Metall gleitet durch das Fleisch, zerschneidet Gewebe und weiche Adern. Frißt sich mit seinem scharfen Zahn weiter. Der Tod nähert sich. Die groteske Stille, die sich plötzlich und unerwartete über Sterbende senkt wie ein Nebel. Die Ewigkeit, die einen Körper mit einer Leiche vertauscht. Die Zeit ist nur ein Seufzen. Sie ist vorbei.
Die Straßen in der Stadt, die sprechen, zuerst mit lauter, dann mit leiser Stimme. Die Geräusche, die verschwinden. Tote hören nichts. Die Geräusche werden durch ein anderes Geräusch ersetzt. Durch Stille. Durch dieses dunkle Geräusch, das gar keines ist. Die Stille in einem Menschen, der kein Mensch mehr ist. Ein Körper, der noch immer sein eigenes Gewicht trägt, den es im Grunde aber nicht gibt. Die Erde wird diesen Leib noch eine Weile beherbergen, bis der Körper von schwarzem Erdreich zerfressen oder von den Flammen eines Krematoriumsofens verschlungen worden ist.
Der Ort trägt die Bilder. Der Ort, an dem der Mord geschehen ist. Eine Leiche wird die Treppe hinunter und auf den Hinterhof gezerrt, über den Hof. Es gibt keine Augen in den Fenstern. Niemand sieht etwas. Jetzt gilt es nur noch, sich mit ruhigen Schritten von dort zu entfernen. Mit Schritten, wie normale Menschen sie machen.
Woher sollen die Menschen auf der Straße wissen, daß dort ein anderer Mensch geht, der einen Mord begangen hat? Das können sie nicht wissen. Der Mann, der gerade sein Auto aufschließt, kann das nicht wissen. Die Frau, die ihre Einkaufstüte fallenläßt, woraufhin die Waren über den Bürgersteig rollen, weiß nicht, daß die Person, die jetzt einen Apfel aufhebt, eben noch gemordet hat. Ein junges Mädchen mit Engelshaaren und schwarzen Kleidern geht wogenden Schrittes vorüber. Sie sieht diese Person nicht einmal. Nie im Leben würde sie sie beschreiben können. Sie denkt nur an ihre hellen Haare, ist stolz darauf. Und sie denkt an die schwarze Schminke, die sie sich um die

Augen geschmiert hat. Viele behaupten, sie habe Ähnlichkeit mit einem Engel. Und daran denkt sie gerade.
Nur im Gehirn der Person, die den Mord begangen hat, bleiben die Details haften. Geruch, Bewegung und Geräusch aus den Augenblicken vor dem Verbrechen werden für immer existieren. Die Details sitzen fest, wie die Rechtecke in einem Flickenteppich. Die Zeit ist gerade jetzt. Nur die Zeit kann den Teppich zerreißen. Aber niemand sieht oder hört etwas.
Ein Mord bedeutet nichts für die Stadt. Sie lebt wie immer weiter, mit ihren steinernen Hausleibern. Die Häuser stützen sich gegenseitig, Schulter an Schulter. Die Stadt mit ihren Bewegungen in den Straßen. Ein Mann, der eine Wagentür zuschlägt. Eine Frau mit einer großen Adidastasche. Ein Hund an der Leine, der immer wieder zurückgerissen wird.
Der Ort. In der Stadt. In den Häusern, in den Zügen, in den Bussen. Was ist eigentlich der Unterschied zwischen Liebe und Tod? Für die Straßen sind beides Bagatellen, für die Straßen ist beides uninteressant. Auch für die Bäume im Wald und die Wellen im Meer ist die Bedeutung gleich null.
Die Menschen existieren nur füreinander. Der Natur ist der Tod der Menschen gleichgültig. Für sie gibt es nur die Schatten der Bäume.
Aber für die Menschen. Für die Menschen ist der Unterschied zwischen Haß und Liebe dasselbe wie der Unterschied zwischen Tod und Leben. Der Tod ist ein riesiger, verfressener Schlund. Wer tot ist, kann nie mehr zurückgezaubert werden. Von der Erde bist du gekommen. Zu Erde sollst du werden. Von der Luft bist du gekommen. Zu Stein sollst du werden. Vom Nichts bist du gekommen. Zu Nichts sollst du werden.
Das Leben ist die Bewegung und der Zusammenhang zwischen Gedanken und Fleisch. Für die Menschen ist der Körper das Haus, ihr Gesicht ist das Fenster, ihr Herz die Tür. Die Bosheit ist der Stein.

40

Sigrid stand am Fenster, und die Sonnenstrahlen bildeten um ihren Kopf einen vibrierenden Heiligenschein. Das trübe Nachmittagslicht hatte an den eisengrauen Wolken genagt. Unten auf der Straße war der Asphalt noch immer schwarz vom Regen. Sie war fast schön, wie sie so dastand, mit dem seltsamen Licht in den Haaren. Ihr Mund war unwillig verzogen, diese Schmollmiene kannte er schon von Fotos von ihrem Vater her. Und diese Miene hatte ihn vielleicht als allererstes angezogen. Ursprünglich. Hinter diesem Schmollen lag etwas anderes. Diese spannende, harte, unerreichbare Stärke. Aber auch die Verletzlichkeit und das geringe Selbstvertrauen, die im Grunde doch versprachen, daß sie ihn nie verlassen würde. Sie hatte gewußt, was sie wollte, und zwar ihn.

Er spürte, wie dieser Tag ihn jetzt schon erschöpft hatte, er wußte nicht, wo er anfangen sollte. Es war so viel passiert. Diese Broschüren aus dem Fitneß-Studio, führten die in die Sackgasse? Und seine heftige Begegnung mit Bente.

Er schlug die Abendzeitung auf. Es würde nicht leicht sein, zu erklären, daß sie meinten, daß Bente und er meinten, es sei das beste für alle, vor allem für die Jungen, wenn er jedes zweite Wochenende draußen in Asker verbrachte. Bente würde dann natürlich nicht dabei sein. Sie würde ihre Mutter in Kongsberg oder ihre Schwester in Sandefjord besuchen.

Er konnte Sigrid doch nicht erzählen, daß er sich mit Bente getroffen hatte. Dann würde Sigrids Eifersucht wieder aufflakkern. Und zu dieser Eifersucht bestand nun wirklich kein Grund. Sigrid glaubte, er komme direkt aus dem Büro. Sie kehrte dem Fenster den Rücken, das senfgelbe Licht ließ sie strahlen, und sie hatte keine Ahnung von Cato Isaksens wirklichem Leben.

Sigrid betrachtete ihn, wie er so dasaß und Zeitung las. Er war so schweigsam gewesen. Und er war immer müde. Sie ließ sich in einen Sessel fallen. Im Bücherregal lag das *Buch der Fragen.* Sie nahm es heraus und blätterte demonstrativ darin herum.

»Liest du das im Moment?« fragte sie.

Er blickte nicht auf.

»Woher hast du das? Hast du das gekauft?«

Er schaute kurz zu ihr hinüber. »Ich weiß überhaupt nicht mehr, wie das ins Haus gekommen ist«, sagte er und erhob sich.

Wütend blätterte Sigrid in dem roten Buch.

Er merkte, wie gereizt er plötzlich war. Sigrid sollte nicht in diesem Buch lesen.

»Leg das doch wieder hin«, sagte er und versuchte, ihr das Buch wegzunehmen.

Sigrid warf es wieder ins Regal und schob ihn beiseite, dabei blickte sie ihn verwundert an. »Bist du jetzt nicht ein bißchen irrational?« fragte sie. »Das ist ein Buch. Was ist daran denn so besonders? Steht darin ein Geheimnis, etwas, das ich nicht wissen darf?«

Er gab keine Antwort. Sie schob ihn endgültig fort und lief in die Küche.

»Ich begreife ja, daß diese Morde dich mitnehmen.« Sie holte Cracker und Ziegenkäse aus dem Schrank. Hielt in einer Hand zwei Bierflaschen und brachte alles heil zum Kiefernholztisch vor dem Sofa.

»Was wollen wir am Wochenende machen?« fragte sie, während sie ein Messer und zwei Teller aus der Küche holte. Er zuckte

gleichgültig mit den Schultern. »Mir egal«, sagte er und gähnte.
»Wir müssen diese Tage ausnutzen, nächste Woche bist du ja wieder Babysitter.«
»Babysitter?« Er starrte sie wütend an. »Am nächsten Wochenende bin ich Vater, bin mit meinen Kindern zusammen. Das ist etwas anderes als Babysitten. Bei dir klingt es so, als wären das fremde Kinder.«
Sigrid ließ sich unangefochten aufs Sofa fallen und schnitt Käsescheiben ab. Sie nahm einen Schluck aus der Bierflasche.
»Wenn ich ehrlich sein soll, dann sind sie mir auch fremd. Und du mußt respektieren, daß ich das so empfinde.«
Als sie das gesagt hatte, war plötzlich alles leichter für ihn.
»Sehr gut«, sagte er hart. »Dann will ich dir auch weitere Treffen mit ihnen ersparen. Sie sind auch nicht gerade hin und weg von dir, das kannst du mir glauben.«
»Haben sie das gesagt?«
Er nickte.
»Willst du sie etwa nicht mehr sehen?« Sigrid hörte auf zu kauen. »Aber das geht doch auch wieder nicht«, fügte sie ratlos hinzu.
»Die Jungen will ich natürlich noch sehen, dich dagegen nicht.«
Sie verzog ängstlich das Gesicht. Schluckte rasch und stellte ruhig die Flasche auf den Tisch.
Er sagte: »An jedem zweiten Wochenende werde ich von jetzt ab bei den Jungen sein. Bente fährt solange irgendwo hin.«
Sigrid war blaß geworden. »Himmel, laß doch den Unfug. Das ist doch Blödsinn. Du mußt einfach nur begreifen, daß es auch nicht so leicht ist, zwei fremde Jungen im Haus zu haben. Wenn sie noch kleiner wären, ginge es bestimmt besser.«
»Sie sind aber nicht kleiner, sie werden auch nicht mehr kleiner, und fremd sind sie schon gar nicht. Außerdem werde ich immer ihr Vater sein. Aber sie sollen nicht mehr herkommen müssen.«

Sigrid ließ sich auf dem Sofa zurücksinken; ihr Blick war unsicher geworden, aber sie war noch immer hart.
Cato fuhr sich müde mit der Hand übers Gesicht. »Du kannst es doch als einen Pluspunkt für mich betrachten, daß ich meine Kinder nicht aufgeben will«, seufzte er müde.
Das hatte sich so natürlich angehört, wie eine Bemerkung, die ihm eben erst eingefallen war. Der Spruch ist wirklich ein Erfolg, dachte er und streckte die Hand nach der Bierflasche aus, die Sigrid eben weggestellt hatte. Er zwängte sich durch den schmalen Zwischenraum zwischen Sofa und Tisch und ließ sich aufs Sofa fallen. Er war erschöpft. Für einen Moment schloß er die Augen. Vor seinem inneren Auge tauchte Bentes Mund auf. Er konnte dieses Bild nicht wegschieben. Es drängte sich immer wieder auf. Er dachte daran, wie ihr Mund erst vor wenigen Stunden draußen im Wald sein Glied umschlossen, wie dort die Lust gepocht hatte. Er dachte aber auch an die Trauer in der plötzlichen, auflodernden Freude. Einige kahle, blattlose Himbeersträucher hatten ihn in den Rücken gestochen, und das feuchte, eisengraue Wetter hatte eine desolate Kulisse gebildet. Eine passende Kulisse.
Ihr Mund hatte nicht nur sein Glied umschlossen, sondern sein ganzes Wesen. Er lag in ihrer Mundhöhle, spürte die feuchte Wärme, die Erinnerungen, die in den Schleimhäuten lagen. Und in ihrem Lachen waren Trauer und Schmerz des Aktes wie ein lauter, dunkler Ton hervorgetreten.
»Wenn du mich verläßt, wirst du Georg nie mehr wiedersehen.« Sigrids Stimme riß ihn aus seinen Gedanken.
Er wurde nicht böse, sondern mußte lächeln. Sie saß da auf dem Sofa, gekleidet in einen weißen Pullover und eine weiße Hose. Sie sah aus wie eine weiße Katze.
»Ich verlasse dich doch nicht«, sagte er und nahm noch einen Schluck Bier. Er betrachtete ihren dünnen Körper, ihre Finger, die ineinander verflochten ruhig auf ihrem Schoß lagen. Er sah die glühende Angst in ihren Augen und spürte die giftige Symbiose, die sie inzwischen miteinander entwickelt hatten.

»Ich verlasse dich doch nicht«, sagte er noch einmal, wußte aber im selben Moment, daß das eine Lüge war und daß diese Lüge noch für eine Weile an einer unsichtbaren Wäscheleine zum Trocknen hängen würde.

41

Am Freitag, dem 26. April, erschien Cato Isaksen schon vor sieben Uhr morgens im Büro. Er brauchte vor der Morgenbesprechung noch ein wenig Zeit für sich. Robert Hansen war zum Verhör bestellt. Thorsen und Billington sollten das übernehmen. Er selber saß vor den Unterlagen und dachte an Bente. Er hatte das Gefühl, von einer dicken, betäubenden Ruhe umschlossen zu sein. Er wußte schon gar nicht mehr, wann er zuletzt so empfunden hatte. Es war der Tag danach. Der Beginn einer neuen Zeitrechnung. Vor und nach dem gestrigen Tag. Bente konnte ihn retten. Sie hatte schon damit angefangen. Vielleicht sollte er Sigrid alles erzählen. Ihr schmerzhafte Spekulationen ersparen. Andererseits wußte er ja gar nicht, ob Bente ihn zurückhaben wollte. So direkt hatte sie das draußen im Wald nicht gesagt. Was genau hatte sie überhaupt gesagt?

Dieser Akt im Wald war mehr wie ein Schrei gewesen. Mit dem Trauer erstickt werden sollte.

Plötzlich waren die Assoziationen da. Die Vorstellung schlug sorgfältig Wurzel. Ein flimmerndes Bild aus seiner Kindheit. Vielleicht war er damals drei oder vier Jahre alt gewesen. Es war pathetisch. Aber es drängte sich auf. Flimmerte durch seine Schädelknochen.

Es war Herbst, er konnte sich an die scharfe und unangenehm klare Luft erinnern, an den Schal, der ihm vor den Mund geweht wurde. An den Himmel, der so blau war, daß es schon wieder häßlich aussah. Er wollte nicht in den Kindergarten. Hinter dem hohen Zaun. Seine Mutter war die einzige, die ihn aus der schrecklichen Einsamkeit hinter dem Bretterzaun retten konnte. Die anderen Kinder waren öde Berggipfel, fremde Steine, verkleidete Hexen. Aber die Mutter rettete ihn nicht, sosehr er auch weinte. Sie hörte ihn nicht durch seinen Schal hindurch, der nach trockener Wolle schmeckte und in seinem Mund kratzte. Die Mutter ging einfach weg. Er konnte ihr Gesicht nicht mehr sehen. Er sah den blauen Mantelrücken, der ihn nicht retten wollte, der so häßlich war wie der Himmel. Er war ein einziger Ruf. Der Schal preßte sich weiter auf seinen Mund. Er versuchte, seinen Schrei zu ersticken.

Später an diesem Tag hüllte Herbstnebel die kahlen Zweige des Kindergartenbaumes wie Watte ein. Den ganzen Tag hindurch hatte er das grausame Gefühl, am Ende der Welt zu stehen. Dieses Gefühl der Verlassenheit, das er seit damals vielleicht nie mehr abschütteln konnte. Vielleicht hatte er immer an dieser Angst gelitten, nicht geliebt zu werden.

Er hatte seiner Mutter nichts von dieser Episode erzählt. Die Erinnerung an diesen Tag tauchten seither in regelmäßigen Abständen wieder auf. Der Tag lag da, lag auf der Lauer und konnte wie ein Troll über ihn herfallen. Er brauchte viel Kraft, um ihn zu beherrschen.

Seine Mutter war alt geworden. Und er selber erwachsen. Wenn er sie ein seltenes Mal im Altersheim besuchte, konnte er nicht begreifen, wieso er sie vor langer Zeit so wahnsinnig geliebt hatte. Jetzt war sie eine fremde alte Frau. Es erschreckte ihn, daß sie ihn immer mehr anekelte. In der Regel saß sie krummgebückt in einem einsamen Sessel hinter dem Flügel hinten im Aufenthaltsraum. Ab und zu saß sie auch zwischen den elfenbeinweißen Wänden ihres Zimmerchens. Saß hilflos da und wartete, zwischen den sehr wenigen Möbeln, die sie hatte mitnehmen können. Die Wände waren von Familienbildern bedeckt. Sie

verbrachte ihre Zeit oft damit, diese Bilder zu betrachten. Kinderbilder von ihm, das Hochzeitsbild seiner Eltern, die Großeltern, die Urgroßeltern. In runden schwarzen oder abgegriffenen braunen Rahmen. Immer hing der Geruch seiner alten Mutter im Zimmer. Die Vorhänge berichteten von Verwesung.
Cato Isaksen seufzte schwer. Diese Gedanken störten ihn. Er starrte die obersten Unterlagen an, blätterte kurz darin herum. Hatte Cheryl Therkelsen etwas mit dem Mord an ihrem Mann zu tun? Und weshalb konnte er Kim Khan einfach nicht glauben? Warum erzählte der nicht die eigentliche Wahrheit? Und in welcher Beziehung stand er zu Robert Hansen? Er mußte einfach noch einmal mit dem Jungen reden. Ob er Bente anrufen sollte?
Sein Herz steckte wie eine widerwärtige Faust in seiner Brust. Er fühlte sich stark und schwach zugleich. Munter und niedergeschlagen. Eine Freude, wie er sie zusammen mit Bente empfunden hatte, war in letzter Zeit selten geworden. Alles war so lange her. Das Gefühl, ihr so nah zu sein, und doch zu wissen, wie unerreichbar sie war, beunruhigte ihn. Er rief nicht an. Bente war unglücklich gewesen, als sie zum Parkplatz zurückgegangen waren. Als sein Orgasmus in ihren Mund gespritzt war, hatte sie ihn verächtlich ausgespuckt. Er sah seine Spermien über die dünnen hellgrünen Blätter fließen, die sich in der feuchten Brise leise bewegten. Seine Spermien hatten wie weiße Tropfen an den dünnen, unfertigen Blättern gehangen. Wie zähe, schwere, klumpige Tropfen, die das Joch der Einsamkeit trugen. Nach ihrem hilflosen Lachen war sie in Tränen ausgebrochen. Hatte gesagt, sie sei verwirrt und verängstigt. Daß er ihr angst mache. Sie war wütend, als sie das sagte.
Oder war sie gar nicht wütend gewesen? War ihm das nur so vorgekommen?
Sie sagte, sie könne ihn nicht verstehen, wisse nicht, was er wollte. Habe nur Angst vor neuen Verletzungen. In ihrem Mundwinkel hing ein zitternder Spermatropfen. Er blickte ihre warmen Lippen an und hörte ihren Atem.

42

Nach dem Mittagessen versammelte die Fahndungsgruppe sich in Ingeborg Myklebusts Büro. Cato Isaksen, Roger Høibakk, Randi, Thorsen und Billington.

Ingeborg Myklebusts Stimme klang noch immer nasal und erkältet. Ihre Haut war blaß und papiertrocken. Sie behauptete, sich besser zu fühlen.

»Robert Hansen«, sie blickte abwartend zu Billington hinüber. »Erzähl!«

Thorsen und Billington waren von den Vergewaltigungsfällen abgezogen worden. Der Fall im Sognsvann war fast fertig ermittelt. Es hatte sich als Familientragödie herausgestellt. Die beiden hatten eben erst das Verhör von Robert Hansen abgeschlossen.

»Ich glaube das alles nicht«, sagte Billington und beugte sich über den Tisch. »Robert Hansen scheint über die ganze Sache aufrichtig erstaunt zu sein. Und er ist nicht intelligent genug, um einen guten Schauspieler abzugeben.«

»Du hältst das mit den Broschüren also für einen Zufall?« Die Hauptkommissarin suchte Cato Isaksens Blick.

»Ja«, antwortete Billington energisch.

Cato Isaksen blickte fragend zu Bjørn Thorsen hinüber. »Ich bin mir da nicht so sicher«, sagte der. »Ich hatte den Eindruck, daß der Mann irgend etwas zu verbergen versucht. Er ist jedenfalls stark genug, um die Morde durchgeführt zu haben. Er kennt sich mit Anatomie aus und weiß, wo er zustechen muß. Aber wir haben nicht den Hauch von einem Beweis. Und keiner von allen Beteiligten steht in seinen Studiolisten.«

»Er kann die Namen doch gelöscht haben«, sagte Randi leise.

»Die Morde müssen von einer Person ausgeführt worden sein, die weiß, wie man ein Messer benutzt«, sagte Ingeborg Myklebust. »Und die beiden handbeschriebenen Zettel weisen darauf hin, daß zwischen den Fällen ein Zusammenhang besteht«. fügte sie dann hinzu. »Vorläufig sind diese Zettel aber auch der einzige derartige Hinweis. Die Mordmethoden stimmen allerdings auch überein. Mehr wissen wir nicht. Das sind bisher unsere einzigen konkreten Anhaltspunkte.«

»Falls nicht noch ein vergleichbarer Mord geschieht«, fiel Roger Høibakk ihr ins Wort.

»Beruf es nicht. Laß uns hoffen, daß es bei diesen beiden bleibt«, meinte die Hauptkommissarin. »Jetzt ist wichtig, daß wir kein Detail übersehen. Ich habe gehört, daß du beim Verhör von Cheryl Therkelsen gute Arbeit geleistet hast«, sagte Ingeborg Myklebust. Damit war Randi gemeint.

Randi nickte. »Kann schon sein«, sagte sie selbstsicher.

Cato Isaksen dachte daran, daß sie ihm auch bei Sonya Khan eine große Hilfe gewesen war. »Randi muß unbedingt weiter mitarbeiten«, sagte er.

»Svend Ivar Therkelsen wird am Dienstag, dem 30. April, um ein Uhr auf dem Vestre Gravlund beigesetzt. Du gehst doch hin, Cato?«

Er nickte.

»Wie gesagt, ich möchte, daß du weitermachst, gerne auch aktiver«, sagte Ingeborg Myklebust dann. »Sie kann dabei viel lernen«, sagte sie zu Cato Isaksen. »Und außerdem könnt ihr alle verfügbare Hilfe brauchen. Denn«, und das klang ein wenig energischer, »ich möchte bald Ergebnisse sehen. Das ist ein übler Fall, ein Fall, bei dem wir unbedingt Fortschritte erzielen müssen.« Nach einer kleinen Pause sagte sie noch einmal, daß sie Ergebnisse sehen wollte.

Cato Isaksen schlug den Blick nieder, hob ihn dann aber gleich wieder bis zu einem Punkt hoch oben an der Wand. Er weigerte sich, das als Kritik aufzufassen. Wußte auch nicht, ob es als Kritik gemeint war, glaubte aber, einen spöttischen Unterton herausgehört zu haben. Und bei Ingeborg Myklebust gab es auch noch etwas anderes. Ihre Verachtung. Er deutete das so, daß sie Männer ganz allgemein verachtete. Vielleicht stimmte das nicht, aber sie behandelte ihre Untergebenen auf eine herablassende Art, die ihm grenzenlos auf die Nerven ging. Er sah es ihrem Gesicht an. Es dauerte nicht lange, aber für den Bruchteil einer Sekunde huschte dieser Ausdruck von ihren Augen abwärts über ihr Gesicht. Und diese Verachtung kannte er. Plötzlich ging ihm auf, daß auch Sigrid diese deutliche Aussage im Blick haben konnte. Weibliche Verachtung, die in jedem Mann das Selbstvertrauen töten konnte. Weibliche Herablassung. Auch seine Mutter hatte dieses Gift in sich herumgetragen. Er erinnerte sich an Bruchstücke vom Essenstisch, damals, als er noch klein war. Er hatte seinen Vater gehaßt, weil er sich von der Mutter schikanieren ließ, wenn auch nur in kleinen, vagen Andeutungen.

Ingeborg Myklebust wollte noch kurz mit Cato sprechen, als die anderen wieder an die Arbeit gingen. Roger Høibakk und Bjørn Thorsen sollten im Frauenhaus Cheryl Therkelsens Angaben überprüfen und sich kurz umsehen. Cato selber wollte nach Ryen fahren, um mit Ahmed Nabil zu sprechen, Bashir Khans Freund.

Ingeborg Myklebust ordnete ihre Unterlagen und legte die Füße in den braunen Schuhen übereinander. Sie drückte ihre rotlakkierten Fingernägel gegeneinander und fragte ihn dann abrupt und unerwartet, ob er irgendwelche Probleme habe.

Diese Frage hatte er nicht erwartet. Sie war nun schon seit fast zwei Jahren seine Chefin, aber er hatte die ganze Zeit das Gefühl

gehabt, sie zu beherrschen. Bis jetzt. Augenblicklich stieg Zorn in ihm auf. Griff jeden kleinsten Muskel an, füllte jede winzigste Zelle.
Ingeborg Myklebust trug eine tief ausgeschnittene schwarze Bluse und einen gelbkarierten Wollrock. Wenn sie ihm Vorwürfe machen wollte, dann sollte sie es gleich sagen. Und ihm nicht mit vagen Andeutungen kommen. Die schwarze Bluse betonte ihr blasses Gesicht. Sie wurde jetzt alt. Die Falten an ihrem Hals waren ganz deutlich.
»Nein«, sagte er. Er hatte keine Probleme. Der Fall war kompliziert, er gab sich wirklich alle Mühe.
»Davon rede ich nicht.« Ingeborg Myklebust seufzte leise. »Ich sage nicht, daß du schlechte Arbeit leistest. Ich habe nur den Eindruck, daß du ...«, sie suchte nach dem richtigen Wort. »Du kommst mir so müde vor«, sagte sie ruhig, nach einer kleinen Pause. »Und ich wüßte sehr gerne, ob ich etwas für dich tun kann«, fuhr sie fort und legte wie als Geste eine Hand auf den Tisch.
»Nein«, sagte Cato Isaksen und erhob sich rasch. Er schob seinen Stuhl abrupt unter den Tisch. »Bitte, misch dich nicht in mein Privatleben ein. Hör auf, mich wie einen Rotzbengel zu behandeln«, sagte er scharf und lief aus dem Zimmer. Und dann knallte er noch mit der Tür.
Wütend und auf eine quälende Weise gedemütigt holte er seine Jacke und ging, ohne Bescheid zu sagen und ohne irgendwen mitzunehmen. Alles wirbelte ihm durch den Kopf. Wie er in Bentes Mundhöhle eingedrungen war. Die Jungen. Georg, der weinte, Bentes weicher Hals, Sigrids forschender Blick, Kim Khans schwarze Verzweiflung, das Blutmuster auf dem Hemd der Leiche. Die Kopfschmerzen. Die Unruhe. Die Herablassung der Hauptkommissarin.
Er fuhr durch das Polizeigebäude nach unten und verließ es durch seinen riesigen gläsernen Rachen. Im Eilschritt überquerte er Grønlandsleiret und verschwand im nächsten U-Bahn-

Schacht. Ging die Steintreppen hinunter. Sein ganzer Körper vibrierte. Er merkte, daß sein Glied wieder steif war. Vor lauter Haß. Er konnte Vergewaltiger verstehen. Er haßte Ingeborg Myklebust. Was zum Henker *sahen* diese Frauen eigentlich die ganze Zeit? Unfreiwillig rempelte er ein junges Mädchen an. Eine Mutter mit einem Kinderwagen schnitt ihm den Weg ab. Menschen eilten vorüber. Er mußte sich alle Mühe geben, um die richtige U-Bahn-Linie zu finden. Richtung Bergkrystall, stimmte das? Der feuchte, kühle Tunnelgeruch brachte ihn zur Besinnung.

Ahmed Nabil arbeitete im U-Bahn-Depot in Ryen. Cato Isaksen hatte angerufen und erfahren, daß er den ganzen Tag dort anzutreffen sein würde.

Die Menschen in der U-Bahn saßen frühlingsblaß auf den abgenützten Sitzen. Ihre Gesichter kamen Cato vor wie gefleckter Muster. Wie häßlich sie doch waren! Die Farben ihrer Kleider, fahle Haut, strähnige Haare. Er dachte an seine Mutter, sie hatte die Haare ihrer Eltern aufbewahrt. Haarbüschel in Plastiktüten im Keller. Ekelhafte alte, tote Haare.

Neben dem Fahrplan hing ein Plakat, auf dem ein Gedicht abgedruckt war. Er ließ seinen Blick zum Fenster wandern. Sah, wie die Hausfassaden vorüberjagten, wie die Wolken über den Dächern hingen.

In Ryen stieg er aus. Das Depot lag gleich neben der Station. Er erkundigte sich in einem kleinen Büro und erfuhr, daß Nabil gerade ganz hinten in der riesigen Halle einen U-Bahn-Wagen reinigte.

»Gehen Sie doch einfach hin«, sagte der ältere Mann hinter der Glasscheibe und nahm seine starke Brille ab. Er trug einen altmodischen blauen Hausmeisterkittel. Er erinnerte Cato an den alten Hausmeister der Sinsenschule. Hausmeister Olsen, hinter dem man sich verstecken konnte. Er dachte an den großen Heizkessel in Olsens Kellerraum. Im Notfall konnte man bei ihm sein Pausenbrot verzehren, konnte sich dort verstecken, wenn man einen Schneeball ins Auge bekommen hatte. Und er dachte an die Hitze, die stechende, gelbe Hitze, die der große graue Heizkessel verströmte.

Ahmed Nabil arbeitete wirklich ganz hinten in der kühlen, feuchten Reinigungshalle in einem Wagen. Die Türen standen offen. Es stank nach Kreosot. Der Algerier freute sich nicht über den Besuch, und er schien Cato Isaksen schon erkannt zu haben, noch ehe der sich vorgestellt hatte. Cato Isaksen hatte Ahmed Nabils Vorstrafenregister überprüft. Ganz blütenrein war das nicht, aber besonders ernsthafte Vergehen waren keine dabei. Keine Gewalttätigkeiten, nur zwei geknackte Autos und einmal ein Gramm Hasch. Ahmed Nabil war in der Woche nach dem Tod seines Freundes ausgiebig verhört worden. Natürlich konnte ein Autodieb auch andere schlechte Seiten haben. Auch ein Autodieb konnte zum Mörder werden. Aber es war doch sehr fraglich, ob ein Autodieb algerischer Herkunft unter seinen Opfern kleine handgeschriebene Zettel mit einem norwegischen Wiegenlied verstecken würde.

Ahmed Nabil war ein dünner kleiner Mann von Mitte Dreißig. Er erinnerte an den Läufer Khalid Skah. Cato Isaksen setzte sich auf einen Wagensitz. »Ich dachte, die Wagen würden nachts saubergemacht«, sagte er und musterte den dunklen Mann, dessen Gesicht und Gesten trotz aller Unsicherheit doch auch Selbstsicherheit ausstrahlten. »Das stimmt schon, aber manchmal schaffen wir nicht alle«, sagte Nabil, streifte seine Gummihandschuhe ab und wischte sich die Hände an seinem grauen Overall ab. Cato Isaksen spürte einen kalten Windstoß, der zur offenen Tür hereinkam. Es roch nach Salmiak. Die Fenster waren vom Dampf beschlagen. Es war nicht zu übersehen, wie abgenutzt und häßlich der Wagen war, scheußliche grüne und gelbe Resopalplatten an den Wänden, verschlissene aufgeschlitzte Sitze. An mehreren Stellen fanden sich Kritzeleien. Nabil ließ sich auf den gegenüberliegenden Sitz fallen. Mit der Hand fuhr er sich durch seine schwarzen Locken. Er schien

nicht überrascht zu sein, als Cato erzählte, warum er gekommen war. Er nickte nur ruhig und fing an zu erzählen. Er betonte, daß er natürlich nicht wissen könne, wer seinen Freund umgebracht hatte. Er sei die ganze Zeit mit den anderen zusammen gewesen. Er zog Zigaretten aus der Tasche und zündete sie mit einem grünen Feuerzeug an; Cato Isaksen bot er keine an.
»Ich habe ein Alibi. Ich war das jedenfalls nicht.« Er zuckte kurz mit den spitzen Schultern und machte ein fast triumphierendes Gesicht. »Die Polizei hat keinen Beweis«, sagte er.
»Warum sagen Sie das? Sie wollen doch wohl auch, daß wir den Mörder Ihres Freundes finden«, sagte Cato Isaksen spöttisch. »Oder etwa nicht?«
»Natürlich, natürlich.« Der Mann sank ein wenig in sich zusammen und zog an seiner Zigarette. »Aber den findet ihr ja doch nicht«, sagte er leise. »Es ist zu spät. Und was wäre es auch für eine Hilfe?«
»Was wäre es auch für eine Hilfe?« Seltsame Formulierung.
»Ich glaube, Sie wissen, wer es getan hat«, sagte Cato Isaksen kühl. »Und zwar der Sohn Kim, nicht wahr?« fügte er hinzu.
Sein Gegenüber bekam den Rauch in den falschen Hals und hustete los.
»Kim Khan hätte seinen Vater niemals umgebracht. Niemals«, sagte Ahmed Nabil überzeugend. Ganz kurz wirkte seine Miene etwas milder. In seinen Augen hing eine Art Sympathie. Jetzt log er jedenfalls nicht. Ahmed Nabil hielt Kim nicht für den Mörder. Cato Isaksen tat das auch nicht. Aber Kim verheimlichte etwas, etwas, das nicht ans Licht kommen durfte. Das Gefühl hatte zumindest Cato, und er glaubte, daß dieses Gefühl berechtigt sei.
»Haben Sie einen Mann namens Svend Ivar Therkelsen gekannt?«
»Nein.« Der Algerier ließ seine Kippe fallen und trat sie aus. Zwischen seinen kräftigen dunklen Augenbrauen war eine bekümmerte Falte aufgetaucht. »Ist das der Mörder?« fragte er neugierig.

»Nein«, sagte Cato Isaksen. »Ist er nicht.« Er legte eine kleine Pause ein. »Kims Training«, sagte er dann, »wissen Sie, warum er damit aufgehört hat?«
Ahmed Nabil war überrascht. »Training?« fragte er. »Wo denn?«
»Im Ullevål Fit und Gesund«, antwortete Cato Isaksen ruhig.
Ahmed Nabil schüttelte mit ernster Miene den Kopf. »Davon hatte ich wirklich keine Ahnung«, sagte er aufrichtig. »Das habe ich nicht gewußt. Was hat er dort gemacht?«
»Nichts«, sagte Cato Isaksen und bedankte sich für die Auskünfte.

Als er gegen halb eins ins Büro zurückkehrte, war wieder Mordalarm gegeben worden. Ingeborg Myklebust wartete schon auf ihn, als er die Fahrstuhltür öffnete. »Es geht wieder los, Cato«, sagte sie verzweifelt und strich sich eine rote Strähne aus der Stirn. Sie war wie immer, ließ sich ihren Zusammenstoß von vorhin nicht anmerken. Sie fragte auch nicht, wo er gewesen sei.
»Ein älterer Mann ist gleich um die Ecke in einem Hinterhof erstochen aufgefunden worden«, sagte sie. »In Grünerløkka. Sei bitte in fünf Minuten bei mir.« Sie drehte sich um und blickte ihn noch kurz und resigniert an, dann lief sie weiter.
Als Roger Høibakk, Bjørn Thorsen, Stein Billington, Randi und Cato Isaksen sich um den ovalen Eichentisch versammelt hatten, sagte Hauptkommissarin Ingeborg Myklebust als erstes, daß noch ein Dutzend weitere Ermittler auf den Fall angesetzt werden würden. »Wir haben es wirklich mit einem Serienmörder zu tun«, sagte sie und mußte husten. »Unter der neuen Leiche ist wieder so ein Zettel gefunden worden. Damit mußten wir ja wohl rechnen«, sie seufzte.
»Wo soll das bloß alles enden?« Roger Høibakk trommelte mit den Fingern auf der Tischplatte herum.
Die Tür öffnete sich, und zwei Männer betraten langsam das Zimmer.

»Ist er schon identifiziert worden?« fragte Cato Isaksen, ohne die Neuankömmlinge eines Blickes zu würdigen.
Ingeborg Myklebust bat die beiden, Platz zu nehmen.
Dann wandte sie sich an den Ermittlungsleiter. »Ja«, sagte sie kurz. »Es handelt sich um einen Rentner namens ...« Sie wühlte in ihren Papieren. »Simon Andersen.«
Asle Tengs, ein schon älterer und mit allen Wassern gewaschener Polizeibeamter in Jeans und gelbem Hemd, und Preben Ulriksen, ein junger, aufgeblasener Typ aus Stabekk, bekannt für seine Ausländerfeindlichkeit, waren die erste Verstärkung für das Team.
»Wir setzen alles ein«, sagte Ingeborg Myklebust ernst zu den beiden Neuen. Dann setzte sie sich ein wenig bequemer hin. »Macht euch so schnell wie möglich mit den Einzelheiten vertraut. Auch am neuen Tatort ist ein Zettel gefunden worden.« Sie nahm die Brille ab und sah ihre Kollegen an.
»Ich frage mich, ob wir uns jetzt an die Presse wenden und die Öffentlichkeit um Hilfe bitten sollten. Ob es überhaupt moralisch vertretbar ist, wenn wir die Morde noch länger geheimhalten.« Sie seufzte und fügte hinzu: »Wir haben inzwischen die vorläufige Tatortbeschreibung aus dem Trudvangvei.« Sie legte ihre gepflegte Hand mit dem tiefroten Nagellack und den beiden großen Ringen auf den Ordner.
»Der Grorudbericht ist auch fertig. Ich lasse Kopien für euch machen.« Sie nickte zu Asle Tengs und Preben Ulriksen hinüber.
»Der Laborbericht zum Fall Trudvangvei ist noch nicht da.« Sie fühlte hektisch in ihrer Handtasche nach ihren Zigaretten. »Und über den neuen Tatort wissen wir vorerst noch gar nichts.«
Sie ließ ihren Blick über die ernste Versammlung wandern. »Cato, du bleibst natürlich Ermittlungsleiter. Du verteilst die Aufgaben unter den anderen. Aber ich hoffe, du wirst weiter so aktiv bleiben wie bisher. Du warst ja heute im Feld, habe ich gehört«, sagte sie mit einem Hauch von Ironie.

Cato Isaksen nickte so unangefochten wie möglich. Er erwähnte nichts von seinem Besuch in Ryen. Er hatte gegen ein ungeschriebenes Gesetz verstoßen, als er allein einen Zeugen an dessen Arbeitsplatz aufgesucht hatte. Und das nicht zum ersten Mal in diesem Fall. Er griff oft zu ein wenig unorthodoxen Methoden, das wußte er.

Er meldete sich zu Wort und betonte wie seine Vorgesetzte, daß die Mordserie langsam ziemlich heikel wurde. Er begrüßte die beiden Neuen und bat sie, wie das schon die Hauptkommissarin gemacht hatte, sich die Unterlagen über die beiden früheren Morde genau anzusehen. Er selber wollte gleich nach der Besprechung den neuen Tatort besichtigen und sich dabei von Roger Høibakk und Randi begleiten lassen.

»Aber«, sagte er, »es bestehen wohl kaum noch Zweifel daran, daß wir es mit einem sogenannten Serienmörder zu tun haben. Damit haben wir hierzulande noch keine große Erfahrung. Wir müssen uns also ausgiebig über diese Problematik informieren. Ich kann zu meinem Bedauern nur zugeben, daß unsere Ermittlungen bisher keine besonderen Ergebnisse erbracht haben. Wir haben zwar mehrere lose Enden, unter anderem Robert Hansen«, sagte er, »aber ich muß zugeben, daß unsere Grundlage dünn ist.«

Roger Høibakk rieb sich müde mit der Hand das Gesicht. Der Nachtdienst hinterließ seine Spuren.

Aller Blicke richteten sich auf Cato Isaksen. »Randi, du suchst alles Material zusammen, das über Serienmorde vorliegt. Alles über die psychologischen Aspekte. Wir wissen ja nicht, ob wir es mit einem chaotischen Psychopathen oder einem schizophrenen sexuellen Sonderling zu tun haben.«

»Die Opfer sind doch wohl nicht vergewaltigt worden?« Randi hatte hektische rote Flecken auf den Wangen und leuchtende eifrige Augen.

»Es kann auch das Motiv des Täters sein, eine Art sexueller Befriedigung zu erlangen, indem er eben mordet«, sagte Cato Isaksen.

»Ich schlage vor, daß sich einer an entsprechende Fachleute in den Kliniken wendet.« Ingeborg Myklebust steckte sich eine Zigarette an.

»Das übernehme ich gern«, sagte Asle Tengs ruhig, während Cato Isaksen und Ingeborg Myklebust sich Notizen machten.

»Es gibt einen Bericht, den die Verhaltensexperten des FBI in Auftrag gegeben haben. Ich glaube, der stammt ursprünglich aus den 70er Jahren und ist später dann aktualisiert worden.«

Cato blickte zu Randi hinüber, die eifrig nickte.

Dann sagte er noch, alle müßten nun umschalten. »Ich auch«, fügte er hinzu.

Er bat Billington, Cheryl Therkelsen bei ihrer Freundin anzurufen und sofort einen neuen Termin mit ihr auszumachen.

»Setz ihr härter zu. Alle Details sind wichtig.«

»Vielleicht sollten wir diese Prostitutionstheorie, die wir ja schon erwähnt haben, endlich energischer verfolgen«, warf Ingeborg Myklebust dazwischen.

»Aber gibt es denn irgendwelche Hinweise darauf, daß das mit unseren Fällen zu tun haben kann?« Roger Høibakk gähnte müde.

»Nein«, sagte Ingeborg Myklebust. »Aber laßt uns diese Theorie auf jeden Fall abklopfen.«

Thorsen wurde zur alten Frau Behrens im Trudvangvei geschickt. »Rück ihr noch mal auf die Pelle«, sagte Cato Isaksen. »Ich glaub' der guten Frau einfach nicht.«

Er selber wollte kurz am Tatort vorbeischauen und dann mit Randi ins Frauenhaus fahren. Er wußte ja, daß die Kollegen an diesem Tag schon dort gewesen waren, aber das reichte ihm nicht. Eine innere Stimme riet ihm, sich selber dort umzusehen. Und dieser inneren Stimme wollte er gehorchen.

»Aber ehe wir loslegen«, sagte er dann und ließ seinen Blick über die Versammlung wandern. »Die Verbindung, der Faden, der Zusammenhang. Wodurch hängen diese Fälle miteinander zusammen? Diese drei Männer, die Opfer. Es muß bei ihnen irgendeine Gemeinsamkeit geben. Ich glaube nicht, daß wir uns in die Prostitutionstheorie verbeißen sollten. Wir haben keinerlei, ich betone, keinerlei Hinweise darauf, daß bei diesen Fällen Prostitution im Spiel ist. Ich glaube, wir sollten nicht drauflos spekulieren. Es gibt noch so viele Möglichkeiten. Drogen, Geldwäscherei, Kinderpornos, was weiß ich.«

Asle Tengs stimmte zu. Er war ein wirklich umgänglicher Kollege. Cato Isaksen freute sich darüber, diesen soliden Fahnder mit im Team zu haben.

»Wir wollen nicht zu früh an unseren Fäden ziehen«, meinte Asle Tengs. »Und was die Presse betrifft, so rate ich, so lange wie möglich zu warten. Diese Fälle können Oslo doch auf den Kopf stellen. Ich meine natürlich nicht, daß wir das noch ewig verheimlichen sollen, aber laßt uns uns doch noch einen oder zwei friedliche Arbeitstage erhalten.«

»Finde ich auch«, sagte Cato Isaksen. »Ich habe Angst vor einer Massenhysterie, wenn das jetzt an die Öffentlichkeit kommt. Wir haben doch nichts vorzuweisen«, fügte er hinzu, »nichts, was die Leute beruhigen könnte.«

43 Das neue Opfer war hinter den Mülltonnen auf dem engen Hinterhof entdeckt worden. Ellen Grue rief Cato Isaksen an, als er gerade zum Tatort fuhr, und teilte ihm diesen Sachverhalt kurz mit.

Roger Høibakk fuhr.

»Und stell dir vor, unter diesem Typen haben wir wieder so einen Zettel gefunden!« Ellen Grues Stimme knisterte in der Leitung.

»Das hat Myklebust schon gesagt, ja.«

»Kannst du erraten, was darauf steht?«

»Was denn?« Cato Isaksen seufzte.

»*Und noch schlafen Feld und Wald, Rosen, Hyazinthen*«, deklamierte Ellen Grue eifrig. »Was sagst du jetzt?«

»Ich sage, daß ich das Mittagessen ausfallen lassen muß. Und außerdem sage ich Scheiße.«

Roger Høibakk kämmte sich auf der kurzen Fahrt zum Tatort zweimal die Haare. Randi schüttelte belustigt den Kopf. »Rot«, rief sie. Roger Høibakk stieg auf die Bremse.

»Wir wollen doch nicht noch mehr Leute umbringen«, sagte Cato Isaksen gereizt.

»Verdammt, ich raff' überhaupt nichts mehr«, murmelte Roger Høibakk resigniert, hob den Hintern und steckte den Kamm wieder in die Hosentasche. »Jetzt wird es wirklich lustig. Bist du

sicher, daß es nicht noch weitere Zettel gibt? Ich meine, vielleicht hat in den letzten Jahren ja unter jeder Leiche einer gelegen.« Er grinste.
»Ich habe alle Messermorde der letzten beiden Jahre überprüft. Bisher haben wir nur diese drei Zettel«, sagte Cato Isaksen.
»Ich glaube, das werden nicht die letzten sein«, sagte Randi und tauschte im Rückspiegel einen Blick mit Roger.
Der Mord war aller Wahrscheinlichkeit nach nicht im Hinterhof passiert, obwohl dort die Leiche gefunden worden war. Die alten Mülltonnen standen vor der einen abgeblätterten Mauer in Reih und Glied. Die Leiche dahinter war mit drei schwarzen Plastiksäcken und zusammengefalteten Pappkartons zugedeckt gewesen. Niemand wußte, wie lange der Mann schon dort lag. An den beiden letzten Tagen hatten Kinder auf dem Hof gespielt.
Die Technik war schon in die Spurensicherung vertieft. Im Hinterhof und im alten Treppenhaus gab es genug zu tun. Fasern, Haare, Blut und andere Spuren mußten gesichert werden.
Die Frau, die die Leiche gefunden hatte, eine übergewichtige Großmutter, bei der zwei ihrer Enkel wohnten, saß aufgeregt und kurzatmig am Küchentisch in ihrer kleinen Wohnung im ersten Stock. »Ich wollte eigentlich nur eben Kaffee und Seife kaufen. Mehr konnte ich mir nicht leisten. Ich kriege erst in vier Tagen die nächste Rente. Kenneth, mein älterer Enkel, brauchte Geld fürs Bowling. Ich wollte erst noch schnell ein paar Abfälle wegbringen. Ich hatte hinter den Kindern aufgeräumt, und dann hatte ich noch die Zeitung und anderen Plunder. Zuerst habe ich nur gesehen, daß etwas hinter den Tonnen lag. Aber ich habe nicht weiter reagiert, wissen Sie, wir nehmen so was hier nicht so genau.« Sie legte sich eine fette Hand auf die Brust. Ihre großgeblümte unkleidsame Kittelschürze war ihr über das eine Knie gerutscht. Ihre dicken Füße steckten in ausgelatschten roten Pantoffeln. »Hier liegt oft allerlei Abfall herum. Wir reagieren dann nicht immer. Aber dann habe ich seine Schuhe gesehen.

Ich habe mich gebückt und die Plastiksäcke hochgehoben, und da lag doch wirklich ein Mann. Ich wollte meinen eigenen Augen nicht trauen!« Sie schlug die Patschhände vors Gesicht. »Herrgott«, sagte sie. »Daß das der Simon Andersen war, hab' ich erst gesehen, als die Polizei ihn rausgezogen hat.«

In diesen alten, heruntergekommenen Mietskasernen roch es immer nach altem Essen. Nach unappetitlichem Essen, Steckrübensuppe und Kochfisch. Unter diesen Geruch mischten sich dann noch die Ausdünstungen von altem, fast verfaultem Holz und kühler Feuchtigkeit. Cato Isaksen schaute im ersten Stock aus dem Küchenfenster. Er sah, daß Ellen Grue und zwei andere von der Technik noch immer dort unten beschäftigt waren. Sie drehte sich plötzlich um und schaute zu ihm hoch. Das Glas in der Fensterscheibe war uneben. Die roten und weißen Absperrungsbänder zogen sich kreuz und quer über den ganzen Hinterhof. Das dicke, trübe Fensterglas verzerrte das Bild. Ellen Grues Kopf sah so groß aus wie ihr übriger Körper. Cato Isaksen wandte sich ab.

»Die Gerd von gegenüber tut mir ja so leid. Der Simon war ein feiner Mensch. Hilfsbereit und umgänglich. Der konnte mit allen. Hat auch allen geholfen, der Simon. Glühbirnen erneuert und schwere Taschen getragen. Ja, wissen Sie, der Kenneth, mein Enkel, der ist ziemlich faul«, flüsterte sie. »Ein lieber Junge, aber faul«, wiederholte sie. »Sein Bruder, der Willy, ist auch nicht viel anders.« Sie stieß ein kurzes, höhnisches Lachen aus. »Aber das sind schon liebe Jungs, trotz allem. Das sind sie.«

Die Witwe, Gerd Andersen, wohnte in der Wohnung gegenüber der Großmutter und ihrer Enkel. Roger Høibakk blieb bei der Dicken sitzen, Randi begleitete Cato. Die Technik war im Wohnzimmer fast fertig und gewährte den beiden leicht gereizt Zugang.

Simon Andersens Witwe hatte Besuch von einer Nichte. Die Nichte war vielleicht Mitte Zwanzig, hatte gebleichte Haare

und zu stark geschminkte Augen. Ihre schwarzen Levis saßen wie angegossen an ihrem dünnen Unterleib.
Gerd Andersen war eine farblose Frau in den Sechzigern. Sie stand nicht auf, als Randi und Cato das Zimmer betraten. Sie streckte nur eine zitternde dünne Hand aus und begrüßte sie. Danach ließ sie sich weinend wieder in ihren tiefen Sessel fallen. Schluchzend und stockend berichtete sie, daß die Nichte sich freigenommen hatte, sie arbeitete gleich um die Ecke im Frisiersalon. Sie hob die Hand an den Mund, als ob sie einen Schrei ersticken wolle. Sie sprach in die leere Hand. »Sie hat sich frei genommen«, sagte sie mit tränenerstickter Stimme. »Um bei mir zu sein.« Sie nickte zu der jungen Frau hinüber. »Wir haben keine Kinder, der Simon und ich. Die Yvonne ist die Tochter vom Bruder vom Simon, sie ist ein bißchen unser Kind.« Sie bedachte die Nichte mit einem warmen Blick, den diese aber nicht erwiderte, sie verschwand still in das Zimmer, das wohl die Küche war. Sie hinterließ einen trockenen, süßlichen Geruch. »Sie ist unsere Schönheit«, seufzte Gerd Andersen.
Cato Isaksen betrachtete die grauhaarige Frau in dem geschmacklosen Plüschsessel am Fenster. Sie trug einen türkisen Pullover und einen langweiligen blauen Rock. Alles andere an ihr, abgesehen von diesem grellen Pullover, war farblos. Wenn Menschen überhaupt verschwinden und zu Staub werden können, dann war bei Frau Andersen dieser Prozeß schon weit fortgeschritten. Ihre Dauerwellen waren grau, Augenbrauen und Gesichtshaut gingen fast ineinander über. Sogar ihre Augen waren hell. Ihre Stimme aber war tief und rauh, und ein Netzwerk von Äderchen tanzte über ihre Wangen. Raucherinnenstimme, dachte Cato Isaksen und musterte die dünne Frau weiterhin. An der Wand in einer Ecke, über einem Tischchen mit Nippeskram, hing das Hochzeitsbild des Ehepaares Andersen. Cato Isaksen erkannte die Frau sofort, obwohl ihre Farben damals noch auffälliger gewesen waren. Wie viele Jahre mochte dieses Bild alt sein? Dreißig oder vier-

zig? Simon Andersen war ein stattlicher Mann gewesen, groß und dunkel.
»Wißt ihr schon Bescheid über den Simon?«
»Daß er tot ist, ja«, sagte Randi und hockte sich vor die Frau im Sessel.
»Nein, ich meine, wie der war.«
»Ihre Nachbarin hat erzählt, daß er sehr hilfsbereit und positiv gewesen ist.«
»Alle haben sich gut mit ihm vertragen.« Gerd Andersen brach in trockenes Schluchzen aus. »Soviel ich weiß, wenigstens. Ab und zu hat er ein paar Tage durchgefeiert, mit seinen Freunden. Er war ein ziemlicher Charmeur, bei den Frauen ist er immer gut angekommen.«
Cato Isaksen holte sich einen Stuhl aus dem hellbraunen Eßzimmer und setzte sich an die äußerste Kante.
»Ja, die Mädels beim Bingo. Die Mary aus dem Feinkostladen, und die Nachbarinnen hier im Haus. Alle haben sie ihn geliebt. Er hatte eben seinen Charme, wissen Sie.«
»Und seine Freunde, mit denen er tagelang unterwegs war?«
»Alte Arbeitskameraden von der Werft. Der Simon war älter als ich, fast siebzig schon. Ein paar von seinen Freunden waren Kriegsrentner. Ja, das war nicht immer leicht. Sie haben ja auch getrunken, wissen Sie. Das brauchten sie für ihre Nerven. Der Simon hat zwischendurch auch mal was getrunken. Aber Alkoholiker war der nicht. Das kann ich Ihnen sagen. Ganz bestimmt nicht.«
Gerd Andersen erzählte, daß sie für zwei Tage eine Freundin in Toten besucht habe, sie war erst vor drei Stunden nach Hause gekommen. »Da hatten sie ihn gerade gefunden. Zum Glück hatten sie ihn schon weggebracht. Ich wollte ihn nicht mehr sehen.« Die Frau in dem gelben Sessel schlug die Beine übereinander, ihr trockenes Schluchzen hatte sich gelegt. sie holte tief Atem, so, als ob die Luft ihre Schmerzen lindern könne. »Das war ein schlimmer Schock, zu dem ich da nach Hause gekommen bin.«

Sie legte eine kurze Pause ein, dann fügte sie hinzu: »Das war wirklich nicht so ernst, seine Trinkerei meine ich. Er hat ja auch mal Karten gespielt, ja ... so ganz normal eben.«
So ganz normal eben, ja, dachte Cato Isaksen, während Randi sich Notizen machte. Er sah sich in der kleinen Wohnung um. Die alten Wänden waren unter der Decke abgeschrägt, Die hellblaue, großgeblümte Tapete wies um das Fenster herum braune Feuchtigkeitsflecken auf.
Randi erhob sich. Frau Andersen ließ sich im Sessel zurücksinken und schloß die Augen. »Das ist doch der reine Alptraum«, murmelte sie.
»Ist das hier ein altes Haus?« Cato Isaksen hörte, wie ihm vor Hunger der Magen grummelte.
»Im 19. Jahrhundert erbaut, wissen Sie.« Die Frau sagte das ganz ruhig und öffnete wieder die Augen.
Die Nichte kam aus der Küche zurück und brachte ein Tablett mit Kaffee und Kuchenfladen. Als sie das Tablett auf den Eßtisch stellte, fielen Cato Isaksen ihre lila Fingernägel auf. Yvonne zupfte die gehäkelte rosa Spitzendecke zurecht und bat sie, zuzugreifen.
»Tausend Dank«, sagte Randi und setzte sich an den Eßtisch. Sie goß für alle Kaffee ein. Gerd Andersen senkte den Kopf und mußte wieder mit den Tränen kämpfen. »Und daß er hinten im Hof gelegen hat ...« Sie machte auf dem Ziertischchen neben ihrem Sessel Platz und stellte mit zitternden Händen ihre Tasse dort ab, dann suchte sie in ihrer Handtasche nach ihren Zigaretten. Die Nichte ging zu ihr hinüber. Die hautenge Hose sah unbequem aus. »Ich muß dir bald mal wieder die Haare schneiden, Tante Gerd«, sagte sie mit leiser Stimme und legte Frau Andersen die Hand auf die Schulter. Offenbar konnte sie ihre Tante auf diese Weise beruhigen. Gerd Andersen holte tief Atem und zündete sich mit einem billigen gelben Plastikfeuerzeug eine Zigarette an. »Ja, du hast du recht«, sagte sie und streichelte die weiße Hand ihrer Nichte.

Die Wohnungstür war noch immer angelehnt, und plötzlich steckte Roger Høibakk den Kopf zur Tür herein. Die Nichte erhob sich und ging wieder in die Küche, um eine weitere Tasse zu holen.

Cato Isaksen sah zu, wie Roger zur Witwe hinüberschlenderte und sie begrüßte. Seine Bewegungen hatten etwas Feminines. Cato arbeitete gern mit Roger zusammen. Er war unkompliziert. Sie hatten einen Umgangsstil entwickelt, der ihnen beiden guttat. Cato war der Chef, und Roger vergaß das auch nie. Cato wußte, daß Roger sich nur schwer an andere anschloß. Seine Rastlosigkeit, eine seltsame Form von Unruhe, war daran schuld, er schien die ganze Zeit zu glauben, daß hinter der nächsten Ecke noch etwas Besseres warte. Einmal hatte er etwas mit der Frau eines Kollegen angefangen, was zu ziemlichem Ärger geführt hatte. Der Kollege war mit Frau und Kindern nach Fredrikstad umgezogen. Und jetzt hatte er sich in die neue Juristin verliebt, Pia Halvorsen. Manchmal war Cato Isaksen kurz davor, sich Roger anzuvertrauen. Ihm von seinem Chaos zu erzählen, von Bente und Sigrid, von den Kindern. Aber irgend etwas an Roger Høibakken lud dann doch nicht zu Privatgesprächen ein.

Gerd Andersen wurde für den nächsten Morgen um zehn zum Verhör bestellt. Sie fragte, ob sie ihre Nichte mitbringen dürfe, wogegen natürlich keine Einwände erhoben wurden.

Als die drei die Treppe hinuntergingen, begegnete ihnen Preben Ulriksen, der unterwegs nach oben war. Er behauptete, alle Unterlagen gelesen zu haben.

»Schon! Dann hast du aber höchstens eine Runde darin gesurft«, sagte Cato Isaksen. »Und niemand hat dich gebeten, herzukommen.«

»Ich wollte so gern den Tatort sehen«, erklärte Ulriksen energisch. »Hab' das Gefühl, das muß sein, damit ich mir ein Bild von dem Fall machen kann.«

Cato Isaksen musterte seinen jungen Kollegen. »Ach, das

Gefühl hast du also«, sagte er ironisch. »Von jetzt ab wäre es vielleicht doch besser, wenn du dich an die Anweisungen hältst. Und jetzt kommst du mit uns zurück auf die Wache.«
Preben Ulriksen blickte seinem Vorgesetzten trotzig in die Augen. »Ja«, sagte er hart. »Ist schon in Ordnung.« Roger Høibakk mußte lachen. Preben Ulriksen ging unsicher die Treppe hinunter. Sein Rücken zeugte von der Demütigung. Randi fuhr vorsichtig mit dem Finger über das alte Geländer. An einigen Stellen hatte jemand dicke Kerben ins Holz geschnitten.

44

Das Frauenhaus war nicht weit vom Tøyenbad entfernt. Cato Isaksen stellte den Wagen gleich vor dem Haus ab. Randi ließ ihren Blick über die graue Mauerfläche wandern. Die Auffahrt zum Torweg sah nichtssagend aus. Nichts wies darauf hin, daß sich in der grauen Mietskaserne ein Zufluchtsort für mißhandelte Frauen verbarg. Eine Rettungszentrale, eine Freistätte. Der Torweg war eng, er bot vielleicht gerade einem Auto Platz. Tiefe Räderspuren im abgenutzten Pflaster verrieten, daß auch auf dem Hinterhof geparkt werden konnte.

Die Eingangstür war rot angestrichen. Die rote Farbe erschien Cato und Randi wie ein großes Herz. Die Farbe erinnerte sie aber auch an Blut. Cato Isaksen drückte mit dem Zeigefinger auf die Messingklingel und sah dabei die Gegensprechanlage, die rechts am Türrahmen befestigt war. Ein schmaler Streifen von feuchtem, gelblichem Gras war von grauen Kantsteinen eingerahmt. Ein großer Baum streckte seine Zweige in alle Richtungen aus. Er schien hier fehl am Platze zu sein. Sah aus wie im Gefängnis.

Ein geschminktes Mädchen von vielleicht zwölf öffnete einen Spaltbreit die Tür. Gleich hinter ihr tauchte eine dunkelhaarige Frau auf. Sie verscheuchte die Kleine, die wohl die Tür nicht öffnen durfte. »Wie oft soll ich dir das noch sagen?« fragte die Frau

gereizt. Die Kleine schien davon nicht beeindruckt zu sein. Ihre gebleichten Haare hatten schwarze Wurzeln, der Lippenstift ließ die schmalen Lippen knallrot aussehen. »Ich hab' ja auch keinen reingelassen«, sagte sie gelangweilt und kaute dabei konzentriert auf einem dicken Kaugummi herum.
Cato Isaksen stellte sich und Randi vor, zeigte seinen Dienstausweis und erklärte ihr Anliegen. Die Frau nickte und schickte das Mädchen weg. Sie bat sie freundlich, doch einzutreten. Sie sagte, sie habe natürlich schon von dem Mord an Cheryl Therkelsens Ehemann gehört. Sie fand das alles schrecklich und wollte wissen, wie Cheryl damit fertig würde.
Cato erzählte, daß Cheryl Therkelsen natürlich unter schwerem Schock stehe.
In der hellen Diele duftete es nach Kaffee. Es war unmöglich, das große eingerahmte IKEA-Plakat zu übersehen, das Herzen in allen Farben darstellte. Rote und lila Herzen, aber auch braune, blaue und gelbe.
»Aina Wiken«, sagte die Frau, die vielleicht Ende Dreißig war, und streckte eine schmale weiße Hand aus. »Ich arbeite hier.«
Cato Isaksen fragte, ob sie die Leiterin sei. Aina Wiken schüttelte den Kopf. »Sonja Pettersen muß jeden Moment hier sein«, sagte sie freundlich. »Sie ist schwimmen gegangen. Sie muß wegen ihres Rückens viel schwimmen. Aber kommen Sie doch herein.«
Ein weißer Zettel an der Wand bat alle, die Schuhe auszuziehen. Cato Isaksen blieb einen Moment stehen, aber die Frau sagte nichts von wegen, es sei schon in Ordnung, die Polizei könne ihre Schuhe selbstverständlich anbehalten. Randi hatte ihre Mokassins schon abgestreift. Die Kleine stand noch immer im Hintergrund und beobachtete alles mit mißtrauischem Gesicht. Cato Isaksen fiel auf, daß sie schwer atmete, sie wirkte erkältet. Aina Wiken forderte das Mädchen auf, ins Wohnzimmer zu gehen. Sie schüttelte resigniert den Kopf. »Die Tage hier können lang werden, wissen Sie, vor allem für die Teenies. Wir haben nicht oft welche hier, aber es kommt ja doch manchmal vor.«

Sie führte Randi und Cato durch einen kurzen Flur und dann in eine große, helle Küche mit Kiefernholzmöbeln, die auf der linken Seite lag. Das Küchenfenster ging auf den Flur. Am Tisch fanden sicher zehn oder zwölf Personen Platz. Auf der Anrichte blubberte die Kaffeemaschine vor sich hin. Ohne ihre Gäste erst zu fragen, stellte Aina Wiken dicke blaue Tassen mit roten Henkeln auf den Tisch. »Von Galligani. Sie waren billig, siebenundfünfzig Kronen das Stück, glaube ich. Setzen Sie sich doch«, sagte Aina Wiken.

Cato Isaksen ließ diese feminine Küche auf sich wirken. Sie kam ihm nicht nur feminin vor, er entdeckte in den Details auch eine gewisse Form von Männerhaß. Von Aussperrung. Eines der kleinen bunten Bilder an der Wand stellte eine große dicke Frau dar, die triumphierend auf einem kleinen dünnen Mann saß. Der Mann sah ausgesprochen lächerlich aus, er trug Hut und Mantel. In einer Sprechblase rief der Mann um Hilfe. Vor dem großen Küchenfenster hingen bunte Vorhänge.

Wie viele Männer wohl schon an diesem Tisch gesessen hatten? Sicher nicht viele, überlegte Cato Isaksen, und sofort überkamen ihn nacktes Unbehagen und Frustration über sein eigenes Geschlecht.

Aina Wiken, die dunkel gekleidet war, in schwarze Leggings und eine graue Bluse, die ihr bis zu den Oberschenkeln reichte, suchte in einem Schrank nach irgend etwas. Irgendwo im Haus fing ein Baby an zu weinen, dann hörten sie eine laute Frauenstimme. »Momentchen«, sagte Aina Wiken und lief aus der Küche. Randi ließ ihren Notizblock sinken. »Ich war noch nie in einem Frauenhaus«, sagte sie. »Du vielleicht?«

Cato Isaksen schüttelte den Kopf. »Nein«, sagte er. In diesem Moment klingelte auf der anderen Seite des kurzen Flurs ein Telefon. Aina Wiken kam angelaufen und nahm den Hörer ab. Sie konnten ihr leises Gemurmel hörten. Das Gespräch dauerte fast fünf Minuten. Cato Isaksen seufzte und schaute auf die Uhr. »Das dauert ja vielleicht«, sagte er gereizt.

»Sie ist vielleicht allein hier.« Randi erhob sich und nahm die Kanne aus der Kaffeemaschine. »Sicher sollen wir uns selber bedienen«, sagte sie und füllte die Tassen.
Dann war Aina Wiken wieder da. »Tut mir leid«, sagte sie. »In zehn Minuten kommt eine Neue. Ich bin im Moment allein hier.« Sie schaute auf die Uhr. »Auch Dagmar muß jeden Moment kommen«, fügte sie noch hinzu.
»Arbeitet die auch hier?«
Aina Wiken nickte. »Schon seit zehn Jahren«, erzählte sie.
Randi fragte nun, wann Cheryl Therkelsen gekommen, und wann sie wieder gegangen sei. »Wir haben die Daten ja schon, aber wir überprüfen alle Auskünfte mehrmals.«
»Sie ist am Samstag, den dreizehnten, gekommen und am vergangenen Dienstagmorgen wieder gegangen«, antwortete Aina Wiken sofort. Sie erhob sich. »Ich kann aber sicherheitshalber noch mal nachsehen.« Wieder verschwand sie in dem kleinen Büro auf der anderen Seite des Flurs. Wieder klingelte das Telefon. Dieses Gespräch dauerte jedoch nicht so lange. Aina Wiken tauchte mit einem Computerausdruck in der Hand wieder auf. »Vom 13. bis zum 23.«, sagte sie.
»Ist sie die ganze Zeit im Haus geblieben, oder war sie auch unterwegs«, fragte Cato Isaksen.
Aina Wiken musterte ihn forschend. »Das ist hier kein Gefängnis«, sagte sie. »Ich weiß es nicht. Ich hatte in dieser Zeit auch einige Tage frei. Wir arbeiten ja nicht rund um die Uhr.«
Ein kleiner Junge erschien in der Küche und kletterte auf Aina Wikens Schoß. Er zeigte auf einen Bus, der draußen auf der Straße vorbeifuhr. »Drrr«, sagte er.
Als Sonja Pettersen endlich eintraf, war fast eine Stunde vergangen. Ihre grauen Augen zeigten einen Ausdruck des Unbehagens, als sie die Polizei in der Küche entdeckte. Aber sie hatte sich fast sofort wieder gefaßt.
Aina Wiken kümmerte sich inzwischen um die Neue. Sie hatten nur kurz ihren roten Mantel im Flur gesehen.

Sonja Pettersen entschuldigte sich für einen Moment, um kurz mit Aina Wiken über die neue Frau zu sprechen. Danach wollte sie ihre Gäste durch das Haus führen. Sie erzählte, daß zwei Wohnungen miteinander verbunden worden war. »Wir sind ziemlich stolz darauf, was wir hier geschafft haben, wissen Sie«, sagte sie mit kurzem Lächeln. »Dagmar Løw und ich arbeiten schon seit zehn Jahren hier«, sagte sie. »Im Moment haben wir fünf Angestellte.«

Im Aufenthaltsraum saßen zwei Frauen, eine stillte auf dem Sofa gerade ein dickes, fast kahlköpfiges Kind. Auf den ersten Blick glaubte Cato Isaksen, eine Ähnlichkeit mit Georg zu entdecken. Der Kleine, der in die Küche gekommen war, lief hinter ihnen her. Er sagte immer wieder »drrrrr« und zeigte aus dem Fenster. Die stillende Mutter bedachte ihn mit einem müden Lächeln. Die Kleine mit den gebleichten Haaren ließ sich nicht sehen. Die andere Frau war in den Vierzigern. Eine gutangezogene Frau mit langen roten Fingernägeln, Rock und hochhackigen Schuhen. Sie nickte kurz und widmete sich dann wieder ihrer Strickerei. Cato Isaksen hielt unbewußt bei den Frauen nach blauen Flecken Ausschau, konnte aber keine entdecken. An einer Pinnwand hingen zwei Briefe, etwas, das aussah wie ein Gedicht, und ein paar Fotos. Ein eingerahmtes Plakat lieferte aufmunternde Lebenshilfe. »Du bist etwas ganz Besonderes« und so weiter. Vor dem hohen Fenster hingen leuchtend grünrote Vorhänge. Das Fenster bildete einen Rahmen um den Baum draußen. Auf den beiden Tischen befanden sich Topfblumen und Illustrierte. Eine Tür führte zu den Schlafzimmern. Sicher war die Frau im roten Mantel dort verschwunden.

Sonja Pettersen wollte mit Cato Isaksen in ihrem kleinen Büro sprechen. Es war so klein, daß nicht genug Platz für Randi war. Randi setzte sich also zu den beiden Frauen in den Aufenthaltsraum. Cato Isaksen hatte nicht den Eindruck, daß ihr das etwas ausmachte.

Das Büro war wirklich nicht viel größer als ein Verschlag. Es war

in einem graublauen Farbton angestrichen, der es nun wirklich nicht größer aussehen ließ. Ein kleines Bücherregal und eine Art Spind bedeckten die Wand gegenüber. Über dem Schreibtisch hing ein dominierender Sicherungskasten, der mit Ausschnitten aus Zeitungen und Zeitschriften beklebt war. Dagbladet, 11. März 1995: *»Lieb – wenn er nicht schlägt«*, lautete eine Schlagzeile. Cato Isaksen beugte sich etwas weiter vor. *»Die Frauenhausangestellten können berichten, daß viele Frauen zu ihren Männern zurückkehren, obwohl die Mißhandlungen kein Ende nehmen.«*
Ein andere Ausschnitt verkündete: *»Der Mann – ein Rätsel... liebt ihn, obwohl er sie schlägt und schikaniert. Es ist so schwer, ihm nicht zu verzeihen, wenn er um Vergebung bettelt.«*
An einer Wand hing ein einziges kleines Bild. Schwarzer Grund mit rotem Rahmen und der Inschrift: Matthäus 10,26: *Es ist nichts verborgen, das nicht offenbar werde, und ist nichts heimlich, das man nicht wissen werde.*
Sonja Pettersen bat Cato Isaksen, auf dem Stuhl Platz zu nehmen, sie zog unter dem Schreibtisch einen Hocker hervor. »Heute morgen sind drei Frauen ausgezogen«, sagte sie und sah ihn an. Sie legte selbstsicher die Fingerspitzen gegeneinander. Sie trug einen schwarzen Angorapullover mit gelben Tupfen und eine hautenge orange Hose mit Schlangenmuster. »Im Moment haben wir nur drei Frauen hier, das ist nicht oft der Fall«, fügte sie mit einem unergründlichen Lächeln hinzu. »Die Stadt ist groß«, meinte sie dann noch vielsagend.
Cato Isaksen nickte.
Sonja Pettersen bestätigte die Daten von Cheryl Therkelsens Eintreffen und Abreise. »Ich weiß nicht, wie oft wir Ihnen das jetzt schon erzählt haben«, sagte sie leicht irritiert.
»Es tut mir leid«, sagte Cato Isaksen. »Aber es handelt sich nun einmal um einen schwerwiegenden Fall.«
»Ja«, sagte Sonja Pettersen. »Cheryl ist wirklich eine ganz Liebe«, fügte sie hinzu. »Aber unsicher, die Arme. Ich habe nichts

von ihr gehört, seit sie nicht mehr hier ist. Wie geht es ihr denn eigentlich?«

»Es war natürlich ein schrecklicher Schock für sie«, sagte er.

Sonja Pettersen nickte verständnisvoll. »Aber er war ein Mistkerl«, erklärte sie.

Cato Isaksen sah sie lange an. »Haben Sie ihn gekannt?«

»Den Mann? Nein«, antwortete sie sofort. »Aber sie hat alles erzählt. Wir haben stundenlang darüber gesprochen. Als wir sie erst zum Reden gebracht hatten, konnte sie kein Ende mehr finden.«

»Waren Sie hier, als sie gekommen ist?«

»Am Samstag, dem 13.? Nein. Da hatten Hugo und Dagmar Dienst. Ich war in Stockholm. Ich bin erst am Montagnachmittag wieder hergekommen.«

»Und wie lange waren Sie in Stockholm?« fragte Cato Isaksen.

Die Frau sah ihn an und schüttelte langsam den Kopf. »Ich bin am Sonntagabend in Oslo gelandet.« Sie betrachtete ihre Hände. »Cheryl hat sich hier wohl gefühlt«, sagte sie. »Nach einigen Tagen kam sie zur Ruhe. Ihre Kinder auch. Aber sie sah schlimm aus, hatte überall blaue Flecken. Sie haben doch sicher die Bilder gesehen?«

Cato Isaksen nickte. »Sie führen nicht Buch darüber, wenn ihre Gäste das Haus verlassen, wenn ich das richtig verstanden habe?«

»Sie meinen, ob Cheryl in die Stadt gegangen ist, während sie hier war?«

»Genau.«

Sonja Pettersen schüttelte den Kopf. »Nein«, sagte sie, »aber ich glaube, sie hat keinen Fuß vor die Tür gesetzt. Wir haben vorhin erst darüber gesprochen. Sie war zehn Tage hier, und sie hat das Haus nicht verlassen. Hugo ist zwei- oder dreimal mit den Kindern spazierengegangen, das war alles.«

»Sind Sie sich da ganz sicher?«

Sonja Pettersen zuckte mit den Schultern. »Ziemlich«, sagte sie und erzählte dann unaufgefordert über die Angestellten. Dagmar Løw, eine Frau in den Sechzigern, arbeitete ehrenamtlich hier. »Sie ist eigentlich schon in Rente. Hugo Wift ist unser Zivi, ursprünglich Deutscher. Aina Wiken ist seit zwei Jahren fest hier, und Marianne, eine Studentin, springt ohne Bezahlung einige Abende in der Woche ein.«

»Sie sind hier also zu fünft?«

Sonja Pettersen nickte. »Wir brauchten eigentlich doppelt so viele«, sie seufzte. »Wir schuften uns kaputt.«

»Wie sieht's mit Fachleuten aus?«

Diese Frage kam offenbar nicht gut an, das Gesicht der Frau erstarrte. »Aina Wiken ist ausgebildete Krankenschwester, ich bin Psychiaterin. Sehr viel von unserer Arbeit hier besteht darin, daß wir Mitmenschlichkeit zeigen. Am besten können Menschen helfen, die selber vieles durchgemacht, die das Leid am eigenen Leib erfahren haben«, sagte sie mit spitzer Stimme.

Plötzlich überkam Cato ein intensives Gefühl des Unbehagens. Die Frau blickte ihn trotzig an. Ihre rötlichen Haare sonderten irgendeinen Geruch ab. Bei jeder Bewegung strömte dieser schwache Geruch von ihnen aus. Dieser Geruch erinnerte Cato an etwas, an etwas Unangenehmes, das er nicht zu fassen bekam. Der Blick der Frau hing an seinem Gesicht, als er ihr kurz den bestialischen Mord an Cheryl Therkelsens Ehemann schilderte. Die rothaarige Frau zeigte nicht einmal eine Andeutung von Mitleid, sie nickte nur ruhig und sagte an den richtigen Stellen ja und nein.

»Dann mußte es wohl so kommen«, sagte sie. »Daß er sterben mußte, meine ich. Es steht alles in der Sternen, wissen Sie.«

Cato Isaksen blickte sie verblüfft an. Die Frau lachte und machte eine Handbewegung, die ihre Bemerkung offenbar auslöschen sollte. »Ich bin auch Astrologin«, erklärte sie. »Glaube an die Sterne, an ihre Bewegungen im Weltraum. Daran, daß sie uns beeinflussen. Und ich bin auch Schamanin«, fügte sie hinzu. »Ich sehe Dinge. Ich weiß Dinge. Das ist eigentlich gar kein

Hokuspokus.« Sie legte eine kleine Pause ein und rutschte auf ihrem Hocker herum. »Wollen Sie wissen, was meine Intuition mir über Sie verrät?«

Ehe Cato Isaksen abwehren konnte, sprach sie auch schon weiter. Sie verschränkte die Hände vor ihrem einen Knie. »Sie sind ein frustrierter Mann«, sagte sie und beugte sich leicht vor. »Gefällt Ihnen Ihre Arbeit?« fragte sie. Plötzlich wußte Cato Isaksen, woran der Geruch ihn erinnerte. An Chlor, an den kühlen, scharfen und unangenehmen Geruch von starkem Chlor.

»Meine Arbeit gefällt mir durchaus«, sagte er rasch.

»Aber Sie selber gefallen sich nicht«, sagte Sonja Pettersen, ohne weitere Antworten abzuwarten. »Ein Polizist«, das flüsterte sie eher sich selber zu. »Ihr solltet wirklich mehr über Mitmenschlichkeit lernen, über diese starke Kraft. Das würde euch sehr viel bringen. Ihr würdet die Ereignisse aus einer anderen Perspektive sehen können. Jetzt schränkt ihr eure Aufklärungsmöglichkeiten doch nur ein.«

»Was wollen Sie damit sagen?«

»Wissen Sie, was mit den Sternbildern am Himmel passiert ist? Wissen Sie das?«

Resigniert schüttelte er den Kopf.

»Die Erdachse bewegt sich doch langsam, sie beschreibt fast eine Kegelbewegung.« Sie zeigte diese Bewegung mit den Händen. »Fast so wie ein Kreisel, ehe er umkippt.«

Sie riecht nach Chlor, dachte Cato Isaksen verachtungsvoll und blickte die attraktive Rothaarige an. Er ertappte sich bei dem Gedanken, sie sei sicher lesbisch.

»Die Erde braucht sechsundzwanzigtausend Jahre, um einen Kreis zu beschreiben, der die Sternbilder verändert. Verstehen Sie? Wir Menschen leben so kurz, daß wir es immer mit denselben Sternbildern zu tun haben. Schließlich haben die Astrologen erst vor zweitausend Jahren die ersten Himmelskarten gezeichnet.«

Ihre Stimme war monoton und leicht schnarrend. Sie wirkte

einschläfernd auf ihn. Er gähnte und bat sofort um Entschuldigung. Ihre Worte erinnerten ihn auf irgendeine Weise an die Texte im *Buch der Fragen*. Bei dieser Erkenntnis schlug sein Herz schneller. Ihn überkam noch ein anderes Gefühl. Das Gefühl, etwas übersehen, vergessen zu haben. Die Frau erzählte weiter, während dieser Gedanke in ihm versank und ertrank.

»Aber allein in dieser kurzen Zeit, innerhalb dieser zweitausend Jahre also, hat die Erde sich so weit bewegt, daß es zu einer Veränderung in ihrem Verhältnis zur Position der Sterne gekommen ist. Verstehen Sie? Zur Position der Sterne im Verhältnis zur Erde.« Er nickte. Die Mattigkeit, die er empfunden hatte, wich einem suggerierenden Wohlbefinden. Er wünschte plötzlich, diese Frau, die er im Grunde vielleicht verachtete, legte ihm die Hand auf den Oberschenkel, streichelte vorsichtig seine Muskeln, fiele dann auf die Knie und legte ihm den Kopf in den Schoß.

Die Frau legte eine kurze Pause ein und sah ihn an, wollte sich vergewissern, daß er ihr zuhörte. Sie ließ sich nicht zum Verstummen bringen.

»Das Frühjahrsäquinoktium ist der Ausgangspunkt aller Messungen, und im Verhältnis zu den Sternen hat es sich verändert. Deshalb passiert die Sonne nicht mehr zu den Zeitpunkten die Sternbilder, wie Astrologen und Horoskope uns erzählt haben. Erst in vierundzwanzigtausend Jahren wird das Himmelsbild wieder so aussehen wie ursprünglich. Wußten Sie das alles noch nicht?«

Er verzog den Mund. »Keine Ahnung«, sagte er.

»Aber Sie glauben doch an Gott?«

»An Gott?« Ein kurzes Lächeln kräuselte seine Lippen. »Eigentlich nicht«, sagte er dann.

»Ich glaube an die Energie in allem, was existiert. Kosmos, Gott. Nennen Sie es, wie Sie wollen. Alles, was existiert, strahlt eine negative oder positive Kraft aus. Alles, was existiert, ist ein Begriff. Und dieser Begriff ist das Dasein. Wenn wir Stärke und

schamanistische Gefühle hervorrufen, dann entwickelt sich eine positive Energie. Alle Menschen brauchen diese Energie. Vor allem, um dem Bösen entgegenzuwirken«, fügte sie hinzu.
Jetzt sprang sie von einem Thema zu anderen. »Frauen und Männer sind füreinander Rohmaterial.« Ihr Blick war plötzlich abwesend. »Das ist ja gerade so gefährlich.«
Cato Isaksen schaute auf die Uhr.
»Ich gebe Kurse zu diesem Thema«, sagte Sonja Pettersen. »Sie können gerne mal kommen.« Sie fischte eine Visitenkarte aus der obersten Schreibtischschublade und reichte sie ihm. »Wenn wir ein ganz normales Leben führen, wenn wir nur an der Oberfläche existieren, verlieren wir unsere eigentliche Lebensfähigkeit. Ein neugeborenes Kind dagegen verfügt über alle Möglichkeiten.«
Er steckte die Visitenkarte in die Tasche und wußte nicht, was er sagen sollte. Ein Dankeschön hätte nur albern geklungen.
»Sie scheinen das nicht total zurückzuweisen«, stellte sie triumphierend fest.
Er schüttelte langsam den Kopf. Idiotischerweise fand er durchaus, daß ihre Ansichten vielleicht etwas für sich hätten.
»Vielleicht, vielleicht auch nicht«, sagte er.
»Die Kraft im Kern, also nicht die Kernkraft, sondern die Kraft im Kern, ist die Intuition«, erklärte sie. »Was für ein Sternbild sind Sie eigentlich?«
Cato schaute wieder auf die Uhr. »Jungfrau«, sagte er.
»Hab' ich mir's doch gedacht«, sagte sie mit einer Miene, die Cato Isaksen nicht deuten konnte. Er wollte aufstehen, aber die Frau hob abwehrend die Hand. »Nur noch einen Moment. Ich komme jetzt zur Sache«, sie lächelte. »Es gibt ein Loch. Eine Epoche, die keines der alten Sternbilder deckt. Vom 1. bis zum 18. Dezember ist ein dreizehntes Sternbild aktiv. Und darum geht es mir. Es gibt nämlich ein dreizehntes Sternbild. Die Sonne passiert zwischen dem 1. und dem 18. Dezember dieses dreizehnte Sternbild.«

»Ach ja«, Cato Isaksen stand auf.
»Das ist ausgesprochen faszinierend. Einzigartig.« Sie breitete dramatisch die Arme aus. »Die meistverbreitete Theorie über Sternentstehung geht davon aus, daß interstellare Wolken kondensieren, indem Staubkörner sich unter Einfluß der Schwerkraft zusammenballen.«
Er ging zur Tür, sie erhob sich und folgte ihm. »Das System ist durch dieses Sternbild aus dem Gleichgewicht geraten, verstehen Sie?«
»Ach ja«, sagte er.
»Und wollen Sie wissen, wie das dreizehnte Sternbild heißt?« fragte Sonja Pettersen. Sie verließen das kleine Büro. Er vorweg, sie hinterher. Sie redete weiter, als sie zum Aufenthaltsraum zurückgingen. In der Tür zum Aufenthaltsraum wandte sie sich ihm zu und lächelte seltsam.
»Schlangenträger«, sagte sie leise. »Das dreizehnte Sternbild heißt Schlangenträger.«

45

Sigrid hatte eine neue Jacke gekauft, eine dünne, etwas zu lange, schlotterige Patchworkjacke in Lila- und Blautönen. Sie war in der Schule vorbeigegangen. Ihr Mutterschaftsurlaub endete erst in zwei Monaten. Sie wollte aber bis nach den Sommerferien warten. Und da Lehrer lange Ferien haben, mußte sie erst im August wieder arbeiten. Ihre Klasse wurde von einer Vertretung unterrichtet. Sie wußte nicht so recht, ob sie ihre fünfte Klasse zurückbekommen würde oder mit einer neuen ersten Klasse anfangen mußte.

Die Kolleginnen waren um sie herum zusammengeströmt, um Georg zu bewundern. Auch die neue Jacke wurde kommentiert. Sie zog sie langsam aus. Sie hörte sich selber denken, daß irgend etwas langsam zurückkehrte. Sie spürte, daß etwas seinen alten Platz fand, daß der Alltag sie wieder umschließen und ihr Ruhe vermitteln würde. Dieses Gefühl genoß sie. Sie wußte eigentlich nicht, wann es sie verlassen hatte. Das Kind hatte soviel Neues mit sich gebracht. So viel Freude, aber auch so viel fremde Angst.

Sie empfand die Ruhe wie den schwachen Duft der Holztäfelung im Lehrerzimmer. Sie schaute zu den vielen Büchern in den Regalen hinüber. Sie würde ihr jetziges Leben dagegen eintauschen. Würde Schwindelgefühle beim Stillen, Windeln, Telefongespräche, Lebensmitteleinkauf, Waschen, grüne Seife, die

Fusseln unter dem Sofa und in den Badezimmerecken, das Horchen auf den Atem des Kindes, während sie aus dem leeren Fenster schaute, gegen diese Bücher eintauschen.
Gegen das alles. Alles würde wieder so sein wie früher. Vielleicht würde auch die Entfernung zu Cato schrumpfen. Vielleicht würde er sie dann wieder sehen. Vielleicht würde sich auch ihr Körper verändern, würde wieder ihr Eigentum werden, so wie früher. Sie wollte versuchen, die leichte Wärme, die sie anfangs Gard und Vetle entgegengebracht hatte, wiederzufinden. Denn sie wußte genau, daß die Entfernung zu Cato mit dem Fehlen dieser Wärme zu tun hatte. Und sie konnte die Jungen nicht verdrängen, sie würden niemals verschwinden. Sie waren wie zwei Pakete, die für alle Zeit an sie adressiert waren. Und wenn sie zwanzig oder dreißig Jahre alt wären.
Aud, eine der älteren Kolleginnen, nahm ihr Georg vorsichtig ab. Sigrid spürte die Angst ihres Kindes. Sie sah es daran, wie er die Hände hob. Sie zitterten. Ihr Herz hämmerte los, ihr brach in den Handflächen der Schweiß aus. Cato hatte einmal gesagt, daß sie zu fest an Georg gebunden sei, daß diese Bindung seine Entwicklung hemmen könne. Aber das war unmöglich. Das wußte sie. Diese Bindung war für sie beide einfach unumgänglich.
»Du bist ja vielleicht dünn geworden«, sagte eine andere Kollegin. »Du siehst müde aus. Gefällt dir das Hausfrauendasein nicht?«
Sie setzte sich mit ihrem Kaffee in einen Sessel vor dem Fenster. Aud legte ihr Georg wieder auf den Schoß, sie merkte, daß sein Nacken nach saurer Milch roch. Sie sagte, es gehe ihr gut.
»Und Cato? Der hat sicher soviel Arbeit wie immer?« Das bestätigte sie und empfand im selben Moment einen Stich der Angst. Die Jungen würden nicht mehr zu ihnen kommen. Cato würde zu ihnen fahren. Das schlimmste war, daß sie wußte, er tat das nicht, um Sigrid zu bestrafen. Damit hätte sie umgehen, hätte sich irgendwie wehren können. Er tat es aus Liebe zu sei-

nen Söhnen. Und diese Liebe war stärker als alles, was er je für Sigrid empfunden hatte. Sie mußte versuchen, seine Liebe wiederzuerwecken, so, wie er sie anfangs geliebt hatte. Sie mußte ihn auch lieben, so, wie sie ihn anfangs geliebt hatte. Aber woher sollte sie diese Gefühle nehmen? Sonja Pettersen, die Frau, die sie beim Schwimmen kennengelernt hatte, hatte versprochen, ihr zu helfen. Sonja gab Kurse, in denen die Teilnehmer zu sich selber zurückfanden, eins mit dem Kosmos wurden. Sie wollte Sigrid in ihren Tierkarten lesen. Sigrids Krafttier finden. Das hatte sie voller Wärme versprochen. Sigrid würde dann Stärke gewinnen, sich selber besser kennenlernen. Würde ihre Perspektiven erweitern.

Sigrid hatte beschlossen, zum Einführungstreffen zu gehen. Sie fand die Vorstellung spannend, ihre Phantasie zu entwickeln. Bisher hatte die nicht über Kind und Wohnung hinausgereicht. Sie freute sich darauf, daß sich eine Tür öffnen würde. Sie freute sich darauf, vielleicht zu ihrer gierigen Lust zurückzufinden. Sie betrachtete Hände, die sich schützend um den Kinderkörper gelegt hatten. Alle sieben Jahre würden alle Zellen in diesem Körper ausgetauscht werden. Sie würde kein halber Mensch mehr sein. Sie würde auferstehen.

46 Dienstag, rechtzeitig vor Beginn der Beerdigung, zwängten Cato und Randi sich in eine der hinteren Bänke in der Kapelle. Die vorderen Bänke waren nicht sonderlich dicht besetzt. Links, vor Cato und Randi also, saß die Witwe, Cheryl Therkelsen. Sie konnten ihre Schultern und ihre gepflegte Frisur sehen. Neben ihr saßen die beiden Kinder. Ein Stück von ihnen entfernt, in derselben Bank, saß ein Mann, vermutlich der Bruder des Toten. Cato Isaksen notierte die Anwesenden. Drei Reihen vor ihnen saß Bergliot Behrens. Von Kopf bis Fuß in Schwarz gekleidet, mit einem altmodischen Hut, dessen Schleier ihr dramatisch vor dem Gesicht hing.

Vorne auf der rechten Seite saßen fünf Ehepaare, sicher die Arbeitskollegen mit ihren Frauen.

Bergliot Behrens drehte sich kurz um und nickte ihnen zu. Cato Isaksen stellte sich vor, was sie später alles ihrer Tochter in Sandefjord zu erzählen haben würde. Sie schien hier einfach fehl am Platze zu sein.

Der Küster hatte mit ernster Miene den obligatorischen gelben Totenzettel mit dem Namen des Verstorbenen und dem aufgedruckten Kreuz verteilt. Auf den Innenseiten standen drei Choräle. Der erste hieß »Milder Jesus«.

Eine Frau kam herein und blieb neben der Tür stehen. Cato Isaksen erkannte Sonja Pettersen, die Leiterin des Frauenhauses, sofort. Randi ging es offenbar genauso. Sonja Pettersen nickte ihnen kurz zu, dann nahm sie ganz hinten am Rand einer Bank Platz.

Cato Isaksen begriff zuerst nicht, warum sie gekommen war, aber dann fand er es doch ganz natürlich. Die Angestellten des Frauenhauses kamen ihren Klientinnen offenbar sehr nah. Es war sicher auch leicht, eine Beziehung zu Sonja Pettersen aufzubauen. Sie erschien vielen Frauen sicher als rettender Engel. Es war nett von ihr, zur Beerdigung zu kommen.

Die Friedhofskapelle war schon alt. Religiöse Motive dekorierten die abgerundeten Wände. Es war dunkel. Ein mehrarmiger Leuchter hing unter der hohen Decke. Neben dem weißen Sarg standen schmiedeeiserne Leuchter mit dicken weißen Kerzen. Weiße und rosa Rosen bedeckten den Sarg. Irgendwer nieste laut. Es hallte von den Mauern wider. Niemand sagte etwas. Auch die beiden Kinder in der ersten Bank saßen ganz still da. Die ganze Szene hatte etwas Groteskes. Als sei die Stille auf irgendeine Weise gefälscht. Der Gedanke daran, wie der Mann im Sarg ums Leben gekommen war, zog zwischen den Anwesenden ein unübersehbares Spinnennetz. Das hier war keine natürliche Beisetzung. In diesem Raum gab es keinen natürlichen Kummer. In der ersten Reihe saß die Witwe, deren Gesicht und Schläfen immer noch die Spuren von Mißhandlung zeigten.

Cato Isaksen wußte, ohne sie anzusehen, wie die Gesichter der Kinder aussahen. Sie tauchten vor seinem inneren Auge auf. Mit geschlossenem Mund und blanken, starren Augen. Mit dem Bild von Sarg und Blumen, das sie nie wieder loswerden könnten. Die flackernden Kerzenflammen tanzten im Spiegel der Augen.

Plötzlich war der Pastor da. In weißem Talar, mit einem mehrfarbigen Band vor der Brust. Nach dem ersten Choral hielt er seine Ansprache.

Dann trugen Arbeitskollegen und der Bruder den Sarg aus

der Kapelle. Solche altmodischen Begräbnisse gab es nur noch selten. Aber in Mordfällen wurde niemals die Genehmigung zur Einäscherung erteilt.

47

Die nächsten Tage schienen ineinander überzugehen. Selten hatte die Abteilung soviel zu tun gehabt. Unmerklich war die erste Aprilnacht in den Mai übergeglitten. 1. Mai. Staatlicher Feiertag mit Demonstrationen und Parolen und roten Fahnen. Die meisten nutzten den Feiertag zu Ausflügen in die Natur, andere saßen warm eingepackt im Garten oder auf dem Balkon und genossen den Sonnenschein. Den Angestellten der Mordkommission ging es nicht so gut. Sie arbeiteten und mühten sich ab und merkten, wie ihnen die Frustration immer stärker auf den Fingern brannte.

Polizeiadjutant Roger Høibakk rannte bei der Juristin Pia Halvorsen ein und aus. Er behauptete, im Zusammenhang mit den Ermittlungen immer neue Fragen zu haben. Cato Isaksen konnte sich ein Lächeln nicht verkneifen. Er selber hatte kaum Zeit zum Nachdenken. Er hetzte von einer Besprechung zur anderen. In stillen Momenten, wie er das ironisch für sich selber getauft hatte, vertiefte er sich in die Unterlagen und telefonierte. Das einzig Gute war, daß er dabei bisweilen seine privaten Probleme vergessen konnte. Und das ließ seinen Kopf klarer werden. Am Montag und am Dienstag war er erst nach Hause gekommen, als Sigrid schon schlief. Er war so müde, daß er auch sofort einschlief und in schwarzem Schweigen versank. Sein Körper reagierte positiv auf den Schlaf.

Ingeborg Myklebust war nicht immer anwesend. Ihre Erkältung war wieder aufgeflammt und machte ihr arge Schwierigkeiten. Cato Isaksen empfand ihre Abwesenheit als Befreiung. Persönliche Animositäten waren bei der Polizei nichts Besonderes. Intrigen, Neid und Verleumdungen. Das System fordert das fast schon heraus, überlegte er. Er stellte sich auch vor, daß er irgendwann in der Zukunft zum Hauptkommissar befördert werden würde.

Das ganze Team wollte gute Arbeit leisten. Auf eine gewisse Weise befanden sie sich auch in einer ekstatischen Traumsituation. Im tiefsten Herzen wünschen alle sich, die sich für die Arbeit bei der Polizei entscheiden, irgendwann einmal einen Serienmörder jagen zu dürfen. Alle wollten Details und Gedanken liefern, die bestialische Morde aufklären und weitere verhindern konnten. Aber die Frustration war doch immer zum Greifen nah. Oft hatten sie das Gefühl, einen Schritt vor und einen zurück zu machen. Geh zurück auf los.

Gerd Andersen war schon verhört worden, aber das Verhör hatte nichts Neues ergeben. Der Mord an Simon Andersen war, wie die beiden früheren Morde, bisher ein großes, grauenhaftes Rätsel. Daß die Ermittlungen einen Wettlauf mit der Zeit darstellten, war allen nur zu bewußt. Auf jeden Fall bis zu einem gewissen Grad. Daß alle drei Morde vom selben Täter begangen worden sein mußten, sagten sie bis auf weiteres lieber nicht zu laut. Die Presse lauerte gleich vor der Tür mit weitaufgerissenem Wolfsrachen. Es war fast schon ein Wunder, daß noch kein Journalist zwei und zwei zusammengezählt hatte.

Weil Cato Isaksen zwei Nächte hintereinander geschlafen hatte, fiel ihm die Arbeit jetzt leichter. In harten Augenblicken jedoch überkam ihn immer deutlicher das lähmende Gefühl, etwas übersehen zu haben.

In dieser Phase bestand ein Großteil der Arbeit darin, die Tatabläufe soweit wie möglich zu systematisieren und zu vergleichen. Alle möglichen Vereine und Klubs wurden in der Hoffnung untersucht, daß die drei irgendein gemeinsames Interesse aufzuweisen hätten. Sie hatten das Gefühl, blind im Nebel umherzutappen. Das ganze Team traf sich zu gemeinsamen Mahlzeiten in der Kantine. Sie arbeiteten paarweise oder zu dritt.

Als Cato Isaksen am Mittwochabend gegen sechs nach Hause kam, waren sie der Lösung noch keinen Schritt nähergekommen.

Er war müde, aber als sie nach dem späten Abendessen und den Fernsehnachrichten ins Bett gingen, liebten sie sich. Sigrid ergriff die Initiative. Sie legte sich einfach über ihn, auf ihn. Diese überraschende Handlung erregte ihn. Seine Sinne begannen zu pulsieren. Er dachte daran, wie sie in der ersten Zeit gewesen war. Als sie sich ganz heimlich Zeit für ihre Treffen gestohlen hatten. Als er Bente betrogen und doch kein schlechtes Gewissen gehabt hatte. Dieses Gefühl vermittelte ihm Phantasie und Wärme. Sein Körper veränderte sich, das Gefühl der Ekstase wanderte sein Rückgrat hinunter und weiter in seinen Brustkasten. Mit hartem Griff drehte er sie um und legte sich auf sie. Sie hatte die Augen geschlossen. Sie liebten sich heftig. Aber irgendwann unterwegs hatte er das Gefühl, daß ihre Signale gestört wurden. Erst später merkte er, daß sie lautlos weinte. Er knipste die Nachttischlampe an, aber sie winkte gereizt ab und sagte, sie könne das grelle Licht nicht vertragen. »Aber du weinst doch?« fragte er leicht irritiert. »Tu ich nicht«, antwortete sie hart und ließ den Kopf aufs Kissen fallen.

Er seufzte und verschränkte die Hände unter dem Kopf. Legte sich auf den Rücken und starrte zur weißen Decke hoch, die vom Licht grau gefärbt wurde.

48

Am Dienstagabend klingelte noch spät das Telefon. Bente fuhr zusammen, ein Angstschauer jagte ihr das Rückgrat hinunter. Gard war noch nicht zu Hause. Ob ihm etwas passiert war?
Aber es war Cato. Er wollte für das kommende Wochenende eine klarere Verabredung treffen. Ein Blitz schien sie schmerzhaft zu durchzucken. Sie verstummte, und ihr Mund war wie ausgedörrt. Die Bilder von ihrer Begegnung vor einer Woche, am See, erhoben sich vor ihr wie eine Wand.
»Ich komme morgen gegen fünf, gleich nach Feierabend«, sagte er mit aufgesetzter Munterkeit. Sie wußte, daß es auch ihm nach allem, was vorgefallen war, schwer fiel, normal zu sprechen. Das konnte sie seiner Stimme anhören, die eine ganz leichte, unsichere Kälte ausstrahlte.
Sie brachte keine Antwort über die Lippen. Wußte nicht, was sie sagen sollte. Sie starrte einfach nur ihr eigenes Spiegelbild an. Die Haut an ihrem Hals zeigte hektische rote Flecken. Ihre Augen erwiderten ihren Blick voller Kälte.
»Bist du da?«
»Ja.«
»Ich komme gegen fünf«, wiederholte er. »Geht das?«
»Das geht. Ich werde dann aufbruchbereit sein«, sagte sie, wie um zu betonen, daß nichts sich geändert hatte. Aber beide wuß-

ten, daß jetzt alles anders war. Und daß es auch so bleiben würde.

Nach einer kurzen Pause fragte er, ob die Jungen etwas gesagt hätten.

Bente seufzte leise. »Wie meinst du das?«

»Na ja, ich meine, finden sie das gut, daß ich zu ihnen komme?«

Sie zögerte mit der Antwort. »Gard will das überhaupt nicht«, sagte sie. »Aber ich habe gesagt, wir hätten das nun einmal so entschieden. Wenn dir das recht ist, dann koche ich erst noch, und wir essen zusammen, ehe ich fahre.«

Bente spürte Catos Unbehagen, nicht wegen des Essens, sondern weil Gard ihn nicht sehen wollte.

»Er ist einfach verwirrt, du mußt ihm Zeit lassen.«

In diesem Moment hörte sie Gards Schlüssel im Schloß. Der Junge blickte seine telefonierende Mutter überrascht an. Als er begriff, daß sie mit seinem Vater sprach, ging er demonstrativ die Treppe zum ersten Stock hoch, ohne Bente noch einmal anzusehen. Oben knallte er seine Tür zu.

»Ja, ja, ich kann das ja verstehen«, sagte Cato und versuchte, sich nichts anmerken zu lassen.

Bente hätte gern gefragt, was Sigrid gesagt hatte, ob ihr die neue Abmachung recht sei. Aber sie schwieg. Natürlich war Sigrid damit nicht einverstanden.

»Soll ich irgendwas mitbringen?«

»Ach, ich weiß nicht, ich habe Brot und Milch und Käse. Ihr könnt dann ja zusammen einkaufen gehen.«

»Alles klar«, sagte er, und damit war das Gespräch beendet.

Als sie aufgelegt hatte, stieg in ihr das Gefühl auf, alles schon einmal erlebt zu haben. Genau so. Genau dieses vage Gefühl von Wehmut. Dieselbe wehe Spannung, die kleine keimende Freude, die immer wieder unter einer dunklen Decke erstickt wurde. Dieses Gefühl verfolgte sie für den Rest des Abends. Mehrmals versuchte sie, dieses Gefühl zu zerdrücken. Sie ging nicht nach

oben, um Gard gute Nacht zu sagen. Sie saugte im Wohnzimmer Staub. Ihr Spiegelbild in dem schwarzen Fenster störte sie. Immer wieder mußte sie sich selber ansehen.
Danach schnitt sie Fleisch klein und bereitete einen Eintopf vor. Sie sah im Küchenfenster, wie ein Lächeln ihr Gesicht zerriß. Das machte ihr angst, sie freute sich also auf seinen Besuch.
Am nächsten Tag deckte sie den Küchentisch für vier Personen. Die Teller sahen aus wie geblümte Augen, die sie höhnisch mit ihren blanken Flächen anstarrten. Es roch nach Bratensoße, als sie in den ersten Stock hinaufging. Sie steckte einen warmen Pullover, Unterwäsche und einen Rock in eine kleine Reisetasche. Die Tasche hatte Cato ihr vor zwei Jahren geschenkt. Zum letzten gemeinsamen Weihnachtsfest. Sie holte ihre Toilettensachen aus dem Badezimmer, nur die Zahnpasta ließ sie stehen. Plötzlich kam ihr der Gedanke: Wo wird Cato schlafen? Im Doppelbett? Will er das überhaupt? Und will ich das?
Sie beschloß, dafür keine Vorbereitungen zu treffen. Das mußte er schon selber entscheiden.
Sie ging in die Zimmer ihrer Söhne. Zuerst zu Gard. Dieses Zimmer erzählte von grauer Einsamkeit. Die Einsamkeit hing in den Wänden, den Fußballplakaten, im durchsichtigen Viereck des Fensters. Die Dinge waren dieselben wie früher, als Cato noch bei ihnen gewesen war. Aber sie sprachen mit einer anderen Stimme, in einer anderen Farbe. Die Dinge hatten einen anderen Körper bekommen. Die Kissen lagen auf andere Weise da. Für Gard war es sicher ein neues Gefühl, hereinzukommen und die Tür hinter sich zu schließen. Sie sah ihn vor sich, spürte seinen Schmerz wie kleine Stiche in der Dunkelheit. Das Muster der Bettdecke hatte sich geändert. Blaue Striche mit beigem Zwischenraum. Auf irgendeine seltsame Weise stachen vor allem die beigen Flächen ins Auge.

49

Gard war in seinem Zimmer, als sein Vater eintraf. Bente war froh darüber, daß der Junge überhaupt zu Hause war. Vetle kam verlegen die Treppe herunter und lehnte sich an die Wohnzimmertür. Der jüngere Sohn verzog die Lippen immerhin zu einem kleinen Lächeln. Bente machte sich in der Garderobe an einem Kleiderbügel zu schaffen.
»Der ist frei«, sagte sie und reichte ihn Cato. Sie hatte sehr viel Speichel im Mund und mußte sich alle Mühe geben, um ihn hinunterzuschlucken. Er sah sie nicht an, als er seine Jacke aufhängte. Drehte sich nur kurz weg, um sich zu sammeln.
»Viel zu tun?« fragte Bente, vor allem, um ein Gespräch in Gang zu bringen.
Er nickte. »Hoffnungslos.« Dann lächelte er und sah Vetle an.
»Wie läuft's denn in der Schule?« fragte er und merkte sofort, wie blödsinnig diese Frage sich anhörte. Jetzt war er wieder der alte Onkel.
Vetle schüttelte den Kopf. »Weiß nicht, so irgendwie eben.«
Bente ging in die Küche. Ihre Bewegungen wirkten mechanisch und angestrengt. Allein schon einen Kochlöffel zu nehmen und den Eintopf damit umzurühren, wurde zu einer überaus bewußten Handlung. Alle Gefühle sammelten sich in ihrem Gesicht. Nur zu gern hätte sie ihr Gesicht abgezogen, es zusammengeknüllt und in den Mülleimer geworfen.

Cato war zusammen mit Vetle ins Wohnzimmer gegangen. Der jüngere Sohn war glücklich über die neue Abmachung. Vielleicht würde der Vater ja wieder ganz zu ihnen ziehen. Die Mutter hatte darauf bestanden, daß das nicht der Fall war. Aber sie konnte ja nicht alles wissen.
Gard fühlte sich von allem überfordert. Er hatte das Gefühl, seinen Vater hassen zu müssen. Er sah seinem Vater sehr ähnlich, und es war eine Belastung für ihn, diese verhaßten Züge zu tragen. Es kam ihm wie eine Strafe vor, einem Mann ähnlich zu sehen, den er doch von ganzem Herzen hassen wollte.
Während Bente im Topf herumrührte, zogen ihr die Bilder durch den Kopf. Diese Eigenschaft, kleine Bruchstücke von Bildern und Erinnerungen hervorholen zu können, war ihr an ihr selber im Moment ganz besonders zuwider. Sie machte ihr Leben nun wirklich nicht leichter. Diese Vorstellungen warfen sie so oft um und zwangen sie zu ihrem unbeherrschten Verhalten, gegen das sie die ganze Zeit anzukämpfen versuchte. In der äußersten Konsequenz konnten diese Gefühle einen Zusammenbruch auslösen. Das wußte sie. Trotzdem ließ sie die Bilder aufkommen: Kleine Jungenhände, Babyhände. Vor Frost bläulich. Sie hatte vergessen, ihnen Handschuhe anzuziehen. Hatte nicht gewußt, wie kalt es wirklich war.
»Nein«, sagte sie laut und riß etwas zu heftig eine Schublade auf, und deren Inhalt klirrte laut. Die Fahrt nach Sandefjord schien weit weg zu sein, obwohl sie schon in einer Stunde unterwegs sein würde. Sie hatte nicht einmal ihre Schwester angerufen und gefragt, ob ihr der Besuch recht sei. Sie wußte nicht, warum, jedenfalls hatte sie nicht angerufen. Etwas in ihr war voller Unruhe. Schien mit einer sich anbahnenden Katastrophe zu rechnen. Mit einem Autounfall oder etwas Ähnlichem. Sie war zu abergläubisch geworden in letzter Zeit. Suchte in allem, was sie umgab, nach Zeichen oder Mitteilungen. Sie konnte ja immer noch anrufen, die Fahrt dauerte nur anderthalb Stunden.

Andere Bilder drängten sich ihr auf. Vetle zeigte seinem Vater gerade ein Video. Sie dachte an die neuen Bilder. Die Bilder von dem, was vor einer Woche passiert war. Sie hielt diese Bilder nicht an: Sie war in den Regenfäden gefangen, hatte Catos steifen Penis im Mund, die Regentropfen ließen ihre Tränen überflüssig werden. Die Regentropfen waren selber Tränen, großzügig wurden sie vom grauen Himmel herabgeworfen. Und sie selber mitten in der ganzen Nässe. Gespalten, zweigeteilt, von allem. Sein Gesicht, das sich vor Wollust verzerrte. Seine Unsicherheit, die sie unbewußt noch immer hören konnte.
Die Bilder hatten nicht nur negative Wirkung; eine seltsame Ruhe hatte sich nach den Ereignissen im Wald in ihr ausgebreitet ... aber ab und zu kam auch die Wut wieder an die Oberfläche. Nackt, nicht so verdeckt wie früher, und auch nicht mehr so gefährlich.
Unerwartet kam Gard nach unten und setzte sich mit den anderen an den Tisch. Vetle ließ sich nichts anmerken, er sah seinen Bruder nicht an. Seine Augen hingen an seinem Vater. Für ihn fiel heute Geburtstag und Weihnachten auf denselben Tag. Sein Vater war heimgekehrt. Er würde am Sonntagabend wieder weggehen, aber er war heimgekehrt. Und vielleicht würde er irgendwann auch endgültig heimkehren. Dieser Gedanke löste in dem Jungen immer wieder aufs neue Freude aus.
Gard schwieg. Er konzentrierte sich aufs Essen und lief immer wieder rot an, wenn der Blick seines Vaters ihn streifte. Cato gab sich alle Mühe, um sich mit Vetle zu unterhalten, aber gleichzeitig richtete sich sein ganzes Bewußtsein auf Gards anstrengende Anwesenheit. Bente sprach hektisch über Alltagsangelegenheiten. Das Essen schien ihr im Hals steckenzubleiben. Beim Sprechen ging ihr auf, daß immer sie diejenige war, die Probleme überspielte, damit die anderen sich wohl fühlten. So ging es auch jetzt. Warum war sie so? Ihre Gefühle waren nicht so wichtig, wenn es den Jungen nur gutging. Vielleicht war es doch nicht so

richtig gewesen, den Vater nach Hause zu holen und ihnen noch einmal klarzumachen, was sie verloren hatten, um sie dann wieder in den Alltag fallenzulassen.
»So viele sind umgebracht worden, nicht wahr?« Der Elfjährige starrte seinen Vater gespannt an und versuchte dabei, mit der Gabel ein Stück Fleisch aufzuspießen.
»Drei«, sagte Cato Isaksen und nahm noch einmal nach. »Köstlich«, sagte er zu Bente, dann erzählte er dem Jungen von seiner Hoffnung, weitere Morde verhindern zu können. »Was diesen Fall angeht, zumindest.«
»Weitere Morde?« Bente stand auf und füllte einen Krug mit Saft. »Weist denn irgend etwas darauf hin?«
»Nein, aber wir haben auch keine Hinweise aufs Gegenteil.«
»Wißt ihr nicht, wer das gewesen sein kann?« Vetle blickte seinen Vater voller Bewunderung an. »Und du bist doch der Chef, oder?«
Cato Isaksen nickte müde. »Einer von den Chefs«, er lächelte und ließ sich zurücksinken, wobei ihn eine schläfrige Ruhe überkam. Er verspürte am ganzen Körper ein leichtes Prickeln. Für diesen kurzen Moment waren sie eine normale Familie.

Auf der Hinfahrt hatte er sich wirklich den Kopf zerbrochen, um sich an ein kleines Detail zu erinnern, das er zu notieren vergessen hatte. Er glaubte, daß es ihm entfallen war, als ihn früher an diesem Tag jemand gestört hatte. Aber es fiel ihm nicht ein, und er hielt dieses Detail für wichtig. Etwas anderes schob sich dazwischen. Und als er nun hier am Tisch saß und sein Gehirn zermarterte, tauchte nur Sigrids dünnes, müdes Gesicht vor seinem inneren Auge auf. Die arme, erschöpfte Sigrid. Er wußte, daß sie jetzt zu Hause saß und litt. Aber sie hatte ihn selber durch ihr Verhalten hierher getrieben.
Er fing Bentes Blick auf. Er hatte das Gefühl, immer hier gewesen zu sein, die beiden letzten Jahre schienen nicht existiert zu haben. Ganz kurz stieß sein Blick mit dem von Gard zusammen,

und ein kalter Schauer überlief ihn. Die beiden letzten Jahre hatten in höchstem Grad existiert.
Bente und Cato räumten zusammen den Tisch ab. Er setzte Kaffeewasser auf. Das geschah ganz automatisch, wie schon zahllose Male zuvor. Die Begegnung mit der Kaffeemaschine erfüllte ihn mit Ruhe. Er goß Wasser in den Behälter, kippte Kaffee in den Filter und schob die Kanne unter den Durchlauf. Drückte auf den Knopf. Sofort fing die Maschine an, zu gurgeln und zu glucksen. Diese Stimme kannte er ja so gut. Gard rief Bente zu, er mache jetzt einen kleinen Spaziergang. Gleich danach knallte hinter ihm die Tür ins Schloß. Nach dem Kaffee ging auch Bente. Sie drehte sich kurz um und sah die beiden auf dem Sofa an. Sie wirkte unsicher. Die Tasche hing traurig über ihrer Schulter.
»Dann macht's gut.« Ihr Lächeln erreichte ihre Mundwinkel nicht. Als sich hinter ihr die Tür schloß, fiel Cato ein, daß er nicht wußte, wohin sie wollte. Zu ihrer Mutter nach Kongsberg oder zu ihrer Schwester nach Sandefjord? Sie hatten auch nicht abgemacht, wann sie zurück sein würde, ob er am Sonntag das Essen bereit haben sollte oder ob sie erst später kommen wollte. Vetle schmiegte sich glücklich an seinen Vater. Er redete und redete während des ganzen Rückblicks auf die Ereignisse der letzten Woche. Cato hatte den Kopf an die Wand gelehnt. In Gedanken sah er Bentes Gesicht, ihre Miene, als sie gegangen war. Er hoffte, daß Gard nicht zu lange ausbleiben würde. Wo sollte er ihn sonst suchen? »Mit wem trifft Gard sich denn so?« fragte er Vetle, der über einen Hahn auf einem dahinsausenden Fahrrad lachte. »Wieso fällt der denn nicht runter?« kicherte er. »Gard trifft sich mit Terje und Morten.« Der Blick des Jungen haftete am Bildschirm. »Und manchmal mit ein paar blöden Mädels«, fügte er hinzu. »Jetzt sieh dir doch bloß mal den Mantel an! Mama würde die Farbe bestimmt nicht gutfinden!«
Cato stand auf und ging in die Küche. Er empfand eine ehrfürchtige Freude, als er die grünen Schranktüren öffnete. Die

alten grünen Schränke. Bente hatte immer davon gesprochen, eine neue Küche anzuschaffen. Auf irgendeine Weise kam es ihm gut und richtig vor, daß er hier war. Andererseits machten diese Zimmer auch etwas mit ihm, sie füllten ihn und machten ihn nervös und unglücklich. Sie waren Surrogatträume, er gehörte doch nicht mehr in dieses Haus.

Gegen halb elf, nach zahllosen Runden Kniffel, konnte er Vetle endlich ins Bett stecken. Der Junge hatte so viel zu erzählen und zu bereden, daß er fast nicht zu bremsen war.

Als er endlich unter der Decke lag, wollte er noch lesen. »Nur ein paar Seiten«, er lächelte. »Bitte.« Cato resignierte, lächelte ebenfalls und holte aus dem Karton auf dem Flur einige Mickymaushefte. Vetle nahm sie eifrig entgegen. Sein Vater blieb noch kurz in der Tür stehen und betrachtete den lesenden Jungen, dann ging er leise wieder nach unten.

Als Vetle schon längst schlief, tauchte endlich Gard wieder auf. Cato war auf dem Sofa eingenickt, fuhr aber hoch, als Gard seine Jacke aufhängte. Ein kleiner Schmerz durchfuhr seine Stirn. Gard achtete nicht auf seinen Vater, er ging gleich in die Küche und schnitt sich Brote ab. Cato erhob sich gähnend. Er schaltete den Fernseher aus, der die ganze Zeit gelaufen war, und ging in die Küche. Versuchte, sich normal anzuhören. »Na, war's nett?« Gard blickte nicht vom Brotschneiden auf, er murmelte eine Antwort. Die stechenden Kopfschmerzen von eben waren verschwunden. Catos Kopf kam ihm leer vor, wie eine dünne graue Schale, die sein Gehirn umgab.

Gard trug demonstrativ den Teller mit seinen Broten und einem Glas Milch auf sein Zimmer. Die Tür fiel hinter ihm ins Schloß. Dann war alles ganz still. Er legte nicht einmal eine CD auf.

Das tat jedoch Cato. Er suchte sich eine aus, die er noch nicht kannte. *Schindlers Liste.* Die Musik aus dem Film. Diesen Film hatte er nicht gesehen. Sigrid hatte ihn hinschleppen wollen, hatte immer wieder herumgenervt. Er wollte nicht. Er kam bei der Arbeit schon oft genug mit dem Tod in Kontakt, er wollte nicht auch noch zusehen, wie Tausende von Juden vergast wurden.

Er holte sich das *Buch der Fragen* aus seiner Tasche, die er im Flur abgestellt hatte. Schlug es auf, während die schöne Geigenmusik das ganze Zimmer füllte und sich in den Zwischenräumen zwischen den schwarzen Druckbuchstaben ablagerte. Er schlug das Buch irgendwo auf und fing an zu lesen. Wieder glaubte er, die Worte zu erkennen. Warum lebte dieses Buch in ihm wie ein lebendiger Mensch? Er empfand einen Hauch von Unbehagen, als er Gards leise, dumpfe Bewegungen über sich hörte. Der Junge saß da oben und haßte ihn. Er saß da in aller Stille und litt. Cato Isaksen las über seine Söhne:

Wir glauben, daß sie aufrecht stehen, weil wir uns das nicht anders vorstellen können. Mit ihrem Schal um die Schultern jedoch sind sie in Wirklichkeit ein Wind und Meer ausgeliefertes Fahrzeug.

Beobachte die Menschen, sie sind Brunnen, die von ihrem eigenen Wasser fortgejagt worden sind. Wenn ihre Schritte schwerer werden, dann, weil sie sich nach diesem Wasser sehnen …

50

Bente fuhr nicht nach Sandefjord. Sie hatte die ganze Zeit, vielleicht unbewußt, geahnt, daß sie das nicht tun würde. Daß sie das nicht konnte. Auf irgendeine Weise war klar, daß sie nicht fahren würde. Nun saß sie zusammengekrümmt in dem nachtkalten kleinen Garten und starrte das gelbe Viereck an, hinter dem Cato in einem roten Buch las. Sie konnte ihn ganz sehen. Das Licht fiel wie eine gelbe Decke über den Rasen. Hinter Vetles Fenster war es dunkel. Gard war in seinem Zimmer. Sie sah ihn durch das Fenster auf der linken Seite über dem Wohnzimmer. Er lief da oben hin und her, wie ein Gefangener. Ob sie sich gestritten hatten? Warum ging sein Vater nicht zu ihm? Warum saß er da in Gedanken versunken und las in diesem roten Buch?

Der Nachtwind ließ sie erschauern. Sie erhob sich. Ihr heller Mantel konnte sie nicht wärmen, er kam ihr sogar vor wie ein Stück Kälte. Sie zog ihn fester um sich. Im Licht des Fensters sah sie, daß brauner Lehmboden unter dem toten Rasen zwei dunkle Ringe auf dem Stoff hinterlassen hatte, vorne, jeweils neben den Knöpfen.

Ein leises, schwaches Geräusch ließ von innen her die Fensterscheibe zittern. Musik, er spielte ihre Musik.

Zuerst war sie über den Drammensvei in Richtung Oslo gefahren, ohne Sinn oder Ziel. Sie hatte nicht gewußt, was sie wollte

oder wohin sie fahren könnte. Zumindest kam ihr das so vor. Der Wagen hatte wie von selber seinen Weg durch die Straßen gefunden. Plötzlich hatte sie das Mietshaus erreicht, in dem Cato und Sigrid wohnten. Sie verspürte einen tiefen, bohrenden Haß. Die beiden wohnten im vierten Stock. Sie war erst einmal dort gewesen, ein einziges Mal. Sie hatte die Jungen hingefahren, nachdem sie mit Vetles Klasse im Kino gewesen waren. Jetzt stellte sie den Wagen ab und starrte eine Weile an der kalten Mauer hoch, dann beschloß sie, hineinzugehen. Mit kalten Fingern öffnete sie die Tür. Das Essen lag zusammen mit den Bildern von Cato und den Jungen am Küchentisch wie ein Stein in ihrem Bauch. Langsam hob sie die Finger an die Lippen. Unbewußt hatte sie sich bis aufs Blut gebissen. Heiser Eisengeschmack füllte ihren Mund. Sie spuckte einen dicken Blutklumpen auf die unterste Treppenstufe. Merkte, daß ihr das guttat. Ein brennendes Gefühl stieg von ihrem Magen bis zu ihrem Hals hoch. Um ein Haar hätte sie sich erbrochen.
Sie drehte sich zu der braunen Tür mit dem Buckelglasfenster um. Die war hinter ihr ins Schloß gefallen. Jetzt stand sie in Catos Treppenhaus. In Sigrids Treppenhaus. Sie dachte an Sigrid und das widerliche fette Kind. Gut, daß Cato nicht hier war, sondern zu Hause, bei den Jungen. Bente hatte viel an sein neues Kind gedacht. Sie hatte geträumt, daß sie das Baby entführte, daß sie mit dem Kinderwagen davonrannte und das Kind in einen grauen Fluß fallen ließ. Sie hatte geträumt, wie der runde Kopf mit den dicken Wangen noch zweimal auftauchte, um dann in den Flußwirbeln zu verschwinden.
Langsam ging sie die Treppen hoch, bis sie die grüngestrichene Tür erreicht hatte. Sie horchte daran. Auf dem Türschild stand »Sigrid und Cato«, kein Nachname. Sigrid und Cato, zwei Menschen, die nicht zusammengehörten, die Leben stahlen, Unglück hervorriefen. »Ihr Schweine«, das spuckte sie fast aus.
Sie konnte hinter der Tür Stimmen hören. Leise, murmelnde

Stimmen. Die Schwingungen in diesen Geräuschen waren so schwach, daß sie nicht atmen durfte, wenn sie diese überhaupt wahrnehmen wollte.
Plötzlich wurde eine Etage höher eine Tür geöffnet. Bente strich ihren Mantel gerade und ging schnell wieder nach unten. Sie wußte nicht, was eigentlich in sie gefahren war. Warum war sie hier? In der kühlen, schwarzen Frühlingsluft versuchte sie, ihr Herz zur Ruhe zu bringen. Es war Vollmond. Die runde gelbe Scheibe spiegelte sich im Wagenfenster. Sie zog den Zündschlüssel hervor, hob aber das Gesicht und zählte die Fenster bis zu dem von Cato und Sigrid. Es leuchtete in den Abend hinaus wie ein klares Auge.
Sie ging weiter durch die Straße. Bog beim Haus gegenüber um die Ecke und stieg eine kleine Steintreppe hinunter. Ein spitzer Zweig eines großen Busches kratzte an ihrer Schulter. Sie ging weiter über den Platz mit dem Kiesboden und folgte dem schmalen Gehweg. Dann betrat sie das nächste Haus. Sie ging nach oben, zum Treppenabsatz zwischen dem dritten und dem vierten Stock. Sie war außer Atem. In jedem Zwischenstock gab es ein Fenster. Sie bückte sich und starrte hinaus. Von hier aus konnte sie in die Fenster gegenüber sehen. Sie zählte sich rasch zu Sigrids Fenster weiter. Aus einer der Wohnungen eine Treppe höher donnerte Popmusik. Laute Stimmen erzählten von einem Fest. Dieses Geräusch störte das Bild, das sie vor sich sah. Sie sah zwei Frauen, die sich über einen Tisch beugten, auf dem irgend etwas lag. Sigrid hatte Besuch von einer Freundin. Oder vielleicht hatte sie eine Schwester? Aber von einer Schwester hatte Bente nie etwas gehört. Aus der Entfernung sahen die beiden Frauen sich ziemlich ähnlich. Die Köpfe dicht beieinander. Eine mit verschränkten Armen, die andere gestikulierend. Plötzlich sprang eine auf und trat ans Fenster. Ihr Gesicht war nicht zu erkennen, war nur eine helle Fläche hinter dem Glas.
Müdigkeit überkam Bente. Das hier war eine Niederlage, diese Spioniererei bei Sigrid. Mit verkrampftem Magen mußte sie

die Treppen hinunterstürzen, um sich nicht im Treppenhaus zu erbrechen. Unterwegs überkam sie mehrmals der Brechreiz. Sie rannte zu einer Gruppe von Büschen. In harten Stößen gab sie dort das ganze Abendessen von sich. Ein widerwärtiger Geschmack blieb in ihrem Mund hängen. Und gleich darauf fror sie wieder. Sie richtete sich auf und zog ihren Mantel fester um sich, dann ging sie zu ihrem Wagen zurück. Als sie den fast erreicht hatte, kam ein Mann mittleren Alters auf sie zugetaumelt. Sein Gesicht war mager, unter den Augen hingen dicke Tränensäcke. Sie fuhr zusammen, war aber zu nervös, um Angst zu haben.

»Du solltest so spät nicht allein rumlaufen«, sagte der Mann.

»Wieso nicht?« Das hätte sie fast geschrien.

»Du weißt ja nicht, wer dir alles begegnen kann«, lachte der Mann und hielt ihr die Autotür auf.

Sie setzte sich und zog die Tür wütend ins Schloß. Das Mondgesicht zitterte in der Fensterscheibe. Sie fuhr mit noch größerem Schmerz weg, als sie gekommen war.

51

Sigrid blickte Sonjas Finger mit den kurzen, sauberen Fingernägeln an. Plötzlich versteckte sie die Karten in der Handfläche, um sie dann wie einen Fächer zu öffnen. Wie flink ihre Finger waren, und wie geschmeidig.

»Du könntest Zauberkünstlerin sein«, lachte Sigrid.

»Ich bin Zauberkünstlerin«, korrigierte Sonja und legte ruhig eine Hand auf den Tisch. Sigrid sah ihre Haut an. Sie schien durch die Haut Adern und Fleisch sehen zu können. Und in den Fingern befand sich das dünne weiße Skelett.

»Ich kann dir dabei helfen, zu dir selber zurückzufinden. Denn irgendwo da drinnen steckst du doch, nicht wahr?«

Sigrid verdrehte gereizt die Augen. »Bei dir klingt das so schrecklich«, sagte sie. »Ich bin trotz allem nur erschöpft von der Geburt und ... ja.«

»Von der Beziehung zu deinem Mann?«

»Meinem Freund«, berichtigte Sigrid. »Wir sind nicht verheiratet.«

»Das klingt ein wenig bitter. Möchtest du gern heiraten?«

»Er war schon mal verheiratet.«

Sonja Pettersen musterte die Frau auf der anderen Seite des Tisches mit professionellem Blick. »Du hast schon recht, ich kenne dich nicht so gut«, sagte sie. »Aber die anderen, die in meine Kurse kommen oder denen ich im Frauenhaus helfen muß, kenne ich auch nicht besser. Und im Grunde kommt es darauf auch nicht an.«

»Worauf kommt es denn an?«

»Darauf, ob du bereit bist, dir selber zu helfen. Ob du wagst, dich auf dieser Welt zu Hause zu fühlen. Alle Menschen haben ihren Platz.« Sonjas Finger sammelten wieder die blauen und grünen Tierkarten. Die Karten waren in der Mitte mit gelben Kreisen bedruckt.

»Wenn wir brachliegen, verlieren wir viel von unserer Persönlichkeit.«

»Brachliegen«, Sigrid lachte. »Bei dir höre ich mich ja an wie ein vernachlässigtes Feld!«

»Wir sind alle Felder«, sagte Sonja.

Von jeder Karte starrte ein Tiergesicht aus dem gelben Mondkreis, und andere Symbole wie Muscheln, Federn und Vogelkrallen, wiesen auf die grünen Felder hin. Sigrid war warm, ihre blasse Frühlingshaut war an den Wangenknochen leicht gerötet. Georg grunzte im Schlafzimmer, dessen Tür angelehnt war.

»Betrachte es als eine Krankheit«, sagte Sonja und legte die Karten auf die Tischplatte. »Oder vielleicht als zwei Krankheiten. Entweder hast du durch ein traumatisches Erlebnis mehrere Teile deiner Seele verloren, oder du hast etwas Unerwünschtes in deine Seele eindringen lassen. Und das verursacht ein Gefühl von Ohnmacht und Trennung von der Welt.« Sie legte eine kurze Pause ein. »Stimmt das?« fragte sie dann. »Hast du etwas Unerwünschtes eindringen lassen?«

Sigrid ballte ihre kleinen Fäuste. »So kommt es mir vor«, sagte sie leise. »Seine vorige Familie . . .«

»Hat er noch andere Kinder?« unterbrach Sonja sie.

»Zwei«, sagte Sigrid mit harter Stimme.

Sonja musterte sie ernst, die kleinen Sommersprossen um ihre Augen bewegten sich dann in einem erlösenden Lächeln.

»Dein Krafttier hat sich verirrt«, sagte sie leise. »Es findet den Weg zurück nicht mehr. Du brauchst Hilfe.«

Sigrid blickte unsicher von der Tischplatte auf. »Mein Krafttier?«
»Das werden wir schon noch finden. Alle Menschen haben ein Krafttier. Schade um die, denen das nicht bewußt ist. Aber eigentlich spielt es keine Rolle, das Krafttier ist ja doch irgendwo vorhanden.« Sie sammelte noch einmal die Karten ein und mischte sie in aller Eile. »Du darfst dich jetzt nicht zurückziehen, Sigrid«, sagte sie. Als ob sie die Gedanken der anderen gelesen hätte. Sie legte die Karten auf den Tisch. »Du brauchst das nicht weiter seltsam zu finden. In dir steckt soviel. Das weißt du selber.«
»Ich mag Tiere nicht«, sagte Sigrid. »Tiere sind weich und warm und gefährlich.«
»Ich rede auch nicht von einem echten Tier«, Sonja lächelte. »Ein Krafttier ist ... eine Form von übertragener Kraft.«
Die Karten lagen jetzt mitten auf dem Tisch. Wie etwas, das sie gemeinsam verzehren würden. Wie ein exotisches Gericht.
Sigrid ließ Sonja Pettersen nicht aus den Augen, als die sich erhob und ans Fenster trat. Sie lehnte die Stirn gegen das kühle Glas, starrte vage in die Dunkelheit und erzählte, daß sie vor einigen Jahren berufen worden sei. »Ich habe das immer schon in mir getragen, schon als kleines Kind. Aber ich wußte nicht, was es war. Eine Zeitlang habe ich mich für religiös gehalten, habe gedacht, Gott veranstalte dieses Spektakel in mir. Als religiöse Kraft gewissermaßen.« Sie drehte sich um. »Und das stimmt auch, aber es ist nicht der öde konventionelle Gott. Nicht der christliche Bibelgott, nicht der Gott der Kirche und der Pastoren. Auch nicht der Name Gott.« Sie legte die Fingerspitzen an die Stirn und schüttelte den Kopf. »Es hat einen anderen Namen, einen, der größer ist als ein Name, verstehst du?«
Sigrid seufzte. »Ich muß nach Georg sehen«, sagte sie eilig und sprang auf. Im Schlafzimmer trat sie ans Fenster. Das Kind bewegte sich unruhig. Sie bückte sich und drehte den Kleinen um. Wo geriet sie denn hier bloß hinein? Sonja Pettersen war im

Schwimmbad eine ganz andere. Diese Frau hier kannte sie im Grunde nicht. Sie hatten einige Male zusammen Kaffee getrunken, in dem kleinen Café beim Tøyenbad. Das war alles. Unten auf der Straße lief eine Frau in einem hellen Mantel zu einem Auto. Sigrid spürte die schwarze Leere in ihrem Bauch. Cato war in Asker. Cato war zusammen mit *den anderen.* Vielleicht war er ja ihr Krafttier. Sie fröstelte im kühlen Schlafzimmer, wandte sich vom Fenster ab und deckte das Kind besser zu.

Sonja hatte Teewasser aufgesetzt. »Ich glaube, wir brauchen eine Tasse Tee«, sagte sie. Sie saß auf dem Sofa und betrachtete die Kiefernholzvitrine mit den geerbten Römern.

Sigrid lächelte. »Gut«, sagte sie. »Du kommst mir so stark vor. Hast du nie Depressionen?«

Sonja erhob sich halbwegs, setzte sich dann aber wieder. »Doch«, sagte sie langsam. »Natürlich«, fügte sie dann hinzu.

»Und kannst du dann arbeiten?«

»Ich hatte schon lange keine mehr. Aber ich kann aus den bösen Phasen Ruhephasen machen. Wenn ich ganz tief unten bin, dann denke ich, daß es tiefer nicht mehr geht. Jetzt wird es bald wieder aufwärts gehen. Diese Gewißheit sorgt dafür, daß ich mich noch tiefer im Schlamm vergrabe. Daß ich dort Dreck und Kot und Angst . . . ja.«

Sigrid sah sie noch immer an. In der Küche kochte inzwischen das Wasser.

»Ich habe aus solchen Phasen immer schon Wachstumsphasen machen können. Jetzt folgt darauf ein starker Tatendrang. Die Depressionen scheinen oder, genauer gesagt, schienen mir eine ganz eigene Kraft zu geben, Dunkelheit und Hoffnungslosigkeit zwangen mich zum Kämpfen.«

»Aber das belastet dich jetzt nicht mehr?«

Sonja schüttelte geheimnisvoll den Kopf und stand auf, um den Tee aufzugießen. »Mein Krafttier«, sie lächelte, »beschützt mich davor.«

»Ich mach das schon«, sagte Sigrid und ging an ihr vorbei in die Küche.

Sonja folgte ihr.

»Was hast du denn für ein Tier?« Sigrid nahm den Kessel vom Herd.

»Ich bin Schamanin«, sagte Sonja. »Mein Krafttier ist ein Geheimnis.«

Sigrid fuhr herum. »Schamanin?«

»Schamanin«, wiederholte Sonja lächelnd. »Ich kann dir ansehen, daß du mir das nicht glaubst.«

Sigrid nahm eine grüne glänzende Tüte mit Früchtetee aus dem Schrank. »Ich habe einen Salat gemacht«, sagte sie und öffnete die Kühlschranktür. »Natürlich glaube ich dir, aber das ist ... ein bißchen viel. Verstehst du?«

Sonja lächelte nachsichtig. Sie legte den Kopf in den Nacken und lachte. »Ich werde mit den Engeln noch warten. Die kommen ein andermal an die Reihe.«

Beim Essen erzählte Sonja, daß eine Schamanin eigentlich auch nichts anderes sei als ein bewußter Mensch. »Einfach eine Person, die die Fähigkeit besitzt, ihren Bewußtseinszustand zu ändern, um sich für eine andere Wirklichkeit zu öffnen. Im Grunde ist diese Wirklichkeit vielleicht die wahre.«

»Und was holst du aus dieser anderen Wirklichkeit?« fragte Sigrid und nippte an dem goldenen Tee. »Mm, der schmeckt gut«, sagte sie.

»Kraft und Weisheit.« Sonja nahm sich eine Scheibe Weißbrot und bestrich sie mit Butter. Sie steckte ein Stück Tomate in den Mund. »Und nicht zuletzt Ruhe. Daran arbeite ich. Mit Menschen, die am Leben vorbeischliddern, die Weisheit nicht finden, keinen inneren Raum haben. Vielleicht haben sie ihn verloren, vielleicht haben sie nie einen gehabt.«

»Erzähl von den Frauen«, bat Sigrid.

Sonja seufzte. »Das ist unmöglich«, sagte sie. »Jede ist anders. Und ich habe Schweigepflicht.«

»Aber die Männer sind die gleich? Diejenigen, die schlagen, meine ich.«
»Nein«, antwortete Sonja wie aus der Pistole geschossen. »Und«, fügte sie hinzu, »das Wichtigste bei meiner Arbeit ist vielleicht, daß ich auch sie verstehe. Die Männer, meine ich.«
»Aber du arbeitest für die Frauen.«
»Für die will ich arbeiten«, sagte Sonja. »Deshalb habe ich diesen Beruf, ich glaube, ich kann sie verstehen und ihnen helfen. Oder zumindest einigen von ihnen«, schränkte sie ein.
»Das klingt so einfach«, sagte Sigrid.
»Es ist aber nicht so einfach. Es kann seine Zeit brauchen«, antwortete Sonja ernst. »Aber ich helfe nicht nur der einen Seite, den Frauen. Die Männer sind das wichtigste. Gewalttätige Männer haben sich so weit von sich selber entfernt, daß sie wie einsame Sterne durch die Nacht schweben.« Sie führte das mit den Händen vor. »Verstehst du? Sie suchen dasselbe wie eine Schamanin, nur auf andere Weise. Vielleicht trinken sie Schnaps. Geist in der Flasche, haben die Indianer gesagt. Vielleicht nehmen sie Drogen, vielleicht schlagen sie ihre Frau. Es gibt viele Möglichkeiten, um Energie zu verbrauchen.«
Sigrid holte Messer und Gabeln. »Was habe ich denn für ein Krafttier?« Sie lächelte und lehnte sich vertraulich über den Tisch. Sonja blickte sie voller Wärme an. »Das ist nicht so leicht, Sigrid«, sagte sie. »Aber du verfügst über eine feine Ausstrahlung. Du willst etwas. Du mußt zu mir nach Hause kommen. Und dann werde ich dir dein Tier zeigen.«

52

Wieder schaute sie durch das große Wohnzimmerfenster. Sah, daß Gard die Treppe herunterkam. Seine langen Beine zuerst, schlendernd, gewissermaßen. Die roten kindlichen Socken. Cato blickte vom Buch hoch, legte es rasch aufs Sofa, sprang auf und drehte die Musik leiser. Gard ließ sich auf das Sofa fallen, nahm die Fernbedienung und wich die ganze Zeit dem Blick seines Vaters aus.

Blaue, scharfe Bilder flimmerten über den Bildschirm. Cato ging in die Küche und holte eine Literflasche Cola und zwei Gläser. Schenkte wortlos für beide ein. Bente betrachtete sie, wie sie so dasaßen und beide konzentriert den Fernseher anstarrten. Bald griff Gard nach dem Glas. Er trank in kurzen, wütenden Schlucken. Irgend etwas auf dem Fernsehschirm sprach die beiden an, plötzlich lächelten sie beide, nicht füreinander, sondern für das blaue Licht. Bente vergaß für einen Moment die Kälte, die in ihrem Körper wütete. Das Lächeln wurde per Satellit zwischen Vater und Sohn hin- und hergetragen. Tausend Kilometer bis zum Himmel und wieder zurück. Sie wandte ihr Gesicht ab, um etwas anderes zu sehen. Sie sah nur die Dunkelheit. Sie hob ihr Gesicht zum Himmel und suchte nach einer Sternschnuppe. Als Kind hatte sie geglaubt, daß man sich etwas wünschen kann, wenn man eine Sternschnuppe sieht. Plötzlich zerriß ihr Weinen ihr das Gesicht.

53

Die Tränen ließen ihre Augen brennen. Sie lehnte sich gegen die Rückwand des Reihenhauses. Ihre Finger und Handgelenke waren vor Kälte erstarrt. Gard war vor zwanzig Minuten wieder auf sein Zimmer gegangen. Er und sein Vater hatten kein Wort gewechselt. Seit einer Viertelstunde brannte auf seinem Zimmer kein Licht mehr. Bente ging um das Haus herum, zur Vordertür. Sie versuchte, die Finger um den kalten Schlüssel in ihrer Manteltasche zu schließen. Ihre Tasche stand noch immer im Wagen. Sie blieb auf dem Kiesweg vor den Garagen stehen und betrachtete das Haus mit den blanken dunklen Fensterscheiben. Das Haus sah blind und unglücklich aus. Und nun hörte sie das Geräusch. Das Geräusch, das immer näher kam. Zuerst bewegte es sich prikkelnd über ihre Stirn, dann glitt es unter ihre Haare und packte die Haarwurzeln. Und schließlich füllte ein grauenhafter Lärm ihre Ohren. Langsam ging sie auf die stumme Haustür zu und steckte den Schlüssel ins Schloß. Das hatte sie schon tausendmal getan. Sie spürte das Geräusch wie einen Schmerz, und sie wußte, daß es aus ihrem eigenen Kopf und doch wiederum aus dem Haus stammte.

Cato, dessen Hinterkopf an die schweigende Wand gelehnt war, wurde aus dem Schlaf gerissen. Er erwachte, als sie die Hintertür

öffnete. Schlaftrunken stand er auf und lief auf den Flur. Bente schloß gerade die Tür hinter sich ab. Als sie sich zu ihm umdrehte, sah er in ihren Augen die nackte Verzweiflung. Ihre Wimperntusche war auf den Wangen verschmiert. Sie brachte kühle Nachtluft ins Haus.
»Du bist wieder da?«
Einen Moment lang starrte sie ihn verständnislos an, sie schien sich darüber zu wundern, daß er hier war.
»Wieder da?« fragte sie. »Wie meinst du das? Ich war doch die ganze Zeit hier.« Ihr standen die Tränen in den Augen. Ihre Brust preßte sich zusammen, die Rippen drückten gegen die Lunge, sie bekam keine Luft mehr. Plötzlich waren alle Farben verschwunden. Sie sah Cato nur noch in Schwarzweiß. Sein morbider Blick ließ sie erstarren. So einen Blick hatte er also? Die Tannenzapfen aus ihrer Kindheit tauchten in ihrer Erinnerung auf. »Meine Tannenzapfen«, sie schluchzte und fiel auf die Knie. Sie waren ihr ins Wasser gefallen. Sie waren für immer verloren. Das Wasser zog sie hinab, Kälte und Wasserrauschen drangen durch ihre Haut und zogen sie zum Grund hinunter. Das Wasser roch. Wonach riecht Wasser? Welche Geräusche macht Wasser? Irgendwer hat gesagt, daß die Liebe mit Lichtgeschwindigkeit kommt, die Trennung aber mit Lautgeschwindigkeit.
Cato war neben ihr auf die Knie gefallen. Er schmiegte sein Gesicht an ihres. »Ganz ruhig«, sagte er. »Jetzt ist alles gut.«
Sie lag da wie erstarrt, sie konnte sich nicht rühren. Der Lärm in ihrem Kopf wütete einfach weiter. Sie träumte von Stille, in der sie wieder leben könnte. Dieses Geräusch war die Angst. Sie starrte die düstere Angst an. Die Angst wuchs und wuchs nur noch, wie eine wuchernde Pflanze. Bente graute davor, wieder aufrecht stehen zu müssen.
Er spürte, daß die Angst sich wie ein Lauffeuer verbreitete, doch als sie sein Gehirn erreichte, wußte er, daß sie grundlos war. Sie war jetzt nur sie selber. Wenn ich sie doch nur früher schon so

gesehen hätte, dachte er. Wenn sie mir nur schon früher gezeigt hätte, wer sie wirklich ist. Irgendwann, vor langer Zeit, hätte er sie so lieben müssen, wie er jetzt für sie empfand. Irgendwann vor langer Zeit hatte er sich selber irgendwo in ihr verloren. Jetzt suchte er nach etwas, von dem er nichts gewußt hatte, als es noch vorhanden war. Er beugte sich auf dem Boden über sie und schloß die Arme um die Antwort. Blitzschnell schlug die Gewißheit in ihm Wurzel. Nach dem, was er jetzt hatte, hatte er überall gesucht, bei der Arbeit, bei Sigrid, im *Buch der Fragen,* in seinen Gedanken.

Es brauchte seine Zeit, bis er sie zum Aufstehen bewegen konnte. Sie behauptete, aufrecht zu stehen. »Nein«, sagte er. »Das tust du nicht. Du liegst auf dem Boden. Kannst du die Decke nicht sehen? Soll ich einen Arzt holen?«

Doch nun erhob sie sich. Langsam. »Nein«, sagte sie und schüttelte seine Hand ab. »Du sollst keinen Arzt anrufen.«

Auf irgendeine Weise kam sie wieder auf die Beine. Als sie dann aufrecht stand, schien sie niemals auf dem Boden gelegen zu haben. »Ich war nur ein bißchen müde«, seufzte sie. »Nimm das nicht so ernst.« Er gab keine Antwort. Er ging nur ins Wohnzimmer, sie kam langsam hinterher. Er goß ihr einen Whisky ein und reichte ihr das Glas. Sie trank, sagte nichts und blieb noch immer stehen. »Mir ist so kalt«, sie schüttelte sich, »vielleicht werde ich krank.«

Sie wehrte sich nicht, als er sie die Treppe hinaufführte, zum Badezimmer. Zum Glück war keiner von den Jungen wachgeworden. Cato ließ heißes Wasser in die Badewanne einlaufen. Danach zog er sie aus und half ihr in die Wanne.

Der Anblick ihres vertrauten Körpers rührte ihn. Ihr Bauch mit den Schwangerschaftsstreifen. Sie war benutzt worden. Er hatte sie benutzt. Er betrachtete ihre schweren schlaffen Brüste. Die blauen Adern an den Oberschenkeln, die dunklen Haare in den Achselhöhlen. Alles an ihr kam ihm armselig vor, jämmerlich. Aber was er sah, gefiel ihm. Er kannte sie so gut. Bente lehnte den Kopf an die kühle Emaillewand der Badewanne. Ihm fiel auf, daß ganz vorn unter ihrem Kinn ein kleines weiches Kissen saß. Sie schloß die Augen, und die kleinen Runzeln bildeten in der Landschaft um ihre Augen ein feines Muster. Das grelle Badezimmerlicht verstärkte diesen Eindruck noch. Die dünnen Runzeln tanzten über die Wangenknochen. Die Mundwinkel traten klar und bitter hervor. Er nahm sich einen Waschlappen und wischte ihr die Wimperntusche ab.

Er hockte sich vor die Badewanne. Er legte die Arme auf den Wannenrand und den Kopf auf die Arme. Er hörte sein Herz schlagen. Er hatte das Gefühl, um die ganze Welt gereist zu sein. Und jetzt war er in diesem kleinen, schäbigen Badezimmer gelandet. Er war wieder zu Hause, aber er fand kein Wort für dieses Gefühl.

Noch nicht. Sie sagten nichts, sie ließen nur beide ihre Köpfe auf dem kühlen weißen Emaille ausruhen. Plötzlich murmelte Cato: »In meinem Leben gibt es ein großes Loch. Und ich kann den Weg hinaus aus diesem verdammten Loch nicht finden.«

Bente hatte noch immer die Augen geschlossen. Ihr Gesicht war so weiß, sie hätte auch tot sein können. Ihr Körper sah so traurig und einsam aus, daß er ihm andere Bilder vor Augen rief. Sie war einer anderen Frau zum Verwechseln ähnlich. Einer Toten. Er wußte nicht mehr, wie lange das her war, einige Jahre. An den Tatort konnte er sich nicht erinnern, die Tote jedoch hatte denselben Körperbau gehabt wie die Frau, die jetzt hilflos vor ihm in der Badewanne lag. Ihm fiel ein, daß er auch damals an Bente gedacht hatte. Diese Frau war von ihrem Ehemann erwürgt worden. Sie hatten ein kleines Kind, das seinen Teddy unter dem Arm mit sich herumtrug. Der Teddy war hellblau gewesen, und das Kind hatte das eine Ohr schmal und klebrig gelutscht. Er ertappte sich bei der Überlegung, was wohl aus diesem Kind geworden sein mochte. Die Kleine war so an die fünf oder sechs Jahre alt gewesen. Die Frau in der Badewanne war erwürgt worden, die Würgspuren an ihrem Hals waren eher schwarz als blau.

Ihr Gesichtsausdruck hatte Ähnlichkeit mit Bentes in diesem Moment. Maskenhaft, obwohl dieser Maske die charakteristische Leere fehlte. Und die Abwesenheit. Die Abwesenheit in einem toten Gesicht war vielleicht das, was ihm am meisten zu schaffen machte. Das fiel ihm erst jetzt ein, als Bentes Schmerz die letzten Reste seines Widerstands wegfegte. Ihm war plötzlich schlecht, und der kalte Schweiß brach ihm aus. Schmerz und Abwesenheit, Jenseitigkeit. Herrgott, Verwesung und Tod!

»Meinst du, du könntest mir eine Tasse Kaffee machen?« Bente hatte die Augen offen, sah ihn aber nicht an. Sie schaute nur zu dem kleinen viereckigen Badezimmerfenster hoch, das hoch oben unter der Decke saß und aus blanken schwarzen Nachtaugen auf die beiden hilflosen Menschen herunterstarrte.

54

Seit vielen Jahren lernte er nun schon das Deuten von Menschen. Lernte, sie zu lesen. Im Laufe der Jahre waren ihm zahllose Angehörige begegnet. Er hatte gesehen, wie sie sich über das Opfer beugten, das noch vor kurzer Zeit ein lebender Mensch gewesen war, eine Mutter, ein Vater, ein Ehepartner oder, am schlimmsten, ein Kind. Er dachte an die Minuten, an die Zeit, die das Leben vom Tod trennte. An die Stunden, die mit dem toten Menschen immer weiter wegliefen. Einige Angehörige schrien auf wie verletzt, als habe irgendwer ihnen eine physische Verletzung zugefügt, habe ihnen vielleicht ein Körperteil abgehackt. Andere saßen stocksteif da, als ob sie sich nicht mehr in ihrem Körper aufhielten. Als ob sie nur apathisch durch Sekunden, Minuten und Stunden hindurch warteten.

All diese Empfindungen hatte er in den wenigen Stunden geträumt, die er neben Bente im Doppelbett verbracht hatte. Sie lagen nebeneinander wie tausendmal vorher auch, ohne sich jedoch zu berühren, ihre Körper schienen Dutzende von Kilometern voneinander getrennt zu sein. Bente schlief als erste ein. Er selber lag wie ein Fremder in diesem Bett und lauschte auf die Geräusche und die Stille. Er schaute den Schatten zu, die aus der Dunkelheit hervortraten. Im Morgengrauen stand er auf und strich seine Kleider glatt. Er hatte angezogen geschlafen. Er aß nichts, trank nichts, putzte sich nicht die Zähne, er schrieb nur einen Zettel, schrieb, er werde in ein paar Stunden wieder da sein. Er hatte ein schlechtes Gewissen. Sein Magen war wie verkrampft. Er hatte es nicht über sich gebracht, von der Besprechung zu erzählen, an der er teilnehmen mußte. Er hatte die Jungen mitnehmen wollen, falls sie Lust hätten. Ihnen Geld gegeben, damit sie zu McDonald's gehen könnten. Aber jetzt, wo Bente doch ohnehin zu Hause war...

So früh am Samstagmorgen waren fast keine Autos in Richtung Oslo unterwegs. Der Himmel war rosa, und Cato fühlte sich einfach nur noch müde.

55 Hauptkommissarin Ingeborg Myklebust wirkte ausgeruht und munter. Es war Samstagmorgen. Sie behauptete, wieder gesund und fit zu sein. Sie trug eine grüne Bluse und einen blauen Rock. Sie war ganz sichtlich guter Laune. Organisation war ihr lieber als aktive Polizeiarbeit. Die anliegenden Mordfälle zwangen sie dazu, ihr Gehirn bis aufs äußerste anzuspannen. Und das gefiel ihr gut. Diese große, elegante Frau hatte eine starke Ausstrahlung. Sie war beherrscht und ruhig, und sie trat mit einer freundlichen Autorität auf, die die meisten bewunderten, die Cato Isaksen jedoch haßte. Vielleicht, weil er wußte, daß sie auf irgendeine Weise alles registrierte, daß sie in ihm lesen konnte. Es kam ihm fast schon so vor, als wüßte sie, daß er in seinen Kleidern geschlafen hatte, und als könnte sie in seinem Gesicht etwas über Badewanne und Badezimmer lesen.

Er hatte sich in der Kantine einen Kaffee geholt. Der Kaffee war dünn und bitter. Er trank einen Schluck und begrüßte alle Anwesenden so natürlich, wie er nur konnte. Alle waren da, nur Roger Høibakk nicht. Ingeborg Myklebust nickte ihm kurz zu. Das war das Zeichen, daß er anfangen sollte.

»Ich gehe davon aus, daß wir erst eine kurze Zusammenfassung versuchen, ehe wir einzeln weitermachen«, sagte er und ließ einen Blick um den blanken Besprechungstisch wandern. Ingeborg Myklebust saß an der einen Querseite, neben Randi. Randi hatte, wie abgemacht, Auszüge aus einer FBI-Studie über Serienmörder kopiert. Die Auszüge waren vor ihr auf dem Tisch aufgestapelt. Thorsen und Billington, Asle Tengs und Preben Ulriksen griffen eifrig zu den Kopien, als sie aufstand, um sie zu verteilen. Während sie noch damit beschäftigt war, kam Roger Høibakk herein und ließ sich unangefochten zwischen Preben Ulriksen und Asle Tengs fallen. Er roch nach Rasierwasser, und seine Haare waren wie immer frischgekämmt.

»Das letzte Opfer wurde, wie wir alle wissen, hinter den Mülltonnen auf einem Hinterhof gefunden«, sagte Cato Isaksen und ignorierte leicht gereizt seinen Kollegen. »Der Ermordete war angezogen und mit schwarzen Müllsäcken bedeckt. Der Zettel und die Verletzungen des Toten geben Grund zu der Annahme, daß wir es mit demselben Mörder zu tun haben.« Er wühlte in seinen Papieren herum, zog ein Blatt hervor und las laut vor: »*Und noch schlafen Feld und Wald, Rosen, Hyazinthen.* Der Bericht der Technik liegt natürlich noch nicht vor, ebensowenig wie das Obduktionsergebnis. Aber es sieht so aus, als unterscheide dieser Mord sich nur in einer Hinsicht von den anderen. Das Opfer wurde draußen gefunden. Ich glaube, wir sollten uns diesmal alle Mühe geben, um mögliche Zeugen zu finden. Irgendwer muß doch etwas beobachtet haben. Vielleicht hat jemand Bagatellen gesehen, die er selber für ganz und gar unwichtig hält.«

»Sollten wir jetzt nicht endlich an die Öffentlichkeit gehen?« Preben Ulriksen beugte sich über den Tisch und breitete die Arme aus. »Mitteilen, daß wir es mit einem Serienmörder zu tun haben. Bestimmt erkennt irgendwer dieses Gedicht und wird dabei an eine bestimmte Person erinnert.«

»Das ist ein ganz normales Kinderlied«, sagte Cato Isaksen kurz.

»Ich habe das noch nie gehört.« Polizeiadjutant Preben Ulriksen schüttelte resigniert den Kopf.

»Ich auch nicht.« Ingeborg Myklebust hielt es auch für eine gute Idee, die Presse über die möglichen Verbindungslinien zwischen den drei Morden zu informieren. »Sollten wir nicht eine Pressekonferenz ansetzen?«

»Ich glaube, das hat noch einen Moment Zeit«, antwortete Asle Tengs ruhig. »Möglicherweise verursachen wir damit nur Panik. Schließlich ist das ein Lied, das viele kennen. Meine Mutter hat es oft gesungen. Es ist ziemlich alt. Ich glaube, anderes ist wichtiger, und wir sollten der Presse noch nicht zuviel erzählen. Die hecheln ja ohnehin schon schlimm genug. Habt ihr nicht gestern die Schlagzeile in VG gesehen? KRIEGSVETERAN ERMORDET!« Er schwenkte die Zeitung und ließ sie dann auf den Tisch fallen. »Die Presse weiß wirklich auch so schon genug.«

Cato Isaksen beugte sich vor und sah sich die Zeitung genauer an.

»Die haben keine Ahnung davon, daß hier ein Serienmörder am Werk ist. Noch nicht. Laßt uns die kurze Zeit ausnutzen, in der wir noch in Ruhe arbeiten können«, sagte Asle Tengs jetzt.

Cato Isaksen nickte. »Der Mord an Khan ist mehrere Monate her, und bisher ist niemand auf die Idee gekommen, ihn mit den Morden an Therkelsen und Andersen in Verbindung zu bringen.«

»Bergliot Behrens behauptet, seit dem Mord an ihrem Nachbarn jede Nacht Schritte vor ihrem Schlafzimmerfenster zu hören«, warf Thorsen grinsend dazwischen.

»Die verrückte Ziege.« Roger Høibakk lachte. »Sicherlich pure Einbildung.«

»Und sie möchte lieber mit dir sprechen«, sagte Bjørn Thorsen und nickte Cato Isaksen zu. »Angeblich bist du der einzige, der alles versteht, was immer sie damit sagen will.«

Cato Isaksen winkte ab.

»Sie hat anfangs doch Informationen verschwiegen, oder nicht?« Ingeborg Myklebust machte sich Notizen.

»Das hatte aber andere Gründe.« Cato Isaksen trank einen

Schluck von seinem inzwischen lauwarmen und noch immer dünnen Kaffee. »Sie dachte, Cheryl Therkelsen hätte ihren Mann umgebracht. Und das fand sie nicht weiter schlimm. Er war ein Mistkerl, das wissen wir ja wohl alle. Bergliot Behrens wollte nur Cheryl beschützen. Das war ihr einziger Grund.«
»Kann Cheryl Therkelsen einen Mörder angeheuert haben?« Polizeiadjutant Billington setzte sich aufrecht hin.
»Preben und ich haben sie noch einmal verhört, aber ich bin mir da immer noch nicht sicher. Sie behauptet, Robert Hansen, den Besitzer des Fitness-Studios, nicht zu kennen. Und in dem Punkt glaube ich ihr.«
Roger Høibakk sagte: »Einen Killer? Das ergibt doch keinen Sinn. Ja, sie kann natürlich jemanden für den Mord an ihrem Mann bezahlt haben. Aber nein, mit den beiden anderen Morden kann sie nichts zu tun gehabt haben. Warum sollte sie auch? Sagt mir nur einen einzigen Grund!« Rogers Körpersprache und Bewegungen rissen nun das Gespräch an sich. Er redete mit dem Körper, bis die anderen alle lächeln mußten. Aber er merkte nicht, daß sie über ihn lächelten. »Uns fehlen noch immer die Details, die diese drei Morde miteinander verbinden könnten. Ich wiederhole noch einmal: Was haben Khan, Therkelsen und der Kriegsveteran gemeinsam?«
»Das Frauenhaus können wir ausschließen«, sagte Ingeborg Myklebust. »Sonya Khan ist nie dort gewesen. Gerd Andersen war in Toten, als ihr Mann ermordet wurde.«
»Ullevål Fit und Gesund könnte natürlich die Lösung liefern, aber da haben wir wirklich alles genauestens überprüft. Die Angestellten können nichts mit den Morden zu tun gehabt haben. Ich schlage vor, den Laden abzuhaken. Er ist eine Sackgasse. Ich glaube, er hindert uns am Weiterkommen.« Ungeduldig fegte Cato Isaksen Brotkrümel vom Tisch.
»Aber was für ein Mann kann das denn bloß gewesen sein?« Bjørn Thorsen ließ sich auf seinem Stuhl zurücksinken.
»Oder was für eine Frau«, fügte Preben Ulriksen hinzu.

»Oder was für eine Frau ...« Cato Isaksen blätterte eifrig in seinen Unterlagen. »Im Frauenhaus arbeitet auch ein Mann«, sagte er. »Ein gewisser Hugo Wift, eigentlich Deutscher. Ich weiß nicht, ob ich das Frauenhaus so einfach abhaken möchte.«
»Warum nicht?« fragte Hauptkommissarin Myklebust.
Cato Isaksen erwiderte wortlos ihren Blick.
»Wir dürfen uns nicht verzetteln. Wir müssen wissen, Vermutungen helfen uns nicht weiter«, erklärte sie energisch. »Das hast du uns selber bei der letzten Besprechung erzählt.«
»Nicht einmal ein Haar oder eine Textilfaser, die zum Mörder gehören könnten, sind an den ersten beiden Tatorten gefunden worden. Wir haben nur ein bißchen Lehm im Treppenhaus in Grorud und in der Diele im Trudvangvei, aber Lehm gibt es überall im Frühling, wenn der Schnee schmilzt.« Randi schüttelte resigniert ihre braunen Locken.
Asle Tengs erzählte kurz, daß ein Oberarzt vom Krankenhaus Gaustad einen Bericht schreiben und ihn dann persönlich vortragen wollte. Dieser Arzt arbeitete von nun an mit an der Aufklärung des Falls.
»Ich brauche eine Skizze des Täters«, sagte er. »Eine verbale Skizze.« Er legte ein weißes Blatt Papier auf den Tisch und schrieb darauf ein Wort. »Anatomie. Der Mörder kennt sich mit der Anatomie aus.« Er reichte den Bogen an Randi weiter. Randi sah ihn kurz an, dann griff sie zum Kugelschreiber und notierte »gemütskrank«. Asle Tengs schrieb »intelligent« und reichte das Blatt weiter.
»Ich will von euch allen ein Stichwort.« Cato Isaksen erhob sich. »Ich weiß, daß eine solche Liste schon existiert. Aber ich möchte, daß wir hier und jetzt unsere spontanen Assoziationen aufschreiben. Wir haben doch inzwischen alle eine unbewußte Beziehung zu ihm entwickelt, nicht wahr?« Ingeborg Myklebust steckte sich eine Zigarette an. »Wir machen eine kurze Pause«, sagte Cato Isaksen, verließ das Zimmer und ging über den Flur.

Was für ein irrsinniger Fall. Die Schlaflosigkeit der vergangenen Nacht machte ihm zu schaffen. Seine Augen waren wie ausgetrocknet. Zwischen den drei Männern konnte ein Zusammenhang bestehen. Natürlich konnte irgendein Psychopath, irgendein Mensch, der im Fitness-Studio oder im Frauenhaus arbeitete, die Ehemänner umgebracht haben, während die Frauen in den vier Wänden des Frauenhauses in Sicherheit waren. Irgendwer, der den Frauen einen Gefallen tun wollte, ein hilfsbereiter Irrer, gewissermaßen.

Er blieb stehen und starrte aus dem Fenster. Wieder überkam ihn diese irritierende, schleichende Angst. Plötzlich meldeten sich hinter seiner Stirn auch wieder die Kopfschmerzen, und das schlimmer denn je. Plötzlich wußte er, wovor er Angst hatte, was diese Schmerzen hervorrief. Eine Kleinigkeit, eine schnöde Kleinigkeit: die Angst vor dem Versagen. Nein, er hatte keine Angst vor dem Versagen, er hatte bereits versagt. Als Ehemann, als Lebensgefährte, als Vater und als Fahnder.

»Kommst du?«

Cato Isaksen fuhr beim Klang der scharfen Frauenstimme herum. Ingeborg Myklebust betrachtete ihn mit freundlicher, fragender Miene. »Kommst du?« fragte sie noch einmal.

Sie waren gleich groß. »Die Fahndung steckt eigentlich noch in ihren Anfängen«, sagte Cato Isaksen schroff.

»Natürlich tut sie das, und manchmal geht es überhaupt nie weiter.«

»Dann kann ich ja auch gleich das Handtuch werfen«, sagte er heftig. Er hörte seine eigene Stimme und fand sich kindisch.

»Das würden wir sicher bisweilen alle gern«, sagte Ingeborg Myklebust ruhig, dann verzog sie resignierend den Mund und nahm ihn freundlich beim Arm. »Du nimmst das alles zu persönlich, und das ist ja eigentlich auch gut so, die meisten machen das nicht. Du verfügst über Intuition, du ...«

Cato Isaksen schüttelte ihre Hand ab. »Machen wir weiter«, sagte er und ging zum Besprechungszimmer zurück. Er hatte das

Gefühl, daß jemand in seinem Kopf mit einem Hämmerchen am Werk sei. Dröhn, dröhn, dröhn. Ehe er die Tür öffnete, drehte er sich zur Hauptkommissarin um. Er hatte etwas sagen wollen, konnte sich aber gerade noch zusammenreißen. Ingeborg Myklebust musterte ihn einen Moment lang mit ruhigem Blick, dann ging sie an ihm vorbei ins Zimmer.

Billington, der noch einmal mit Cheryl Therkelsen gesprochen hatte, meldete sich nun zu Wort. Er hatte sie gebeten, ihre Aussage von vor einigen Tagen zu wiederholen. Sie hatte genau dieselbe Aussage gemacht. »Was ich nicht so recht weiß, ist ganz einfach, ob ihr Mann wirklich ein solcher Dreckskerl war oder ob hier alle übertreiben.«

»Na«, Ingeborg Myklebust ergriff das Wort. »Wir haben wohl Belege genug dafür, daß er gewalttätig war. Sonst wäre die Frau ja wohl nicht ins Frauenhaus gegangen, und die Nachbarin ist vielleicht alt und vertrottelt, aber sie weiß genau, was sie gehört hat. Außerdem wies Frau Therkelsen am ganzen Körper Wunden und blaue Flecken auf.«

»Das Frauenhaus hat Fotos«, fügte Randi ruhig hinzu. »Sie machen immer Fotos von neuen Frauen. Von denen mit sichtbaren Verletzungen, meine ich.«

»Das weiß ich natürlich«, sagte Stein Billington.

»Ich glaube, wir machen weiter wie bisher.« Der bedächtige fünfzigjährige Asle Tengs ließ sich für einen Moment auf seinem Stuhl zurücksinken und erwiderte Cato Isaksens Blick. »Wir müssen die Details genauer durchgehen, wenn wir weiterkommen wollen.«

»Und bis dahin können wir auf ein neues Opfer hoffen, damit wir mehr zu beißen haben«, sagte Preben Ulriksen spöttisch.

»Wir müssen allesamt Feldarbeit machen.« Cato Isaksen stand auf und verteilte die Aufgaben. Thorsen und Billington sollten noch einmal Ahmed Nabil verhören. »Ich bin mir fast sicher, daß er und Hussain Khan, der Bruder des Opfers, mehr wissen, als sie verraten wollen. Danach setzt ihr euch mit beiden Ehe-

frauen in Verbindung und laßt sie so bald wie möglich zum Verhör vorladen. Ich werde zusammen mit Roger den Freundeskreis unseres Kriegsveteranen unter die Lupe nehmen«, entschied Cato Isaksen. »Wir sehen uns im Bingolokal und in den Kneipen der Gegend um. Vielleicht können wir in dieser Szene neue Anhaltspunkte finden. Aber ich kann das erst morgen machen, am Sonntag«, fügte er hinzu. »Vorher ist noch einiges zu erledigen.« Natürlich wollte er so rasch wie möglich zurück nach Asker, aber das sagte er nicht laut. Der einzige, den er an trockene Papierarbeit setzte, war Preben Ulriksen, der dagegen auch wütend protestierte. »Warum denn?« fragte er. »An Listen und Unterlagen sitzen schon zehn andere. Alles wird doch sofort registriert und untersucht.«
Ingeborg Myklebust lächelte kurz. »Sei doch nicht so unprofessionell«, sagte sie. »Du hast die Befehle deines Vorgesetzten zu befolgen. Genau wie er meine«, fügte sie sarkastisch hinzu.
Cato Isaksen ignorierte diese Spitze. »Du kannst als erstes eine komplette Liste der mutmaßlichen Eigenschaften unseres Mörders ausarbeiten. Hier«, er reichte Ulriksen den Zettel, auf dem das gesamte Team seine Stichwörter notiert hatte.
Roger Høibakk wurde in den Trudvangvei geschickt. Er sollte feststellen, ob an Bergliot Behrens' Gerede über den nächtlichen Herumschleicher etwas Wahres sein könnte. Was aller Wahrscheinlichkeit nach aber wohl nicht der Fall war.
»Asle und Randi«, sagte Cato Isaksen. »Ihr seht euch auf dem Kiez um, ob die Prostitutionstheorie etwas bringt. Ihr zeigt Bilder der Opfer, sprecht mit den Nutten. Und mit den Zuhältern, wenn ihr welche erwischt. Erkundigt euch in den Massageinstituten. Und sagt sofort Bescheid, wenn ihr etwas herausbekommt. Wir werden alle Informationen abgleichen. Vielleicht ergeben sich doch noch Details, die wir bisher übersehen haben.«
Die Besprechung endete erst um halb elf. Cato Isaksen, dem seine schlaflose Nacht ins Gesicht geschrieben stand, ärgerte sich

noch immer, weil Ingeborg Myklebust vorhin auf dem Flur versucht hatte, ihn zu trösten. Er fühlte sich gedemütigt. Wegen dieses verdammten Falles. Eigentlich hatte er an diesem Wochenende frei, aber als Chefermittler war er natürlich immer im Dienst, solange der Fall nicht gelöst war. Und das konnten weder Bente noch Sigrid akzeptieren.
Als er sein Auto erreicht hatte, änderte er seinen Entschluß. Er konnte noch nicht Feierabend machen. Er rief vom Auto aus Roger an und bat ihn, zwei Kollegen in den Trudvangvei zu schicken und selber sofort zu ihm zu kommen. »Befrei den kleinen Ulriksen aus seiner Papiermühle und schick ihn zur Oma in den Trudvangvei. Er soll noch irgendwen mitnehmen. An seiner Liste kann er nachher noch weiterarbeiten.«
Cato Isaksen hatte schon mehrmals beschlossen, Kim Khan mit einigen Kleinigkeiten zu konfrontieren. In Sachen Khan ergab so vieles keinen Sinn. Er wollte noch einmal Kims angebliches Alibi überprüfen. Wenn nötig, würde er dann gleich weiter zu diesem Hassan fahren. Er wollte von Kim selber hören, daß er keinen Robert Hansen kannte und noch nie etwas mit Ullevål Fit und Gesund zu tun gehabt hatte.
Als Roger Høibakk die Garage betrat, hatte Cato Isaksen vergessen, daß er weder geschlafen noch etwas gegessen hatte. Er reichte seinem Kollegen das Mobiltelefon. »Frag mal nach, ob Hassan Malik im Studio registriert ist«, sagte er kurz.
Roger Høibakk wählte die Nummer des Fitness-Studios und konnte gleich darauf mitteilen, daß auch Hassan Malik nicht das fehlende Glied sein konnte.

Der Samstagvormittag war nicht der beste Zeitpunkt, um in Oslo mit dem Auto unterwegs zu sein. Die kurze Tour zur Urtegate dauerte über eine Viertelstunde, dann mußten sie noch weitere zehn Minuten nach einem Parkplatz suchen.
In dieser kleinen Stadt in der Stadt war wirklich der Bär los. Nur einen Katzensprung von den Giganten Oslo City und Plaza

Hotel entfernt lagen die niedrigen alten Häuser und murmelten über eine andere Zeit.

Kim Khans Onkel saß an der Kasse. Die kleine Warteschlange zerteilte sich, als die beiden zivilgekleideten Polizisten hereinkamen.

Cato Isaksen ging sofort zu dem Regal, das Brote und Kuchen enthielt. Er nahm sich eine durchsichtige Plastiktüte mit zwei Kokosschnecken. Danach ging er zum Getränkestand und nahm eine Cola aus einem Kasten. Roger Høibakk schaute ins Hinterzimmer, Cato Isaksen stellte sich an der Kasse an.
In diesem Moment kam Kim Khan mit einem Sack Kartoffeln zur Eingangstür herein. Sein Blick veränderte sich sofort, als er die beiden Polizisten erkannte. Er ließ den schweren Sack einfach fallen. Cato Isaksen drückte Roger Høibakk, der nicht mehr vor der Tür zum Hinterzimmer stand, Kokosschnecken und Cola in die Hand. Er gab ihm auch einige Münzen und bat ihn zu bezahlen.
Ohne ein Wort zu sagen, führte Kim ihn zu dem kleinen Büro. Ganz automatisch setzte er sich an die Stelle, wo neulich sein Onkel gesessen hatte.
»Was ist denn jetzt schon wieder?« fragte er ohne Umschweife.
»Du warst neulich einfach verschwunden«, sagte Cato Isaksen.
Kim Khan zuckte mit den Schultern. »Sie sind ja nicht wiedergekommen«, sagte er.
Der Ermittler musterte den Jungen, dann sagte er hart: »Ich glaube nicht, daß du an dem Tag, an dem dein Vater ermordet worden ist, bei diesem Hassan warst.« Das bereute er sofort, es war schließlich nur eine Ahnung.
Kim Khan schien nervös zu schlucken. Einen Moment lang sah sein Gesicht aus wie tot. »Das ist nicht so, wie ihr glaubt«, stöhn-

te er. Dann sprang er auf und schnappte sich seine Jacke, die auf leeren Apfelsinenkisten gelegen hatte. »Kommen Sie«, sagte er, streifte die Jacke über seinen dünnen Oberkörper und lief durch den Laden. Roger Høibakk war jetzt an der Kasse angekommen. Der Onkel blickte ihn verlegen an. Roger Høibakk bezahlte, der Onkel erhob sich halbwegs und überschüttete seinen Neffen mit einem Wortschwall. Kim zuckte nur ungerührt mit den Schultern und verließ den Laden.

Als alle drei im Auto saßen, Cato Isaksen hinter dem Lenkrad, packte er die Kokosschnecken aus und biß herzhaft in die eine. Die andere bot er Roger an. »Was hat dein Onkel dir denn so schnell noch sagen wollen?« fragte er mit vollem Mund.

»Er war sauer, weil ich mitten in der Hauptgeschäftszeit abhaue.«

Kim Khan wollte zu sich nach Hause gefahren werden. »Ich kann das nicht erklären«, sagte er düster. »Sie müssen das schon mit eigenen Augen sehen.«

Cato Isaksen betrachtete den Jungen im Rückspiegel. Kim starrte nervös aus dem Fenster. Vermutlich sah er nichts. Er dachte ganz offenbar angestrengt nach. Plötzlich wirkte er sicher, hart, ganz anders als beim ersten Verhör.

Die beiden Fahnder warteten gespannt ab, was er ihnen zeigen wollte.

Der Opel Corsa wurde auf dem inzwischen bekannten Parkplatz abgestellt. Kim Khan wartete nicht auf die Männer, er ging mit energischen raschen Schritten über den Fußweg. Roger Høibakk, der Jeans und Lederjacke trug, lief hinterher. Cato wischte sich Kokosflocken von der Jacke, dann setzte auch er sich in Bewegung. Keiner sagte etwas. Kim ging vorbei am Block, in dem sein Onkel wohnte, und an seinem eigenen.

Auf dem Spielplatz wimmelte es nur so von kreischenden, tobenden Kindern. Sie schienen in ein gemeinsames Spiel vertieft zu sein. Sie hatten sich in einem seltsamen Muster aufgestellt. Ein Junge von vielleicht drei, mit grünem Rotz unter der

Nase und einer über ein Auge gerutschten Mütze, warf Cato Isaksen einen Ball in den Rücken. Cato drehte sich um und lächelte dem Kleinen zu.

Als sie den allerletzten Block erreicht hatten, ging Kim Khan über eine Brücke, die zu einer Eingangstür führte. Am Hang vor dem Eingang wuchsen kleine Kiefern. Cato und Roger folgten dem Jungen ins Treppenhaus. Kim Khan steuerte gleich die erste Tür an. Er drückte fest auf den Klingelknopf und blieb nach vorn gebeugt stehen, stützte sich mit den Armen gegen den Türrahmen. Die Stille nach dem Klingeln schien kein Ende zu nehmen. Kim schellte noch einmal, lange. Schließlich öffnete ein blasses, blondes ungefähr 15jähriges Mädchen. Sie trug einen flauschigen weißen Bademantel und schien gerade erst aufgestanden zu sein.

»Ach, hallo«, sagte sie. »Mußt du nicht arbeiten?«

»Sind deine Eltern zu Hause?« Kim trat von einem Fuß auf den anderen.

»Die sind einkaufen.« Das Mädchen entdeckte die beiden Männer. »Wer is'n das?«

»Können wir reinkommen?« Kim drehte sich um und erwiderte Cato Isaksens Blick. Das Mädchen trat widerstrebend beiseite. Sie hatte ganz kurze, sichtlich gebleichte Haare. Immer wieder fiel ihr der lange Pony über die Augen. Sie hatte etwas Hartes und gleichzeitig Unschuldiges. Cato Isaksen versuchte in aller Eile, seinen ersten Eindruck zu analysieren.

Als sie in der Diele standen, drehte Kim sich zu den beiden Polizisten um und sagte: »Das ist Jeanette, meine Freundin.«

Jeanette starrte ihn ängstlich an. »Kim, wer ist das?«

»Bullen«, antwortete Kim und ließ sich auf einen Hocker fallen. »Die überprüfen den 2. Januar. Mein Vater, du weißt schon. Die haben mich in Verdacht.«

»Herrgott!« Jeanette erbleichte womöglich noch mehr. Sie starrte Cato Isaksen an. »Kim war hier, die ganze Zeit«, sagte sie mit tränenerstickter Stimme.

Roger Høibakk trat vor und fragte, ob sie sich nicht zu einem kurzen Gespräch ins Wohnzimmer setzen könnten. Jeanette biß sich ängstlich auf die Unterlippe. »Meine Eltern«, sagte sie und schluckte. »In spätestens einer Stunde sind sie wieder hier.«
Cato Isaksen folgte Kim ins Wohnzimmer. Es war überraschend klein. Diese Wohnung war kleiner als die der Familie Khan, sie glich eher der von Per Allan Karlsen.
»Warum hast du dann gesagt, daß du am 2. Januar bei deinem Freund Hassan warst?« Cato Isaksen kam gleich zur Sache. Jeanette ließ sich ängstlich neben Kim auf das rosa Ledersofa fallen.
Kim ließ den Kopf hängen. »Wenn Jeanettes Eltern jetzt nach Hause kommen, dann ist alles aus. Alles, verstehen Sie? Die wissen ja nicht mal, daß wir zusammen sind.« Er rutschte an die Sofakante vor und beugte sich zu Cato Isaksen hin. Cato saß in einem verstellbaren Sessel mit Fußstütze, in dem er sich überhaupt nicht wohl fühlte. Roger Høibakk setzte sich leise ans andere Ende des Sofas.
»Meinen Sie denn, die würden hinnehmen, daß ihre Tochter mit einem Pakki zusammen ist, einem Kanacken? Einem, der mit dem Messer herumwedelt und andere absticht? Meinen Sie das?« Kim ballte die Faust und schlug langsam immer wieder auf die Tischplatte. »Und glauben Sie, meine Mutter, mein Onkel, früher mein Vater, glauben sie, die hätten hingenommen, daß ich mit einer blonden Nutte zusammen bin? Glauben Sie das?« Kims Unterlippe zitterte unkontrolliert. Seine Augen liefen über. Es waren keine Tränen, sondern klares, fast unsichtbares Wasser, das sich zu beiden Seiten seiner Nasenflügel verteilte. Er stand auf, ging zur Balkontür und schlug vorsichtig mit dem Kopf gegen die Glasscheibe. Die Scheibe vibrierte leicht. Bei jedem Stoß schien draußen durch den Tannenwald eine harte Welle zu laufen.
»Sie ist das Beste, was mir je passiert ist.«
Jeanette hatte den Kopf gesenkt.
»Wir schlafen miteinander«, sagte Kim plötzlich. »Ich liebe sie. An dem Tag haben wir miteinander geschlafen. Am 2. Januar.

Ihre Eltern waren nicht zu Hause. Wenn ich bei ihr bin, hab ich keine Angst. Und sonst hab ich fast immer Angst.«
Er drehte sich wieder zu ihnen um. Versuchte, Jeanettes Blick aufzufangen, aber die hielt weiterhin den Kopf gesenkt, sie saß ganz still mit gefalteten Händen da und starrte ihre nackten Füße an.
»Meine Eltern hassen Kim«, sagte sie mit dünner Stimme.
»Meistens müssen wir uns draußen treffen«, sagte Kim mit wütender, tränenerstickter Stimme. »In der U-Bahnstation. Die dürfen ja verdammt noch mal nicht wissen, daß wir zusammen sind. Dann geht alles zum Teufel, können Sie das denn nicht kapieren? Wir gehen auch oft in den Luftschutzraum in Nr. 15. Der steht fast immer offen. Oder wir gehen ins Oslo City. Da werden wir in Ruhe gelassen.«
»Oder du mußt arbeiten«, fügte Jeanette mit leiser Stimme hinzu und blickte zu ihm hoch.
Kim wandte abrupt den Kopf ab. »Ja, ich arbeite«, er seufzte laut. »Ich versorge meine Mutter und meine Geschwister. Ich werde nie frei sein. Nicht in diesem Land, und auch nicht in einem anderen«, fügte er traurig hinzu.
»Was machst du, Jeanette?« fragte Cato Isaksen freundlich. »Gehst du zur Schule?« Jeanette nickte mürrisch und zog den Morgenrock fester um ihren schmalen Oberkörper, der kaum eine Andeutung von Brüsten aufwies.
»Sie geht in die neunte.«
Cato Isaksen hatte seinen Sessel zu Kim umgedreht. Er betrachtete ihn ruhig und nickte langsam.
»Am Sonntag, dem 2. Januar, warst du also nicht bei Hassan?«
»Ich war hier, zusammen mit Jeanette.« Kim seufzte tief. Der Versuch, die beiden Polizisten über die Wirklichkeit aufzuklären, schien seine ganzen Kraftreserven aufgezehrt zu haben.
Cato Isaksen erhob sich langsam. Er fühlte sich trotz allem erleichtert. Er hatte die ganze Zeit das Gefühl gehabt, daß der Junge log. Auch Roger Høibakk stand auf. Es war eine überzeu-

gende Vorstellung gewesen. Sie glaubten beide, daß Kim Khan jetzt die Wahrheit gesagt hatte.
»Alles klar«, sagte Cato Isaksen. »Ich glaube dir. Aber du hättest von Anfang an die Wahrheit sagen sollen.«
Im Gesicht des Jungen machte sich die Erleichterung breit. Er nickte.
In der kleinen Diele drehte Cato Isaksen sich zu ihm um. Jeanette stand in der Wohnzimmertür. »Und über den Mord an deinem Vater weißt du sonst nichts? Nichts, was uns bei der Aufklärung helfen könnte?«
»Ich weiß nicht mehr als Sie«, antwortete Kim leise und schluckte. Sein deutlich sichtbarer Adamsapfel machte einen kleinen Sprung.
Roger Høibakk räusperte sich vorsichtig. Cato Isaksen starrte den Jungen an. Dessen Fähigkeiten, Gefühle zu verbergen, waren wirklich nicht überzeugend. »Dein Onkel und dieser Freund der Familie, meinst du, wir können die beiden von unserer Liste streichen?«
»Ich glaube nicht, daß die was mit der Sache zu tun haben«, sagte Kim mit einer Spur von Unsicherheit in der Stimme.
»Und da bist du dir ganz sicher?«
Der Junge gab keine Antwort.
»Nur noch eins.« Cato Isaksen sah die beiden jungen Leute an. »Robert Hansen, sagt dieser Name euch was?«
»Robert Hansen?« Kim blickte Jeanette an, aber die zuckte mit den Schultern. »Das ist dieser verrückte Fitnessheini bei uns im Haus«, sagte Kim, fast wie zu sich selber. »Was ist mit dem?«
»Kennst du ihn? Hast du bei ihm trainiert?«
»Nein.« Kim Khan schaute auf seine Armbanduhr. »Den grüß ich nicht mal. Der grüßt auch nie. Ich muß zurück zum Laden.«
Er drehte sich zu Jeanette um und lächelte sie an. »Bis heute abend«, sagte er.
Jeanette erwiderte seinen Blick, wandte sich dann aber ab. »Vielleicht«, sagte sie.

56

Bente stand in der Küche, sie beugte sich über den Herd. Weißer Dampf hatte das Fenster beschlagen. Leise Musik strömte aus dem Wohnzimmer. Die Musik war wie eine neue Sprache, eine Sprache ohne Worte, aber voller Erinnerungen. Sie hörte ihn nicht kommen. Er konnte ihren Rücken sehen. Er bückte sich leise und zog die Schuhe aus. Stellte sie ordentlich neben den Garderobenständer. Es duftete nach Knoblauch und gebratenem Fleisch, Bente kochte offenbar eins von ihren Lieblingsessen.

Er erkannte die Musik. Sie erhob sich in seinem Bewußtsein wie kleine Säulen. Und die schoben die Stille beiseite. Die Erinnerung war gestochen scharf: Sommer, Gras, offene Türen. Er blieb stehen. Er blieb einfach stehen. Hatte das Gefühl, als seien die vielen alltäglichen Tätigkeiten, den Wagen abzustellen, die Tür zu öffnen, die Schuhe auszuziehen, Musik zu hören, Dinge, die er verloren und nun wiedergefunden hatte. Warum sich immer wieder aufs neue einsperren? Warum die trotzige Seele bewahren? Warum nicht eine einzige Wahrheit hervorlocken und dann dabei bleiben?

Die Bilder an der Wand. Er betrachtete sie. Sie hingen über der Kommode, neben dem Spiegel. Graue Familiengesichter in runden schwarzen Rahmen. Sie waren jetzt alle tot. Hatten ihr Leben verbraucht. Womit hatten sie es eigentlich verbraucht?

Wo lagen jetzt ihre Freuden und ihre Sorgen? In der Musik? Er bewegte sich, aber die Gedanken ließen ihn nicht los. Als die Menschen auf den Bildern noch lebten, als es in den grauen Körpern mit den schwarzen Kleidern und den dunklen Anzügen noch Leben gab, hatten sie funktionierende Gehirne besessen. Jetzt waren sie nur platte, ovale Pappstücke, hinter Glas verstaut. Früher hatten elektrische Ladungen und ein raffiniertes System von Adern und Nervensträngen, Fleisch und Blut sie durchs Leben getragen.

Er ging in die Küche. Er hatte noch immer die Bilder der grauen Gesichter im Kopf. Er dachte, gleich dreht sie sich um. Ob sie böse ist? Weil ich weggegangen bin, ohne Bescheid zu sagen? Oder weil gestern soviel passiert ist. Hatte er denn überhaupt begriffen, was in der letzten Nacht geschehen war? Glaubte sie, er habe das begriffen? Plötzlich jagte ihm die Tatsache, daß der Mörder noch immer frei herumlief, einen kalten Schauer über den Rücken. »Hallo«, sagte er.

Bente drehte sich zu ihm um und lächelte überrascht. Sie schien froh zu sein. Redete sofort durch die Musik hindurch los. »Ich mach uns was zu essen«, sagte sie und wischte sich an einem Geschirrtuch die Hände ab. »Stell doch bitte die Musik ab. – Gard wollte mit Vetle ins Kino«, sagte sie dann, als er zurückkam.

Cato ließ sich auf einen Küchenstuhl fallen. »Hier in Asker?«

Sie nickte. »Eigentlich ist ... finde ich das positiv.«

»Ja?«

»Gard will Vetle sonst nur selten bei sich haben. Sie scheinen sich nicht mehr so gut zu verstehen. Aber heute ... er ... ich hatte das Gefühl, daß er Vetle wirklich mitnehmen wollte. Ich habe mich so gefreut«, fügte sie hinzu.

Er nickte und unterdrückte ein Gähnen.

Sie war plötzlich ganz still. »Weiß Sigrid, daß ich hier bin?« fragte sie.

Er schüttelte den Kopf. »Nein«, sagte er. »Das weiß sie nicht.«

Sie schlug die Augen nieder und seufzte, und das, was in der vergangenen Nacht geschehen war, erwähnte sie mit keinem Wort. Sie wirkte sogar ausgeruht. »Du kannst sicher keinen Wein trinken? Wenn du noch mal los mußt.«

Er blickte ihre weichen Hände an. »Zwei Glas Wein gönne ich mir heute«, sagte er und erstickte noch ein Gähnen. »Himmel, ich bin total erledigt.«

Bente ging zum Herd zurück. »Ich habe im Wohnzimmer gedeckt«, sagte sie mit heller Stimme. Wie an einem ganz normalen Samstagnachmittag.

»Ich habe heute nur eine Kokosschnecke gegessen«, sagte er. »Das ist alles.« Er stand auf und wusch sich mit grünem Spülmittel die Hände. »Und eine Cola habe ich getrunken,« fügte er hinzu.

»Weil du hier bist«, sagte Bente vorsichtig, »ich glaube, deshalb sind die Jungen wieder Freunde.«

57 Als sie nun allein war, kam ihr das Wohnzimmer kühl und traurig vor. Und auch kleiner als sonst. In den Ecken, unter dem Schrank und auf dem Teppich unter dem Couchtisch bewegten sich dicke graue Wollmäuse, wenn auch sie sich bewegte. Sie war nicht daran gewöhnt, an einem Samstagabend allein zu sein. Sigrid rollte sich auf dem Sofa zur Embryostellung zusammen. Die Dunkelheit schien sich vor den Fenstern wie eine Wand zu erheben. Georg schlief nebenan.

Sie schlief ein und träumte. Catos Söhne kamen an einem Strand auf sie zugelaufen. Sie hatten keine Namen. Sie hießen nichts, aber ihre Jacken hingen offen, und der Wind hatte ihnen rote Wangen gemacht. Sie lächelten, sogar der ältere. Sein Lachen klang grob und schrill. Er war gerade im Stimmbruch. Sie selber kehrte ihnen den Rücken. Auf ihrer Hüfte saß Georg. Sie hielt sich das rechte Ohr zu. Der Kleine wand sich, um die großen Jungen besser sehen zu können. Das Zappeln des Kindes, die Kraft seines kleinen Körpers, zwang sie dazu, sich umzudrehen. Ihr Gesicht verlor die harte Spannung, ihre Muskeln wurden weich. Die Gesichter der großen Jungen strahlten Freude aus, als sie auf den kleinen Bruder zuliefen. Ihre Körper verfügten über fast magische Kraft. Sie waren außer Atem und erfüllt von wunderschönem Leben.

Der Kleine riß den Mund auf und streckte seine kleine feuchte Zunge heraus. Sie spürte, wie ihr Ohr sich nach innen umstülpte. Sie nahm die Hand weg. Sie hörte sich selber, ihre eigenen Geräusche. Eisengeräusche, scharfe Metallgeräusche. Werkzeuggeräusche. Das Kind lachte. Plötzlich merkte sie, daß eine Brust nackt war. Die Milch strömte in einem warmen Strahl heraus. Sie senkte den Kopf und sah zu, wie die Milch im Sandboden versickerte. Das Kind sah die Brust nicht. Aber die großen Jungen liefen auf ihre Brust zu. Sofort bedeckte Sigrid sie wieder. Der Kleine lachte und lachte. Sein ganzer Körper bebte vor Spannung und Glück, weil seine Brüder auf ihn zukamen. Seine Brüder kamen auf ihn zu! Seine Brüder kamen auf ihn zu!

Sie erwachte und setzte sich auf. »Seine Brüder kamen auf ihn zu«, murmelte sie und spürte einen Stich in der Brust. Sie legte die Hand darauf. Die Milch war längst schon ausgetrocknet. »Herrgott, sie sind ja seine Brüder! Gard und Vetle sind Georgs Brüder!« Und sie hatte versucht, ihm diese Brüder wegzunehmen.

Sie kam mühsam auf die Beine und schaute auf die Uhr. Es war fast neun. Sie hob den Telefonhörer von der Gabel und starrte ihn an. Dann legte sie ihn wieder hin und setzte sich aufs Sofa, schlug die Hände vors Gesicht und wiegte sich hin und her. Warum schaffte sie das nicht? Morgen würde er ja wieder nach Hause kommen.

Sollte sie anrufen? Aber wenn sich nun einer von den Jungen meldete! Wenn sie anrief und dann gleich auflegte, würde Cato auf sie tippen. Sie verspürte eine schleichende Unruhe. Ein kühler, weher Schauer lief von ihrem Nacken bis hinunter zu ihren Füßen. Eifersucht. So einfach war das.

Erst jetzt, dachte sie, habe ich verstanden, daß ich meinen Mann nie für mich haben werde. Ich bin eine einarmige Frau, aber ich habe mich mit dieser Amputation nicht abfinden wollen. Ich wollte nichts davon wissen. Und vielleicht habe ich Georg unrecht getan. Ich habe Georg etwas weggenommen. »Brüder, die auf ihn zukommen«, sagte sie dann laut.

58 Bentes Schulter war glatt und blank. Die weiche Haut ihres Rückens wurde durch die Senke des Rückgrats geteilt. Diese Senke sah aus wie ein Weg. Und diesem Weg folgte er mit seinem Zeigefinger. Er hob ihre Haare hoch. Der Haaransatz im Nacken war von einer kindlichen Unschuld, und die brachte ihn dazu, seine Hand sinken zu lassen. Ihr breiter weicher Hintern drückte auf sein Glied. Er kniff die Knie zusammen und drehte Bente auf die Seite. Er dachte, sie weine vielleicht, aber ihr Gesicht zeugte nur von Genuß. Sie lächelte leicht und öffnete die Augen. Er beugte sich über ihr Gesicht und preßte seine Zunge in ihren Mund. Er selber kniete neben ihr, während es in ihm heftig und unerträglich pochte. Sie zog ihn zu sich herunter und legte ihm die Arme um den Nakken, befreite sich von seinem Mund und sagte: »Weißt du noch, das erste Mal, das hier kommt mir vor wie das erste Mal.«
Er machte seine eine Hand frei und streichelte ihren weißen Bauch, auf dem die Dehnspuren wie weiße Würmer aussahen. Zwei seiner Finger fuhren über ihren Bauch und verschwanden dann in ihr. Er dachte an das erste Mal. Sie hatte gesagt, es habe unerträglich wehgetan. Er hatte erst seit wenigen Tagen sein erstes Auto. Es war blau und blank und billig. Es war mitten im Sommer. Und das hier war wie das erste Mal. Seine Haut klebte an ihrer. Er berührte ihre Brust mit dem Mund, ließ die Beere

sich in seinem Mund bewegen und saugte und leckte daran herum.

Sie faßte sein Glied mit sanftem Griff, zog es an die Öffnung heran und preßte ihre Hüften an ihn. Mit lautem Schluchzen fielen sie ineinander, fielen und fielen, zurück zum Anfang. Fielen zu etwas, das es einst gegeben hatte.

Ein blanker, weicher Samtgeruch hing im Zimmer. Und dann klingelte das Telefon. Es klingelte nur einmal, dann verstummte es wieder. Es stand stumm auf dem Nachttisch und starrte sie an.

»Ich wünschte, meine Gefühle für dich wären andere«, sagte sie.

Er blickte sie forschend an. Wieder war ihre Wimperntusche verschmiert, und das ließ ihre Augen anders aussehen. Er streichelte ihr Gesicht. »Ich begreife nicht, wie ich das tun konnte. Ich konnte einfach keinen anderen Ausweg sehen, ich mußte gehen. Sie war doch schwanger.«

Ein schmerzliches Lächeln huschte über ihre Lippen, dann war es wieder verschwunden. »Das ist nicht so schwer zu verstehen. Die Zeit . . . die Jahre.«

Sie breitete die Arme aus und hob den Kopf. Lag da wie eine Gebärende. »Komm«, flüsterte sie und ließ den Kopf aufs Kissen fallen.

59 Der Sonntag war grau. Es war Viertel nach neun. Der Nebel ließ die Strommasten elektrisch knistern und flüstern. Ein Dröhnen lief durch den riesigen Eisenkörper. Ein Vogel saß auf dem spärlich gewachsenen Rasen. Als Cato Isaksen näherkam, wandte der Vogel den Kopf ab und schien sich zusammenzureißen. Bei den Garagen roch etwas wie verbrannt. Eine Familie mit einem kleinen Kind und einem Hund brach jetzt schon zum Sonntagsspaziergang auf. Sie alle trugen Trainingskleidung. Er erkannte sie und grüßte freundlich. Sie erwiderten seinen Gruß. Er setzte sich ins Auto und ließ den Motor an. Fuhr bei Nycomed vorbei. Er konnte im Nebel die Konturen der Frauenstatue vor dem Haupteingang gerade noch erkennen. Er fuhr über den neuen Verteiler bei der roten Steinrampe, stand eine Weile vor einer roten Ampel, endlich wurde es grün. Er kam bei der Glaserei vorbei, wo er vor vielen Jahren den Badezimmerspiegel gekauft hatte. Dann fuhr er über den Drammensvei in Richtung Stadt. Diesen Weg war er jahrelang gefahren. Er war um zwölf Uhr im Büro mit Roger verabredet.

Das Bingolokal, in dem Simon Andersen Stammgast gewesen war, öffnete erst um eins. Das bedeutete, daß er sich zwei Stunden an die Unterlagen setzen konnte.

Ehe er gegangen war, hatte er das *Buch der Fragen* ins Bücherregal gestellt. Er hatte es zwischen André Brinks *Zeit des Terrors* und Margaret Atwoods *Verletzungen* gequetscht. Vielleicht würde Bente das Buch nicht einmal bemerken. Ihm war es wichtig, daß das Buch in Asker blieb. Er war erleichtert, spürte seinen Körper nicht, es war ein herrliches Gefühl von Freiheit. Knoten hatten sich gelöst. Sein Gesicht war verschwunden. Und das tat gut. Er wußte nicht mehr, wann seine Züge zuletzt etwas anderes gewesen waren als eine müde, brennende Fläche. Das Zentrum seiner allerschwierigsten Gedanken. Und er hatte geschlafen. Nicht zuletzt das hatte ihn von seinem Gesicht befreit.

An diesem Morgen war er aufgestanden. Die Jungen schliefen noch, Bente schlief. Er hatte Kaffee gekocht, sich Brot abgeschnitten, Aufschnitt aus dem Kühlschrank genommen. Danach aufgeräumt. Der Nebel hing wie ein dichter Vorhang vor dem Küchenfenster. Er hatte die Nachricht hinterlassen, daß er am Mittwochnachmittag wiederkommen werde. Hatte sich bedankt. Bente würde ihnen erzählen, was sie besprochen hatten. Er hatte für jeden Jungen einen Hunderter auf den Tisch gelegt. Ehe er ging, als die anderen noch immer schliefen, hatte er gelesen:

Die Sonne beugt das Leben in jeglicher Form, zu ihrer eigenen Zerstreuung. Liebende ziehen die Nacht vor. Sie erkennen sich gegenseitig in den Schatten, in denen sie baden, wie die Schimmer, bei denen jeder einzelne liebkoste Muskel zur Hymne wird. Auf dem Boden des Sees ist das Herz besser zu hören.

60

Die Frau hatte viel an die Sache mit der Haut gedacht. Daran, daß das Messer aussieht wie eine Zunge, wenn es die hellrosa, weiche Oberfläche durchtrennt. An das ekstatische, gewaltige Gefühl von Macht, wenn die Hand spürt, wie das Messer in den Männern versinkt. An ihre sterbenden Körper. Ihre verlöschenden Gesichter.

Im Schrank saß die Puppe. Mit ihrem harten, glatten Gesicht saß sie hinter der Tür. Sie wollte sie nicht ansehen. Wollte sie auch nicht anfassen. Die Puppe wußte zuviel. Sie hatte ein großes Auge auf der Stirn und einen geschlossenen, zungenlosen Mund. Das Messer war die Zunge. In der Stirn saß das Auge aus Tinte. Sie dachte an die Nacht, in der sie das Auge gemalt hatte. Die Haut der Puppe war immer kalt.

Sie öffnete ihre Tasche und wusch in der Badewanne das Blut von ihrem Mantel. Sie mußte wie immer lange mit der Handbrause nachspülen. Das Blut war in den vergangenen Tagen hart und krustig geworden.

Das rote Wasser verschwand im Abflußloch. Der Abfluß war ein Loch, das Blut trank. Der Hauch von schlechtem Gewissen verschwand zusammen mit dem Blutwasser. Jetzt standen ihr ruhige Tage bevor, vielleicht Wochen. Sie hoffte auf Monate. Es war nicht eigentlich die Angst, gefaßt zu werden, die sie quälte. Dieser Gedanke war so fern und utopisch, daß sie sich das einfach nicht vorstellen konnte. Nein, ihr machte die Angst davor zu schaffen, irgendwann den Frauen nicht mehr helfen zu können. Dieses Gefühl quälte sie. Es gab auch noch sehr viel mehr, das ihr angst machte. Sie dachte an Apfelbäume im Herbst; Äste, schwer von Apfelfamilien. Sie dachte sich immer Geschichten über die Apfelkolonien aus. Mutter und Vater und Kinder. Aber jetzt war Frühling. Die Puppe saß im Schrank und dachte nach. Der Stoffhund war verschwunden.

Sie hatte in den Zeitungen über die Morde gelesen, eine ganz besondere Ruhe erfüllte sie, eine Art wohliger Mattigkeit. Wie nach einer langen Skiwanderung, wenn man endlich vor dem Kamin sitzt. Bei jedem Mord änderte sich der Gesichtsausdruck der Puppe. Ihr Auge wuchs. Wenn auch nur für einen kurzen Moment. Die kalte, glatte Plastikhaut sah milder, entspannter aus. Sie sah diese Veränderung gern, aber sie schloß immer sorgfältig den Schrank, wenn sie den Regenmantel hineingehängt hatte. Das Messer und die blaue Umhängetasche legte sie unten in den Schrank.

Sie hatte viel über die Sache mit der Haut nachgedacht. Wie die sich zuerst zu senken schien, ehe die Messerzunge die Oberfläche durchschnitt, ehe das Metall ins Fleisch glitt und Gewebe und Adern zertrennte. Einmal hatte sie ein Stück Haut durch ein Mikroskop gesehen. Es sah aus wie ein Stück Stoff oder wie ein Stück Käse mit Vertiefungen und Löchern. Daran hatte sie gedacht, als sie in Majorstua aus der Straßenbahn gestiegen war, als sie in Richtung Château Neuf die Straße überquert hatte und dann in die Querstraße abgebogen war, die zum Trudvangbei führte. Auf dem Hinterhof hatte sie den Kiesweg, die Bänke und die Tulpen vor der Hausmauer registriert. Sie wußte noch, daß ihre Füße auf den Steinen wie kleine wütende Tiere gefaucht hatten. Ein Junge mit braunen Haaren hatte im Sandkasten gesessen. Im Treppenhaus hatte es nach Essen gerochen. Die Tasche hatte schwer in ihrer einen Hand geruht. Zuerst hatte er sie nicht in die Wohnung lassen wollen. Aber dann hatte sie mit ihm gesprochen.

61

Das ganze hatte im letzten Dezember bei ihrer Mutter angefangen. Nein, das stimmte nicht. Es hatte vor über dreißig Jahren in einem Sommer angefangen, an dem Morgen, an dem in der Wohnung endlich Stille herrschte.

Sie hatte einige klare, scharfe Bilder, die sie ihre ganze Jugend hindurch gequält hatten, die sich aber einfach nicht unterdrükken ließen. Sie hatte versucht, sich einzureden, sie könne sich an nichts erinnern. Aber sie erinnerte sich. Als sie klein war, glaubte sie, die Puppe habe sich alles aus den Fingern gesogen. Die Puppe war eine geschickte Lügnerin. Aber die Puppe hatte auch Angst. Und sie hatte ein riesengroßes Auge. Augen lügen nicht. Sie mußte der Puppe vorsingen, damit die sich nicht mehr so fürchtete.

Es war seltsam, daß die Mutter keine Angst gehabt hatte, wenn der Vater zuschlug. Die Mutter erwiderte den Blick der Puppe durch den Türspalt mit einem beruhigenden Lächeln. »Geh du nur ins Bett, Liebes.« Sie lächelte, und er schlug. Aber wenn die Mutter im Gesicht oder aus dem Mund blutete und der weiße Teppich sich rot färbte, mußten sie in die Reinigung.

Die Reinigung war grau und stank und war schrecklich teuer. Einmal konnten sie die Flecken nicht aus dem Sofakissen entfernen. Die Mutter war wütend und wollte ihr Geld zurück. Der

Vater fand die Reinigung auch schlecht. Jetzt waren sie einer Meinung. Wenn sie einer Meinung waren, dann konnte die Puppe nachts schlafen.
Das war im Sommer in dem Jahr, als sie zu Weihnachten sechs wurde, es war sehr lange her. In dem Sommer, als sie über fünfeinhalb war und sechs sein würde, sowie der Schnee kam.
Es war ein besonders schwieriger Sommer. Die Stimmen kläfften überall in der weißen Wohnung wie wütende Wölfe. Ihr Schreien hallte im Treppenhaus wider. Und sie schrie oft, und deshalb wurde sie von den Nachbarinnen ausgeschimpft. Sie zog die anderen Kinder an den Haaren, trampelte auf den Spielzeugautos der kleinen Jungen herum und weinte schrecklich, wenn ihr nur jemand zu nahe kam. Und sie weinte, wenn ihre Eltern sich stritten. Rannte ins Treppenhaus, wurde aber wieder in die Wohnung gezerrt.
Dieser Sommermorgen war dünn und durchsichtig gewesen, seit die Dämmerung ins Licht übergegangen war. Es würde ein gelber, heißer Tag werden. Einige Stunden später wusch der Nachbar sein Auto. Es war ein runder, schildkrötenhafter Volvo. Sie durfte so lange in diesem Wagen sitzen. Das Wasser tanzte über die Fensterscheiben. Noch heute konnte sie Geruch und Atmosphäre im Auto wieder hervorrufen. Das ernste Gesicht der Puppe. Das Kitzeln im Bauch und zwischen den Beinen. Die Puppe hätte am liebsten immer im Auto gesessen, sie wäre gern auf einem Weg weggefahren, auf dem keine Umkehr möglich war. Die Puppe wollte nicht zur Mutter in die weiße Wohnung. Denn in der Wohnung lag der Vater hinter dem Sofa, und sein Hals und sein Hemd waren blutverschmiert. Und diesmal würden sie nicht in die Reinigung gehen. Die Mutter sagte, es spiele keine Rolle, sie dürften nur nicht darüber reden. Aber hinter dem Hellen war das Lächeln der Mutter grau, hinter dem Weißen war es schwarz.
Sie mußte der Puppe ununterbrochen etwas vorsingen. Immer wieder. Das Lied war nicht besonders lang. Als der Nachbar sei-

nen Wagen gewaschen hatte, durfte sie nicht weiter dort sitzen bleiben. Draußen war es so heiß. Sie sah einen Lieferwagen über den staubigen Weg zwischen den Blocks fahren. Der Wagen ließ über dem Kies Öl ab, damit es nicht ganz so staubte. Sie war hinter ihm hergerannt. Später hatte sie deshalb mit schmutzigen Füßen in ihrem hellgrünen Bett gelegen. Und in der Wohnung lag der Vater auf dem Boden und war tot.

Die Mutter stand hinter dem blanken Fenster, in dem sich der riesige Baum spiegelte. Der Baum schien in die Küche umgezogen zu sein. Das blasse Gesicht der Mutter schien sie durch den Baum hindurch anzublicken.

Sie kletterte auf den Baum, um festzustellen, ob sie den Vater durch das Fenster sehen könnte. Ein Eichhörnchen lief über einen Ast, eine große Libelle mit blauen Flügeln riß das Maul auf, um sie zu beißen. Sie fiel auf den Rücken und konnte einen Moment lang nicht mehr atmen. Ihr Rücken tat weh, so, als ob jemand sie ganz schrecklich geschlagen hätte. Die Puppe weinte auch, sie hatte einen riesigen blauen Fleck auf dem Rücken. Sie nahm die Puppe auf den Arm und lief um die Hausecke herum. Im Garten wuchs grünes Gras. Dort saßen einige normale Mütter, sonnten sich und plauderten. Aber sie lief weiter. Die Puppe weinte. Sie lief auf das kleine Feld, wo sie und Henki und Villa und die Puppe gestern gespielt hatten. Gestern. Ehe es in den Zimmern so still geworden war. Sie setzte sich hin und zog die Schuhe aus, ihr Hintern wurde schmutzig. Ihre Unterhose war wieder naß. Und ihre Hände waren auch schmutzig.

Sie kroch zwischen die Ähren und hörte das gemeine Summen der Insekten. Ihre Unterhose stank nach Pipi. Villa zog sie immer auf und sagte, sie sei dreckig und rieche schlecht.

Sie sprang auf und lief in ihren weißen Söckchen auf den blanken, glühendheißen Kiesweg. Das Öl roch nach Teer und war klebrig und warm. Es brannte unter ihren Füßen. Die Söckchen brannten sich in ihren Fußsohlen ein. Beim Laufen sah sie sich die Adern an ihren Unterarmen an. Die Adern der Puppe lagen so tief in ihrem harten Körper, daß niemand sie sehen konnte. Der Vater hatte gesagt, sie könne sterben, wenn sie sich mit blauem Kugelschreiber die Haut bemalte. Aber jetzt war der Vater selber tot. Sie hatte nicht gesehen, wie die Mutter ihn totgemacht hatte. Sie hatte nur die groben Geräusche gehört, wie ein Rülpsen. Die Puppe dagegen hatte alles gesehen. Die Puppe hatte im Türspalt gesessen und gesehen, wie die Mutter den Vater totmachte. Das Auge der Puppe war so entsetzlich groß. Die Mutter war lieb. Es wurde still in der Wohnung. Früher hatte sie am meisten vor dem Glas von zerbrochenen Flaschen Angst gehabt. Vor dicken grünen und weißen Glasscherben, die gefährlich waren, auch wenn sie so schöne Sonnenstrahlen enthielten.

Als sie an diesem Tag über die schmalen Kieswege lief, dachte sie an die Stimme ihres Vaters. Sie konnte hören, wie der Vater sie »Kaulquappe« nannte. Das konnte sie hören, obwohl er tot war. Früher hatte sie nicht gewußt, was eine Kaulquappe ist. Aber Henki hatte ihr welche gezeigt, in dem kleinen Tümpel im Wald. Sie hatten auf dem Bauch gelegen, das Moos, das auf den runden Steinen wuchs, hatte feucht und faulig gerochen. Und dann hatte sie welche gesehen, Hunderte von fiesen, schleimigen, winzigen Kaulquappen. So eine fiese Kaulquappe war sie. Das hatte der Vater immer wieder gesagt, als er noch nicht still auf dem Boden lag.

Sie hatte in ihrem Bett vor dem Fenster gesessen. Die Puppe aber saß im Türspalt und sah zu, wie die Mutter die Wohnung still werden ließ.

An diesem Nachmittag hatte die Mutter ihr die Füße gewaschen, ohne böse zu werden, hatte ihr die weißen Söckchen von den Füßen geschnitten. Dann waren sie zum Friedhof gegangen, zum Grab der Großeltern. Und die Mutter hatte im Boden herumgegraben. Sie hatten das Messer vergraben. Die Mutter hatte nicht gesagt, daß es ein Messer war. Es war ein langes und sehr dünnes Paket in braunem Papier. Danach hatten sie auf dem Grab Blumen gepflanzt, und sie hatte sie mit der großen, grünen Kanne begießen dürfen, die an einem Rohr mit einem Wasserhahn hing. Danach, auf dem Heimweg, hatte sie gedacht, der Vater sei vielleicht wieder lebendig geworden. Deshalb tat ihr das Herz schrecklich weh.

Aber er war nicht wieder lebendig geworden. Nach einigen Tagen hatte er so gestunken, daß sie die ganze Zeit lüften mußten. Die Stimme war verschwunden, dafür war jetzt der Geruch da.

Die Polizei hatte die Mutter geholt, weil der Vater nicht wieder lebendig geworden war und weil er roch. Dann waren die Puppe und sie zu Tante Edith in die braune Stadt gezogen. Sie hatte ihren Geburtstag in der dunklen Wohnung gefeiert. Aber nicht mit Henki und Villa, sondern mit einer neuen Freundin, die sie nicht kannte. Und mit der Puppe und Tante Edith. Tante Edith war lieb, aber sie hatte nicht das Gesicht der Mutter. Und der Stoffhund war verschwunden. Vielleicht war er weggelaufen. Wenn sie Angst hatte, durfte sie Tante Edith nicht wecken, denn nachts hatten alle Kinder zu schlafen. Und sie war alle Kinder, das hatte Tante Edith gesagt.

62

Im letzten Dezember hatte die Mutter ihr das Messer gegeben. Am 6. Dezember, ihrem Geburtstag. Sie war gleich nach Feierabend zu den beiden alten Damen gegangen.

Tante Edith wollte sie zum Essen dabehalten, nachdem sie den Schokoladenkuchen, den sie gebacken hatte, schon verzehrt hatten. Die Tante hatte ihren Mantel übergeworfen und war auf ihren dünnen, gebrechlichen Beinen zum Feinkostladen an der Ecke gelaufen. Sie war nur zehn Minuten weggeblieben. Aber die Mutter hatte diese zehn Minuten gut genutzt. »Ich weiß ja nicht so recht, wer du geworden bist«, sagte sie geheimnisvoll, »aber ich will dir das hier geben.« Sie hatte ihr das Messer in die Hand gedrückt. Aus den Augen der Mutter leuchtete dasselbe gelbe Licht wie vor vielen Jahren.

Sie zitterte, merkte, wie ihr der Speichel im Mund zusammenströmte.

»Du erkennst es vielleicht nicht wieder?« Die Mutter hielt das lange dünne Fleischmesser mit dem braunen Griff hoch. Die Adern in ihren Händen waren blaulila und dünn. Sie waren durch die runzlige Haut zu sehen.

Das Messer war kleiner als in ihrer Erinnerung, nicht kürzer, aber dünner. Der Griff war heller als damals, der Holzgriff wurde langsam alt.

»Was soll ich denn damit?«
»Du mußt bald Position beziehen.«
»Position?«
»Du weißt, wovon ich rede. Ich habe es nie bereut.«
»Ich bin keine Mörderin.«
»Was bist du dann? Ein Lamm?«
»Ich bin kein Lamm.«
»Du bist ein Lamm, ein unbarmherziges und undankbares Lämmchen. Siehst du nicht jeden Tag das Elend? Bist du denn nicht mit den Opfern zusammen? Herrgott, wie pathetisch! Begreifst du nicht, daß sich nichts ändert, alles ist wie früher, Tag für Tag, Jahr für Jahr.« Die Mutter senkte den Kopf, und sie sah die Haut zwischen den grauen Haaren und der beigen Bluse. Die Haut war blank und weich. Die Tochter sah den gesenkten Kopf der Mutter an und konnte nicht fassen, daß sie sich so geändert hatte, so alt war sie geworden, und ihr war das fast nicht aufgefallen.
Die Mutter war neunundsiebzig, Tante Edith zweiundachtzig.
»Nun nimm es schon. Der Fall ist erledigt.« Die Mutter richtete sich wieder auf, seufzte tief und sah ihre Tochter nicht an, als sie durch das Zimmer stapfte. Einer ihrer dicken braunen Strümpfe hatte eine Laufmasche. In der Türöffnung des kleinen, mit Möbeln vollgestopften Wohnzimmers drehte sie sich um und lächelte traurig.

63

Sie spürte das Gewicht der Waffe in ihrer Hand. Des Messers. Aber es war nicht schwer. Es ruhte einfach in ihrer Handfläche, die Stelle unter dem Daumen war sein Kopfkissen.

Tante Edith war wieder da. Sie hatten zu Abend gegessen. Tante Edith hörte schlecht und wollte lieber allein spülen. Danach hatte sie altmodischen Kaffee mit Kaffeesatz aufgebrüht.

Sie legte das Messer auf die Kommode und ging zur Tür, lehnte sich an den Türrahmen. Die beiden alten Schwestern saßen einander gegenüber. Auf dem braunen Tischchen standen die Kaffeetassen, eine Schale mit Plätzchen und die Reste vom Geburtstagskuchen.

»Nicht so gut«, sagte Edith und legte einen Keks auf ihren Teller. Ihre Stimme zitterte vor Alter. Edith war nie verheiratet gewesen. Sie hatte ihre Nichte zu sich genommen, als die Schwester im Gefängnis saß. Später wurde die Mutter in eine psychiatrische Klinik verlegt. Als die Nichte erwachsen war, hatte Tante Edith sich um die Mutter gekümmert. Denn die war nie wieder richtig gesund geworden. Es war allerdings nicht schwer gewesen, sie aus dem Heim zu holen.

»Nein, nicht so gut«, sagte die Mutter eine Oktave tiefer, während sie so energisch kaute, daß die Krümel auf ihrem mit Flaum bewachsenen Kinn hängenblieben.

Ihre Tochter stand in der Tür und sah die vier alten Hände, sah, wie sie sich bewegten, wie sie langsam auf und nieder tanzten. Außer den scheußlichen Adern wiesen sie auch braune Altersflecken in verschiedenen Größen auf. Gebrechliche und traurige alte Hände, die fast nichts mehr ausrichten konnten. Sie blickte die Hände ihrer Mutter an, die Hände einer Mörderin. Aber ihre Mutter war doch keine Mörderin, sie war eine warme und liebevolle alte Frau.

Sie blickte die beiden alten Köpfe an. Jede dieser beiden alten Frauen hatte ihren eigenen Kopf, ansonsten waren sie sich fast in allem gleich. Ihre Körper waren gleich, ihr Gang war gleich. Eine übertrieben trippelnde Bewegung. Edith hatte weiße, gerade geschnittene Haare, die Mutter graue, noch immer einigermaßen volle.

Wie schön sie gewesen war! Ihre Tochter wußte das noch. Solche welligen Haare hatte sie selber sich auch gewünscht. Aber sie kam nach ihrem Vater. Ihre Haare waren ganz glatt.

»Wie wär's mit einem Sherry?« Die Tante blickte fragend zu ihrer Nichte in der Türöffnung hinüber. »Was sagst du?«

Die Nichte nickte und lächelte, dann ging sie über den dicken, abgetretenen Teppich und setzte sich in den freien Sessel. Lamm? War sie ein Lamm, ein Opfer?

»Liebes, ich finde, du siehst blaß aus.« Die Tante goß das goldene Getränk in das schöne alte Glas und setzte sich wieder.

»Ach, sie ist sicher nur erschöpft davon, daß sie sich dieses ganze Elend ansehen muß.« In der groben Stimme der Mutter lag ein Hauch von Ironie. »Aber du warst immer eine liebe Tochter. Hast immer getan, was ich dir gesagt habe.«

»Oder ich.« Edith lachte glucksend und streckte die Hand nach ihr aus. »Sie gehört uns beiden, weißt du.«

Die beiden alten Schwestern tauschten einen feindseligen Blick.

»Mach dich bitte nicht lustig über mich«, sagte die Mutter ruhig. »Darüber haben wir schließlich schon gesprochen.«

Edith lächelte nachsichtig. »Du weißt doch, wo das enden

kann«, sagte sie und sah ihrer Schwester ins Gesicht. Dann lächelte sie ihre Nichte an. »Kümmer dich nicht um sie«, flüsterte sie.
»Ich weiß alle Bus- und Zugzeiten«, lachte die Mutter höhnisch. »Außerdem hat sich vieles geändert. Nichts sieht mehr so aus wie früher.«
Die Tochter stellte vorsichtig ihr Glas auf den Tisch. »Mutter«, sagte sie, »bitte, nichts heraufbeschwören, bitte. Mir zuliebe«, fügte sie hinzu.
Die Mutter starrte sie einen Moment lang gereizt an, dann lachte sie. »Habt ihr mein Haarnetz gesehen?« fragte sie.

64 Nach diesem Besuch war sie allein durch die Dunkelheit nach Hause gegangen. Die Bäume im Park waren nackt und traurig. Alles war gefroren. Der Schnee hatte seine Flügel noch nicht um die Stadt geschlagen. Klare, weiße Sterne klebten wie Fingerabdrücke oben am schwarzen Dezemberhimmel. Sie fürchtete sich sonst immer, wenn sie so spät noch unterwegs war. Das Geräusch ihrer Schritte in den einsamen Straßen versetzte sie in Panik. Aber an diesem Tag hatte sie das Messer in der Tasche. Ihre Gedanken trugen sie durch die Straßen. »Ich bin kein Lamm. Ich bin die Wölfin, ich will lieber die Wölfin sein. Die Wölfin frißt das Lamm. Ich will lieber die Wölfin sein.«

»Du bist ein Lamm.« Die Mutter hatte sie enttäuscht angeblickt. »Nimm das Messer, es gehört dir.«

Sie hatte das Messer genommen. Hatte den Holzgriff an ihrer Haut gespürt. Dieses Messer hatte ihr vor vielen Jahren, damals im Sommer, die Stille gegeben.

Später wußte sie nicht so recht, ob das wirklich passiert war, ob die Mutter mit ihr wirklich über Lamm und Wölfin gesprochen hatte. Ob sie ihr wirklich das Messer gegeben hatte. Ob es wirklich dasselbe Messer war.

In dieser Nacht hatte sich in ihr die Stimme zu Wort gemeldet. Diese Stimme kam aus einem Raum weit hinten in ihrem Kopf.

Sie wußte nicht, wer diese Stimme war. Kannte sie nicht. Sie kam nicht von irgendeinem Wesen, das sie gekannt hatte. »*Ja*«, sagte die Stimme. »*Das schaffen wir schon. Du hast zu bestimmen. Du brauchst keine Angst zu haben. Du hast zu bestimmen.*« Und dann hatte sie gesungen: »*Schlaf du ruhig, mein Blümelein, denn noch ist es Winter, und noch schlafen Feld und Wald, Rosen, Hyazinthen. Denn noch ist der Frühling fern, Frühling, Licht und Blütenstern. Schlaf du ruhig, mein Blümelein, denn noch ist es Winter.*«

65

Zu Weihnachten war das Frauenhaus voll belegt gewesen. Weihnachten war die schlimmste Zeit. Sie hatte zusammen mit den Frauen im Aufenthaltsraum gesessen. Hatte sie alle angesehen. Gespürt, wie gern sie jede einzelne mochte. Wie leid sie ihr taten. Sie hatte die Frauen in ihre Seele aufgenommen, wie kleine Kinder. Sie wußte so gut, was sie empfanden. Menschsein bedeutet vielleicht, andere zu lieben. An sich selber zu denken ist egoistisch. Es sah seltsam aus, wie die Frauen als Schatten über die Wand glitten. Sie unterhielt sich lange mit der Ausländerin. Und sie fragte sie:
»Hast du je gespürt, du, das bin ich? Hast du das je gespürt? Und ich, das bist du? Mir geht es so. Deshalb will ich dir helfen.«
Vielleicht hatte auch die Kälte dazu beigetragen, sie in einen psychotischen Zustand gleiten zu lassen, den sie vor den anderen jedoch ganz bewußt verbarg. Die Spannungen ganz unten im Rücken, in den Spinalnerven, ihr Magen, der sich beim Essen umzustülpen schien. Die Trauerfinger, die an ihren Armen hingen und ihre eigene Hilflosigkeit verspotteten. Die Kälte ließ ihre Hände zu Eis erstarren. Sie konnte die geschundenen Herzen der anderen nicht mehr heilen. Eine entsetzliche Hoffnungslosigkeit überkam sie. Und schlug in Wut um. Reden konnte sie nicht mehr, Worte schienen noch mehr Trauer hervorzurufen. Die Wut dagegen machte sie stark.

Draußen schneite es. Und daß der Schnee schmutzig war, was spielte das schon für eine Rolle? Er würde wieder schmelzen. Der Baum im Garten stand da wie ein Engel, der hundert Flügel in die Dunkelheit hinausstreckt. Der Schnee war sauber, wenn er vom Himmel kam, wurde aber schmutzig, sowie er sich auf Häusern und Straßen niederließ.

Zu töten war die einzige Lösung. Sie hatte an dem Abend, an dem ihr dieser Gedanke zum ersten Mal kam, fünf Kerzen auf der Fensterbank angezündet. Sie analysierte ihre Angst, vielleicht abgeholt zu werden, ganz genau. Und bald verschwand diese Angst. Sie suchte ein kleines, zerlesenes Buch hervor. Mit elf Jahren hatte sie darin Gedichte aufgeschrieben. Auf der ersten Seite stand:

Im Nebel sitzt der Vogel
da sitzt er ganz allein
am Fenster sitzt die Mutter
da sitzt sie ganz allein

Und sie dachte: Wenn ich jetzt ein Kind bin, kann ich in einigen Stunden wieder eine Frau sein. Und noch einige Stunden später bin ich dann vielleicht eine Mörderin.

Sie lachte, so einfach war das. Und wie befreiend würde nachher das Gefühl sein, ihnen geholfen zu haben. Ihnen wirklich geholfen zu haben!

Es war einige Tage nach Weihnachten gewesen, nach Feierabend. Bei der Arbeit hatte sie mit der schönen Inderin gesprochen. Nein, nicht richtig gesprochen, die Frau konnte fast kein Norwegisch. Aber sie hatte ihren Schmerz gespürt. Später hatte sie entdeckt, daß die Frau einen falschen Namen angegeben hatte. Sie fand das bewundernswert, es war aber nicht schwer gewesen, ihren Mann zu finden.

Sie öffnete die Türen des braunen Schrankes. Sie holte Messer und Regenmantel und Puppe heraus. Das Messer, von dem sie glaubte, daß ihre Mutter es ihr gegeben hatte. Den Regenmantel hatte sie von Tante Edith. Die Puppe war immer dagewesen. Sie wußte nicht, von wem sie die hatte. Die Mutter und die Tante hatten behauptet, das Auge, das sie ihr auf die Stirn gemalt hatte, hätte die Puppe entstellt. Aber die Puppe sollte so aussehen.

Den Zettel hatte sie als eine Art Entschuldigung geschrieben und liegenlassen. »*Schlaf du ruhig, mein Blümelein*«, hatte sie mit Gummihandschuhen geschrieben. Sie wußte, daß Fingerabdrücke gefährlich waren. Sie schien sagen zu wollen: Das hier ist kein normaler Mord. Das ist ein Mord aus Barmherzigkeit. Hier mordet ein Kind. Geht der Sache nicht weiter nach. Belaßt es einfach dabei. Singt lieber dieses schöne Lied.

Dann hatte alles tagelang auf dem Boden gelegen, hatte sie angestarrt wie ein riesiges Auge. Sie hatte sich eine große blaue Adidas-Tasche gekauft. Zu Silvester besuchte sie Mutter und Tante. Sie aßen Truthahn nach Tante Ediths Rezept. Sie hatten die Ansprache des Königs gehört, und die Mutter hatte ein Tränchen zerdrückt, weil sie immer so gerührt war, wenn die Nationalhymne gespielt wurde. Der König hatte etwas von den Schwachen in der Gesellschaft gesagt, um die wir uns kümmern, denen wir helfen müssen. »Damit bin ich gemeint!« hatte die Mutter gepiepst. »Er denkt an mich!« Sie hatte sich fast glücklich zu ihrer Tochter umgedreht, und in der war die Irritation gewachsen. Als die Mutter ihren Gesichtsausdruck verstanden hatte, hatte sie wieder vom Busfahrplan geredet. Sie sagte, sie könne sich an die Buszeiten doch nicht mehr erinnern. Und das mache ihr angst.

Um Mitternacht waren sie ans Wohnzimmerfenster getreten und hatten zum Himmel hochgeschaut, wo die vielen Raketen ihre brennenden Schwänze übers Himmelsgewölbe zogen. Sie hatte eine graue Ruhe empfunden, als sie da mit den beiden alten, kleinen Frauen stand. Mit der Tante und der Mutter. Das Leben war wirklich nicht gefährlich. Sie hatte einen Blick auf ein Foto der Verwandtschaft ihrer Mutter geworfen. Sie standen auf einer Treppe vor einem alten, großen Haus. Im gedämpften Licht sahen die Menschen aus wie weiße Tiere. Ihre kleinen spitzen Gesichter erinnerten an Ratten. In der Wildnis auf der einen Seite der Treppe hatte sich ein kleines Kind ins Gebüsch verirrt. Die kurzen dicken Beine steckten in Schuhen, deren Schuhspitzen einander ansahen. Es waren ihre Beine. Sie erinnerte sich an das Gefühl, nicht mehr dazusein. Sie dachte an den grünen, lauwarmen, süßlichen Geruch der Blätter. Ein leichter, dunkler Geruch. In der Wildnis fand sie Schutz vor dem Auge der Kamera. Zwischen den Blättern war sie verschwunden.

66

Eine steile Treppe führte nach unten. Das Bingolokal sah eher aus wie ein Luftschutzraum. Zahllose Neonröhren an der grauen Decke beleuchteten die Räumlichkeiten. An der einen Seite, oben unter der Decke, gab es eine Reihe von kleinen Fenstern. Durch die verdreckten Fensterscheiben waren die unteren Teile von eiligen Hosenbeinen und Mänteln zu sehen.

Als die Fahnder am Sonntag, dem 5. Mai, um Viertel nach eins dort eintrafen, war das Lokal ziemlich voll, und die Luft war vom Rauch schon fast zum Schneiden dick. Zwei Frauen an einem Tisch gleich neben dem Eingang verkauften Coupons.

»Doppelspiel oder Räuber?«

Cato Isaksen zog einen Fünfziger aus der Tasche und kaufte der fetten Dame zwei normale Nummernblätter ab. Er registrierte den Puder in ihrem Gesicht, als sie ihm das Wechselgeld reichte. Er gab das eine Nummernblatt Roger Høibakk, aber der starrte es nur verständnislos an. »Tu einfach so, als würdest du setzen«, sagte Cato Isaksen. »Ich versteh auch nur Bahnhof.«

»Da liegen die Bleistifte«, sagte die Frau.

Hinten im Lokal gab es eine kleine Bühne. Auf beiden Seiten dieser Bühne war etwas angebracht, das aussehen sollte wie ein Vorhang im Theater, das vermutlich aber aus Plastik war. Ein älterer, rundlicher Mann, der große Ähnlichkeit mit Simon

Andersen hatte, machte sich auf der Bühne am Mikrofon zu schaffen. Er sollte die Nummern verlesen.
Eine Frau von Mitte Fünfzig mit zu großen Ohrringen und einem schwarzen, flauschigen Pullover mit aufgenähten Silberperlen trat ans Mikrofon. Sie hieß mit kessem, bühnengewohnten Blick alle willkommen und teilte mit, daß das Spiel um Punkt halb zwei beginnen würde.
Cato Isaksen kaufte sich eine Cola und ließ sich neben Roger Høibakk an einem ovalen Tisch in der hintersten Ecke nieder. Eine Frau in grauem Mantel und mit tiefen Runzeln unter den Augen setzte sich wortlos zu ihnen. Sie sah die beiden Männer nicht an. Am Tisch vor ihnen saßen drei Ausländer, ein jüngerer und zwei ältere, und ein älteres Ehepaar.
Der Mann auf der Bühne stopfte sich das weiße Hemd in den Hosenbund und gab den Spielbeginn bekannt. Dann trug er mit monotoner Stimme die Zahlen vor: »Sechsundzwanzig, sechsundzwanzig, sechs, sechs, achtzehn, achtzehn, dreiunddreißig, dreiunddreißig.«
Nachdem der Mann zwei bis drei Minuten lang Zahlen ausgerufen hatte, brüllte plötzlich jemand »Bingo!«
Eine dünne Frau mit grauen starren Locken und einem Muttermal auf der einen Wange bahnte sich zwischen den Tischen einen Weg. Sie erhielt den Coupon und wiederholte die Zahlen in ein weiteres, schnurloses Mikrofon. Dann brachte eine Frau von vielleicht zwanzig der strahlenden, stolzen Gewinnerin eine Packung Kaffee.
Der Mann auf dem Podium leierte erneut Zahlen herunter. Daß jemand freiwillig einen Sonntag in diesem überfüllten, verräucherten Lokal verbringen konnte, war Cato Isaksen unbegreiflich.
Nach zehn Runden folgte eine kurze Pause, in der neue Coupons verkauft wurden. Cato Isaksen lief zu der rundlichen Dame mit dem Puder und den viel zu gelben Haaren. Er wies sich aus und fragte, ob sie Simon Andersen gekannt habe. Die Frau

blickte müde seinen Dienstausweis an und zeigte gleichgültig auf eine ziemlich magere Frau in lila Hemdbluse. »Fragen Sie die Marry aus 'm Feinkostladen. Die hat'n am besten gekannt.« Die Frau zwinkerte vielsagend, dann wandte sie sich dem nächsten Kunden zu.

Die Frau in der lila Bluse, Cato Isaksen schätzte sie auf Mitte Fünfzig, war in den Spielschein einer Freundin vertieft, als er sich von hinten über sie beugte und sie um eine kurze Unterredung bat. »Pollezei?« Sie fuhr herum und drückte ihre Zigarette in einem Aschenbecher aus, den die andere Frau ihr hinhielt. Sie hatte ihre langen Nägel feuerrot lackiert. Cato Isaksen nickte kurz. Die Freundin starrte gespannt hinter ihnen her, als sie nebeneinander in die kleine Garderobe gingen.

Die Frau blickte Cato fragend an. »Geht's um den Simon?«

Cato Isaksen nickte. »Das hier ist kein Verhör«, sagte er kurz. »Wir interessieren uns nur für Simons Umfeld. Und ich dachte, vielleicht könnten Sie etwas erzählen, was für uns von Interesse ist.«

»Herrjessas, nein«, sagte die Frau und machte sich an einer neuen Zigarette zu schaffen. »Wer hat denn jetzt geklatscht?«

»Wie meinen Sie das?«

»Die waren doch allesamt eifersüchtig.« Die Frau zog energisch an ihrer Zigarette und stieß den Rauch zwischen ihren dünnen Lippen aus. »Der war so fesch, wissen Sie. Lassen Sie sich das gesagt sein. Und die wissen das alle.«

»Was denn?«

»Was denn? Herrjessas, Mann! Mein Mann ist seit zwanzig Jahren tot. Klar?«

»Sie hatten ein Verhältnis.«

Die Frau gab keine Antwort, sie redete mit ihrer heiseren Stimme einfach nur weiter. »Ewig hat sie gemeckert, die Gerd, egal, was er gemacht hat. Und der Simon war doch wie ein Lamm.«

Die Garderobentür wurde geöffnet. »Meine Güte, bist du noch nicht fertig?« Das war die Freundin.

»Komm sofort. Setz du für mich«, sagte Marry aus dem Feinkostladen und reichte ihr den Spielschein.
Marry lehnte ihren Kopf an die hellgrüne Mauer. »Ich hab immer was Leckeres für ihn mit nach Haus genommen. Und dann ist er auch gekommen. Pasteten und Krabbensalat, Parmaschinken, Fischpudding. Reste, Sie wissen schon. Hat alles gemocht, der Simon.«
»Er hat Sie also zu Hause besucht?«
»Zu Hause, ja. Hab gleich um die Ecke meine kleine Residenz.«
Die Frau sah plötzlich traurig aus. »Die scheint ihn ja nicht gerad zu vermissen, die Gerd. Sitzt da hinten und spielt.«
»Hier?« Cato Isaksen beugte sich vor und schaute durch den Türspalt.
»Ganz vorne. Sehn Sie, da?«
Er nickte und wandte sich wieder der Frau zu. »Können Sie sich vorstellen, warum er ermordet worden ist?«
»Nicht die Spur einer Ahnung.« Sie schüttelte den Kopf und sah aufrichtig bekümmert aus. »Wir haben ihn alle geliebt. Die Jungs sitzen sicher im Holzwurm. Schauen Sie da doch mal vorbei!«
»Gerd Andersen hat erzählt, daß er manchmal tagelang nicht nach Hause gekommen ist. Sie wußte nicht, wo er dann war. Wissen Sie das?«
»Ha, bei mir jedenfalls nicht«, schnaubte die Frau. »Bei mir hat der nie übernachtet. Hatte schließlich Anstand im Leib, als Ehemann. Nein, der Simon war mit den Jungs unterwegs, der. Bei warmem Wetter saßen die unter den Brücken, sonst im Kahn vom Eide.«
»Und haben getrunken?«
Die Frau zuckte mit den Schultern. »Trinken ist nicht das Schlimmste«, sagte sie und schaute hungrig durch die Glastür zu den Spielern hinüber. Die monotone Stimme des Vorlesers summte durch das ganze Lokal. »Ich weiß nicht, ich kenn' keinen, der dem Simon ans Leder wollte. Der hatte Nervenproble-

me, wissen Sie, schlimme Nervenprobleme. Wenn die kamen, hat er geweint. Einfach so, der große Mann, hat geweint. Das kam vom Krieg, wissen Sie. Der ist an so vielem schuld.«
»Ich weiß nicht«, Cato Isaksen zögerte, »eigentlich müßten Sie mit auf die Wache kommen, aber . . .«
»Tu ich aber nicht«, fauchte die Frau ihn an. »Wenn Sie was von mir wissen wollen, dann fragen Sie jetzt.«
Cato Isaksen seufzte. »Ich brauche eine richtige Antwort«, sagte er. »Sonst muß ich Sie zum Verhör vorladen.«
Die Frau blickte ihn ängstlich an und sagte mit jämmerlicher Stimme: »Ich werd' schon alle Fragen beantworten, aber ich muß bald weiterspielen.«
»Hatte Simon Andersen Umgang mit Prostituierten?«
»Mit Prostituierten? Nie im Leben!« Marry aus dem Feinkostladen stampfte mit ihren Füßen auf den Steinboden.
»Nie im Leben!« sagte sie noch einmal wütend.

Der Holzwurm lag schräg gegenüber vom Bingolokal auf der anderen Straßenseite. Eine braune, triste Kneipe, in der Butterbrote vom Vortag und ansonsten nur Getränke serviert wurden. »Sonntags nur Bier«, stand auf einem Plakat an der Tür. Am hintersten Tisch saßen drei Männer, ansonsten war das Lokal leer.
Als Cato Isaksen und Roger Høibakk dort eintrafen, stand der Jüngste auf und drückte seine Kippe aus. Er stellte sich als der Wirt vor. Der Älteste, ein kleiner dürrer Mann in blauer, enger Daunenjacke, raffte Tabak und Feuerzeug zusammen, versuchte, beides in seiner Hand zu verstecken, schob es dann in seine Hosentasche und erhob sich, wie zum Gehen.
Cato Isaksen bat den zitternden Mann, sich wieder zu setzen. Roger Høibakk ließ sich auf einen freien Stuhl am Nachbartisch fallen und zeigte seinen Dienstausweis.
Der Wirt blickte die Polizisten ängstlich an, der alte Mann brach in heftigen Husten aus. Der hohle Husten hörte sich ganz schrecklich an.

Cato Isaksen bestellte für sich und Roger Kaffee und setzte sich zu seinem Kollegen an den Tisch. Er dachte an das vollbesetzte Bingolokal. Ob es das Zwischenglied sein konnte?
»Haben Sie Simon Andersen gekannt?« fragte er.
Der dünne Mann schluckte nervös und wischte sich die Hände an seiner blanken Jacke ab. Sein Gesicht berichtete von jahrelangem Alkoholismus. Die bläuliche Nase, die Äderchen in den Wangen, die tiefliegenden Augen.
»Den Simon, ja«, sagte der Wirt und setzte sich. Cato Isaksen nippte am Kaffee, den der Wirt vor ihn hingestellt hatte.
Der dritte Mann, ein Nordnorweger von Mitte Vierzig, sagte jetzt: »Andersen war der Beste von uns allen.« Er nickte ernst und strich sich mit der Hand über seinen kahlen Kopf. »Andersen war der Beste.«
»Und auf welche Weise?« fragte Kommissar Cato Isaksen.
»Ach«, sagte der Nordnorweger. »Der war eben zuverlässig, ein feiner Kerl.«
»Bei dem war alles reell«, fügte der Wirt hinzu und erhob sich, als neue Gäste kamen. Zwei Jungen, die beide ein Skateboard unter dem Arm hielten. Jeder wollte eine Cola. Sie setzten sich an einen Fenstertisch und blätterten in einem Videokatalog.
Der alte Alkoholiker machte sich an seinem Tabak zu schaffen.
»Waren Sie eng mit ihm befreundet?«
»Eng, nein. Da gab es andere. Fragen Sie doch mal drüben beim Bingo.«
»Da kommen wir gerade her«, sagte Cato Isaksen.
»Der Ragnvald und der Tobias, das waren seine Kumpel. Die waren schon ewig befreundet, die Jungs.«
»Und wo finde ich die, und wie heißen sie mit Nachnamen?«
»Die wohnen mal hier, mal da«, sagte der Wirt und trat wieder hinter den Tresen. »Wie die sonst noch heißen, weiß ich nicht.«
Die beiden Jungen standen auf und gingen.
»Nein, keine Ahnung«, sagte der Nordnorweger. »Anton?« Er

versetzte dem dünnen Mann einen vorsichtigen Rippenstoß. »Wie heißen die denn sonst noch?«
»Keine Ahnung.« Der Alkoholiker schüttelte den Kopf und schob sich zitternd die Zigarette zwischen die Lippen.
Cato Isaksen ließ seinen Blick von einem zum anderen wandern. Erbärmlicher Haufen, dachte er.
»Die Gegend hier ist wie bei uns im Norden«, sagte der Nordnorweger plötzlich, als ob er die Gedanken des Kommissars gelesen hätte. »Wir kümmern uns umeinander.«
Cato Isaksen und Roger Høibakk tauschten einen kurzen Blick, Roger zog seinen Kamm aus der Tasche und fing an, sich zu kämmen. Er fühlte sich offenbar nicht wohl in seiner Haut und mußte seine Hände irgendwie beschäftigen.
»Vielleicht weiß seine Frau das«, überlegte Cato Isaksen.
»Die Gerd.« Der Nordnorweger lachte. »Nee, glaub' ich nicht. Die hat seine Freunde nicht gemocht.«
Cato Isaksen räusperte sich. »Salons«, sagte er. »Jetzt mal ganz ehrlich. Gibt's davon viele hier in der Gegend?«
»Salons? Meinen Sie Massagesalons?« Die Männer blickten sich an und schüttelten langsam die Köpfe. »Ich kennen einen, hier in der Straße«, sagte der Wirt.
»Zwei«, korrigierte der Dünne mit zitternder Stimme. »Die Friseuse. Die Blonde.« Seine Stimme war nur noch ein leises Piepsen.
»Die macht das privat, nicht als Salon«, sagte der Wirt.
Cato Isaksen notierte. »Hatte Simon Andersen mit denen etwas zu tun?«
»Nein.« Der Mann mit dem runden Kopf starrte Cato Isaksen an. »Keinesfalls«, sagte er. »Der Simon hatte so einiges am Laufen, mit der Marry zum Beispiel. Aber dafür bezahlt hat der nie. Nie im Leben.«
Roger Høibakk, der bisher geschwiegen hatte, beugte sich über den Tisch und fragte, ob sie sich vorstellen könnten, warum irgendwer Simon Andersen umgebracht hatte, wenn der so nett gewesen war, wie alle behaupteten.

Der Wirt und der Nordnorweger schüttelten stumm den Kopf. Der alte Alkoholiker konzentrierte sich auf die Zigarette, die er sich gerade drehte.

»Wenn wir das wüßten, dann hätten wir schon was unternommen. Dann hätten wir denen den Anton auf den Leib gehetzt«, sagte der Nordnorweger und legte freundschaftlich den Arm um den Dünnen. Und dann lachte er.

67

Sigrid fuhr zusammen, als sie den Schlüssel im Schloß hörte. Es war am späten Sonntagnachmittag. Endlich ist dieses einsame Wochenende vorüber, dachte sie erleichtert. Sie sprang vom Sofa auf und drückte Georg an sich. Sie fragte, noch ehe er seine Jacke aufgehängt hatte: »Warum hast du nicht angerufen?«
Cato ließ gleich neben der Wohnungstür seine Tasche fallen. Er blickte sie überrascht an. »Du hast doch gewußt, wo ich war«, sagte er.
»So geht das aber nicht«, sagte sie mit leicht zitternder Stimme. »Hat er vielleicht keinen Anspruch auf dich?« Sie küßte das Kind auf den weichen Kopf. Die flaumigen Härchen blieben dabei an ihren Lippen hängen. »Du kümmerst dich doch nie um ihn, ich habe nie frei.«
Sie hätte sich die Zunge abbeißen mögen, als sie das gesagt hatte. Sie hatte alles in Ruhe diskutieren wollen, ihm klarmachen wollen, wie sehr die ganze Situation sie frustrierte.
Cato Isaksen seufzte und ging an ihr vorbei ins Wohnzimmer. Kaum betrat er die Wohnung, schon fing sie an zu quengeln. Aber das würde die Sache vielleicht erleichtern. Er würde das gegen sie verwenden können.
Georg lächelte strahlend, als er seinen Vater erblickte. Er schlug schelmisch mit dem Kopf gegen den Arm seiner Mutter. Der

Anblick von Sigrid mit dem Kind im Arm rührte Cato zutiefst. Er empfand Schuld und Zärtlichkeit zugleich. Und Resignation.

»Ich habe heute den ganzen Tag arbeiten müssen«, sagte er.

»Hast du die Jungen allein gelassen?«

»Ja, das mußte sein. Sie sind ja groß genug«, fügte er hinzu und merkte, daß diese Antwort Sigrid ein wenig besänftigte.

»Du mußtest sie also allein lassen«, wiederholte sie.

Er nickte. »Und hier?«

»Ach, nichts Besonderes«, sagte sie. »Am Freitag hatte ich Besuch, die Frau, von der ich dir erzählt habe. Sonja, ich habe sie beim Schwimmen kennengelernt.«

Cato Isaksen nickte und nahm ihr Georg ab. Das Gewicht des Kindes auf seinem Arm erfüllte ihn mit einem unerwarteten Glücksgefühl. Die Hände des Kindes waren fest und weich an seinem Hals. Der Junge duftete nach Babyseife.

»Ist sie nett?« fragte er und dachte an Sigrids neue Freundin.

»Ja«, antwortete Sigrid nach kurzem Nachdenken. »Aber nett ist vielleicht nicht das richtige Wort. Sie ist interessant. Ich freue mich darauf, sie richtig kennenzulernen. Sie gibt Kurse in Persönlichkeitsentwicklung. Sie ist ausgebildete Psychiaterin.«

»Himmel«, sagte er. »Solche Kurse sind im Moment beliebt. Ich habe vor kurzem mit einer Zeugin gesprochen. Die beschäftigt sich mit Sternen und Träumen und Schamanismus und Gott weiß, was sonst noch alles.«

Sigrid lächelte. »Ich weiß ja nicht, ob ich das alles glaube. Aber ein Versuch kann ja auch nichts schaden«, fügte sie hinzu. »Und gerade im Moment habe ich das Gefühl, so was zu brauchen.«

Er sah sie an. Ja, bestimmt brauchte sie irgend etwas. Wieder meldete sich sein schlechtes Gewissen.

»Bente war also nicht da?«

»Natürlich nicht«, antwortete er rasch. »Jetzt reg dich doch ab.«

»Ich soll mich abregen? Muß ich mich abregen? Ich tu ja so gut wie nichts anderes.«

Er ging in die Küche und setzte Georg ins Laufställchen. Öffnete den Kühlschrank und nahm Reste heraus.
»Was machst du denn da?« fragte sie gereizt. »Jetzt erzähl mir bloß nicht, du hast vergessen, daß wir deine Mutter besuchen wollten.«
Resigniert senkte er die Schultern. »Heute?«
Sie nickte. »Sie wird achtundsiebzig.«
Er sah sie an. Sigrid liebte seine Mutter. Sie hing mehr an seiner Mutter als er selber. Er wußte nie so recht, was seine Mutter eigentlich für ihn empfand. Auch Bente dachte immer an den Geburtstag ihrer Schwiegermutter, auch jetzt nach der Trennung noch. Er seufzte. Diesmal hatte sie ihn offenbar vergessen.

Noch immer hing der Nebel über den Dächern, als sie aus dem Altersheim zurückkamen. Bald würden regenschwere Wolken die grauen und weißen Schwaden ersetzen. Einige Stunden später, als die ersten Tropfen gegen die Fensterscheiben schlugen, lagen Sigrid und Cato engumschlungen im Bett.

68 Die beiden schwarzhaarigen Frauen saßen nebeneinander in Cato Isaksens Büro. Es war Montagvormittag. Die Frauen sahen ängstlich und verschlossen aus. Beide kamen ihm blaß und müde vor. Die eine bewegte unruhig die Hände auf ihrem Schoß.

Die mit den unruhigen Händen kannte er, es war Kims Tante, sie hatte bei seinem ersten Besuch im Laden gearbeitet. Sie trug auch jetzt ihren roten Sari und dazu eine weite, unkleidsame weinrote Daunenjacke.

Randi erhob sich, als Asle Tengs das Zimmer betrat. »Die Ehemänner sitzen in der Rezeption«, sagte sie leise. »Sie wollen nicht, daß die Frauen allein verhört werden.«

»Wieso allein?«

»Sie möchten dabei sein.«

»Nie im Leben«, sagte Asle Tengs und schaute Cato Isaksen an. Der schüttelte kurz den Kopf. »Kommt nicht in Frage«, sagte er.

Der joviale Ermittler gab den Frauen freundlich die Hand. Holte sich einen Stuhl vom Tisch vor dem Fenster und nahm ein wenig im Hintergrund Platz.

Peetika Khan und Rhiina Nabil blickten Cato und Randi ängstlich an. Eine blickte zur Seite, um festzustellen, wohin Asle Tengs sich gesetzt hatte.

»Möchten Sie Kaffee?« Randi sah die beiden fragend an. Sie schüttelten die Köpfe.
»Und ihr, Jungs?« Cato Isaksen und Asle Tengs nickten, und Randi verließ leise das Zimmer.
Cato Isaksen blätterte in den Papieren, die vor ihm lagen. »Sprechen Sie Norwegisch?« fragte er.
»Ja, ein bißchen«, sagte Peetika Khan und strich sich nervös über die eine Handfläche.
Als er an diesem Morgen ins Büro gekommen war, hatte Asle Tengs' Bericht schon auf seinem Schreibtisch gelegen. Er hatte ihn gerade noch lesen können, ehe die beiden Frauen eintrafen. In diesem Bericht stand, daß das Gespräch mit Ahmed Nabil keine neuen Hinweise erbracht habe. Der Mann beharrte darauf, nichts über den Fall zu wissen. Er wiederholte noch einmal, daß der Mord rassistische Motive haben könnte. Sein Verdacht gegen den Nachbarn Per Allen Karlsen war nicht geringer geworden.
Cato Isaksen hob den Kopf. »Sie kennen die Frau des Verstorbenen, Sonya Khan?«
Die Frauen nickten. Nach kurzem Schweigen sagte Peetika Khan: »Wir sind befreundet, sind eine Familie.«
»Wir lieben uns alle«, fügte Rhiina Nabil hinzu.
Cato Isaksen sah wieder seine Papiere an. »Sie sind keine Pakistani, wie ich sehe.«
»Aus Algerien, wie mein Mann«, sagte die Frau und hob stolz den Kopf.
»Wie haben Sie sich kennengelernt?«
»Unsere Männer«, sagte die Frau in Rot, »sind miteinander ins Gespräch gekommen, so war das.«
»Nachdem Sie nach Grorud gezogen waren?«
»Ja, danach.«
Randi kam mit zwei Kaffeetassen zurück. Eine reichte sie Asle Tengs, die andere Cato Isaksen. Danach setzte sie sich vor den Computer. Anfangs hatte sie noch Probleme, sie mußte die

Frauen bitten, langsamer zu reden, dann hatte sie die Sache im Griff.

»Wie war Ihr Eindruck von dem verstorbenen Bashir Khan?«

Die Frauen blickten einander an, sie wußten nicht so recht, welche anfangen sollte. Cato Isaksen nickte Rhiina Nabil zu. »Bitte, Sie«, sagte er.

»Er war ein Mann«, antwortete sie leise. »Ein Freund von meinem Mann.«

»Ein ganz normaler Mann, wie unsere Männer«, fügte Peetika Khan hinzu.

»Haben Sie ihn gemocht?«

»Ja, ja«, antworteten beide Frauen wie aus einem Munde.

»Warum war Bashir am 2. Januar nicht wie alle anderen auf dem Fest?«

»Das war kein Fest«, sagte Peetika Khan rasch. Sie öffnete den Reißverschluß ihrer Daunenjacke. Es war ihr einwandfrei zu warm. Sie gestikulierte heftig mit der einen Hand, wie, um ihre Aussage noch zu unterstreichen. »Kein Fest«, wiederholte sie. »Wir waren einfach nur zusammen. Pakistanische Familien sind häufiger zusammen als norwegische. Alle können kommen.«

»Aber kam Bashir Khan sonst dazu, wenn Sie zusammen waren?«

»Manchmal nicht.«

»Nicht immer«, korrigierte ihre Freundin.

»Mein Mann ist auch manchmal nicht gekommen«, sagte Ahmed Nabils Frau.

»Aber sie waren nicht zerstritten?«

»Zerstritten, mein Mann und Bashir? Nein, nein, nicht zerstritten.« Die Frau redete jetzt hektisch und wirkte ziemlich aufgeregt.

»Sie diskutieren, das schon«, sagte Peetika Khan ruhig. »Aber sie streiten sich nicht.«

»Und Sonya Khan, was halten Sie von der?«

Wieder antwortete Peetika Khan: »Sie ist meine Schwägerin. Und eine gute Freundin. Eine sehr gute Freundin.«
Cato Isaksen ließ sich in seinem Sessel zurücksinken und gähnte unverhohlen. Aus den Frauen würde er garantiert nichts herausholen können.
»Und Kim«, er machte einen letzten Versuch. »War der bei dem Fest dabei?«
Die Frauen tauschten unsicher einen Blick. »Weiß ich nicht mehr«, sagte Peetika Khan und zuckte resigniert die Schultern.
»Er war nicht da«, sagte die andere leise.
»Wo war er denn?«
»Bei Hassan Malik, einem Freund.«
Cato Isaksen nickte. Die beiden wußten nichts von Jeanette.
»Meinen Sie, Kim könnte seinen Vater ermordet haben?« Cato Isaksen blickte Rhiina Nabil an.
Sie senkte den Blick und schüttelte den Kopf.
»Wie hat Bashir seinen Sohn behandelt?«
»Er war wie alle anderen«, sagte Peetika Khan hart. »Mein Mann muß jetzt kommen«, fügte sie plötzlich hinzu.
Asle Tengs erhob sich langsam und setzte sich auf die Kante von Cato Isaksens Schreibtisch. »Tut mir leid, daß ich mich einmischen muß, aber wissen Sie, ob Bashir Khan gewalttätig war, ob er seine Familie geschlagen hat?«
Die Frauen blickten ihn erschrocken an. »Ich verstehe nicht«, sagte Peetika Khan unsicher. Sie warf einen ängstlichen Blick auf ihre Freundin, dann sah sie wieder Asle Tengs an und sagte: »Pakistanische Männer sind anders als Norweger. Sie kümmern sich nicht um die Kinder, Sie putzen auch nicht. Vielleicht sind sie auch ein wenig faul.« Sie zuckte mit den Schultern, dann traten ihr die Tränen in die Augen. »Sie sind nicht wie Norweger.«
»Aber schlagen sie?« Asle Tengs blickte Rhiina Nabil an. »Mein Mann schlägt mich nicht«, antwortete sie rasch. »Sie schlagen

die Kinder. Aber Kinder sind manchmal frech. Sie brauchen das.«
»Hat Bashir Khan seinen Sohn Kim geschlagen?«
»Vielleicht«, sagte Peetika Khan. »Das weiß ich nicht.«
Asle Tengs bedankte sich, stand auf und ging zu seinem Stuhl zurück. Cato Isaksen fühlte sich überfahren. Asle Tengs hatte aus den Frauen soviel mehr herausgeholt als er.
Er räusperte sich. »Was ist mit Prostitution?« fragte er. »Hatten Ihre Männer oder Bashir Khan damit etwas zu tun?«
Die Frauen schwiegen. Offensichtlich hatten sie die Frage nicht verstanden.
»Nutten, Prostituierte«, wiederholte Cato Isaksen.
Peetika Khan blickte unsicher zu Randi hinüber. Schließlich erzählte die Algerierin etwas von einem anderen Ausländer, im selben Treppenhaus, der einen Videofilm mit nackten Frauen ausgeliehen hatte.
»Alles klar«, sagte Cato Isaksen. »Aber nun sagen Sie mir noch, spielen Ihre Männer Bingo?«
»Bingo?« Die Frauen schüttelten energisch die Köpfe.

69

An der Rezeption geschahen mehrere Dinge auf einmal. Wie in Zeitlupe sah Cato Isaksen Bergliot Behrens, die sich zwischen Ahmed Nabil und Hussain Khan hindurchzwängte. Und er überlegte sich, daß er das schon einmal erlebt hatte. Genau so war sie auch beim letzten Mal aufgetreten. Wie damals hatte Bergliot Behrens ihren Hut tief in die Stirn gezogen. Sie fing schon an zu reden, als sie noch ein ganzes Stück von ihm entfernt war.

»Hallo, ich hab's ja gesagt, ich hab es meiner Tochter gesagt, und die meint, ich sollte noch mal mit Ihnen reden . . .«

Alle drehten sich zu der alten Frau mit der hektischen Stimme um. Cato Isaksen hob abwehrend die Hände und bat Asle Tengs, Bergliot Behrens in sein Büro zu bringen. »Bleib bei ihr, bis ich wieder da bin.« Resigniert schüttelte er den Kopf.

Hussain Khan und Ahmed Nabil waren außer sich vor Empörung. Sie redeten wild durcheinander. Sie waren der Ansicht, daß ihre Frauen nicht ohne ihre Anwesenheit verhört werden dürften. »In Pakistan ist das nicht erlaubt. Verboten«, erklärte Hussain Khan.

»In Norwegen ist das eben anders«, erklärte Cato Isaksen entschieden. Dann sagte er, das Verhör der Frauen in Abwesenheit ihrer Männer sei absolut notwendig gewesen, und es werde vielleicht nicht das letzte sein. Hussain Khan starrte ihn aus dunk-

len, wütenden Augen an. »Sie machen das nur, weil wir Ausländer sind. Sie sind ein Rassist!«
In diesem Moment kam Preben Ulriksen vorbei. Er erfaßte die Situation sofort, blieb stehen und starrte Hussain Khan herausfordernd an. »Muß hier irgendwer zur Besinnung gebracht werden?« fragte er sarkastisch. Seine Kollegin Anne Grethe Juvik, eine der Neuen aus dem Team, blieb ebenfalls stehen und warf einen fragenden Blick auf Cato Isaksen.
»Soll ich irgendwen zum Ausgang begleiten?« fragte sie energisch. Cato Isaksen blickte sie dankbar an und nickte. Er ging in sein Büro, wo Bergliot Behrens, strotzend vor Erzählsucht, Asle Tengs abwies, der ihr aus dem Mantel helfen wollte.
Sie redete los, sowie der Kommissar die Tür öffnete. »Ich glaube«, sagte sie mit zitternder Stimme, »daß Sie vielleicht recht haben. Daß sie die Mörderin ist. Ich glaube, daß sie nachts vor meinem Fenster hin- und herläuft, weil sie weiß, daß ich Bescheid weiß.«
Cato Isaksen betrachtete die zitternde alte Dame. Sie war jetzt wieder aufgesprungen und beugte sich über seinen Schreibtisch. Die alte Frau hatte alle Farbe verloren. Sie stand mitten unter der gelben Deckenlampe, sah aber papieren und grau aus.
»Immer mit der Ruhe«, sagte er.
»Nein«, sagte die alte Dame schnell. »Außerdem ...« Sie unterbrach sich kurz, »außerdem hat sie einen Mann zu Besuch. Ich glaube, er wohnt bei ihr.«
»Ach!« Cato Isaksen blickte in ihr runzliges Gesicht. »Ich gehe davon aus, daß hier von Cheryl Therkelsen die Rede ist?«
»Natürlich«, Bergliot Behrens stöhnte empört auf.
»Sie wohnt also nicht mehr bei ihrer Freundin?«
Bergliot Behrens schüttelte mürrisch den Kopf und beugte sich so weit vor, wie das überhaupt nur möglich war. »Da stimmt doch etwas nicht, oder? Wie kann sie es aushalten, dort zu wohnen?« Sie setzte sich wieder. »Da stimmt etwas nicht, so sehe ich das wenigstens. Und meine Tochter meinte, ich sollte noch ein-

mal mit Ihnen sprechen. Die anderen Polizisten, die bei mir gewesen sind, die mochte ich nicht. Ich glaube, die wollten mir ganz einfach nicht glauben.«

»Haben sie denn unter Ihrem Fenster nach Fußspuren Ausschau gehalten?«

»Ja, sicher, im Tulpenbeet. Aber sie haben nichts gefunden.«

»Aber Ihr Schlafzimmer liegt doch zum Hinterhof, wo der Eingang ist. Da ist es doch klar, daß viele Leute dort vorbeigehen.«

Bergliot Behrens blickte den Kommissar resigniert an. »Sie glauben mir auch nicht«, murmelte sie und verzog beleidigt ihren runzligen Mund.

»Dieser Mann, der angeblich eingezogen ist, haben Sie den schon einmal gesehen?«

»Gesehen, ja. Oft. Mindestens zweimal.«

»Erzählen Sie.« Cato Isaksen stand auf und ging um den Schreibtisch herum. Er legte ihr freundlich die Hand auf die Schulter. »Warum haben Sie Ihre Meinung über Cheryl Therkelsen geändert? Neulich waren Sie doch ganz sicher, daß sie nichts mit dem Mord zu tun haben könnte.«

»Ja«, jammerte die alte Frau und packte ihre abgenutzte braune Handtasche. »Ja«, wiederholte sie, fast wie im Selbstgespräch. »Das weiß ich. Aber ...« Sie öffnete die Tasche und zog ein zerknülltes Taschentuch heraus. »Nur habe ich jetzt so schreckliche Angst«, schluchzte sie.

70

Karsten Tønnesen ließ seinen Blick an den Anwesenden vorbeiwandern. In seinen schmalen Augen war kein Platz für Humor oder für ein Lächeln. Das Fahndungsteam nahm gerade im Büro der Hauptkommissarin am runden Tisch Platz. Alle waren gespannt und geprägt vom Ernst des Themas, über das der Psychiater referieren wollte: Serienmörder. Ihr Verhalten, ihre Schwächen.

Nach dem Regen der vergangenen Nacht schien die Frühlingssonne jetzt so heiß und stark, daß sie die dunklen, kleingeblümten Vorhänge vorgezogen hatten. Das tauchte den Raum in unbehagliche Dunkelheit. Als alle saßen, begrüßte Chefermittler Cato Isaksen den Psychiater kurz und bedankte sich bei ihm dafür, daß er ihnen seine fachlichen Erfahrungen zur Verfügung stellte.

»Ich verfüge nicht gerade über konkrete Erfahrungen mit Serienmördern«, sagte der Psychiater. Er hatte eine angenehme tiefe Stimme und sprach langsam. »Ich arbeite seit vierzehn Jahren in der Klinik Gaustad. Ich praktiziere zwar noch, aber zwei Drittel meiner Arbeit bestehen aus Forschungen über Verhaltensproblematik.« Er öffnete ein Brillenetui und setzte seine Brille auf.

»Verhaltensprobleme haben oft mit Kindheit und mit Veranlagung zu tun. Zum Glück sind die Folgen zumeist nicht so dramatisch wie in Ihrem Fall.«

Er legte eine kleine Pause ein und fing an, im Zimmer hin- und herzugehen. »Hier in Norwegen sind wir bisher von dieser Art von Serienmördern mehr oder weniger verschont geblieben. Aber wir hatten auch welche, denken sie an Arnfinn Nesset, der fast ein ganzes Altersheim vergiftet hat. Er behauptete, das aus Mitleid getan zu haben. Aber natürlich hatte er im Grunde andere Motive, auf die ich noch zurückkommen werde. Ich glaube, ich beziehe mich zuerst auf die USA, wo die Forschung im Laufe der Jahre doch einige Ergebnisse vorweisen kann. Sie haben leider auch mehr als genug praktische Erfahrung. Vermutlich gibt es zu jedem Zeitpunkt in den USA an die vierzig aktive Serienmörder. Ich möchte aber auch die Morde erwähnen, die Geistesgestörte in den letzten Jahren in Norwegen begangen haben. Diese Zahlen steigen stetig an. Die Politiker mögen meinen, was sie wollen, ich bin davon überzeugt, daß die Einsparungen bei psychiatrischen Kliniken eine wichtige Ursache darstellen. Im Moment hat kein westeuropäisches Land weniger Pflegeplätze in der Psychiatrie als Norwegen. Wir haben pro tausend Einwohner nur 0,5 Betten. Allein in Schweden ist das Angebot doppelt so hoch.«
Er schrieb mit schwarzem Stift »0,5« an die weiße Tafel. Die gelbe Sonne, die einen Weg durch den Spalt zwischen den Vorhängen gefunden hatte, zeichnete zwei dünne Striche an die Wand.
Preben Ulriksen gähnte laut. Ingeborg Myklebust steckte sich eine Zigarette an.
»Zwischen 1980 und 1984 wurden in Norwegen dreißig Menschen von mehr oder weniger geistesgestörten Personen umgebracht. Zwischen 1990 und 1994 waren es sechzehn. Die Anzahl hat sich also mehr als verdoppelt. Diese Morde machen über zweiundzwanzig Prozent der Morde aus, die in diesem Zeitraum begangen worden sind.«
Cato Isaksen bereute, den grauen Psychiater hergebeten zu haben. Was hatte der ihnen denn eigentlich zu sagen? Einige

von den Anwesenden rutschten schon unruhig auf ihren Stühlen hin und her. Er warf einen Blick auf die Liste, die Preben ihm an diesem Morgen überreicht hatte. Die Assoziationen, die sie mit dem Mörder verbanden. *Kenntnisse über Anatomie, kalt, geisteskrank, Schauspielertalent, böse . . .*

»Serienmörder haben fast immer Eltern mit unterschiedlichen mentalen Leiden«, Karsten Tønnesen redete ungerührt weiter. »Oft mit aggressiven Ausdrucksformen. Häufig finden wir Psychopathen, Sadisten oder Menschen mit abweichendem Sexualverhalten. Als Kindern sind ihnen mentale Schäden oder physische Schäden zugefügt worden, die häufig den Teil des Gehirns beeinflussen, der für gewalttätiges Verhalten und Kontrolle von Gefühlen zuständig ist. Fehlernährung oder Unterernährung können ebenfalls zum Fehlen von kognitivem Verständnis führen.«

Die Versammlung hörte jetzt aufmerksamer zu. »Sie haben abweichendes Sexualverhalten erwähnt«, sagte Ingeborg Myklebust und legte ihre Zigarette im Aschenbecher ab. Randi vertrieb mit irritierten Handbewegungen den Rauch. »Aber die Opfer sind doch nicht sexuell mißbraucht worden. Wir haben an den drei Tatorten auch keine Spermareste oder Flecken gefunden.«

Karsten Tønnesen nickte ernst und sagte: »Der Mörder kann aber trotzdem ein sexuelles Motiv haben. Der eigentliche Akt wird dann zu einem späteren Zeitpunkt durchgeführt. Verstehen Sie, viele haben feste Rituale, an die sie sich halten. An die sie sich halten müssen. Und die Reihenfolge der Rituale darf nicht verändert werden. Verstehen Sie? Oft verrät sich so ein Mörder durch einen Verstoß gegen ein Ritual.«

»Aber gibt es einen ganz bestimmten Grund zu der Annahme, daß die drei Morde, von denen hier die Rede ist, einen sexuellen Hintergrund haben?« Cato Isaksen fiel dem Forscher ins Wort und goß sich neuen Kaffee ein.

»Nein.« Karsten Tønnesen kratzte sich nachdenklich am Kinn.

»Mir kommt es eher so vor, als liege eine soziale Ursache vor. Altersmäßig gehören die drei Männer ja so ungefähr zur selben Generation.«
»Könnten wir es auch mit einer Mörderin zu tun haben?« Bjørn Thorsen fuhr sich mit den Fingern durch seine welligen Haare.
Karsten Tønnesen zog eine seltsame Grimasse. »Natürlich«, sagte er langsam. »Aber darüber wissen Sie mehr als ich. Ist eine Frau stark genug, um ihren Opfern so tiefe Stichwunden beizubringen? Wissen Frauen zumeist nicht weniger darüber, wie ein Mord ausgeführt wird? Das hier ist Profiarbeit. Die Kehlen sind perfekt durchgeschnitten.«
Intelligent, clever, kalt, geisteskrank, Schauspielertalent. Cato Isaksen drehte das Blatt um.
»Wir sollten vielleicht in anderen Bahnen denken.« Karsten Tønnesen lief vor der Tafel hin und her. »Wenn ich richtig verstanden habe, dann waren zwei Ehefrauen der Opfer verreist, als der Mord geschehen ist.«
Cato Isaksens Herz schlug schneller. Er stellte die Kaffeetasse auf den Tisch.
»Jemand muß davon gewußt haben. Gerd Andersen ist mit dem Zug in die Gegend von Hamar gefahren«, sagte er und starrte Roger Høibakk gespannt an.
»Die Fahrkartenschalter!« brüllte Preben Ulriksen eifrig.
»Cheryl Therkelsen hat nicht den Zug genommen«, sagte Ingeborg Myklebust.
»Taxis!« Cato Isaksen erwiderte den Blick seiner Vorgesetzten. »Himmel, die Taxizentralen!«

71

Gerd Andersen war in der Küche beschäftigt. Ein trockenes Kotelett lag in der Bratpfanne. Sie gab reichlich Butter dazu. Ein süßlicher, unangenehmer Geruch verbreitete sich in der kleinen Wohnung.
Cato Isaksen hatte die Besprechung zusammen mit Randi verlassen und war ins Auto gesprungen. Roger Høibakk und Preben Ulriksen fuhren in die andere Richtung, nach Majorstua, um mit Cheryl Therkelsen zu reden. Thorsen und Billington wurden nach Groruddalen geschickt. Gerd Andersen öffnete die Tür einen Spaltbreit und blickte Cato und Randi überrascht an.
»Haben Sie ihn gefunden?« fragte sie und wischte sich die fettigen Finger an einer schmutzigen rosa Schürze ab.
Cato Isaksen schüttelte den Kopf. »Nein«, sagte er.
»In der Küche scheint irgend etwas anzubrennen«, sagte Randi und zeigte auf die Küchentür.
Gerd Andersen band die Schürze ab und lief zum Herd. Sie bat ihren Besuch, sich schon einmal zu setzen.
Verständlicherweise wirkte Gerd Andersens graues Gesicht ein wenig müde, als sie wieder aus der Küche kam, nachdem sie das Fenster aufgerissen und die Pfanne vom Herd genommen hatte. Sie hielt eine Literflasche Cola in ihrer dünnen Hand, so fest, daß ihre Fingerknöchel weiß hervortraten. Aus dem Büfett in der Ecke nahm sie zwei kleine Gläser.

Randi und Cato saßen in den Sesseln am Fenster, Cato in dem scheußlichen Teil, in dem Gerd Andersen bei seinem ersten Besuch Platz genommen hatte. »Wir möchten gern noch eins wissen«, sagte er, während Frau Andersen die Gläser mit Cola füllte.

»Ach, diese Flaschen sind so schrecklich schwer«, sagte sie.

»Sie sind mit dem Taxi gefahren, nicht wahr? An dem Tag, als sie zur Bahn wollten. Um nach Toten zu fahren.« Gerd Andersen stellte mit zerstreuter Miene die Flasche auf die Fensterbank. »Ja, wieso? Ich fahre ja nie Auto, wir haben ja kein Auto. Das konnten wir uns nicht leisten«, sagte sie dann und seufzte. »Natürlich habe ich ein Taxi genommen.«

Cato Isaksen nickte. »Und können Sie sich an den Fahrer erinnern?«

»Nein.« Die Frau blickte den Kommissar voller Angst an. »Ist der denn der Mörder? Was meinen Sie?«

Cato Isaksen schüttelte langsam den Kopf. »Auf keinen Fall«, sagte er entschieden. »Aber wir müssen mit ihm reden. Das ist sehr wichtig.«

»Ach, wie hat der denn nur ausgesehen?« Gerd Andersen zog einen von den schmalen Stühlen unter dem Tisch hervor und ließ sich langsam darauf nieder.

Randi trank einen Schluck Cola. »Wissen Sie vielleicht noch, ob er alt oder jung war?« fragte sie.

»Besonders alt war er wohl nicht, glaube ich. Aber jung? Nein.«

»Was hatte er für ein Auto?« Cato Isaksen blickte sie abwartend an. »Können Sie sich daran erinnern?«

»Ein ganz normales Taxi, blank, schwarz vielleicht. Oder blau? Nein, dunkelgrau, glaube ich.«

»Haben Sie das Taxi per Telefon bestellt?«

»Ich bin zum Halteplatz gegangen. Da warteten schon vier oder fünf Personen. Nach einer Weile kam ein Wagen. Sie haben mich vorgelassen. Es ging alles so schnell.«

Cato Isaksen betrachtete sie resigniert.
Sie blickte ihn unsicher an. »Hätte ich das denn zu mir nach Hause bestellen sollen?« fragte sie zaghaft.
Er beantwortete ihre Frage nicht. »Haben Sie mit dem Fahrer gesprochen? Haben Sie ihm erzählt, daß Sie verreisen wollten?«
Gerd Andersen schloß kurz die Augen, um in ihren Erinnerungen zu graben. »Ich glaube, wir haben kein einziges Wort gewechselt«, murmelte sie.

72

Wieder versammelten sich alle im Büro der Hauptkommissarin. Roger Høibakk erzählte, daß Cheryl Therkelsen sich an ihren Taxifahrer nur vage erinnern könnte. Sie glaubte, er habe graue Haare gehabt. Er konnte so um die Fünfzig gewesen sein. Sie hatte nicht mit ihm gesprochen, sie hatte doch die Kinder trösten müssen. Er hatte sie nicht ins Frauenhaus begleitet. Und sie hatte ihn nicht um eine Quittung gebeten. Sie hatte das Taxi im Trudvangvei angehalten. An die Marke konnte sie sich nicht erinnern, ihr Sohn sprach von einem Mercedes.

Roger Høibakk trommelte mit den Fingern auf dem Tisch herum. Der Psychiater war schon gegangen. Auf der Tafel stand immer noch die schwarze Zahl 0,5.

»Dieser geheimnisvolle Mann, von dem Frau Behrens gesprochen hat«, sagte Roger jetzt, »der bei Cheryl Therkelsen eingezogen sein soll, ist ihr Bruder Mike. Ist vor zwei Tagen aus den USA gekommen. Er möchte Cheryl und die Kinder mit zurück nehmen. Ich habe gesagt, sie müßten noch warten.«

»Kann es ein Taxi gewesen sein, das schwarz operiert?« fragte Preben Ulriksen, nachdem lange nur das Kratzen von Kugelschreibern auf Papier zu hören gewesen war. »Das habe ich mir auch schon überlegt«, sagte Randi.

»Nein«, schaltete Asle Tengs sich gereizt dazwischen. »Himmel, ein Piratentaxi! Cheryl Therkelsen hat doch gesagt, daß sie es entdeckt hat, als sie aus dem Haus gestürzt kam. Und Gerd Andersen ist doch zum Taxistand gegangen. Und den Unterschied zwischen einem zugelassenen und einem schwarzen Taxi sehen ja wohl alle.«

Cato Isaksen nickte. »Asle hat recht«, sagte er.

»Na gut, war ja nur so eine Idee«, sagte Preben Ulriksen leicht verschnupft nach diesem Ausbruch. »Aber was ist mit Sonya Khan?«

Stein Billington schüttelte den Kopf. »Sonya Khan besteht darauf, den ganzen Tag und Nachmittag bei ihrem Schwager verbracht und nichts mit irgendeinem Taxi zu tun gehabt zu haben.«

»Wer hat gedolmetscht?« Cato Isaksen ließ seinen Blick zu den vorgezogenen Vorhängen wandern. »Sie kann kurz vor diesem Tag Taxi gefahren sein.«

»Ihr Sohn Kim hat gedolmetscht«, antwortete Stein Billington. »Sie sagt, sie sei an den Tagen vor und nach dem Mord nicht einmal in die Nähe eines Taxis gekommen.«

»Wir haben eine Runde gemacht«, fuhrt Bjørn Thorsen fort, »um festzustellen, ob in einem der Blocks vielleicht zufällig ein Taxifahrer wohnt.«

»Das ist aber nicht der Fall«, fügte Stein Billington hinzu.

Cato Isaksen spürte, daß Ingeborg Myklebusts Erkältung sich jetzt in seinem Hals niederließ. Dafür habe ich nun wirklich keine Zeit, dachte er gereizt. »Erkundigt euch mal bei der Taxizentrale.« Er blickte Billington und Thorsen an. »Ich komme mit«, sagte Preben Ulriksen eifrig.

Cato Isaksen musterte seinen jungen Kollegen. »Ja«, sagte er. »Tu das.«

73 Elsa Bakke drehte der verschlossenen Tür den Rücken zu. Sie schaute durch das Fenster aufs Wasser hinunter. Die Wasseroberfläche machte kleine tänzelnde Bewegungen. Das Glas bewegte sich ein wenig, als sie die Stirn dagegen preßte. Sie wußte, daß ihr Kopf diese durchsichtige Glashaut sprengen könnte. Und die Glasscherben könnte sie dann als Waffe benutzen.

Ein Segelboot mit weißen Segeln spielte unter einer Porzellanschicht von Wolken auf der Wasseroberfläche. Der Lärm in Elsas Kopf nahm immer noch zu. Sie hatte Angst, Andreas könne aus der Schule nach Hause kommen. Er würde alles sofort durchschauen. Er würde es schon vor der Haustür spüren.

Sie konnte Frank unten in der Küche hören. Er hatte nun genug Dinge zerschlagen und zerbrochen. Jetzt warf er kleine Gegenstände auf den Boden. Sie hörte, wie sich eine Nadelschachtel leerte.

Wie dumm von ihr, daß sie es nicht lassen konnte, ihm zu widersprechen! So fing es immer an. Diesmal hatte sie ihn nur gebeten, den Tisch abzuräumen. Sie hatte sich vielleicht ein bißchen scharf angehört.

»Kannst du nicht wenigstens den Tisch abräumen, wenn du ihn benutzt hast?« hatte sie gefragt. Es war ihr in einem Anfall von Übermut herausgerutscht, obwohl sie genau wußte, daß sie ihre

Worte und ihren Tonfall auf die Goldwaage legen mußte. Es ging doch jetzt schon seit einer Weile gut.
Sie sah zwischen den Ästen die Decke ihres kleinen Ateliers. Die orangen Dachziegel waren an den Rändern mit braunem und grünlichem Moos bewachsen. Eine Krähe saß wippend auf dem Giebel. Sie sah aus wie ein schwarzgekleidetes Männlein.
Die Trostlosigkeit drohte sie zu erwürgen. Bald würde Andreas aus der Schule nach Hause kommen.
Sie sah, wie die grauweiße Katze durch die halb geöffnete Tür ins Atelier schlüpfte.
Was würde sie tun, wenn sie Frank über den Weg zu dem roten Häuschen gehen sähe? Was würde sie tun, wenn er durch die offene Tür hineinginge und ihre Sachen zerstörte? Die blauen Teller, die Tassen mit den geschwungenen Henkeln, die Kerzenhalter, die Spiegelrahmen? Wenn er die teure Glasur auskippte und die Kabel des Brennofens zerschnitt?
Elsa Bakke ging vom Fenster weg. Sie dachte an die Wochen, die hintereinander lagen und warteten, Sie dachte an den Sommer, an Rasensprenger, an Mahlzeiten am schmiedeeisernen Gartentisch, an Dämmerungen am Seeufer und an Schatten, die ihr davonliefen. Unten im Haus war es jetzt ganz still.
Sie ging zum Bett unter der schrägen Decke, legte sich auf den Bauch und strich sich die dunklen Haare aus dem Gesicht. Sie war achtundzwanzig Jahre alt. Ihr Leben gefiel ihr nicht. Warum gab sie sich Mühe, schöne Dinge herzustellen, wenn sie doch nicht überlebten? Sie müßte lernen, ihre Produkte zu verstecken. Aber wo?
Der Junge liebte seinen Vater. Frank war ein guter Vater. Dem Jungen tat er nie etwas. Sie hatte Frank manchmal sogar schön gefunden. Zum Beispiel, als er den neugeborenen Andreas ins Haus getragen hatte. Ganz behutsam, als berge der weiche kleine Kinderkörper alle Wunder der Welt. Elsa drehte sich auf den Rücken. Das war sieben Jahre her.

Die Melancholie der alten Wände hing wie Weinen im Holz. Alles strömte den Geruch von Alter aus. Sie schloß die Augen, riß sie aber wieder auf, als sie aus dem Wohnzimmer heftigen Lärm hörte. Ihr Herz hämmerte los, sie setzte sich halbwegs auf, stützte sich auf die Ellbogen. An diesem Tag war wohl Mittwoch, aber das spielte keine Rolle. Es würde viele Tage dauern, bis alles wieder in Ordnung wäre. Donnerstag, Freitag, Samstag, vielleicht auch noch Sonntag und Montag. Am Dienstag würde er ihr Blumen bringen, würde mit Andreas ins Kino gehen, während sie im Atelier die Scherben zusammenfegte.
In einigen Tagen würde sie vielleicht diese schmerzliche Erleichterung verspüren. Sie würde aufatmen können, sich damit trösten, daß es bis zum nächsten Mal vielleicht Wochen dauern würde. Aber das Zeichen würde wieder auftauchen. Zuerst schwach und kaum zu erkennen. Dann mit aufgerissenem Rachen. Vielleicht in einer grünen Weinflasche, vielleicht auch nur in der Hitze des Brennofens. Etwas, das ihn irritierte. Das Minderwertigkeitsgefühle und Wut zum Leben erweckte. Das Zeichen hatte viele Gesichter und viele Rachen. Das Zeichen war viele Tiere. Es war viele Gerüche und viele Schatten. Seine Unruhe, seine Verletztheit über einen Verlust konnten ihn schon zur Explosion bringen. Vielleicht hatte jemand sie gelobt, hatte Elsa im Vorübergehen als tüchtige Künstlerin bezeichnet, als gute Köchin, hatte vielleicht gesagt, *er* habe wirklich Glück mit seiner schönen Frau.
Seine Reaktion hing davon ab, an welcher Stelle ihm das Zeichen im Leib saß. Manchmal war er stolz. Manchmal wütend. Vorher wußte sie das nie.
Es konnte mit einer Bewegung seiner Stirn anfangen, unter dem widerspenstigen schwarzen Schopf. Es konnte in seinem Rükken anfangen, in der Bewegung seiner Schultern, wenn er sich umdrehte. Wenn das Zeichen Franks Gesicht erreichte, hatte Andreas sich immer schon hinter dem Treppengeländer versteckt. Wenn er bereits im Bett war, schlich er sich wieder nach

unten. Sein Körper trug sein tapferes Gesichtchen. Seine Wange zeigte den Abdruck seiner Bettdecke. Seine Augen flehten den Vater an, die Mutter in Ruhe zu lassen.
Elsa dachte zurück. Vielleicht lag es daran, was gestern abend nach dem Schlafengehen passiert war. Seine Hände hatten ihren Körper gesucht. Sie wußte, daß sie dagegen ankämpfen mußte, denn wenn sie ihm zeigte, daß sie ihn wollte, fürchtete er sich. Und er hatte ihr tausendmal erklärt, daß das nicht sein Fehler sei, sondern ihrer.
Sie fiel, fiel durch schweren Schlaf. Das Fenster einen Spalt breit geöffnet. Eine schwarze brummende Fliege brach die beängstigende weiße Stille. Und nun wurde so heftig an die Tür gedonnert, daß die Fensterscheiben klirrten. Ob Fliegen hören konnten? Elsa setzte sich auf, lief zur Tür und sah, wie die Türklinke unter seinen Schlägen zitterte.
»Wenn du nicht rauskommst, dann brech ich die Tür auf.«
»Ich komm ja, ich mußte mich nur kurz ausruhen.«
»Verdammt, das ist doch gelogen. Du willst nicht die Verantwortung für dein Verhalten tragen. Setzt bloß dein freches Grinsen auf und setzt mir zu, bis ich sterben könnte. Komm raus und sag, was du mir zu sagen hast.«
Elsa Bakke schluckte und sah zu, wie die Fliege als schwarzer zitternder Fleck durch den Fensterspalt flog. Feige Fliege.
»Ich komme bald nach unten, Frank. Wir müssen doch darüber in Ruhe sprechen können.«
»Wenn du jetzt nicht kommst, dann schlag ich dein Atelier in Stücke!«
»Die Arbeit von zwei Monaten, Frank. Es wird am Samstag abgeholt, das Kaffeeservice, meine ich. Viertausend Kronen, am Samstag.«
»Komm schon!«
Elsa Bakke drehte langsam den Schlüssel um und wurde an seinen kräftigen Körper gedrückt. Wurde wie eine Lappenpuppe die Treppe hinuntergeworfen. Zuerst mit der Schulter, dann

Stirn, Brust, Hüften und Knöchel. Ihr Rücken tat unter dem Kreuz entsetzlich weh. Sie konnte nicht aufstehen. Sie hörte durch die offene Tür die Vögel im Garten singen. Spürte die frische Frühlingsluft, die über den Boden strömte. Konnte durch die Tür einen lichtgrünen Schleier erkennen.

Andreas kam nach Hause. Sie konnte hören, wie der Vater ihm murmelnd etwas erklärte. Und daß der Junge dann weglief. Sie wußte, daß er zu Margunn ging. Wie gut, daß Frank den Jungen verschonte. Sie freute sich über die Fürsorge, die er seinem Sohn erwies.

Mit ihrem Kopf war offenbar irgend etwas passiert. Mit den Knochen an der einen Schläfe, sie schien eingesunken zu sein. Über den Augenbrauen, wenn sie die Augen nach oben verdrehte, dann glaubte sie, dort ein gelbes Licht zu sehen.

Er stieg über sie hinweg und ging ins Wohnzimmer. Die Katzen sprangen elegant über ihren Körper und liefen in die Küche. Sie mußte ihn bitten, die Katzen zu füttern. Frank schob das Demoband in die Anlage und drehte sie lauter. Geräuschfetzen füllten die Zimmer, erreichten auch die ovale Diele. Strömten unbarmherzig über sie hinweg, die vor der braunen Treppe lag und durch die halb geöffnete Tür starrte. Sie träumte davon, ein kleines Glas Cognac zu trinken, wenn für diesmal alles vorüber wäre. Und dann mußte sie weinen. Aber die Musik verstummte nicht. Sie traf sie an ihren empfindlichsten Stellen. Ihr fiel das Kleid ein, das sie im Atelier vergessen hatte. Es hatte den ganzen Winter dort im Schrank gehangen und war von Frost und Feuchtigkeit ruiniert worden. Sie dachte an ihre zum Tode verurteilte Kunst, an ihre Teller. An den blauen Farbton, der ihr solches Kopfzerbrechen bereitet hatte. Und an die Pünktchen auf der einen Seite. Sie dachte an die Tassen mit ihren kleinen, geschwungenen Henkeln.

Kühle Luft strich über ihren Körper. Die Luft strömte über den Boden und trug nichts mit sich, nur das leise Versprechen, daß es nicht immer so bleiben müßte.

74 Der Komponist Frank Bakke saß am Flügel. Er ließ seine groben Finger über die Tastatur traben. Ebenholz und Elfenbein. Ebenholz und Elfenbein. Der Komponist spürte, wie die Trauer in ihm wütete. Alles mußte sie zerstören, alles ruinieren. Aber auch Zärtlichkeit empfand er jetzt wieder für sie. Trotz ihres Verhaltens empfand er Zärtlichkeit. Elsa und Andreas, das Beste, was er hatte. Sie bedeuteten alles für ihn. Aber warum mußte Elsa ihn immer demütigen, den Teufel in ihm wecken, wo er doch nur in diesem alten Haus ein ruhiges Leben führen und Musik machen wollte? Wo er sich doch wirklich anstrengte, um sich mit diesem Haus abzufinden. Dem Haus, in dem Elsa aufgewachsen war. Seine Schwiegereltern hatten dieses Haus geliebt, vielleicht konnte er sich deshalb nicht damit anfreunden. Es gehörte ja nicht ihm! Nichts gehörte ihm. Alles gehörte ihr, nur ihr. Dieses verdammte Haus! Da wohnte er nun ihr zuliebe hier, und was war der Dank? Zum Dank erinnerte sie ihn immer wieder daran, daß er ein Versager war. Sie hatte einmal behauptet, es fehle ihm an Selbstvertrauen. Daß es daran lag. Was denn? Welches *es* sollte daran liegen? Außerdem glaubte er, daß sie hinter seinem Rücken die Pille nahm. Er hob die Finger von den Tasten und stand auf. Er ging in den Flur, wo sie noch immer unten vor der braunen Treppe lag. »Nimmst du heimlich die Pille?«

Er versetzte ihr einen leichten Tritt in den Bauch. »Ich will eine ehrliche Antwort. Ja oder nein.«
Als sie keine Antwort gab, sondern die Augen schloß, holte er die große schwarze Schneiderschere aus der Küche und ging in den Garten, zum Fahnenmast. Er hörte die Vögel in den Bäumen zwitschern. Der blaue Wimpel bewegte sich leise in der kühlen Frühlingsluft. Sie hatte ihn mit dreizehn Jahren für ihre Eltern gestickt, als Weihnachtsgeschenk. Er zog an der Leine, ließ den Wimpel herab, schnitt den weißen, inzwischen grau gewordenen Vogel in der Mitte durch und hißte den Wimpelrest dann wieder auf Halbmast. Den anderen blauen Stoffetzen nahm er mit ins Haus und warf ihn neben ihr auf den Boden.
»Und jetzt«, rief er, »kapierst du vielleicht, was du angerichtet hast!« Er stand mit gespreizten Beinen über ihr. Sie bewegte sich nicht, er konnte aber die Schlagader an ihrem Hals pochen sehen. Ihre Augen waren noch immer fest geschlossen.
»Augen auf«, brüllte er, aber sie reagierte nicht. Er verspürte einen leisen Hauch von unbekannter Angst.
Er schrie: »Jetzt steh endlich auf! Ich weiß genau, daß du dich nur verstellst! Das machst du doch immer. Aalst dich in Selbstmitleid. Spielst die Schwerverletzte, die jeden Moment sterben kann!«
Er trat sie in die Seite. Hob mit dem Fuß ihren Körper einige Zentimeter vom Boden hoch.

75

Sie sah ihren Eckzahn am Rand der untersten Treppenstufe liegen. Sah ihn von unten. Das durchsichtige Weiß des Zahns machte ihr angst. Wie klein der war! Das Loch in ihrem Kiefer erschien ihr wie ein Krater.
»Jetzt steh endlich auf! Sein Fuß kam ihr vor wie ein Stemmeisen. Er hob sie vom Boden auf und ließ sie wieder fallen. Hob sie hoch, ließ sie fallen.
Sie registrierte, daß er sich rittlings auf sie hockte und sie vorsichtig ins Gesicht schlug. »He, du! Jetzt ist wirklich Schluß!«
Die Schmerzen in ihrer Hüfte waren unerträglich, als er ihr die Kleider vom Leib riß. Sie wimmerte leise, spürte im einen Auge einen stechenden grauen Blitz. Sein Geschlechtsorgan bahnte sich keuchend einen Weg. Pumpte und pumpte wie ein lebendiges Tier. Sie kniff die Augen fest zusammen, blickte nur einmal in sein breites Gesicht hoch. In den düsteren Augen des Komponisten lag eine vage Wärme, die sie haßte. Die Gefühle zwischen ihren Beinen lösten Haß auf sich selber in ihr aus. Sie ließ den Kopf zurücksinken und blickte ins Wohnzimmer und weiter durch die Glastür. Auf dem Verandageländer saß ein zerzauster kleiner Vogel. Wenn der doch bloß einen Namen hätte. Wenn der doch bloß Hilfe für ihr zermartertes Gehirn holen könnte.
Später, als er von ihr abgelassen hatte, verwandelte die Stille sich in ein unablässiges Rauschen. Sie mußte die Hände heben und

sich die Ohren zuhalten. Ein bohrender Schmerz zerriß ihre eine Schulter. Schwerer, gelber Geruch von Katzenpisse aus dem Katzenklo in der Küche hüllte sie ein.
Sie wußte nicht, wo er war, hörte ihn nirgendwo im Haus. Sie hielt den Atem an. Seine Abwesenheit, und die Stille, machte ihr entsetzliche Angst, sie konnte sich doch nicht bewegen. Sie hatte das Gefühl, unter einer Glasglocke zu liegen. So eine hatte sie, eine geerbte Käseglocke. Sie war jetzt so klein, daß sie unter diese Käseglocke gepaßt hätte. Am Rand war das Glas zu vielen kleinen Facetten zurechtgeschliffen. Ihre Augen füllten sich mit Tränen, und die Glasfacetten tanzten um sie herum Ringelreihen. Das Glas hatte ein Echo wie Wasser. Durchsichtig, kalt, glatt.

76

Der Staubsaugermund graste auf dem abgetretenen Teppich. Tante Edith lag seit einer Woche im Krankenhaus. Sie war auf dem Weg zum Einkaufen auf der Treppe ins Stolpern geraten und hatte nun einen Oberschenkelhalsbruch. Die Mutter machte sich Sorgen, meinte aber, sie werde einige Tage allein zurechtkommen. Einige Tage. Hier war nicht die Rede von Tagen. hier war die Rede von Wochen, vielleicht von Monaten.

Aber die Mutter kam nicht allein zurecht. Sie nervte und quengelte und wollte mit dem Bus zurückfahren. Ihre Tochter war fast schon gereizt. »Du fährst nicht an diesen Ort zurück«, sagte sie. »Du nimmst nicht den Bus.«

Schon nach sieben Tagen sah die Wohnung aus wie ein Schweinestall. In der Küche lagen überall Essensreste, schmutzige Teller und Zeitungen herum. Eireste klebten an der Wand. Kleine braune Tiere krochen auf dem Fußboden herum. Benutzte Kaffeetassen bedeckten den Tisch. Die Mutter hatte die Toilette nicht abgezogen. Und jemanden zur Hilfe kommen zu lassen, wäre gefährlich. Die Mutter konnte den Mund nicht halten. »Die Apfelsinenschalen sind nicht wichtig«, sagte sie. »Die stinken schließlich nicht. Hier stinkt es nach benutzten Damenbinden, aber das kann doch nicht möglich sein.« Die Mutter lachte über ihren eigenen Witz und meinte, sie solle doch näherkommen. »Soll ich deinen Walnußkuchen backen, den mit Rosinen?« Sie schüttelte den Kopf, sagte: »Hör doch auf.« – »Aber was sind das denn bloß für Tiere?« Die Mutter bückte sich und starrte das braune Gewimmel an, und dabei schüttelte sie den dünnen grauen Kopf. »Es gibt hellbraune und dunkelbraune. Sehen aus wie wandelnde Kaffeebohnen. Und hier hat alles angefangen«, sagte die Mutter und öffnete den Küchenschrank. »Edith hat die ganze Bescherung vergessen, siehst du das?«

Ihre Tochter bückte sich und schaute in den Schrank. Unten stand eine runde Backform mit einem alten Schokoladenkuchen. Daneben lag ein grüngesprenkeltes Stück Käse in einer dünnen Plastiktüte. Beides war eingesponnen in helle Fäden, die einem Spinngewebe zum Verwechseln ähnlich sahen. An diesen Fäden baumelten kleine verlassene Larvenhäute. Dicke, gelbe Larven krochen in der Käsetüte und den Schrankfächern herum. Die ausgewachsenen Tiere hatten sich über die restlichen Lebensmittel hergemacht.

Die Tochter bat ihre Mutter, aus dem Weg zu gehen. »Das sind Mehlkäfer«, sagte sie. Sie holte den Staubsauger mit dem alten, grauen Rohr, das an mehreren Stellen mit Klebeband geflickt war.

»Mir gefallen diese Tiere nicht«, sagte die Mutter. »Die sehen aus wie Kot. Wer hat sie zu uns eingeladen? Ich war das jedenfalls nicht. Warum sagen sie nichts? Warum schleichen sie einfach nur stumm durch die Gegend?« Die Mutter stapfte um ihre staubsaugende Tochter herum. Redete laut, um das Gebrumm des Apparates zu übertönen. »Warum sagen die nichts?« Ihr Gesicht verzog sich wütend. Durch die Wut war die nackte, wahnsinnige Angst zu sehen, deren Ursprung sie selber nicht kannte.

»Warum sagen die nichts?« fragte sie noch einmal.

Ihre Tochter schaltete plötzlich den Staubsauger aus und drehte sich wütend zur Mutter um. »Jetzt reiß dich aber zusammen«, rief sie.

»Warum sagen die nichts?« Ihre Mutter stampfte mit ihrem gebrechlichen Fuß auf und ballte die Fäuste.
»Die können nichts sagen«, sagte die Tochter verbissen und packte den Staubsauger noch fester. »Insekten«, sagte sie. »Das sind Insekten. Insekten können nicht sprechen.«

77 Elsa Bakke wurde von Aina Wiken in Empfang genommen. Und zwar ironischerweise am Mittwoch, dem 8. Mai, dem Befreiungstag. Um neun Uhr morgens. Die muntere Musik des Morgenradios scholl ihr entgegen. Die Nachbarin, die sie brachte, hieß Margunn Nielsen. Margunn Nielsen war eine mollige, blasse Frau in mittleren Jahren. Immer wieder mußte sie sich auf die Unterlippe beißen, um nicht loszuweinen. »Das ist nicht das erste Mal, wissen Sie«, sagte sie und schien sich für die andere zu schämen. »Ich glaube, sie hat über einen Tag auf dem Boden gelegen, mindestens.« Margunn Nielsen sagte, sie müsse sich um Andreas kümmern, Elsa Bakkes Sohn. Vorläufig konnte der bei ihr wohnen. Sie selber hatte erwachsene Kinder und zwei kleine Hunde, die der Junge liebte. Und sie hatte eine Pizza in der Tiefkühltruhe und wollte auf dem Rückweg ein Mickymausvideo ausleihen.

Margunn Nielsen hätte Elsa Bakke am liebsten mit zu sich nach Hause genommen. »Aber vielleicht ist es besser, wenn sie für ein paar Tage hier bleibt.« Sie sagte das in einem Tonfall, als ob sie eine Niederlage verkündete. Und das tat sie ja vielleicht auch.

»Ihr Mann, der ist ja im Nachbarhaus«, sagte sie. »Deshalb wäre das vielleicht keine so gute Idee. Auf der Unfallstation haben sie ihr geraten, einige Tage ins Frauenhaus zu gehen.« Margunn Nielsen schob Elsa Bakke freundlich vor sich her. »Sie ist für

mich fast wie eine Tochter, wissen Sie«, sagte sie und konnte ihre Tränen nun nicht mehr länger zurückhalten.
»Nicht weinen«, sagte Elsa Bakke mit müdem Lächeln. Sie stellte ihre kleine Tasche mit Toilettensachen und Unterwäsche auf den Boden. Sie wimmerte, als Aina Wiken ihr aus dem hellen Sommermantel half. Die Schmerzen in ihren Hüften jagten wie kleine elektrische Ladungen ihren Rücken hinauf. Daß sie nichts gebrochen hatte, sei ein Wunder, hatte der Arzt gesagt. Er hatte sie auch energisch dazu aufgefordert, ihren Ehemann anzuzeigen.
Sie hatte nur einen Zahn verloren. Der ließ sich ersetzen. Frank hatte mehrere Male bei der Notstation angerufen und ihr ausrichten lassen, daß er sie gern besuchen wollte.
Elsa Bakke ließ sich in einen Sessel sinken und blickte sich um. Ihre Lunge tat weh, aber es tat gut, die warme Luft mit ihrem Kaffeeduft einzuatmen. Sie spürte, daß sie an einen guten Ort gekommen war. Jetzt wollte sie sich nur noch ausruhen.
Aina Wiken schob ihr ein Kissen in den Nacken. »Sag Bescheid, wenn du lieber auf dem Sofa sitzen möchtest.« Elsa Bakke nickte dankbar. Ein junger Mann mit schütterem Bartwuchs hockte sich vor sie hin und nahm ihre Hand. Seine Hand war warm. »Wir bringen dich schon wieder auf die Beine«, sagte er ernst. In seinen grauen Augen lagen eine Stärke und eine Wärme, die sie fast wieder zum Weinen gebracht hätten. »Bei uns gibt's heute Frikadellen«, sagte er lächelnd. »Du mußt unbedingt richtig essen. Und bald kommt auch die Hausleiterin, Sonja Pettersen. Sie erzählt dir dann alles, was du über unser Haus wissen mußt. Sie ist schwimmen gegangen«, fügte er hinzu. Er sprach mit seinem leichten Akzent. Vielleicht war er Däne oder Deutscher.
Ein Kind hüpfte eilig an ihr vorbei. Das Kind war barfuß und hatte ein großes Buch in einer Hand.
»Ist Margunn nicht mehr da?«
Hugo schüttelte den Kopf. »Sie hat sich von dir verabschiedet, weißt du das nicht mehr?«

Elsa Bakke schüttelte vorsichtig den Kopf. »Nein«, sagte sie. »Ich möchte, daß Andreas erst mal bei ihr bleibt. Und später kann er vielleicht herkommen? So schnell kann ich hier sicher nicht wieder weg.«
»Er kann jederzeit herkommen. Wir haben hier viele Kinder. Und die fühlen sich wohl.«
Elsa Bakke nickte ruhig. »Das glaube ich«, sagte sie.
Jetzt betrat Dagmar Løw das Zimmer. Sie betrachtete den Neuankömmling mit traurigem Blick, zwang sich dann aber zu einem Lächeln. Sie legte der jungen Frau die Hand auf die Schulter. »Wir werden gut auf dich aufpassen«, sie nickte und streichelte Elsas Unterarm. »Nachher zeige ich dir dein Zimmer.«
Elsa Bakke hatte das Gefühl, daß ihre Haut wieder richtig lag, daß sich ihr Brustkasten mit Wärme füllte. Sie dachte an die Glasscherben und hoffte, daß Margunn die Eheleute informiert hatte, für die das Service bestimmt gewesen war. Dann überkam sie eine gewaltige Müdigkeit. Sie wollte einfach nur unter die fremde Bettwäsche gleiten und ihren Kopf in der Stille des Kissens ausruhen lassen. Sie überlegte sich, daß der Straßenverkehr sie vielleicht stören würde. Sie hörte in der Diele Stimmen und schnappte Wortfetzen auf. »Taxifahrer ... sehr wichtig.«
Eine weitere Frau betrat das Zimmer. Sie war blond. Elsa Bakke fragte sich, ob sie auch hier arbeitete.
Die Frau stellte sich vor, sie sei die Mutter des Kindes. Auch sie hatte hier Zuflucht gesucht. »Die Polizei ist hier«, sagte sie. »Auf dem Flur. Zum dritten Mal, seit ich hier bin.« Ihre Plastiktüte knisterte, als sie eine grüne Strickarbeit herauszog. »Vor ein paar Wochen ist dem Mann von einer Frau hier etwas zugestoßen. Ich glaube, er ist ermordet worden«, sagte sie.
Elsa Bakke nickte gleichgültig, während ihre Zunge automatisch zum Krater in ihrem Kiefer wanderte. Sie senkte den Kopf und dachte an Frank. Was der jetzt wohl machte? Er war sicher deprimiert. War in seine eigene Düsterkeit versunken, saß im

Ledersessel am Fenster und schaute auf den See. Ob er schon wußte, daß sie jetzt hier war?

Vom Wohnzimmerfenster aus war der Fähranleger zu sehen. Allerdings nicht immer. Im Sommer sah sie nur noch eine grüne Wand. Die Fähre kam einmal pro Stunde. Die ganze Zeit würde die Fähre kommen. Er rechnete sicher damit, daß sie die Fähre nahm. Sie spürte, wie er nach ihr Ausschau hielt. Sie zog die Luft in ihre schmerzende Lunge ein. Wenn sie bloß nicht immer das Falsche zu ihm sagte. Ihre Wut versuchte immer, die Vernunft zu unterdrücken. Wenn sie doch nur den Mund halten könnte! Seine Musik war schwierig und traurig, aber er war ein schöner Mann, wenn er am Klavier saß. In der Dämmerung wurden seine grauen Pupillen dunkler. Nachts lag der See einsam da. Das Wasser atmete. Sie spürte das Wasser, das schwarz wie die Nacht war. Sie wußte, daß das Wasser mit einer großen Lunge atmete.

78 Der Bus hielt direkt vor dem Mietshaus in der Stadt, in dem Sonja Pettersens Wohnung lag. Als Sigrid die schwere Tür öffnete, hörte sie im Hinterhof das Echo mehrerer Jungenstimmen und das Geräusch eines hüpfenden, aufschlagenden Balls. Auf der anderen Straßenseite hatte jemand einen alten Autoreifen angesteckt. Der Rauch ließ ihre Augen tränen und roch giftig. Georg schaute sich neugierig um, um ja nichts zu verpassen. Die Geräusche hier kamen ihm alle sehr fremd vor.

Das Treppenhaus sah ziemlich alt aus. Sigrid dachte an den Besuch bei Catos Mutter. Eine Art Menschenalter schien Cato und seine Mutter zu trennen. Sigrid mußte das Gespräch in Gang halten. Sie hatte versucht, nicht zu denken oder zu analysieren. Die Ruhe, die sie sich in letzter Zeit wohl erarbeitet hatte, war vielleicht nur ein vorübergehender Zustand. Sie mußte zugeben, daß es noch immer etwas gab, das sie beunruhigte. Irgend etwas an Catos derzeitiger Stimmung kam ihr bedrohlich vor. Wenn er sich ihr doch nur anvertrauen würde! Sie hatte das Buch gesucht, in dem er so viel gelesen hatte. Aber dieses Buch konnte sie nicht finden.

Sigrid drückte auf den Klingelknopf. Sonja hatte ihr erzählt, daß in diesem Haus noch zwei Angestellte des Frauenhauses wohnten.

Sonja Pettersens Wohnung war gemütlich. Bis zum Rand vollgestopft mit Antiquitäten. Sie war frisch und munter, erzählte, daß sie an diesem Morgen schwimmen gewesen war und dann noch einige Stunden gearbeitet hatte. Eine schwarze Katze mit gelben Augen wanderte mit herablassender Besitzermiene umher. Georg versuchte, nach ihr zu greifen. Die Katze sprang auf die breite Fensterbank und starrte in die Luft. Dann fing sie an, sich zu putzen.

Das Wohnzimmer war viereckig. Vor den hohen Fenstern hingen keine Vorhänge, sondern getrocknete Rosensträuße. Sie hingen nebeneinander an blauen Bändern unter einer Marmorstange. Die Wände waren tiefgrün, die Fensterrahmen ganz weiß. Auf dem Tisch lag eine kleine braune Trommel. An der Wand hingen eingerahmte Plakate, und auf allen waren ins Gespräch vertiefte Menschen zu sehen. Sigrid fiel vor allem ein Mann mit einem grünen Mund auf.

Sonja Pettersen nahm Sigrid das Kind ab. »Komm«, sagte sie mit sanfter Stimme. Griff zu einer Streichholzschachtel und zündete in einer kleinen Schale Räucherwerk an. »Aina und Hugo wohnen auch hier«, sagte sie. »Im Haus, meine ich.« Sie ging ruhig zum Fenster, und das Kind saß dabei auf ihrer Hüfte. Das Kind wollte unbedingt zur Katze. Sein ganzes rundes Gesicht strahlte.

»Sie arbeiten auch im Frauenhaus«, erzählte Sonja. »Das Haus hier gehört Hugo. Er hat es vor fünf Jahren geerbt. Er wußte gar nicht, daß er einen Vater in Norwegen hatte, ihm wurde einfach brieflich mitgeteilt, daß er ein Mietshaus in Oslo geerbt hätte. Aina und ich zahlen keine hohe Miete. Aina wohnt gleich gegenüber.«

Sigrid nahm Georg wieder auf den Arm, und Georg starrte weiterhin das weiche, schwarze Tier an. »Ich mag Katzen nicht besonders gern«, sagte sie und ließ Sonja nicht aus den Augen, als die in die Küche ging. Der Junge schrie und wollte zurück zur Katze. Sigrid ging zu Sonja in die Küche.

»Ich koche Pfefferminztee«, sagte Sonja. »Hast du den schon mal probiert?« Sigrid schüttelte den Kopf und spürte einen gereizten kleinen Druck hinter der Stirn. Ein kleiner Schauer lief über ihr Gesicht. »Wie viele sind wir denn heute?« fragte sie.
»Drei«, sagte Sonja und drehte sich um. »Aina kommt auch noch.«
»Das ist also kein großer Kurs?«
»Das hier ist kein Kurs«, antwortete Sonja. »Ich mach das nur euch zuliebe. Du kommst mir so müde vor. Nimmst du die Tassen?« Sie nickte zu drei weißen Bechern hinüber, die auf dem abgebeizten alten Küchentisch standen.
Sigrid steckte den Zeigefinger durch die Henkel. Georg gähnte müde. »Ich glaube, ich versuche mal, ihn hinzulegen«, sagte sie.
»Gute Idee«, sagte Sonja und öffnete eine Schranktür. »Leg ihn ins Schlafzimmer. Das ist die Tür neben dem Badezimmer.«
Als Sigrid wieder in die Küche kam, hatte Sonja ihr den Rücken zugekehrt. Sigrid lehnte sich an den Türrahmen. »Ich muß allerdings zugeben, daß ich ein bißchen skeptisch bin«, sagte sie vorsichtig.
Sonja drehte sich um und lächelte. »Ist schon gut«, sagte sie. »Ich habe mehrere Kurse in Kopenhagen besucht. Bei einem Mann namens Jonathan Horwitz. Er ist Schamane«, fügte sie als Erklärung hinzu und steckte sich ein Stück Käse in den Mund. »Ich war auch in Stockholm und in einem Zentrum in Son. Viele Menschen sind skeptisch. Und eigentlich ist das nur ein Vorteil.«
»Wieso denn?«
»Warte einfach ab«, riet Sonja geheimnisvoll.
»Ich weiß, daß ich mich schuldig fühlen werde, wenn ich jetzt aussteige«, sagte Sigrid.
»So darfst du nicht denken. Warte bis nachher. Bis du deinen Schrei geschrien hast.«
»Meinen Schrei?«

»Nimmst du die Cracker?« Sonja ignorierte die skeptische Frage und trug den Käseteller ins Wohnzimmer.
»Wir essen erst einen Happen«, sagte sie und rieb die Handflächen aneinander.
Als Aina Wiken kam, war Georg in Sonjas kühlem Schlafzimmer eingeschlafen. Sigrid hatte eine Wolldecke zusammengerollt und hinter ihn gelegt, damit er nicht aus dem Bett fallen konnte.
Beim Essen unterhielten sie sich lebhaft. Aina Wiken war außer sich wegen der Neuen, die am Vortag gebracht worden war. »Sie muß so schnell wie möglich zum Zahnarzt«, sagte sie.
Die Katze saß auf der Fensterbank und betrachtete die drei Frauen. Sigrid hatte das Gefühl, das Tier würde seinen Blick direkt auf sie richten.
»Es muß eine Belastung sein, das alles mitansehen zu müssen«, sagte sie.
»Ja«, sagte Sonja. »Manchmal schon.«
»Aber wir leisten auch eine sehr wichtige Arbeit«, erklärte Aina Wiken.
»Aber was passiert, wenn sie eine Weile bei euch gewesen sind? Gehen sie dann zu ihrem Mann zurück, oder verlassen sie ihn, oder was?«
»Viele bleiben bei ihrem Mann«, sagte Sonja ernst.
»Viel zu viele«, Aina Wiken trank einen Schluck Pfefferminztee. »Oft tun sie alles, was der Mann sagt, und hoffen, daß die Mißhandlungen dann ein Ende nehmen. Oft sind ja auch Kinder da. Manche halten das für einen normalen Bestandteil ihrer Beziehung.« Sie hob die Hand und malte um das Wort »normal« kleine Anführungszeichen in die Luft.
»Viele müssen sich immer wieder neu entscheiden, ehe sie sich dann wirklich sicher sind«, sagte Sonja. »Manche Frauen waren vorher vier- oder fünfmal bei uns.«
»Ärgert ihr euch dann nicht auch ein bißchen?« fragte Sigrid.
Sonja Pettersen schüttelte den Kopf. »Wir ärgern uns nicht. Wir sind stocksauer.«

Sie setzten sich zusammen auf den Boden, jede auf ein Kissen.
»Ich weiß nicht, warum ich hier bin«, sagte Sigrid.
Sonja lächelte. »Das brauchst du auch nicht zu wissen. Es reicht, daß du dadurch, daß du hier bist, etwas erreichen möchtest.«
Sigrid nickte und lächelte zaghaft.
»Ich glaube, es gibt Dinge, die wir nicht verstehen«, sagte Aina Wiken und sah Sigrid an. »Ich habe schon Kurse bei Sonja besucht. Die anderen Teilnehmerinnen waren begabte, gut ausgebildete Frauen.« Sie streichelte die Katze, die in den kleinen Kreis geschlüpft war. »Ich verspüre eine religiöse Sehnsucht«, sagte Aina. »Und die wird immer nur noch stärker.«
»Mir reicht normale Freude«, sagte Sigrid. »Sie braucht gar nicht esoterisch zu sein.«
»Ich will euch nur helfen, zum Urmenschen in euch selber zurückzufinden. Wonach ihr suchen wollt, ist eure Sache.«
Sonja hatte eine schöne, melodiöse Stimme. »Ohne mein Krafttier könnte ich nicht überleben. Es ist ein Leitstern.« Rasch durchblätterte sie ihre Tierkarten. »Ich werde jeder von euch ein Tier geben«, sagte sie. »Dieses Tier soll in euch Kraft und Weisheit hervorrufen. Ich werde euch einen Baum geben. In diesem Baum könnt ihr die Wahrheit suchen. Wenn ihr im Laufe der nächsten Woche von einem Tier oder einem Baum träumt, dann bedeutet das, daß ihr auf dem richtigen Weg seid. Du magst Tiere nicht?«
Sigrid schüttelte den Kopf. »Eigentlich nicht.«
»Ich gebe dir ein Tier, das du langsam kennenlernen kannst. Ich will, daß du dich über die Eigenschaften dieses Tieres informierst und dich mit ihm vertraut machst. Das wird dir guttun.«
»Ich wünsche mir Liebe«, hörte Sigrid sich selber sagen. »Ich fühle mich schuldig. Ich schaffe es nicht, seine Kinder zu lieben.«
Sie kam sich unsichtbar vor, und sie begriff nicht, woher ihr diese Worte gekommen waren.
»Dein Krafttier wird dich führen«, sagte Sonja Pettersen und schlug vorsichtig auf die kleine Trommel.

79

Bente hatte von seinem Kind geträumt. Es war ein guter Traum. Er löschte ihren Wunsch vom letzten Freitag aus, als sie sich im Treppenhaus vorgestellt hatte, wie sie das Kind ertränkte. In ihrem Traum spürte sie, daß dieses Kind auch ein Teil von ihr selber war. Sie träumte nur drei Zeilen: Kind, Mann und Frau. Zuerst kannte sie alle drei nicht. Mann und Frau waren Fremde. Das Kind kam ihr dagegen bekannt vor. Schließlich begriff sie, daß es Catos Kind war. Die Frau war sie selber. Der Mann war Cato.

Im Traum hatte sie ganz still dagesessen und das Kind in den Armen gehalten. Der Kleine hatte mit fragenden Augen zu ihr hochgeschaut. Sein Gewicht gefiel ihr, es erinnerte sie an ihre eigenen Kinder.

Sie hatte noch eine Zeile geträumt. Über den Kuß. Sie hatte das kleine Kind geküßt. Und das Kind hatte sich in Gard und Vetle verwandelt.

Sie saß am Küchentisch und trank Tee. Vor ihr lag aufgeschlagen die Zeitung. Der Traum hatte in ihrem Körper eine leise Wärme hinterlassen. Die Jungen waren in der Schule. Cato arbeitete. Cato würde zurückkommen. Nicht heute, nicht morgen. Aber er würde kommen. Langsam würden sie dann etwas aufbauen. Nicht nur langsam, sondern auch solide und anders

als vorher. Sie würden nicht neu anfangen, sie würden anfangen.
Sie spürte, wie ihre Psyche langsam wieder zur Ruhe kam. Als habe sie in ihrem Kopf eine Wiege gefunden. Die Psyche war ein Kind, das zur Nacht in die Wiege gelegt wurde.
Die Alten berührten sie nicht mehr so sehr. Sie gehörte doch nicht zu ihnen. Wollte nicht zu ihnen gehören. Sie würde weiterleben. Die Alten mußten in den langen, geruchlosen Korridoren allein zurückbleiben.
Bente Isaksen stand auf und spülte ihre Teetasse unter dem Wasserhahn aus. Sie faltete die Zeitung zusammen. Sie hatte ein Kleid gesehen, oder eher ein Kostüm. Rot, mit einem blauen Muster unten am Saum und an den Ärmeln. Das wollte sie anprobieren. Sie wollte ihren Kleiderschrank aufräumen. Die alten Kleider, die sie nicht mehr anziehen mochte, sollten weg. Immer wieder wurden doch Kleidersammlungen für Bosnien veranstaltet. Oder sie konnte sie auch der Heilsarmee bringen. Aber zuerst wollte sie das Kostüm anprobieren. Vielleicht paßte die Größe, vielleicht sah sie darin nicht zu plump aus. Vielleicht paßten die Farben zu ihren Haaren und ihrem Teint.
Im Gehen dachte sie an den Traum. Der war die Decke in der Wiege. Die Wiege war in ihrem Kopf. In der Wiege lag die Angst und versuchte zu schlafen.

80

Die Sonne hatte die gelben Stunden auf Übelkeit erregende, aufdringliche Weise warm werden lassen. Im Frauenhaus standen die Fenster offen. Der Baum draußen murmelte nachdenklich den Steinwänden etwas zu.
Elsa Bakke, hatte in der ersten Nacht an dem neuen Aufenthaltsort kaum geschlafen, versuchte, ihrem Gegenüber zu erklären, was eigentlich passiert war, wie es bei ihnen zu Hause aussah. Daß ihr Mann ein Künstler war, daß er zu viele Belastungen mit sich herumschleppte. Und daß er Andreas wirklich, sie betonte das »wirklich«, liebte. »Hoffentlich vergißt er nicht, die Katzen zu füttern«, sagte sie dann, eher zu sich selbst.
»Aber Mißhandlung ist ein psychisches Leiden. Was er dir angetan hat, darfst du dir nicht gefallen lassen. Und du mußt auch an deinen Sohn denken.«
»Er liebt seinen Vater«, sagte Elsa Bakke leise und betrachtete ihre Fäuste. Der Krater im Zahnfleisch schien ein wenig kleiner geworden zu sein. Am Montag würde der Zahnarzt ihr einen neuen Zahn einsetzen.
»Wenn du ihn anzeigst, dann macht er vielleicht eine Therapie. Vielleicht kann er sich ja ändern.«
»Nie im Leben macht er eine Therapie. Er kann sich nicht verändern. Wenn sich hier jemand verändern muß, dann ich. Aber

ich weiß nicht, ob ich das schaffe. Ich weiß auch nicht, ob ich es schaffe, das nicht zu tun«, fügte sie hinzu.
»Willst du denn so weiterleben?«
»Jetzt ist er ruhig.« Elsa Bakke zuckte mit den Schultern und wandte ihr Gesicht dem Fenster zu. »Er ist oft für lange Zeit ruhig. Er ist nicht immer so.«
»Wenn du mir erzählen willst, daß er ein guter Mann ist, weil er dich nicht immer schlägt, dann weiß ich wirklich nicht, was ich von dir halten soll. Er sagt sicher auch, daß du ihn zu diesem Verhalten zwingst.«
Elsa Bakke ließ ihren Kopf sinken, bis er ihre gefalteten Hände berührte. »Ich weiß nicht, was ich denken soll«, weinte sie. »Aber ich muß mit ihm sprechen. Hören, was er zu sagen hat.«
Die andere stand auf und holte aus der Küche eine Tasse Kaffee. Stellte die Tasse vor der weinenden Frau auf den Tisch, und die Frau hob langsam den Kopf. »Ich hoffe, weißt du. Am letzten Wochenende waren wir auf einem Fest beim Fernsehen, weil er für eine Ballettsendung die Musik komponiert hatte. Und das war schön. Er war so stolz auf mich. Hat von allem erzählt, was ich so mache, von meiner ganz besonderen blauen Lasur, die aussieht wie eine Art Himmelsfarbe.«
Elsa Bakke war eine klassische Schönheit. Achtundzwanzig, sie war noch sehr jung.
»Wie alt ist dein Mann eigentlich?«
Elsa Bakke blickte die andere Frau an. Sie wußte, daß sie ihr helfen wollte, aber sie mochte ihre Augen nicht.
»Achtundvierzig«, antwortete sie ruhig. »Aber das verstehst du nicht. Ich habe nicht gesagt, daß ich ihn nicht anzeigen werde. Ich möchte nur so gern, daß Andreas mich besucht. Und dann möchte ich nachdenken«, sagte sie leise. »Laß mir die Zeit. Bitte, laß mir doch die Zeit.«
»Wir hatten einen Fall hier, der vorige Woche vor Gericht geendet ist. Die Frau war vor fast einem Jahr hergekommen, übel

zusammengeschlagen, wirklich krankenhausreif. Sie hat es nie bereut, daß sie ihn angezeigt hat. Er ist zu fünfundvierzig Tagen verurteilt worden. Und sie hat fünfzigtausend Kronen Schmerzensgeld erhalten.«
Elsa Bakke schluckte. Das einzige, was sie vor sich sah, wenn sie die Augen schloß, waren Ruinen. Staubige Steine und zusammenbrechende Brettergerüste. Wenn sie doch bloß irgendeine seelische Tarnung finden könnte. Eine Taktik, die diese heftigen, bohrenden Schmerzen in ihrer Brust neutralisierte. Wie ein Soldat mit Zweigen am Helm wollte sie davonkriechen und zwischen den hohen Bäumen unsichtbar werden. »Kann ich etwas zur Beruhigung haben?« fragte sie.

81 Die Pumafrau hatte sich entschieden. Jetzt war der vierte Mann an der Reihe. Es war die Nacht zum Donnerstag. Sie hatte vielleicht ein paar Stunden geschlafen. Sie hatte aufgeräumt, ihre Mutter schlief im Nachbarzimmer. Die Mutter hatte sich dann doch endlich beruhigt. Am Schlimmsten waren ihre plötzlichen klaren Momente, wenn sie erkannte, daß sie ihre Tochter in den Wahnsinn trieb. Die Trauer und die Schuldgefühle, die sie dann überkamen, waren schlimmer als ihre Verrücktheit, fand die Tochter.

Vom Fenster her zog es. Die frische Stadtluft, durchtränkt von Auspuffgasen und Dunkelheit, zeigte ihr immer neue Bilder. Sie nickte ein.

Ach, wie der kleine Hund im Bücherregal bellte, wenn er die wütenden Stimmen hörte. Und hinter ihr im Bett lag die Puppe mit dem großen Auge. Sie war starr und kühl.

Die Pumafrau erwachte. Das Gebell verstummte. Die Zimmer kamen ihr entgegen, eins nach dem anderen. Sie segelten, waren von Lärm erfüllt. Sie spürte sie im Mund und öffnete die Augen. Es war nicht dasselbe Schlafzimmer. Sie war kein kleines Kind mehr, sie war groß. Rasch drehte sie sich um. Die Puppe war verschwunden. Sie hatte sie sich nur vorgestellt.

Sie blieb mit offenen Augen liegen und spürte, daß sie in der anderen Wohnung war, nicht in der alten, weißen, mit den lär-

menden Räumen, nicht in ihrer eigenen, sondern in der ihrer Mutter.
Die Puppe war nicht hier. Die saß bei ihr zu Hause im Kleiderschrank. Sie selbst war bis auf weiteres zu ihrer Mutter gezogen. Mußte bei ihr wohnen, bis Tante Edith zurückkam. Falls sie zurückkam. Ihr schauderte. Tante Edith mußte zurückkommen. Ein Zusammenleben mit der Mutter würde sie auf längere Sicht unmöglich ertragen können. Die Mutter widerte sie an, nahm ihr alle Kraft. In der Mutter sah sie sich selbst. Wenn sie ihre Mutter sah, konnte sie leichter verstehen, was sie getan hatte. Aber sie wollte das nicht verstehen. Sie hatte eine Ahnung, wie dicht sie vor einer Grenze stand. Sie mußte dieses Bewußtsein verdrängen, wenn sie zum vierten Mal töten wollte. Sie hatte beschlossen, das am Freitagnachmittag zu erledigen.
Sie stand auf und wanderte durch die Dunkelheit, die immer mehr schwand und graublau wurde. Die Anrichte in der Küche sah aus wie ein zugeknöpftes Jackett. Die Bücher im Regal sahen aus wie alte Männer. Ihre breiten, wütenden Rücken hatten sie dem Zimmer zugekehrt.

82

Ingeborg Myklebust runzelte besorgt die Stirn. »Aber seid ihr euch ganz sicher, daß sie die Wahrheit sagt? Hat sie wirklich zwischen Weihnachten und Neujahr und den ersten Tagen im Januar kein Taxi aus der Nähe gesehen?«

Roger Høibakk schüttelte den Kopf. »Nein, hat sie nicht«, sagte er energisch.

»Aber ist sie sich wirklich ganz sicher? Sie kann es doch vergessen haben. Das ist schließlich schon eine Weile her. Vielleicht weiß sie es nicht mehr.«

»Sonya Khan war wirklich nur in ihrem Laden. Einmal kurz nach Weihnachten ist sie mit der U-Bahn zum Hauptbahnhof gefahren, das ist alles.« Roger Høibakk fuhr sich mit dem Kamm durch die Haare. Er zuckte mit den Schultern. »Und damit können wir uns diese Theorie abschminken.«

»Und Gerd Andersen?«

»Kann sich an nichts erinnern.«

Ingeborg Myklebust machte eine resignierte Handbewegung und blickte auf, als Cato Isaksen das Zimmer betrat. Cato Isaksen legte die Unterlagen zum Fall Bashir Khan auf den Tisch. »Cheryl Therkelsen hat die Erlaubnis beantragt, mit ihrem Bruder in die USA zurückzukehren«, sagte er und ließ sich auf den Stuhl fallen.

»Das geht nicht«, lehnte Ingeborg Myklebust entschieden ab. »Noch nicht jedenfalls.«
»Das weiß ich auch«, Cato Isaksen seufzte. »Ich weiß nur nicht, wie ich ihr das schonend beibringen soll. Sie ist einfach total fertig.«
Jemand klopfte an die Tür. Randi. »Kim Khan hat angerufen«, sagte sie eifrig. »Seine Schwester kommt aus Pakistan zurück. Sie landet am Samstag um siebzehn Uhr.«
»Fatima?« Cato Isaksen schaute rasch in seinem Ordner nach.
»Kann das von Bedeutung sein?« Ingeborg Myklebust steckte sich eine Zigarette an. Roger Høibakk erhob sich demonstrativ und riß das Fenster auf.
»Nicht unbedingt. – Aber ich möchte gern mit ihr sprechen. Gut, daß er angerufen hat.«
»Das ist doch alles hoffnungslos«, sagte die Hauptkommissarin. »Heute ist schon der 9. Mai, und wir sind nicht einen Schritt weiter.« In aggressiverem Tonfall fügte sie hinzu: »Wenn du nicht bald etwas zu bieten hast, Cato, dann frage ich mich . . .«
Er sah sie an. Die ganze Zeit tanzten ihm diese Wörter durch den Kopf. *Schauspielertalent, böse, intelligent, clever, kalt, berechnend, geisteskrank, Kenntnisse über Anatomie.* Obwohl ein Wort wie »böse« schon fast ein bißchen banal klang!
Aber kalt, berechnend, geisteskrank. Er ertappte sich dabei, wie er seine Chefin anlächelte. Er wußte nicht, warum. »Ich krieg ihn schon«, sagte er und sah sie an. Danach ließ er seinen Blick zur leeren Wand weiterwandern.

83 Sie hatte die braunen Tiere nicht ausrotten können. Hatte nicht die ganze Kolonie ausgemerzt, obwohl sie ihnen mit Chlor und Salmiak zuleibe gerückt war. Im beißenden Dunst der Chemikalien hatte sie vor Unbehagen das Gesicht verzogen. Aber die Tiere waren noch immer nicht tot. Sie überfluteten den Küchentisch, legten neue Eier zwischen den Brotkrümeln und den Soßenflecken auf dem Boden. Frischgeschlüpfte Larven zappelten heftig, wenn sie sie in den Müllsack fegte. Sie trug dabei Gummihandschuhe. Sie schaute auf die Uhr, bald mußte sie zur Nachmittagsschicht ins Frauenhaus. Die Mutter schlief im Nebenzimmer.

Am Vormittag hatte sie Tante Edith im Krankenhaus besucht. Die alte Dame war fast nicht mehr wiederzuerkennen. Ihr Gesicht sah anders aus, ihr Mund. Die dünnen Handgelenke auf der Bettdecke. Die beiden anderen alten Frauen im Zimmer. Der schwere Uringeruch aus dem Auffangbehälter neben dem Bett. Das Fenster, das wie ein unwirkliches Bild vor der weißen Wand zu hängen schien. Draußen. Vor dem Haus. Irgendwo.

Die drei alten Damen hatten graue Haare, das von Tante Edith war fast weiß und so dünn, daß ihre rosa Kopfhaut zu sehen war.

»Es ist fast Frühling«, flüsterte die alte Dame am Fenster und hob den Kopf. Die Nichte sah sie nicht an. Sie sah nur ihre Tan-

te. Zog den harten Stuhl an Tante Ediths Bett und legte den Kopf auf die Bettdecke. Durch die Decke hindurch konnte sie den schmächtigen Körper spüren. Die leichte Wärme, die ihre kranke Tante noch abgeben konnte, tat ihr weh.
»Sie kommt nicht allein zurecht«, flüsterte die Nichte gegen die Decke. »Sie wäscht sich nicht, räumt nicht auf. Im Küchenschrank hat sich ein widerliches braunes Ungeziefer breitgemacht. Und das vermehrt sich die ganze Zeit. Ich weiß nicht, was ich machen soll.«
»Auch Monster wollen Aufmerksamkeit«, flüsterte die Tante. »Früher hatten wir Ameisen. Kleine Ameisen, die pißten und ätzten.« Sie lachte glucksend. Dann seufzte sie. »Sie konnte noch nie allein sein«, sagte sie traurig. »Seit damals jedenfalls nicht.« Das spitze, gelbe Gesicht wandte sich der Nichte zu. »Wir haben nie darüber gesprochen, was damals passiert ist«, sagte sie und hustete leise. »Das war vielleicht nicht richtig.« Sie hob eine fast durchsichtige Hand zu ihrem Mund. »Ich bin zu seinem Begräbnis gegangen, deinen Vater, meine ich. Als einzige von unserer Seite der Familie.« Die Nichte hob den Kopf von der Decke. Sie starrte die Tante abwartend an. »Wir haben nie darüber gesprochen, du und ich«, sagte die Tante mit brüchiger Stimme. »Das hätten wir vielleicht tun sollen. Ich weiß nicht. Du kannst dich doch bestimmt an nichts erinnern?«
Die Nichte senkte den Kopf und nickte vorsichtig. »Doch, sicher«, sagte sie mit tränenerstickter Stimme.
»Er war ein schrecklicher Mann.« Die Tante schnalzte leise mit der Zunge und hustete noch einmal leise. »Aber so etwas Schreckliches zu tun. Nein, das ...«
»Das hatte er verdient.« Die Nichte zitterte und gab sich alle Mühe, leise zu sprechen.
Die Frau im Nachbarbett wollte ihr Fotos von den Enkelkindern zeigen. Die Nichte winkte gereizt ab und sagte zu ihrer Tante: »Das war doch das einzige, was sie tun konnte.«
»Nein, so was darfst du doch nicht sagen! Du hast alles gese-

hen, weißt du«, widersprach die Tante. »Du hast in der Türöffnung gestanden und alles gesehen. Du hattest deine Puppe unter dem Arm. Ich glaube, in dem Moment, als es passiert ist, ist deine Mutter verrückt geworden. Sie hatte eine Grenze überschritten. Aber das Messer ist nie gefunden worden.«
»Wir haben es im Grab von Opa und Oma versteckt«, sagte die Nichte leise.
Die Tante versuchte, sich aufzusetzen. Ihr Atem setzte aus, und sie ließ sich wieder auf ihr Kissen sinken. Legte die Hand aufs Herz.
Die Nichte schaute aus dem Fenster. Wenn es Regen gäbe, würde das Messer in der Erde naß, aber das war ihr egal. Außerdem lag es ja gar nicht mehr in der Erde, sondern bei ihr zu Hause im Schrank, zusammen mit der Puppe.
»Aber die Puppe lebt noch«, sagte sie. Ihre Stimme war um eine Oktave höher als sonst. Sie klang fast wie eine Kinderstimme. »Man weiß ja nie, wenn man durch den Wald oder durch die Straßen geht. Man weiß nie, ob man etwas jagt, oder ob man selber gejagt wird. Oder weiß man das?« Die Nichte lächelte.
»Warum hast du nie geheiratet?« fragte die Tante leise. Ihr standen die Tränen in den Augen.
»Ich konnte einfach keinen heiraten. Es sei denn, ich hätte einen lila Prinzen gefunden.« Die Nichte lächelte.
»Kannst du dich an die Frau erinnern, die uns einmal im Monat besucht hat?« Tante Edith starrte zur Decke hoch. Die Frau im Nachbarbett wollte noch einmal die Bilder ihrer Enkelkinder zeigen. Sie stützte sich auf den einen Ellbogen auf und hielt ihnen ein Bild hin. Ihre gehäkelte rosa Bettjacke war ihr zur Hälfte von der Schulter geglitten.
»Was ist mit der Frau, die einmal im Monat gekommen ist?« fragte die Nichte.
»Kannst du dich an sie erinnern?«
»Ja.«
»Sie kam von der Psychiatrischen Vorsorge für Kinder.«

»Ach?«
»Das ist eine Organisation, die sich um Kinder mit Nervenproblemen kümmert. Damals gab es sie erst seit einigen Jahren. Du warst so ein Kind mit Nervenproblemen, Liebes.« Noch immer standen der Tante die Tränen in den Augen. »Kannst du dich daran erinnern?«
»Nein.« Die Nichte fuhr herum und starrte auf die Frau im Nachbarbett. Die legte sich schweigend wieder hin, und dabei hielt sie das Foto in der Hand.
»In der Schule bist du schikaniert worden.«
»Warum denn? Mir war das alles doch wohl nicht anzusehen. Und wissen konnten die das doch nicht?«
»Gewußt haben sie es nicht, aber du warst immer so nervös. Und das haben sie schnell gemerkt.«
»Die Jungs haben mir Schlamm in den Mund gestopft«, sagte die Nichte mit ausdrucksloser Stimme. »Und Halspastillen in die Ohren. Und sie haben immer gesagt, *hau ab, hau endlich ab.*«
»Aber du hast nie geweint«, sagte die Tante.
»Ich habe mir geschworen, mich zu rächen, wenn ich erst groß wäre.«
Die Tante lächelte schwach, während die Nichte aufstand und zum Nachbarbett hinüberging. Sie nahm der Frau das Foto aus der Hand und riß es in Stücke, die sie über das Gesicht der alten Frau rieseln ließ. Dann beugte sie sich über die entsetzte alte Dame und fauchte: »Wir scheißen auf deine Enkelkinder!« Die Tür öffnete sich, und eine Krankenschwester kam herein.

84

Frank Bakke telefonierte mit Margunn. Sie bat ihn, nicht zu Besuch zu kommen. Er nickte in den Hörer und fuhr sich mit den Fingern durch seinen schwarzen Bart. Er redete weiter und bemerkte zu spät, daß er nur noch mit dem Freizeichen redete. Natürlich würde er sich nicht aufdrängen, wenn sie das nicht wollte. Er konnte nur nicht begreifen, warum sie nicht mit ihm sprechen wollte. Es war doch ein Unfall gewesen. Und außerdem war da ja noch Andreas. Er legte leise den Hörer auf die Gabel und ging die Treppe zum ersten Stock hoch. Vom Mansardenzimmer aus konnte er Teile des Daches und die eine Wand von Margunns gelbem Haus erkennen. Er reckte den Hals, um vielleicht seinen Sohn sehen zu können. Aber er sah nur Baumstämme und hellgrüne und braune Rasenflecken. Ein Auto fuhr an dem gelben Haus vorbei. Die Stille, die in den schmiedeeisernen Stühlen im Garten hing, war unerträglich.

Er ging wieder nach unten und setzte sich an den Flügel. Die Einsamkeit nagte in ihm wie eine Ratte. Er fuhr sich müde über die Stirn. Die Leere saß in den Bildern an der Wand. Ihm begegneten Elsas Augen dort auf einem schwarzweißen Foto. Ihre Augen erinnerten ihn an zwei Gruben.

Er hatte Angst vor den Fragen, die kommen mußten, wenn er auch nicht wußte, von wem. Die braune Katze heulte in der

Küche vor Hunger. Frank Bakke schlug eine Klaviertaste an. Der Ton legte sich wie ein dünner Film über das Zimmer. Diesmal war er ein wenig zu weit gegangen. Er war ja schließlich auch nicht blöd. Er war zu weit gegangen. Wie sollte er das hier überleben? Er spürte, wie sich sein Gedärm vor Hunger zusammenschnürte. Er seufzte vor Selbstmitleid. Das Problem war, daß die anderen nicht begriffen, wie seine Kindheit ausgesehen hatte. Sie begriffen es einfach nicht. Er setzte beide Hände auf die Tasten, legte den Kopf in den Nacken und schloß die Augen. Ließ die Töne aus dem tiefen schwarzen Flügelkörper ins Zimmer strömen. Die Musik schwebte durch das offene Fenster und schlang verstohlen die Arme um die dünnen Birkenstämme.
Abrupt ließ er die Hände sinken. Er starrte den weißen Zahn an, der wie ein weißer Schmuckstein auf dem schwarzen Flügelrükken lag. Er hatte das Blut abgewaschen.
Vorhin hatte er sich oben die Kleider in ihrem Kleiderschrank angesehen. Der Stoff war weich, aber tot ohne sie. Einsame Kleider, eins neben dem anderen. Er hatte vorsichtig eins davon berührt. Diese Berührung hatte auch die anderen in Bewegung gesetzt. Er hatte den Schrank wieder zugemacht und war in die Küche gegangen, um einen Apfel zu essen. Er hatte seit zwei Tagen, seit Margunn Elsa abgeholt hatte, fast nichts mehr gegessen. Er hatte nur einige Flaschen Wein getrunken.
Während der ersten Stunden war er rastlos umhergewandert, vielleicht hatte er auf die Polizei gewartet. Aber sie, illoyal war sie denn doch nicht gewesen. Himmel, sie war schon in Ordnung. Das Problem war einfach nur, daß er sie nicht verstehen konnte. Manchmal kam sie ihm vor wie eine Feindin. Das lag an ihren Worten, an ihrem Gang. Und an ihren Augen.
Er stand auf und versetzte dem Klavierhocker einen Tritt. Griff fahrig zu einem Buch, das auf dem Fernseher lag. *Die Grastänzer.* Ein Lesezeichen zeigte, wie weit sie gekommen war. Er schlug die Stelle auf und las: *Ich saß auf den Schultern meines Großvaters, und er trug mich zu einer Wiese, wo ihm das hohe Prä-*

riegras bis zur Hüfte reichte. Er zeigte mir den Mond und sagte, wenn ich mir das wirklich heftig genug wünschte, würde ich dorthin gelangen.

Frank Bakke ließ das Buch auf den Boden fallen und brach in ein trockenes Schluchzen aus, bei dem seine Schultern heftig bebten. »Diese blöde Kuh!« Sie hielt ihn für einen Trottel, so war das nämlich. Und sich selber für eine Künstlerin. Nahm hinter seinem Rücken die Pille und erzählte Margunn, diesem Drecksweib, die intimsten Details über ihn. Und wem wurde dann am Ende die Schuld zugeschrieben? Natürlich dem Mann.

Die Katze kroch in der Küche vor ihrem leeren Freßnapf in sich zusammen. Sie machte die Augen halb zu, als ob das den Hunger lindern könnte. Die andere brachte gerade draußen im Garten einen Vogel um.

85

»Ich bin ein Hase.« Sigrid lachte. »Das ist wirklich wahr«, sagte sie dann. »Ich habe mein Krafttier finden können. Jetzt muß ich den Hasen besser kennenlernen. Seine positiven Eigenschaften erkennen. Auf jeden Fall läuft er schnell und springt rasch beiseite.« Sie lachte.
Er mußte lachen. Sie war plötzlich so witzig.
»Ich fahre morgen nach Asker.« Er wollte das ganz schnell sagen, so lange sie noch in Stimmung war.
»Morgen?«
»Ja.«
»Aber du warst doch erst am Wochenende da!«
»Ich komme abends zurück.« Er fügte zu seiner Entschuldigung hinzu, daß es Probleme mit Gard gebe.
»Was ist denn mit ihm?«
Er seufzte. »Das läuft alles nicht so gut.«
Das wußte sie schon. Etwas in seiner Stimme veranlaßte sie, dieses Gespräch zu beenden. Er drehte sich auf die Seite und kehrte ihr den Rücken zu. Sie legte von hinten die Arme um ihn und kitzelte ihn an der Brust. Biß ihn ins Ohrläppchen und hauchte ihm warm ins Ohr. »Ich bin ein Tier.« Sie fletschte die Zähne.
»Der Hase hat doch wohl keine Zähne?« Er lächelte und drehte sich um. Sigrid legte sich im Bett zurück. Durch ihr Nachthemd

hindurch konnte er das Haarbüschel zwischen ihren Beinen ahnen.
»Ich bin am Wochenende übrigens nicht hier«, sagte sie plötzlich. »Es macht also nichts, wenn du dann wieder nach Asker fährst.«
»Ach?«
»Mmm.« Sie stützte sich jetzt auf einen Ellbogen auf. »Ich will auf die Hütte. Und ich werde Georg mitnehmen.«
»Allein?«
»Nein.« Rasch schüttelte sie den Kopf. »Zusammen mit Sonja und Aina. Von Sonja habe ich dir erzählt ... die mit dem Schamanismus ... Sie ist Psychiaterin. Leitet solche Kurse, du weißt schon, über Selbstentwicklung. Ich kenne sie noch nicht so gut, aber sie ist etwas ganz Besonderes. Ich mag sie gut leiden.«
»Ach«, sagte er, und das Gefühl, daß ihm hier irgend etwas auffallen müßte, versetzte ihm einen Stich.
Sie riß ihn aus seinen Gedanken. »Ich soll meinen Schrei finden.« Sie lachte. »Wir fahren am Samstagmorgen.«

86 Elsa Bakke kamen die Stunden vor wie schwere Steine. Die Wanduhr starrte sie aus leeren Ziffernaugen wütend an. Das Fenster zum Hinterhof sah nicht aus wie andere Fenster. Nichts war vorbei, es war nur alles aufgeschoben und von einer dünnen Schutzhaut überzogen. Alles war verplombt und bis auf weiteres eingelagert. Sie dachte daran, daß sie sterben würde, wenn sie nur geduldig genug wartete. Aber dann kam Margunn mit Andreas zu Besuch. Sie hatte versucht, zu Hause anzurufen, aber niemand war ans Telefon gegangen. Sicher schlief er. Sie glaubte nicht, daß er ausgegangen war. Das hätte ihm überhaupt nicht ähnlich gesehen.
Sie hatte zu Mittag eine ganze Kartoffel und ein kleines Stück Fisch gegessen. Der selbstgebackene Apfelkuchen mit Sahne hatte gut geschmeckt. Andreas war gekommen, und am Montag würde ihr der neue Zahn eingesetzt werden.
Sonja Pettersen hatte ihr von einem Krafttier erzählt. Solche Gedanken waren ihr als Künstlerin durchaus nicht fremd. In der Kunst wurde sie mit vielen fremden Gedanken konfrontiert. Elsa ihrerseits interessierte sich eher für Engel. Aber das sagte sie nicht. Ihre Engel wollte sie für sich behalten. Sie wußte, daß Engel gerade im Schwang waren, daß es von Engelsbüchern und Engelskalendern und Engelssendungen im Fernsehen nur so wimmelte. Aber sie lebte nun schon seit vielen Jahren mit den

Engeln zusammen. In ihrem Atelier hatte sie in Tassen, in Gläsern und Untertassen Wesen mit Flügeln geformt. Dabei hatte sie das Gefühl, an einen Ort zurückzukehren, an dem sie als Kind gewesen war. Am glücklichsten war sie, wenn Andreas in der Schule war, wenn Frank eine Komposition untergebracht hatte oder wenn er irgendwo gelobt wurde und deshalb optimistisch war.

Die Engel konnten langsam hervorwachsen. Ab und zu stand sie auf und blickte auf den See hinaus. Das Wasser flößte ihr genügend Ruhe ein, um sich wieder an die Arbeit setzen zu können.

Die Engel wurden zu einem einzigen. Er hatte mit nichts Ähnlichkeit. Er war viereckig und durchsichtig, wie aus Glas oder Plastik. Er war wie ein freischwebendes Fenster. Ein Fenster, das sie einkleiden und zum Menschen umbauen konnte.

Und in Gedanken führte sie lange Gespräche mit dem Engel. Der Engel forderte nichts von ihr und hatte ein freundliches, angenehmes Wesen. Diese Gespräche waren für sie eine Hilfe.

»Was würdest du machen, wenn du mit einem Mann verheiratet wärst, den du gleichzeitig liebst und haßt?«

»Das weiß ich nicht.«

»Aber ich habe ihn doch auf irgendeine Weise lieb. Wir sind zusammengewachsen, wie zwei verschiedene Baumarten.«

»Das klingt nicht gerade gut.«

»Findest du mich feige?«

»Feige, nein. Das kann ich nicht beurteilen.«

»Und dann ist da noch Andreas.«

»Ein feiner Junge. Auf den mußt du gut aufpassen.«

»Natürlich muß ich das. Und ich will das ja auch. Aber weißt du noch, damals, vor vier Jahren im Herbst, als ich zum See hinuntergegangen bin?«

»Ja.«

»Weißt du noch, warum ich zum See hinuntergegangen bin?«

»Ja.«

»Ich bin einfach losgeschwommen, immer weiter und weiter hinaus. Es war ein seltsames und schönes und beruhigendes Gefühl. Du weißt, warum ich losgeschwommen bin?«
»Ja.«
»Weil ich sterben wollte. Es ist schwer zu verstehen, aber ich war sicher, daß es für Andreas besser sein würde, wenn er diese schrecklichen Szenen nicht mehr miterleben müßte.«
»Aber wer macht diese Szenen?«
»Ich. Oder, ich weiß nicht. Frank sagt, daß ich das bin.«
»Aber bist du das?«
»Ja und nein. Nein und ja.«
»Bist du das?«
»Nein.«

Eine der Tassen hatte sie mit einem goldenen Henkel versehen. Auf den Henkel hatte sie eine kleine Kugel gesetzt, die wie ein Kopf aussah. Sie hatte noch nie so eine schöne Tasse gemacht. Die Kugel war ein kleiner Kopf.
Die Tasse stand im Atelier auf der Fensterbank. Das Fenster schaute aufs Wasser, und das Fenster war ein Engel.

87

Sigrid spürte das türkise Wasser an ihrem Gesicht. Hörte den Widerhall von lauter und leiser werdenden Stimmen. Das Wasser malte tanzende Muster an die Wand.

Sie drehte sich um und schwamm einige Bahnen auf dem Rükken. Diese Sache mit dem Krafttier hatte vielleicht etwas für sich. Sie hatte schon angefangen, in sich selber die Zeichen zu lesen. Indem sie eingesehen hatte, daß in ihr ein Krafttier steckte, hatte sie auch ihre andere Seite erkannt, die schwache. Und die war vielleicht die wichtigere. Die war vielleicht die entscheidende. Sie drehte sich wieder auf den Bauch und spürte eine Leichtigkeit in den Armen, in den Beinen, die sie durch das Chlorwasser trug. Ihr Körper war leicht und sicher. Fast wäre sie mit zwei kreischenden Schuljungen zusammengestoßen, die im Wasser auf und ab sprangen und sich gegenseitig bespritzten. Sigrid rief ihnen gereizt zu, sie sollten damit aufhören.

Georg saß in seinem Wagen, hinten beim Planschbecken. Sie hatte ihm den Sicherheitsgurt angelegt. Der Chlorgeruch hatte seine Wangen gerötet. Vielleicht war er zu stark für ihn, vielleicht tat er ihm nicht gut?

Bald, nach diesem Sommer, wollte sie wieder arbeiten. Sie wollte büffeln und sich ganz besonders gut vorbereiten. Sie tauchte den Kopf ins Wasser und dachte erwartungsvoll an ihre neuen

Schüler. An die Verantwortung für neue kleine Menschen. Es würde sich eine Lösung finden.

Als sie später in der Garderobe stand und sich abtrocknete, beschloß sie, an diesem Nachmittag nach Asker zu fahren. Cato war allein mit den Jungen. Sie wollte die drei überraschen. Cato hatte sie so oft gebeten, doch positiver zu sein. Er wünschte sich, daß sie seine Söhne kennenlernte, daß sie die beiden liebgewann. Und die Söhne sollten Sigrid mögen. Sie schämte sich über sich selber. Die Jungen waren doch noch Kinder. Auch Gard, trotz seiner vierzehn Jahre. Sie war entschlossen, jetzt die Initiative zu ergreifen. Es sollte eine Geste für ihre Beziehung sein. Der Traum, in dem seine Söhne aufgetaucht waren, sollte ihr Leitstern sein. Auch Sonja meinte ja, daß sie ihrer Intuition folgen sollte. Nur wer eins war mit der Intuition, konnte zum ganzen Menschen werden. Und das wollte sie jetzt. Ihre Intuition positiv benutzen. Sie wollte so viel. Alles sollte anders werden.

88

Die Nesoddenfähre näherte sich durch das schäumende Wasser dem Anleger. Es war Freitagnachmittag, viele Menschen waren unterwegs. Die Luft war scharf und frisch und doch ziemlich warm. Sie stand an der Ecke, beim Restaurant Druen, und behielt das mittelgroße Boot im Auge. Sie hielt sich im Schatten. Die Telefone in den grauen offenen Zellen hinter ihr wurden eifrig benutzt. Auf Aker Brygge war wirklich einiges los. Niemand, der hier vorüberschlenderte, konnte ahnen, warum sie hier stand oder was sie in den nächsten beiden Stunden vorhatte. Neben ihren Füßen stand eine große blaue Adidas-Tasche. Die weinrote Säule, an die sie sich lehnte, kühlte ihre Wange ab. Sie war eine Frau, die niemandem auffiel. Aber sie war auch eine Frau, die sich in die Leiden anderer hineinversetzen konnte. Die daran teilnahm und etwas dagegen unternehmen wollte. Sie war ein Mitmensch voller Einfühlungsvermögen. Anders als viele anderen war sie bereit, ein Risiko einzugehen, sich selber zu gefährden, um einer anderen Frau diesen schrecklichen Lärm und die Unruhe in den Zimmern zu ersparen. Auch die anderen Frauen sind in ihrer tiefsten Seele Kinder, dachte sie. Der Mensch hat viele Seelen. Und die innerste Seele ist am verletzlichsten. Die Seele, die wir unser ganzes Leben hindurch mit uns herumtragen. Die ursprüngliche und aufrichtige.

Ihr schauderte, und sie dachte einen Moment lang an ihre

Mutter, die allein zu Hause war. Ein kalter Windhauch wehte vom Wasser herüber. Die Straßencafés hatten schon geöffnet. Viele gingen nach der Arbeit nicht nach Hause, sondern trafen sich, um nach dem langen Winter endlich wieder zu leben. Manche waren noch warm angezogen. Im Moment war es kaum vorstellbar, daß es eine Zeit namens Winter geben sollte. Das Geräusch von Stühlen, die über den Boden kratzen, von Gelächter und Stimmen, Kinderweinen und einem glücklichen schwarzen Hund, der bellte und dabei langsam mit dem Schwanz wedelte. Junge Serviererinnen und Kellner mit runden Tabletts und weißen Schürzen liefen zwischen den Tischen hin und her. Das Menschenmeer trieb vorbei, viele Hand in Hand oder Arm in Arm. Manche hatten schon Farbe im Gesicht. Die Stimmen hoben und senkten sich, die Wörter wurden zu unsichtbaren Schwingungen in der Luft. Lautes Lachen, leises Gemurmel. Sie horchte in sich hinein und hörte den Lärm, der sich in jeder Nervenzelle festgesetzt hatte.

Die Wasseroberfläche kräuselte sich. Aker Brygge wäre perfekt gewesen, wenn das Gelände in der Sonne gelegen hätte. Aber die Sonne hing neckend über dem anderen Ufer und färbte die Festung goldgelb und die Rasenflächen aufreizend grün.

Sie bückte sich und hob mit einer Hand die Tasche hoch. Ging langsam zur Fähre hinüber und stellte sich an der Warteschlange an. Sie setzte sich an Deck, zog die Windjacke fester um sich herum und setzte die Kapuze auf. Sie lehnte die Füße in ihren Turnschuhen aneinander und beobachtete die Menschen in ihrer Nähe. Betrachtete einen älteren Mann, dem fast die Abendzeitung aus der Hand geweht wurde. Neben seinen Füßen stand ein altmodischer Diplomatenkoffer. Einer mit zwei blanken Schnappschlössern. Ein kleiner Junge hing über der Reling, und die Arme seiner Mutter hielten ihn fest wie Tintenfischarme. Er rief: »Wasser, Wasser!« Das wiederholte er bestimmt zehnmal, dann stellte die Mutter ihn wieder aufs Deck und zog ihn in den Aufenthaltsraum.

Sie betrachtet Menschen und fühlt sich mächtig. Sie ist ein Werkzeug. Ein Produkt von Zufällen. Sie ist unter einem Irrstern geboren. Im düsteren Zwischenraum zwischen den echten Sternzeichen. Sie betrachtet Jacken und Hosen und Gesichter, als könne sie die Namen der Menschen von ihrer Kleidung ablesen. Sie sieht eine junge Frau an, die an jedem Finger einen Ring trägt. Die Haare der Frau hcben sich und winken dem Himmel zu. Sie wendet sich ab, schließt die Augen. Und die ganze Zeit werden ihr Luft und Licht und der Geruch der grauen Wasserkraft entgegengeweht.

89

Er hatte im Pavillon gegenüber des Hauptbahnhofs Blumen gekauft. Die dunkle Dame hatte gelächelt, als er um einen Strauß für eine bat, die er sehr gern hatte. Eigentlich hatte er »meine Geliebte« sagen wollen, »Blumen für meine Geliebte«. Aber das kam ihm auf irgendeine Weise unnatürlich vor. Außerdem spürte er noch immer Sigrids Atem im Ohr.
Stengel und Blätter raschelten, als sie die Tulpen zusammenfaßte und mit Draht umwickelte, ehe sie den Strauß in Papier einschlug. Er bezahlte und bedankte sich. Dann lief er über die Straße ins City und kaufte für jeden Jungen eine CD.
Der Freitagsverkehr verleugnete sich nicht. Cato Isaksen trommelte gereizt mit den Fingern auf dem Lenkrad herum. Er brauchte allein bis zum Messegelände in Skyen eine halbe Stunde. Er konnte sich die Zeit nur damit vertreiben, daß er an Bente dachte. Er schaltete das Radio ein und ließ seine Gedanken von Verkehrsmeldungen und Nachrichten untermalen. Er dachte an die weichen Waden, die breiten Hüften, den Spalt zwischen den Brüsten. Er dachte an alles, was er gern mit ihr machen wollte. Er wollte sie gern auf neue Arten lieben. Er fühlte sich stark und tatkräftig. Das Lustgefühl saß ihm jetzt wie ein dunkler, vibrierender Ton im Leib und strahlte durch seinen ganzen Körper. In seinem Gehirn war der Genuß wie eine Erinnerung aus fernen

Zeiten aufgespeichert. Plötzlich fiel ihm das Gefühl ein, wenn alle Räume des Körpers sich mit Lust füllen. Er saß im Auto, eingeschlossen in einer endlosen Fahrzeugschlange, und genoß eine fast unerträgliche Erektion. Freude durchlief ihn, sie war fremd und unbekannt. Er wollte versuchen, sie nie mehr zu vergessen. Hinter ihm hupte ein Auto. Sigrid und ihr kühles Bettzeug, das immer ein wenig nach Chlor roch. Sigrids Unterwäsche, Kleider, Röcke und Hosen im Schrank. Immer sauber und ordentlich, frisch gebügelt. Ihre Cremes und Töpfchen, der Kamm, in dem nie ein vergessenes Haar steckte. Die Mahlzeiten, die so karg und schlicht waren, fast ohne Fett. Seine Erektion legte sich wieder.

Sigrid veränderte sich, und das gefiel ihm nicht. Es würde entsetzlich sein, ihr das sagen zu müssen. Wie sollte er ihr erklären, daß sie der fatalste Fehler in seinem Leben war? Herrgott. Cato Isaksen lehnte müde den Kopf gegen die Nackenstütze. Er seufzte und öffnete das Fenster. Durch den kleinen Fensterspalt erreichten ihn das gleichmäßige Motorendröhnen und der schwere Geruch der Auspuffgase. Er wischte sich die schweißnassen Handflächen an der Hose ab, dann faßte er wieder das Steuerrad. Er schaltete das Radio aus. Seine Gedanken waren anderswo: *Geisteskrank, böse, clever, ... Schauspieltalent ...*

90

Sie ging an Land, ruhig, wie ein ganz normaler Mensch. Elsa Bakke hatte ihr den Weg erklärt. Ohne das selber zu begreifen, natürlich. Sie hatte nur erzählt, wie schön das Haus lag, gleich beim Fähranleger. Einfach einen Hang hoch, dann einen kurzen Weg entlang, und schon taucht das Haus zwischen den dünnen Birkenstämmen auf. Es war ein altes Haus, mit einer bezaubernden Glasveranda und einem großen, zugewachsenen Garten. Das Haus war rot und hatte rote Dachziegel. Der Gartenzaun war kurz vor dem Einsturz.

Elsa Bakke hatte erzählt, daß sie in diesem Haus aufgewachsen war und es übernommen hatte, als ihre Eltern nach Spanien übergesiedelt waren. Die Eltern hatten Frank niemals leiden können. Und das quälte sie. Aber die Eltern kamen immerhin jedes Jahr zum Nationalfeiertag nach Hause.

Der Mann mit dem Regenschirm und der Zeitung ging vor ihr her. Die Mutter mit dem kleinen Jungen war nicht ausgestiegen. Einen Moment lang war ihr schwindlig. Die Spannung preßte wie ein warmer Stein gegen ihre Brust. »Puma, Puma«, wiederholte sie bei jedem Schritt. »Puma, Puma.« Warum ist es so schlimm, Männer aus dem Weg zu räumen? Sie konnte das nicht begreifen. Wer würde die denn überhaupt vermissen?

Ihr Hals war wie ausgedörrt, und sie empfand eine leichte Übelkeit. Sie dachte an den Dunst von süßem, heißem Blut.

Jetzt tauchte das weiße Haus auf zwischen den dünnen Baumstämmen. Das mußte das richtige sein. Es war alt und schön. Geschnitzte Verzierungen am Giebel. Die Glasveranda sah aus wie ein blindes Auge, das in sich selber hineinstarrt. Sie ging weiter, und das Haus glitt an ihrer linken Schulter vorbei immer weiter zurück. Schließlich bog sie auf einen kleinen Fußweg ab, und bald entdeckte sie den Gartenzaun, das kleine rote Gartenhaus mit dem Atelier und den Fahnenmast, an dem auf Halbmast ein halber blauer Wimpel hing.
Sie dachte an ihren Vater. Der hatte immer gelacht, wenn die Mutter weinte, hatte ausgespuckt, wenn die Mutter weinte, hatte getreten, wenn die Mutter weinte. Manchmal, wenn sie neben dem Vater auf dem Sofa gesessen hatte, hatte sie versucht, ihn zu mögen. Etwas in ihr wollte ihn einfach mögen, etwas in ihr war bereit, die Mutter dafür zu opfern. Sie war ein böses Kind. Wenn er stumm blieb und nichts sagte, wurde sie unsicher und nervös.
»Ich sitze immer im Baum«, konnte sie plötzlich sagen. Nur, um das Schweigen zu brechen. »Gleich vor dem Haus, in dem großen. Die Zweige haben sehr viele Blätter, Papa.«
Sie hatte gelernt, seine Stimme zu deuten, wußte, welche Wörter etwas ganz anderes ansagten.

Sie näherte sich dem Haus, schloß die Hände um ihre blaue Tasche und blickte zu den blanken Fenstern hoch, in denen sich die Bäume widerspiegelten. *Die Zweige haben sehr viele Blätter, Papa.* Ein Fenster stand offen. Schwere wehmütige Musik strömte heraus. Eigentlich war diese Musik schön. Leere Schneeglöckchenblätter bedeckten den Boden und versuchten, die vielen braunen, verwelkten Reste aus dem letzten Herbst zu verdecken. Die Maiglöckchen standen wie kleine breite Speere nebeneinander. Sie konnte die weißen Glöckchen nicht sehen. Die Blumen hatten die Arme an den Leib gepreßt, als ob sie sich schützen wollten.

Der Garten war ziemlich ungepflegt. Im Kiesweg vor der Haustür wuchsen Grasbüschel. Eine grauweiße Katze schlüpfte durch ein Loch in der Hausmauer. Sie hielt einen toten Vogel im Maul. Die Tür war blau angestrichen. Ein großes Keramikschild an der Seite, über der Klingel, verkündete optimistisch: »Hier wohnen Frank, Elsa und Andreas.« Auch das Schild war blau und sollte das Meer darstellen. Ein rotweißes Segelboot mit zwei Katzen war auf dem Schild zu sehen.
Sie senkte kurz den Kopf, lehnte die Stirn an den Türrahmen, drehte sich dann um und sah sich noch einmal um, ehe sie den Finger auf den Klingelknopf setzte. Sie hörte das tiefe Pling-plang-Geräusch durch die schwere Musik, die dann abrupt verstummte.
Sie wußte nicht, ob sie ihren eigenen Herzschlag oder seine Schritte hörte. Die Zeit, bis die Tür geöffnet wurde, kam ihr unendlich und wie von nackter Angst durchsäuert vor.

91 Die Frau vor der Tür hielt eine große blaue Tasche in der Hand. Die andere Hand streckte sie ihm entgegen. Aus einem Impuls heraus erwiderte er ihren Händedruck. Sie stellte sich vor, aber er hatte ihren Namen sofort wieder vergessen, falls er ihn überhaupt wahrgenommen hatte. Sie sagte, sie komme vom Frauenhaus und wolle gern mit ihm sprechen. Elsa habe sie gebeten, sie habe zugegeben, daß nicht alles nur seine Schuld war.

Frank Bakke, geplagt von Schlaflosigkeit und Schwermut, fühlte, wie Erleichterung ihn erfüllte. Er lächelte, fuhr sich durch die halblangen dunklen Haare, die an den Schläfen schon ein wenig Grau aufwiesen, und führte sie verlegen ins Haus. Entschuldigte sich für die Unordnung, versetzte der miauenden braunen Katze einen leichten Fußtritt. Sein Hemd stand am Hals offen.

Sie zog die Turnschuhe aus und stellte sie ordentlich neben der blauen Tasche ab. Ihren Anorak hängte sie an einen der tief angebrachten bunten Kinderhaken.

»Kommen Sie rein«, sagte er freundlich und führte sie zum Sofa. Er bot ihr etwas zu trinken an. Sie lehnte dankend ab.

»Das ist alles so schrecklich«, begann er verlegen und ließ sich resigniert in einen Sessel fallen.

»Denken Sie nicht zuviel daran«, sagte sie.

»Nein«, sagte er. »So was kann eben passieren. Möchten Sie vielleicht ein Bier?«
»Nein, danke, aber holen Sie sich eins.«
»Ja.« Er stand auf und ging in die Küche. Gleich darauf war er wieder da und trank in kleinen Schlucken direkt aus der Flasche. Er streckte die Beine aus und ließ sich im Sessel zurücksinken.
»Ich bin so verdammt müde«, sagte er.
»Ja«, erwiderte sie. »Das kann ich verstehen. Tut Ihnen das alles denn leid?«
Er seufzte und stellte die leere Bierflasche auf den Tisch. »So leicht ist das nicht«, sagte er. »Sie haben ja selber gesagt, daß es nicht nur meine Schuld ist.«
»Ja, vielleicht habe ich das«, sagte sie.
»Vielleicht?« Er blickte sie fragend an. »Das haben Sie gesagt«, erklärte er.
»Möchten Sie nicht darüber sprechen?«
»Das ist nicht das Problem«, sagte er. »Ich bin bloß so verdammt müde.«
»Dann trinken Sie doch einfach noch ein Glas«, schlug sie vor. »Sie entspannen sich dabei, und wir können uns unterhalten.«
Er starrte sie an. Sie war ziemlich hübsch, vielleicht auf eine ein wenig kraftlose Weise. Nicht so hübsch wie Elsa, aber Himmel, wer war das schon. »Elsa ist unglaublich schön«, sagte er.
»Und sehr jung«, sagte die Frau.
Er stutzte. »Ja«, sagte er dann. »Finden Sie, ich bin zu alt für sie?«
»Nein, das Alter hat sicher nicht soviel zu sagen. Es kommt doch auf den Menschen an.«
Er stand auf. »Ich hole mir einen Whisky«, sagte er.
Als er zurückkam, fragte er, ob er ein wenig Musik auflegen dürfe.
»Nein«, sagte sie. »Besser nicht. Ich möchte lieber mit Ihnen reden.«
Er setzte sich wieder. »Ich weiß ja, daß es so nicht weitergehen kann«, sagte er. »Deshalb sind Sie doch sicher gekommen.«

»So kann es nicht weitergehen«, bestätigte sie.
Die braune Katze sprang ihr auf den Schoß. Sie streichelte den festen Rücken.
»Kommen Sie sich nicht ein bißchen … widerwärtig vor?« fragte sie.
Von dieser Frage war er ganz sichtlich überrascht. »Nein«, sagte er rasch. »Nein«, wiederholte er dann nach einer kurzen Pause. So hatte noch niemand mit ihm gesprochen. »Ich glaube, Sie verstehen das alles nicht richtig«, fügte er hinzu.

92

Die Tulpen prangten in einer gelben Vase auf dem Eßtisch. Die Blumen schienen Augen und Ohren zu haben und zuzuhören. Cato Isaksen ging zum Bücherregal und ließ den Zeigefinger über das *Buch der Fragen* wandern. Er zog es halb heraus und schob es wieder hinein. Er brauchte es nicht mehr. Wollte nicht mehr darin lesen. Der Inhalt erweckte so viele Gefühle in ihm: Trauer, Vorwürfe, Selbstverachtung, aber auch Stärke. Er spürte, daß er mit diesem Buch fertig war. Bente trat von hinten an ihn heran. »Wann wirst du mit ihr sprechen?« fragte sie. »Am Wochenende?«

»Ich weiß nicht«, sagte er und drehte sich um. »Sie will am Wochenende zusammen mit ein paar Freundinnen auf ihre Hütte fahren. Ich finde es gut, daß sie neue Interessen entwikkelt. Das war fast das größte Problem. Ihre Abhängigkeit, ihre Unschlüssigkeit.« Er blickte Bente resigniert an.

»Nach Krokskogen?«

Er nickte. »Und ich muß morgen in die Stadt. Besprechung um neun. Außerdem kommt Fatima Khan, die Tochter von einem der Opfer, morgen nachmittag aus Pakistan zurück. Ich muß mit ihr reden. Irgend etwas sagt mir, daß dieses Gespräch wichtig ist.« Er seufzte. »Ich habe die ganze Zeit das Gefühl, daß vor uns an der Wasseroberfläche irgend etwas herumtanzt«, sagte er

dann. »Wir können es aber nicht sehen. Ich habe so ein scheußliches Gefühl.«
»Es ist ja auch ein scheußlicher Fall. Drei Tote. Meinst du, es werden noch mehr?«
»Großer Gott, da mag ich gar nicht dran denken. Aber ich weiß, genau das wird passieren. Ich spüre das irgendwie. Ja, eigentlich wissen wir das alle.« Er blickte sie an.
»Und Myklebust, verliert sie jetzt langsam die Nerven?«
Er nickte. »Das kannst du wohl sagen.« Er lächelte.
Bente trat ans Fenster. Cato blickte ihren Rücken an, ihren ganzen Körper. Ihr Bild lag perfekt in seiner Seele. Ihr gehört meine Wirklichkeit, dachte er. Durch sie werde ich wirklich. Sie hatte gerade, ein wenig plumpe Beine. Sie schienen mit dem Boden verbunden zu sein, mit der Erde unter den Bodenbrettern, mit dem ganzen Erdball.
»Ich denke sehr viel an dein Kind«, sagte sie plötzlich, und dabei schaute sie noch immer aus dem Fenster. »Ich träume so viel von ihm, als ob er auch ein bißchen mein Kind wäre.«
Cato konnte hören, daß sie weinte. Er war so zutiefst gerührt, als er neben sie trat und seine Wange an ihren Kopf schmiegte. Es fiel ihm nicht leicht zu reden. Er sagte, er habe soviel an sie gedacht, vorhin, im Auto, im Stau.
Sie drehte sich zu ihm um. »Das weiß ich«, sagte sie langsam. »Ich weiß, was du denkst.«

93 Der kräftige Haarwuchs auf seiner Brust und unter seinen Armen machte ihr angst. Die obersten Knöpfe seines Hemdes waren offen. Sein Bauch wölbte sich leicht über dem schwarzen Hosenbund. Er war größer, als sie erwartet hatte, ca. 1,90. Er war der Größte bisher. Simon Andersen war zwar auch groß gewesen, aber er war ein alter Mann.

»Ich glaube, Sie verstehen das nicht richtig«, sagte er.

Angst und Spannung kämpften in ihrer Brust miteinander. Sie schluckte. Wußte, daß es gefährlich wäre, zu schnell vorzugehen. Als sie vorhin das Wohnzimmer betreten hatte, war ihr sofort der Zahn aufgefallen. Weiß und schön lag er auf dem schwarzen Deckel des Flügels. Der Zahn verdoppelte sich in der spiegelblanken Fläche.

Sie wollte etwas zu trinken, mußte einen klaren Kopf behalten. Nachher, wenn alles vorüber war, trank sie immer Wasser direkt aus der Leitung.

»Hier wohnen sie also.« Sie lächelte vage.

Er erhob sich, beförderte mit einem Tritt einen Damenschuh aus dem Weg und machte sich an einem Stapel von Notenblättern auf der Kommode zu schaffen.

»Sie haben meine Frage nicht beantwortet«, sagte er.

»Welche Frage denn?«

»Ich habe gesagt, daß Sie das offenbar alles nicht so ganz begreifen.«
»Ich begreife das schon«, sagte sie rasch und drehte sich um. Die Tür zur Glasveranda war abgeschlossen. Draußen stand nur ein alter Gartentisch mit zwei leeren Blumenkästen.
»Ich bin Komponist«, erklärte er. »Ich brauche ein gewisses Verständnis, Respekt.«
»Und das bekommen Sie nicht?«
»Nicht immer, nein, nicht dann, wenn ich es am dringendsten brauche.«
»Und wann ist das der Fall?« Sie mußte sich zusammenreißen und ruhig sprechen. Der Anblick des großen, in Selbstmitleid badenden Mannes ekelte sie an.
Frank Bakke verließ das Zimmer mit der Entschuldigung, daß er noch etwas trinken müsse. Er kam mit einer fast leeren Rotweinflasche zurück und goß die Neige in ein schmutziges Wasserglas. Er hatte sich noch immer nicht nach Elsa erkundigt.
»Wir sind seit acht Jahren verheiratet«, sagte er. »Sie war zwanzig, ich vierzig. Da liegt es ja auf der Hand, daß sich bisweilen Meinungsverschiedenheiten einstellen. Hören Sie ...« Er ließ sich wieder in den Sessel fallen. »Manchmal ist sie so schrecklich naiv! Sie ist eigentlich unglaublich verwöhnt. Immer muß alles nach ihrer Pfeife tanzen, die ganze Zeit. Unser Sohn leidet auch darunter. Das kann ich ihm anmerken. Wenn sie doch nur erwachsen werden könnte!« Er seufzte.
»Aber sie ist doch auch Künstlerin, Keramikerin. Und Sie wird doch von Ihnen verletzt!«
Frank Bakke knallte sein Glas auf den Tisch. »Wer sind Sie eigentlich?« fragte er.
Sie schluckte unmerklich. »Sie haben die Wahl, entweder sprechen Sie mit mir oder mit der Polizei«, sagte sie mit scharfer Stimme. »So lauten die Vorschriften. Elsa verzichtet darauf, Anzeige zu erstatten, wenn Sie mit mir sprechen.«

»Sind Sie Psychiaterin oder so was?« Er glotzte sie wütend an.
»Schon möglich«, antwortete sie. »Es ist Ihre Entscheidung.«
Der große Mann sank in sich zusammen. In diesem Moment klingelte das Telefon. Die schrillen, kurzen Töne jagten wie eiskaltes Wasser ihre Nervenstränge entlang. »Nicht rangehen«, sagte sie schnell. »Wir müssen uns in Ruhe unterhalten. Keine Unterbrechungen, okay?«
Er hatte schon aufstehen wollen, ließ sich aber wieder zurücksinken und kippte den letzten Schluck Rotwein.
»Sie haben die Wahl. Ich gehe davon aus, daß Sie sich für eine Zusammenarbeit entscheiden werden.«
»Zusammenarbeit?« Dieses Wort hörte er offenbar überhaupt nicht gern.
Sie versuchte, entspannt auszusehen, ließ sich auf dem Sofa zurücksinken und seufzte, dann lächelte sie den kräftigen Mann an.
»Ich finde, Sie sollten sich noch ein Glas Wein holen«, sagte sie. »Der beruhigt. Ich kann ja verstehen, daß die letzten Tage hart für Sie waren.«
»Wie geht es Elsa?« fragte er. »So schlimm war das doch sicher nicht?«
»Aber nicht doch«, antwortete sie. »So schlimm ist das nicht. Sie ist nur am ganzen Körper blau und gelb, Sie haben ihr einen Zahn ausgeschlagen, und sie ist seelisch total am Ende.«
Seine Reaktion ließ nicht auf sich warten. Sie war zu weit gegangen. Sie hatte sich nicht beherrschen können.
Auf der Straße draußen fuhr ein LKW vorbei. Frank Bakke erhob sich. Sein Gesicht schien vor ihren Augen zu brennen.
»Verstehen Sie denn nicht, daß ich Sie nur auf die Probe stelle?« fragte sie rasch. »Ich möchte wissen, wieviel Sie vertragen können, ehe Sie in die Luft gehen. Wie lang Ihre Lunte ist.«
Er senkte den Kopf und setzte sich wieder.
Diese Gespräche mit ihren Opfern hatten etwas Ekstatisches an sich. Zu diesem Zeitpunkt waren die Männer nämlich für sie

bereits Opfer. Frank Bakke war ein Opfer, endlich. Ihm blieb nicht mehr viel Zeit. Diese Gewißheit ließ ihr kühle Freudenschauer über das Rückgrat laufen. Sie dachte an Sonya Khan, an Cheryl Therkelsen, an Gerd Andersen und an Elsa Bakke. Sie wußten noch nicht, daß sie sich über ihre Existenz freuen konnten, vielleicht würden sie es nie erfahren. Aber darum ging es auch gar nicht. Es ging darum, daß sie den Abschaum aus dem Weg schaffte. Hygiene, dachte sie, ist wichtig fürs Überleben. Daß sie unmöglich alle ausrotten konnte, die das verdient hatten, war kein Problem für sie. Sie dachte an das Sprichwort: »Niemand kann alles, aber jeder kann etwas.« Sein Körper sollte zu Tode kommen. Die Frauen, die unschuldigen Frauen, sollten leben. Dieses Haus, die Fenster, die Bilder an der Wand, die Katzen; das alles sollte in einer Unendlichkeit von Minuten und Stunden bestehen. An Tagen mit Sonnen in Kinderaugen und Wärme und Gras. In Jahren der Stille. In vielen guten Jahren der Stille.

94 Gard betrachtete seinen Vater, der vor ihm auf dem Sofa saß. So, wie er immer dort gesessen hatte. Als ob er alles vergessen hätte, was er ihnen darüber erzählt hatte, daß Menschen *sich auseinanderentwickeln* können. Gard sah ihn an und fand das Bild seines Vater fremd, verändert. Aber er hatte jetzt mehr Platz in der Brust. Die Mutter hatte gesagt, daß der Vater vielleicht wieder zu ihnen ziehen würde. Daß er alles bereute. Das hatte sie mit ruhiger, leiser Stimme erzählt.

Er hatte ihr angesehen, daß sie davon überzeugt war. Der Junge hätte seine Mutter gern gefragt, ob sie keine Angst habe. Das hatte sie bestimmt, die Arme. Die Mutter hatte gesagt, es sei nur menschlich, einen Fehler zu machen, und die Liebe sei keine leichte Angelegenheit. Aber er wußte nicht so recht – es sah alles verdammt einfach aus. Und war dann doch so unglaublich kompliziert.

Wenn der Vater zu ihnen zurückkam, wie lange würde er diesmal bleiben? Er hatte ja noch andere Kinder. Ein anderes Kind. Ob er diesen Sohn so liebte wie ihn selber und Vetle? Und wenn ja, wie konnte er ihn dann verlassen? Wie sah er das denn selber?

Gard dachte an seinen neuen Bruder. An dieses krabbelnde, sabbernde Kind mit dem kahlen runden Kopf. Unmöglich, den leiden zu mögen. Ob der jetzt zu ihnen kommen würde, jeden Mittwoch und an jedem zweiten Wochenende?

In seinem Magen steckte ein weher Hunger. Ein Knoten, der nichts mit Essen zu tun hatte. Er kannte sich selber nicht mehr so richtig. Er betrachtete seine Füße. Die Socken waren an den Spitzen schmutzig. Und seine Hose hatte ein Loch, gleich über dem Knie. Er wollte keine neue, obwohl seine Mutter immer wieder versuchte, ihn dazu zu überreden. Er wollte gar nichts. Nichts wollte er.
Er stand auf und holte seine Jacke, er wollte weg. Mußte weg. Er wußte, daß seine Freunde am Kiosk herumlungern würden. Sie gingen dann immer zu einem Jungen nach Hause, saßen bei dem im Keller, tranken Bier, rauchten. Er wußte, daß er an diesem Abend viel rauchen würde, vielleicht zehn Zigaretten. Gerüchte behaupteten, daß Morten billigen Fusel aufgetrieben hatte. Mindestens fünf Liter.

95

Frank Bakke hatte die nächste Flasche Rotwein fast geleert. Und während er trank, baute sich ihr Haß weiter auf.

Draußen senkte sich langsam die Dämmerung. Sie durfte ihre Fähre nicht verpassen.

»Ich finde es gut, daß du, daß ihr, daß ihr nicht alles nur schwarzweiß seht«, nuschelte er. Der Hunger war jetzt zu einer großen schwarzen Ratte geworden. »Wenn ich nicht bald was zu essen kriege, dann krepier' ich.« Er rülpste.

Das tust du so oder so, dachte sie.

»Ich möchte mich bei dir bedanken, nicht, weil ich die Schuld auf mich nehme, sondern weil du einen Blick dafür hast, was richtig und was falsch ist.« Er streckte unsicher die Hand über den Tisch aus. Sie reichte ihm ihre. Seine Handflächen waren schweißnaß. Von seinem Schweiß wurden auch ihre Hände feucht. Am liebsten hätte sie ihn angeschrien, er solle ihre Hand loslassen. Sie hätte sich den Schweiß gern am Sofa abgewischt. Sie fand seine Hand ganz einfach ekelhaft.

»Ich verachte Gewalttätigkeit«, murmelte er, senkte den Kopf und ließ ihre Hand los. Rasch zog sie sie zurück und rieb sie an ihrem Oberschenkel trocken.

»Sie bringt mich immer dazu, das zu tun, was ich am meisten verachte. Und deshalb hasse ich sie. Verstehst du?« Er blickte auf. »Immer bringt sie mich dazu.« Seine schweren Augen leuchteten unter seinen buschigen Augenbrauen auf groteske Weise. Jetzt hatte sie ihn so weit. Die Zeit näherte sich. »Entschuldigung«, sagte sie. Sie stand auf und ging aus dem Zimmer. Holte ihre Tasche. »Ich muß nur kurz auf die Toilette«, rief sie.

Im kleinen Toilettenraum sprudelte ihr Adrenalin endgültig hoch. Jagte durch ihren Körper, als sie den Reißverschluß der Tasche öffnete und den langen, durchsichtigen Regenmantel herausnahm. Es war nicht leicht, ihn überzustreifen. Es war einfach zu eng in dem hellblauen Kämmerchen. Sie stieß eine Schale mit getrockneten Rosenblüten um. Das Messer hatte sie in eine Zeitung eingewickelt. Sie stülpte sich eine Plastikbadehaube über die Haare, so ein schlichtes Gratisteil aus irgendeinem Hotel. Sie durfte kein einziges Haar als Beweis hinterlassen, keine Hautfaser, keine Fußspur. Sie war auf Strümpfen, sie trug neue Tennissocken. Saubere, weiße Socken. Und nun noch die Handschuhe. Dünne Gummihandschuhe, Wegwerfhandschuhe aus der Apotheke in der Rådhusgate. Hundert Stück pro Pakkung, genug für fünfzig Mörder. Sie lächelte kurz. Dachte, daß es diesmal vielleicht nicht so schwierig sein würde. Sie hatte ihn zum Trinken gebracht.

Sie wickelte die Zeitung auseinander und nahm das Messer in die Hand. Sein Gewicht kam ihr ganz richtig vor. Es war wie der Handdruck eines Freundes. Sie öffnete leise die Tür, schlich auf weißen Socken zurück ins Wohnzimmer, vorbei am Flügel mit dem weißen Zahn, und versteckte die scharfe Waffe hinter ihrem Rücken. Sie konzentrierte sich auf die Seite seines Rükkens, hinter der das Herz saß. Der Puma war geruchlos und geräuschlos. Er setzte seine weichen Pfoten auf den Boden und war nicht zu hören.

96 Sigrids leiser Verdacht wurde jetzt immer stärker. Er zog sich wie eine Giftschlange durch ihren Körper. Das gute Gefühl, das sie früher an diesem Tag empfunden hatte, war wie weggeblasen. Sie konnte ihren Verdacht weder erklären noch verteidigen. Er steckte einfach in ihrem Zwerchfell und strahlte sein Gift in alle Nervenzellen ihres Körpers. Am schlimmsten waren die Phantasievorstellungen. In wachem Zustand konnte sie sich kompromittierende Situationen ausmalen, in denen sie Cato auf frischer Tat ertappte. Sie verfluchte ihn und drohte ihm damit, daß er seinen jüngsten Sohn niemals wieder sehen würde. Sie lernte einen anderen kennen. Einen feschen reichen Mann mit Geld wie Heu, der mit ihnen in ein anderes Land ging, wo sie sich in einem Riesenhaus mit Schwimmbecken und eleganten Autos niederließen, während Cato bei der Polizei alt und grau wurde. Während er versuchte, unmögliche Morde und ekelhafte Vergewaltigungen aufzuklären, was er haßte. Auf irgendeine merkwürdige Weise hatte sie das Gefühl, von diesen Phantasien abhängig zu sein, wenn sie überleben wollte. So, als ob sie ihre Probleme schon im voraus bearbeiten wollte, um sich später zu schonen. Als ob sie vorbereitet sein wollte.
Sie zog Georg an und trug ihn die Stufen hinunter. Zog seine neue Sportkarre im Erdgeschoß unter der Treppe hervor.

Sie mußte für den Wochenendausflug einkaufen. Sie hatten Listen gemacht, wer was mitbringen sollte.
Sie fand es praktisch, daß die Läden bis spätabends geöffnet waren. Es war ein schöner Abend. Sie atmete tief durch und hob den Wagen über einen Bordstein. Sie merkte, daß sie gespannt auf das Wochenende war. Darauf, was es wohl bringen würde. Bei der Sache mit dem Schrei war sie sich unsicher. Ob sie es schaffen würde, im Wald zu stehen und wie eine Verrückte zu heulen? Sie lachte leise. Wenn ihr nun Leute begegneten! Welche Gefühle ein solcher Schrei wohl auslösen könnte? Sonja hatte gesagt, der Schrei sei notwendig, um weiterzukommen. Aber was hieß schon weiter? Sie wußte es nicht. Wie weit wollte sie denn eigentlich kommen, und auf welche Weise?
Im Laden wimmelte es von Kundschaft, die allesamt für das Wochenende einkaufen wollte. Georg gähnte und rieb sich die Augen. »Nachher kannst du schlafen«, sagte Sigrid und hockte sich vor den Wagen. Sie gab ihm eine Packung Reis, die er sich ansehen konnte. Er umfaßte sie mit seinen kleinen Fäusten und fing an, sie zu schütteln.
Sigrid ließ die Plastiktüte mit den Konserven auf dem Küchenboden stehen und packte für sich und Georg ein paar Kleidungsstücke zusammen. Dann stellte sie eine Packung Windeln neben die Lebensmittel auf den Boden.
Georg krabbelte brabbelnd auf dem Boden herum.
»Du kannst im Wagen schlafen.« Sigrid lächelte ihm zu. »Nachher, wenn du gegessen hast, fahren wir mit der Bahn nach Asker. Zu Papa.«
Das Kind lächelte.
»Ja, zu Papa«, sagte sie noch einmal und seufzte.

97 Er saß noch immer in sich zusammengesunken im Sessel, halbwegs mit dem Rücken zu ihr. Das Kinn hing ihm auf der Brust. Er war fast schon eingeschlafen. Sie blieb stehen und betrachtete ihn. Saugte seinen Anblick ein, bis der Haß wieder wild durch ihre Adern strömte. Was für ein widerwärtiger Mistkerl, was für ein jämmerlicher, unbrauchbarer Mann!

Er sah sie erst, als sie lautlos neben ihn glitt. Das knisternde Geräusch ließ ihn die Augen wieder aufreißen. Aber er begriff erst, was passierte, als er im Rücken von einem elektrischen Stoß getroffen wurde. Er fuhr herum. Der Anblick einer in blankes, durchsichtiges Plastikmaterial eingehüllten Gestalt blieb in seinem Gehirn nicht richtig haften. Er nahm nur den Schmerz war. Warum? Er streckte automatisch die Hand nach der dünnen Messerklinge aus und zerschnitt sich auch noch die Handfläche. Heiß und lautlos wurde das Blut aus seinem Körper gepumpt. Er erhob sich, stand vor ihr, stieß ein gurgelndes Wimmern aus, das dann in lautes Gebrüll überging. Er taumelte rückwärts, während sie das Messer hinter ihrem Rücken versteckte.

Sie sah die Verblüffung in seinen dunklen Augen. Er wirkte riesengroß, als er auf die Beine kam. Sein Körper verdeckte das ganze Fenster. Sein Gesicht war wie eine große trübe Fläche. Sie

hatte nicht den Eindruck, daß er schon begriffen hatte, was hier passierte.
Seine weitaufgerissenen Augen schienen einem Wahnsinnigen zu gehören.
»Schwein!« rief sie. »Schwein!«
Er stöhnte und suchte mit zitternder Hand die Stichwunde in seinem Rücken. »Mein Rücken!« stöhnte er. »Hilf mir!«
Sie lächelte.
Gleich darauf schien er endlich zu begreifen. Sein Gesicht klärte sich gewissermaßen auf, er schien sich bis aufs Äußerste anzustrengen, um die Promille zu verdrängen, damit sein Gehirn normal funktionieren konnte. Das normale Funktionieren seines Gehirns war für ihn jetzt lebenswichtig. Ihm ging auf, in welcher Gefahr er schwebte. Aus seinen weitaufgerissenen Augen leuchtete der Haß. Sein irrwitziger Gesichtsausdruck überwältigte sie. Einen Moment lang hätte sie ihm fast den Rücken zugekehrt, wäre davongestürzt. Die Treppe hinunter, durch das Tor, in den Wald.
Er nahm ihre Unsicherheit wahr, spürte das wäßrige Blut an seinen Händen, schwankte einen Moment und lehnte sich dann an den Flügel, um Kraft zu sammeln. Und sie war wieder da. Blitzschnell bohrte sich die Messerklinge in seinen Oberschenkel, seinen Oberarm, seine Seite. Er hörte die Geräusche, die sie dabei ausstieß. Ein Fauchen wie von einem Tier, nicht wie von einem Menschen. Sie sah sein Gesicht in der blanken Flügelfläche. Weiße Haut mit schwarzen Augen. Er konnte nicht mehr klar denken, glaubte, daß dort Elsa stand. Sicher war das Elsa, die ihn verletzte, immer wieder. Er versuchte, sich zusammenzureißen, um zu begreifen, was hier passierte. Auch er konnte schnell sein. Jetzt hatte er Angst. Er ließ sich seitwärts fallen, auf die durchsichtige Frau in der Plastikkleidung. Er empfand einen lodernden Haß. Er haßte diese Frau, er haßte sie voller Verwirrung und Schmerz, weil er nicht begriff. Die Stille der nächsten Sekunden war überwältigend. Die Frau wurde mehr und mehr

zu Elsa. Er packte ihren Oberarm, aber sie hatte das Messer in der anderen Hand. Ihr Plastikmantel war glatt, und sie konnte sich loswinden, zur Tür laufen und verschwinden. Er stürzte hinterher, während sein Blut in gleichmäßigem Takt aus den vielen Stichwunden gepumpt wurde.

Sie lief auf Socken um das Haus herum. Erst über den Kies, dann durch das weiche Gras. Sie hatte nicht viele Fluchtmöglichkeiten. Sie konnte über den umgefallenen Zaun springen, aber dann wäre sie zwischen den hohen Bäumen deutlich sichtbar. Sie konnte um das Haus herum zur Eingangstür laufen, aber sie wußte nicht, ob er dort auf sie wartete. Sie wußte nicht, wie dicht er ihr vielleicht auf den Fersen war. Sie rannte auf das rote Häuschen zu. Die Tür stand offen. Sie lief hinein und hatte plötzlich blaue Scherben unter den Füßen. Keramikscherben, innen braun, mit einer blanken, blauen Oberfläche. Die Scherben bohrten sich durch die dünnen weißen Tennissocken. Er riß die Tür auf und lehnte Oberkörper und Kopf an den Türrahmen. Dabei atmete er schwer. Das Blut strömte aus den Wunden und durchtränkte sein graues Flanellhemd und die schwarze Hose. Er hatte viele Wunden, aber waren es wirklich genug?

Er sagte nichts, er stöhnte nur tief. Sie konnte sehen, daß er Kräfte sammelte. Langsam wich sie zurück. Das lange dünne Messer in ihrer Hand hielt sie stichbereit vor sich hin. Ein Kälteschauer durchfuhr sie. Sie sah den großen Brennofen in der einen Ecke. Durchsichtige Säcke voll Ton lehnten an der einen Wand. Die Vorhänge waren rosa und blau geblümt. Auf der Fensterbank stand eine seltsame Tasse mit einem goldenen Henkel und einer kleinen Kugel, wie ein Kopf. Wieder durchfuhr sie ein Kälteschauer. Das Zittern durfte sich nicht bis in ihre Hände und Finger weiterverpflanzen.

Ihm war schwindlig, er war zum Umfallen erschöpft und lehnte sich neben der Tür an die Wand. Er hatte keine Kraft mehr. Jetzt wurde ihm kalt. Er wollte versuchen, sie etwas zu fragen. Er konnte nicht mehr klar sehen. Seine Muskeln gehorchten ihm

nicht mehr. Sein Kopf kippte vornüber, und er stöhnte noch einmal rauh auf.
Sie wartete nicht. Trat, so gut sie konnte, zwischen die Scherben. Mußte jetzt ganz schnell sein. Es würde gut ausgehen, wie bei den drei anderen. Für einen Moment waren ihr Zweifel gekommen. Jetzt bückte sie sich, hob das Messer und stach zu.

98

Sigrid war zum Mißerfolg verurteilt. Später begriff sie, daß ihr Krafttier nicht stark genug gewesen war. Vielleicht glaubte sie auch nicht fest genug daran. Unbewußt beschloß sie, sich den Schrei bis zum nächsten Tag aufzubewahren. Für den Wald, die Hütte, wie Sonja gesagt hatte. Wir werden unseren Schrei zusammen ausstoßen, hatte sie versprochen. Sigrid dachte an Catos Augen in der ersten Zeit. »Es gefällt mir, wie du sitzt«, hatte er gesagt. Alles an ihr hatte ihm gefallen: Wie sie saß, mit zusammengepreßten Knien, ihre Kleider, die zumeist gestrickt oder gewebt waren.

Auf der Zugfahrt nach Asker hatte sie daran gedacht, wie er sie früher angesehen hatte. Sie wußte, daß sie ihm in der letzten Zeit kühl, abweisend und abstoßend vorgekommen war. So sah die Wahrheit aus. Georg saß in seiner Karre. Sie hatte den tiefen Kinderwagen durch eine Karre ersetzt. Eine der Frauen aus dem Frauenhaus hatte ihr die verkauft. Das Kind dieser Frau war eigentlich längst zu groß dafür, aber sie hatte erzählt, daß sie die Karre nachts benutzt hatte, wenn sie mit dem Kind vor ihrem Mann fliehen mußte.

Sonja Pettersen hatte gesagt, sie sei im Frauenhaus jederzeit willkommen. Sigrid saß in der Bahn und dachte an das Frauenhaus. Sie war dort gewesen, vor allem vielleicht aus Neugier, aber auch, um die Einkäufe für den Wochenendausflug zu besprechen. Die Frau, die ihr die Karre verkauft hatte, hatte eine dreijährige Tochter. In der Küche saß Aina Wiken und sang der Kleinen etwas vor. Ein Junge namens Andreas spielte auf dem Boden mit Georg. Georg gefiel es im Frauenhaus.

Der Zug fuhr durch einen kurzen Tunnel, dann bremste er und fuhr in den Bahnhof von Asker ein. Ein älterer Mann hob ihr die Karre aus dem Zug. In der Luft hing ein kühler Abendhauch. Sie ging durch den Fußgängertunnel, über den gepflasterten Platz, durch die Fußgängerzone und weiter in Richtung Reihenhaus. Und im Gehen spürte sie, daß sie den richtigen Entschluß gefaßt hatte.

Georg war eingeschlafen. Sie sah ihn an und spürte, wie sie beim Anblick des schlafenden Gesichtchens Wärme überkam. Im Gehen versuchte sie, nicht zu denken. Sie hatte das Denken so satt, sie war ganz einfach erschöpft davon. Cato hatte das nicht verdient. Bald würde er sie wieder anders sehen. Sie seufzte zufrieden. Allein schon, daß sie gekommen war, die Initiative ergriffen hatte ... er würde überrascht und froh sein. Er würde sie anlächeln, sie ins Haus bitten. Vielleicht würde er ein bißchen peinlich berührt sein, weil sie ihn in seinem alten Zuhause aufsuchte.

Sie bog auf den schmalen Gehweg ab und hielt auf die Reihenhäuser zu. Vor der letzten Garage stand Catos Wagen.

99

Frank Bakke hob plötzlich den Kopf. Sein kräftiger Arm stürzte sich wie ein Raubtier auf sie und biß sie in die Wade. Ihr Plastikmantel öffnete sich. Er packte ihr Bein wie einen dünnen Stengel. Sie fiel seitwärts hin, der Plastikmantel knisterte dabei. Sie versuchte, sich abzustützen, fiel jedoch auf ihr Messer. Die Klinge fuhr ihr in den Unterarm. Entsetzt hob sie den Arm. Das Messer hatte die Plastikplane und den dünnen Pullover durchschnitten. Sie spürte gleich unter dem Ellbogen einen brennenden Schmerz. Aber nicht der Schmerz war das Schlimmste, schlimmer war die Angst. Sie wartete auf das Blut und merkte gar nicht, daß Frank Bakke sie losgelassen hatte. Er war noch weiter in sich zusammengesunken. Das Gewicht seines Körpers war das einzige an ihm, das noch lebte. Endlich glitt er zur Seite. Sein eines Bein ragte noch aus der offenen Tür.

Langsam erhob sie sich. Ihr Ellbogen blutete noch immer nicht. Eine Tonscherbe hatte sich in ihre Hacke gebohrt. Sie hob den Fuß, zog die Scherbe heraus und versetzte Frank Bakke einen Tritt. Franks Kopf fiel nach hinten, und sein Hals war perfekt für sie entblößt. Die groben Bartstoppeln ragten wie kleine Nadeln empor.

»So, ja«, murmelte sie sich zu.

Sie steckte die Hand in die Tasche und zog einen kleinen wei-

ßen Zettel heraus. *Denn noch ist der Frühling fern,* stand darauf. Sie bückte sich und schob ihn unter den Körper des Mannes.
Er lag da wie eine magische Mischung zwischen Leben und Tod. Er sah eigentlich recht gut aus mit seinen kräftigen schwarzen Haaren. Er sah aus wie ein Bild. Eine schwache Bewegung seiner Halsschlagader zeigte, daß er noch immer lebte. Sie setzte sich rittlings auf ihn und fühlte mit dem Zeigefinger die Stelle unter seinem Ohr. Tastete sich über die weiche Hautoberfläche vor. Hielt sich an das Lehrbuch, wußte, wo die Haut über der Schlagader am dünnsten war. Das Messer stieß ein häßliches Lachen aus. Und dann schnitt sie von einem Ohr zum anderen ein rotes Lächeln.
Das Blut strömte hervor wie durch einen gebrochenen Damm. Sie sprang beiseite. Das Blut ergoß sich über seinen Hals und floß unter sein Hemd. Das graue Hemd färbte sich rot. Das Blut mit seinem schwachen süßlichen Geruch floß auch über ihre Hände.
Sie kam sich vor wie ein Kind, das auf dem Boden spielt. Sie hatte nicht vor, hinter sich aufzuräumen.
Ihre Schulter senkten sich ein wenig, und sie beugte sich über sein Gesicht. Das war nun in eine andere Phase übergegangen. Es war schon fast nicht mehr sein Gesicht. Die Haut wurde weiß. Die geschlossenen Augen versanken tiefer in seinem Kopf. Seine Züge schienen sich auseinanderzufalten, seine Gesichtsausdruck wurde geglättet. Die Schmerzen, die er verspürt hatte, waren jetzt verschwunden. Das war das einzige, was sie bedauerte. Der Mann auf dem Boden wurde plötzlich zu allen Männern auf der ganzen Welt.

100

Als Bente hinter Gard herging, um nachzusehen, wer geklingelt hatte, explodierte alles. Als Sigrid Bente sah, fügten sich alle schwarzen Ahnungen zu einem Bild zusammen. Die Angst, die sich schon so lange in ihr niedergelassen hatte, wurde lebendig. Es stimmte also doch. Die Giftschlange in ihr hatte die Wahrheit gesagt. Jetzt war der Augenblick gekommen. Alles konzentrierte sich auf Haß und Eifersucht. In gewisser Weise hatte sie das Gefühl, einem unbekannten Freund zu begegnen. Ohne nachzudenken, von ihrer Wut geblendet, bückte Sigrid sich und packte einen der Steine, die die kleine Rasenfläche vor der Haustür umgaben. Ihre Finger schlossen sich um den viereckigen grauen Stein. Rasch und zielsicher warf sie ihn ins Küchenfenster. Das Glas zersprang in der Mitte, und Tausende von kleinen blanken Speeren jagten ins Zimmer hinein.

Cato Isaksen saß im Wohnzimmer im Fernsehsessel. Der Sessel fühlte sich in seinem Rücken an wie ein alter Freund. Als der schwere Stein auf dem Küchentisch landete, fuhr er hoch.

Sigrid schrie auf, als sie ihn in der Türöffnung entdeckte. Ein Wortschwall strömte über ihre Lippen, war aber kaum zu verstehen. Georg weinte laut und schrill los. Seine Mutter hatte sich verändert. Seine Mutter war gefährlich. Die Mütze glitt ihm über die Augen, und fieberhaft versuchte er, sie wieder hochzuschieben.

Ehe Cato sie erreicht hatte, um sie zur Vernunft zu bringen, rannte Sigrid mit der Karre davon. Sie packte eine Handvoll Kieselsteine und bewarf damit sein Auto. Die Steine kullerten über den Lack. Ehe sie weiterrannte, registrierte sie weiße Gesichter hinter den Fenstern der Nachbarhäuser. Neben ihr bewegten sich zwei braune Bäume.
Bente senkte den Kopf und ging ruhig zurück ins Wohnzimmer, wo Vetle weinend auf dem Sofa lag. Sie setzte sich neben ihn und legte ihm eine Hand in den Nacken.
Cato Isaksen hatte Sigrid jetzt fast eingeholt. Der Anblick ihres Rückens tat ihm weh. Er streckte den Arm aus, legte ihr die Hand auf die Schulter und drehte sie um. Die Karre rollte allein weiter. Er lief hinterher und brachte sie zum Stehen.
Sigrid war vor Zorn wie betäubt. Sein Gesicht war häßlich, sie haßte es. Seine Augen waren widerwärtig, seine Arme verlogen. Sie spuckte ihm ins Gesicht. Hämmerte ihm mit den Fäusten auf die Brust. »Ich hab's gewußt«, rief sie. »Ich hab's gewußt!«
»Ja«, sagte er.
Sie ließ ihre Hände sinken. »Du gehst wieder zurück?« flüsterte sie und schüttelte dabei energisch den Kopf, wie, um sich davon zu überzeugen, daß es doch nicht so sei. »Das kannst du nicht. Das darfst du nicht.«
Er schluckte und versuchte, weiterhin in ihre Augen zu blicken. Und die ganze Zeit umklammerte seine eine Hand den Griff der Karre. »Tut mir leid, Sigrid«, sagte er ernst und legte ihr die andere Hand auf den Arm.
Sie riß sich los. Trat ihm mit aller Kraft vors Schienbein. Der Schmerz durchjagte ihn wie ein Blitz. Das Kind weinte immer noch. Der stechende Schmerz betäubte seine Vernunft.
Ihr knochiges Gesicht brannte vor Haß. Ihre Fingernägel bohrten sich in die dünne Haut unter seinen Augen. Ihr Speichel klebte an seinem Kinn.
Und nun gingen Trauer und Wut mit ihm durch. In seinem Kopf wurde alles dunkel. Er hatte einen metallischen Ge-

schmack im Mund. Er ballte die Fäuste. Er schlug und schlug. Zog ihren Kopf an den Haaren nach hinten. Schüttelte sie und stieß sie, bis sie ins schmutzige Gras neben dem Weg fiel. Er registrierte, daß die Karre den seichten Hang hinunterrollte. Er rannte hinterher und packte sie. Inzwischen hatte sie sich wieder aufgerappelt. Von seinen Schlägen überrumpelt entriß sie ihm den Wagen. Schloß die Finger wie Krallen um den kühlen Griff. Sie richtete sich auf, holte tief Atem und ging mit raschen, wütenden Schritten davon. Dabei hielt sie sich an der Kinderkarre fest wie an einer Rettungsplanke. In dem blanken, länglichen Stahlgriff sah sie ihr Gesicht zu einem länglichen, fleischfarbenen Strich zerfließen. Der Augenblick bohrte sich in ihr fest und steckte hinter ihrem Schrei.

101 Es war fast Vollmond. Der Mond war auf der einen Seite nur noch um weniges dünner und verschwommener. Die Mondscheibe war weiß und fast durchsichtig, wie Papier oder Seide. Sie bewachte die Stadt mit ihrem großen Auge und sah aus wie ein weißer Gedanke auf dem Weg ins Unterbewußtsein.

Elsa Bakke glaubte, vor ihrer Tür Geflüster zu hören. Sie lauschte. Vor der Tür war niemand, ihr tat einfach nur ihre Zahnlücke weh. Der Zahnarzt würde ihr einen Stift in den Kiefer bohren und daran einen neuen Zahn befestigen. Der physische Schmerz, den er ihr dabei zufügen würde, war nötig. Sie würde diesen Schmerz sehr gut ertragen können. Zahnärzte und Ärzte, Operationen und Spritzen. Solche Schmerzen kannte sie, auf irgendeine unlogische Weise fühlte sie sich darin fast geborgen. Reparationen. Notwendige Reparationen. Und danach, Ruhe und Zeit dazwischen. Sie schlief wieder ein. Die Wände des weißen Zimmers faßten sie, und ohne, daß sie es wußte, versuchten sie, ihre Seele zu reinigen. Die Wände umarmten sie.

Sie träumte von Treppen. Treppen, die nach oben führten, nach unten oder in beide Richtungen. Von braunen Treppen. Scharfen Treppen. Seelenlosen Treppen, die sie ganz müde machten, weil sie schon so viele gesehen hatte. Die Treppen bewegten sich, einzelne Stufen lösten sich und fielen ins Meer. Sie hörte,

wie sie auf dem Meeresgrund aufschlugen. Mit offenem, mit Wasser gefülltem Mund.
Die Entfernung zwischen den Richtungen teilte sich. »I am an angel.« Der Kopf vor den Schultern des Körpers. Der Fensterrahmen ruht in der Sonne. Draußen sitzt die Katze.

102 Frank Bakkes Leiche liegt bleich und still in der Türöffnung. Die Nacht geht in den Tag über. Der Mond schmilzt langsam dahin. Die Katzen haben fast das ganze Blut aufgeleckt. Rote Pfotenabdrücke ziehen sich über den Boden und die Steinplatten auf dem Weg. Die großen Füße in den braunen Schuhen ragen aus der halboffenen Ateliertür. Auf dem Boden liegen die Tonscherben. Auf der Fensterbank steht die Tasse mit dem kleinen Kopf. Im Schrank hängt das Kleid, das sie vor dem Winter dort vergessen hat.

Die Wasseroberfläche kräuselt sich leise. Die winzigen Wellen küssen vorsichtig das Land und ziehen sich dann wieder zurück. Küssen das Land und ziehen sich wieder zurück.

Die blassen Sterne am Himmel bewegen sich auf dem Rücken des Meeres hin und her. Sie sind auf Reisen. Es wird sie immer geben. Die Zeit unten im Wasser ist anders. Die Zeit im Wasser ist flüchtig. Das Gewicht des Wassers ruht in sich selber. Segelt auf seiner eigenen Schulter. Wasser ist Bewegung. Wasser ist fremd. Wasser besteht aus geheimen, durchsichtigen Händen.

Es gibt Organismen, die von Sauerstoff vergiftet werden. Sie leben tief unten in der Erde oder im Schlamm auf dem Meeresgrund. Der Anfang der Erde war eine warme dünne Suppe aus einzelnen Molekülen.

Das weiße Haus starrt mit blanken Augen um sich. Sieht ein Reh durch den Garten spazieren. Das Tier bleibt stehen und horcht. Seine Ohren bewegen sich im Takt der Geräusche. Es reißt mit dem Mund einen Zweig von einem Baum. Grüner Geschmack auf der kleinen Zunge. Der zerstörte Wimpel zittert leicht am weißen Fahnenmast. Das Morgenlicht ist wie eine plötzlich platzende Blase.

103 Massenmörder in Oslo. Die Schlagzeile sprang Cato Isaksen am Samstagmorgen geradezu ins Gesicht. Jetzt wußten sie es also. Er kaufte sich eine Zeitung, als er in Høvik ohnehin zum Tanken anhalten mußte. *Drei Männer, alle auf dieselbe Weise ermordet, sind in den vergangenen Monaten in Oslo aufgefunden worden. Die Polizei hat bisher die Presse nicht informiert...* Cato Isaksen fluchte. Auf der Wache mußte er als erstes das ganze Team zur Besprechung zusammenrufen.

Die Konfrontation mit Sigrid am Vorabend steckte ihm wie ein Schatten in Gewebe und Muskeln. Das Schreckliche, was passiert war. Was er getan hatte. Er hatte sie geschlagen. Aber noch schlimmer war trotzdem das Weinen des Kindes gewesen. Georgs Stimme hatte ihn die ganze Nacht hindurch verfolgt. Bente hatte ihn nicht trösten können. Er konnte nicht verstehen, wie er Sigrid hatte schlagen können.

Er betrachtete sich im Rückspiegel. Unter dem Auge hatte er zwei rote Kratzer. Er wußte nicht, wie das alles enden sollte. Vielleicht mußte der Teufel ja doch mit dem Beelzebub ausgetrieben werden. Er wußte es nicht.

Er verließ die Tankstelle. Fragte sich, wer die Sache wohl der Presse zugespielt haben mochte. Das passierte jedesmal. Früher oder später konnte irgendwer nicht mehr den Mund halten.

Der Taxifahrer, der am Donnerstag, dem 13. April, Cheryl

Therkelsen und ihre Kinder zum Frauenhaus gefahren hatte, wartete schon in Roger Høibakks Arbeitszimmer auf ihn. Dieser Taxifahrer war ein irritierendes und störendes Moment. Cato Isaksen wußte auf den ersten Blick, daß er nichts mit dem Fall zu tun hatte.
Er war zweiundfünfzig Jahre alt und fuhr seit über zwanzig Jahren Taxi. Er hieß Reidar Nilsen. Alltäglicher Name, alltäglicher Mann. So sah er auch aus. Graue, kurze Haare, verheiratet, zwei erwachsene Töchter. Er konnte sich an die Frau und die beiden Kinder erinnern. Und er hatte nicht zum ersten Mal solche wie sie zum Frauenhaus gefahren.
»Solche wie sie«, sagte er. Cato Isaksen spürte die Ungeduld prickelnd auf seiner Haut. Für so etwas hatte er jetzt keine Zeit.
Der Taxifahrer erzählte, daß er nicht mit ihr gesprochen hatte, er konnte sich aber an sie erinnern, weil sie Ähnlichkeit mit Hillary Clinton hatte.
»Mit der Frau des amerikanischen Präsidenten«, fügte er als Erklärung hinzu. An Gerd Andersen konnte er sich natürlich nicht erinnern.
»Aber wenn Sie ein Bild von ihr haben, fällt sie mir vielleicht doch wieder ein«, der Mann blickte den Ermittler fragend an.
»Ich will das gern versuchen«, sagte er und beugte sich vor.
Irgend etwas stimmt hier nicht, dachte Cato Isaksen und winkte dem allzu behilflichen Taxifahrer ab.
»Ich habe einen Kollegen, der schon mal verhört worden ist«, der Mann redete ungerührt weiter. »Hehlerei«, sagte er. »Lederjakken und Stereoanlagen und Gott weiß was . . ., und ich glaube, er hat sogar bei der Aufklärung mithelfen können.«

104

Sie bindet die Mutter ans Bett. Das muß so sein. Legt sie auf den Rücken und wickelt um jeden Knöchel ein dickes Seil. Sie befestigt das Seil an den Bettpfosten, macht an jedem Fuß einen harten Knoten. Die hellgrünen Wände blicken kühl auf beide herab. »Ich komme morgen wieder«, sagt die Tochter.

Die Mutter will nicht gefesselt werden. »Ich glaube, ich hab keine Lust dazu.«

»Das spielt keine Rolle«, sagt die Tochter. »Ich komme am Sonntag wieder.«

»Aber heute ist doch Montag?«

»Heute ist Samstag, Samstag vormittag. Es dauert wirklich nicht lange. Du hast gefrühstückt, und jetzt nimmst du deine Schlaftabletten, und dann schläfst du bis morgen.«

»Ich will fernsehen. Das machte ich samstags immer.«

»Dann mußt du eben in Gedanken fernsehen.« Die Tochter verzieht genervt den Mund. Eine solche Mutter ist wirklich eine Belastung. »Tante Edith ist im Krankenhaus«, sagt sie dann. »Die kümmert sich doch eigentlich um dich.«

»Ja, Edith ist lieb.«

»Ich fahre mit zwei Freundinnen auf eine Hütte.«

»Mit Freundinnen. Mit Henki und Villa?«

Die Tochter richtet sich auf. »Ich habe gesagt, zwei Freundin-

nen. Wir wollen unsere inneren Tiere kennenlernen. Ich bin übrigens ein Puma, das wußtest du vielleicht noch nicht?«
»Kannst du vorher noch das Grab gießen?«
»Jetzt wachsen keine Blumen auf dem Grab.«
»Du darfst Edith nichts über das Messer sagen. Ich war deshalb doch im Gefängnis.«
»Du warst in Gaustad, das ist eine Klinik, kein Gefängnis.«
»Sie haben uns das Gehirn mit Wasserwerfern ausgespült. Dafür bekommt man Schadensersatz.«
»Bei dir ist keine Lobotomie vorgenommen worden. Das hast du alles aus der Zeitung.«
»Ich hab's im Fernsehen gesehen. Ich weiß noch, es waren fremde Zimmer, mit einem anderen Geruch. Das Essen war weiß. In den Vasen standen Blumen, die aussahen wie Löwenmünder. Wir hatten Namen auf unseren Tassen, meine war blau. Aber ich habe mir die Schläfen gewaschen.«
»Das hat dir gefallen. Die Elektroschocks meine ich, Mutter. Danach warst du eine andere. Das hast du selber gesagt. Du hast dir die Schläfen selber abgetrocknet, um klar zu denken.« Die Tochter wendet sich ab. »Weißt du noch, daß du gesagt hast, du kämst dir nachher innerlich vor wie eine Sahnetorte? Weiß und süß und wunderbar?«
Die Mutter seufzt.
»Es war nicht meine Schuld, Mutter, daß du dorthin mußtest.«
Die Stimme der Tochter klingt jetzt anders. Klein und dünn und hell, wie ein Kinderstimmchen.
»Du hättest mich holen können.«
»Ich war sechs Jahre alt, Mutter. Ich war klein.«
»Kannst du dich noch an unser kleines Lied erinnern?«
»*Schlaf du ruhig, mein Blümelein.* Das haben wir gesungen, wenn ich schlafen sollte. Weißt du noch, wie ich mich vor dem Schlafen gefürchtet habe?«
Die Mutter lächelt. »Du hast dich vor allem gefürchtet. – Im

Gefängnis hat es in allen Räumen nach Kohl gerochen, das weiß ich noch. Ich weiß auch noch, daß in einem Zimmer ein kleiner Stuhl stand. Der gehörte dir. Niemand hat sich je darauf gesetzt. Er war immer frei, für den Fall, daß du kommst.«
»Ich konnte doch nicht kommen.«
»Als ich entlassen wurde, habe ich mich von dem kleinen Stuhl verabschiedet. Und seither habe ich ihn nicht wiedergesehen.«
Sie hat die Hände der Mutter an die Bettpfosten gebunden. Jetzt gibt sie ihr Schlaftabletten und Wasser. Hebt den alten, dünnen Kopf mit den zerzausten Flaumhärchen hoch. Beim Trinken gurgelt es in der Brust der Mutter. Das Wasser bewegt sich durch ihren Hals.
»Du mußt mir ein Paar Wollsocken holen.«

Sie entfernt mit dem Staubsauger die letzten braunen Tiere aus den Ecken des Vorratsschrankes. Dann packt sie. Aber sie muß noch in ihre eigene Wohnung, um weitere Kleider und Gummistiefel zu hören.
Sie öffnet die Schlafzimmertür. »Weißt du, wo mein weißes Hündchen steckt?«
Aber die Mutter schläft bereits, sie liegt da mit offenem Mund und hat den Kopf zur Seite gedreht. Die Tochter breitet die Decke über die Mutter und schließt ganz leise die Tür. Sie muß dic Mutter doch festbinden. Einmal hat sie den Mülleimer unter dem Spülstein angezündet. Als sie noch die Medizin genommen hat, ist sie nicht auf solche Ideen gekommen. Aber sie hat keine Medizin mehr. Tante Edith muß neue holen, wenn sie aus dem Krankenhaus kommt.

105 Ingeborg Myklebust war ausgesprochen schlechter Laune. »Meine Geduld ist zu Ende«, sagte sie. »Und die Presse hat jetzt auch Wind von der Sache bekommen. Ich hab's ja gleich gesagt. Es wäre besser gewesen, wenn wir sie informiert hätten.« Voller Verachtung warf sie die Zeitung auf den Tisch. »Der Polizeipräsident kommt heute nachmittag«, sagte sie. »Ihr wißt doch, was das bedeutet?«
»Er ist unzufrieden«, sagte Preben Ulriksen.
»Nicht unbedingt«, wehrte Asle Tengs ab. »Der Polizeipräsident hätte sich schon längst einmal blicken lassen müssen.«
»Ich habe ihn die ganze Zeit auf dem laufenden gehalten«, erklärte Ingeborg Myklebust mit verkrampfter Stimme.
»Das reicht nicht«, meinte Asle Tengs. »Er hätte viel früher kommen müssen. Was sagst du, Cato?«
Cato hatte das Gefühl, daß sich aller Augen auf ihn richteten. Auf die Kratzer unter seinen Augen. Aber niemand ließ sich etwas anmerken, mit Ausnahme von Roger Høibakk, der es nicht erwarten konnte, seinen Kollegen unter vier Augen danach fragen zu können. Schließlich verlor er dann die Beherrschung.
»Hast du dir eine Katze zugelegt?«
»Ja«, sagte Cato Isaksen und erhob sich. »Und zwar eine große.«
Er brachte sogar ein dämliches Lächeln zustande.
»Ich lasse mich nicht von deinen Drohungen beeindrucken«,

sagte er dann zu seiner Vorgesetzten. »Du weißt so gut wie ich, daß wir uns bisher alle Mühe gegeben haben, um diesen Fall aufzuklären, und daß wir das auch weiterhin tun werden.« Er schlug mit der Handfläche auf seine Unterlagen. »Daß du uns jetzt Vorwürfe machst und uns mit deiner Unzufriedenheit von der Arbeit abhältst, zeigt nur, wie unprofessionell du bist.«
Randi blickte ihn voller Bewunderung an.
»Ich finde, Cato hat recht«, sagte Bjørn Thorsen mit Nachdruck. »Wir haben keine Zeit für solchen Unsinn. Schuldzuweisungen müssen warten, bis wir den Fall gelöst haben.«
Cato Isaksen war verzweifelt. Der hoffnungslose Stillstand in den Ermittlungen schien das ganze Arbeitsklima zu vergiften. Und er vergiftete auch seine Denkfähigkeit. Irgendwo in seinem Hinterkopf vibrierte das Echo eines anderen Gedankens.
»Ich will arbeiten«, sagte er. »Ich halte es für falsch, daß wir hier auf diese Weise unsere Zeit vergeuden.« – »Du bist die einzige, die sich das leisten kann«, wollte er noch hinzufügen, verkniff es sich dann aber.
Ingeborg Myklebust bedachte ihn mit einem unergründlichen Blick, als er den Raum verließ.
Roger Høibakk sprang auf und holte Cato auf dem Flur ein. »Das hast du gut gemacht«, sagte er. »Ein Punkt für dich.«
Cato Isaksen schüttelte irritiert den Kopf. Natürlich hatte die Hauptkommissarin nicht ganz unrecht gehabt. Er spürte, wie ihn wieder die Verzweiflung überkam. In einigen Stunden würde er Kim Khan abholen und mit ihm zum Flugplatz fahren. Aber ob ihn das weiterbringen würde?
Je mehr der Fall gewachsen war, um so größer war auch die Trostlosigkeit des Teams geworden. Immer wieder riefen Leute an, die einen Tip geben oder ihre Angst zum Ausdruck bringen wollten. Ein alter Mann in Sinsen fürchtete, das nächste Opfer zu werden. »Ich habe schon lange das Gefühl«, sagte er, »daß etwas passieren wird.« Eine alleinstehende Mutter meinte, daß vielleicht ihr Exmann als Mörder in Frage käme.

106

Sigrid Velde, Aina Wiken und Sonja Pettersen waren in Sonjas grauem Golf in Richtung Solihøgda unterwegs. Der Kofferraum war vollgestopft mit Kleidern und Plastiktüten mit Lebensmitteln. Ganz oben lag eine große blaue Adidas-Tasche.

»Wir müssen ein kleines Stück zu Fuß gehen«, sagte Sigrid. »Und der Weg ist sicher ziemlich feucht.«

»Wir müssen sicher zweimal gehen«, lachte Aina.

Georg, der neben seiner Mutter auf dem Rücksitz in einem Kindersitz saß, brabbelte zufrieden vor sich hin. Vielleicht hatte er sein entsetzliches Erlebnis vom Vortag über Nacht weggeschlafen. Vor den Fenstern zog die Landschaft vorbei.

Sigrid glaubte, daß Georg alles heil überstanden hatte. Sie selber hatte sich auch beruhigt. In der Nacht war sie erst gegen drei Uhr eingeschlafen, nun fühlte sie sich aber überraschend fit. Sie hatte den beiden anderen nicht erzählt, was geschehen war. Vielleicht würde sie das abends nachholen.

Schock und Schläge waren ihr fast vorgekommen wie eine Begegnung mit einem Freund. Die Gedanken, die sie sich in der letzten Zeit gemacht hatte, ihr schleichender Verdacht, das alles hatte sich jetzt bestätigt, und das war eine Erleichterung. Natürlich war sie auch traurig. Sicher war sie traurig. Mehr noch, sie war wie zerschmettert. Aber die Unsicherheit hatte sie innerlich fast zerfressen. Wenn sie zurückdachte, hatte sie das Gefühl, immer gekämpft zu haben, und nun wußte sie, daß der Sieg sich niemals in Reichweite befunden hatte. Jetzt wollte sie nur noch ihre Ruhe. Das bitterste war vielleicht trotz allem die Einsicht, daß ein Teil der Schuld bei ihr lag.

»Hier ist es aber schön!« Sonja betrachtete die Landschaft, die sich unter ihnen ausbreitete. Tief unten lag der Fjord, im Hintergrund ragten Hügel und Berge auf.

»Wartet nur, bis wir den Dronningvei erreicht haben«, sagte Sigrid.

»Ich bin vor einer Ewigkeit mal mit dieser Kleinkabinenbahn gefahren«, sagte Aina. »Ich weiß noch, wie scheußlich ich es fand, so hoch oben über den Geröllhalden zu baumeln.«

»Die ist schon seit ...« Sigrid zuckte mit den Schultern, »seit einer Ewigkeit stillgelegt. Ich weiß gar nicht mehr, in welchem Jahr das war.«

Georg schloß die Augen und schlief ein. Sigrid legte ihre Hand auf sein Patschhändchen. Sie schloß auch selber für einen Moment die Augen. Spürte, wie die Müdigkeit der letzten Nacht über ihr Gesicht huschte. Er hatte sie geschlagen. Er hatte sie hart geschlagen. Sie hatte ihn getreten und ihm das Gesicht zerkratzt. Sie öffnete die Augen. Sah die beiden Frauen auf dem Vordersitz an, seufzte und merkte, daß ihre Mundwinkel sich zum Weinen verzogen.

107

Um Punkt siebzehn Uhr stand Cato Isaksen zusammen mit Kim Khan und seiner Schwester Lubna in der Ankunftshalle des Flughafens. Er hatte die Geschwister in Grorud abgeholt. Er und Kim hatten verabredet, daß die Mutter nicht mitkommen sollte. Niemand sonst wußte, daß Fatima Khan mit der Nachmittagsmaschine aus Kopenhagen eintreffen würde. Nicht einmal Ahmed Nabil oder der Onkel Hussain Khan.

Wie üblich wimmelte es auf dem Flughafen nur so von Reisenden und Wartenden. Die Leute rannten hin und her, manche schoben Gepäckkarren vor sich her. Kinder heulten, alte Menschen suchten sich einen Sitzplatz.

Kim Khan wußte nicht so recht, warum er bei der Polizei angerufen und die Rückkehr seiner Schwester gemeldet hatte. Vielleicht, um die Sache ein für allemal hinter sich zu bringen. Fatima wußte nicht mehr als er selber. Sie war in Pakistan gewesen, als der Vater ermordet worden war. Er freute sich auf seine Schwester. Am Telefon hatte sie ihm erzählt, daß sie durchbrennen müßte, und daß die Großeltern nichts von ihren Reiseplänen erfahren dürften. Er hatte ihr das Reisegeld geschickt. Die Mutter war vor Zorn außer sich gewesen. Kim wußte, daß die Mutter sich nur eins wünschte, nämlich ihre Tochter verheiratet und wohlversorgt in ihrem Heimatland zu sehen. Daß sie zurückkam, erschien ihr als totale Niederlage. Cato Isaksen betrachtete Kim Khan. Er kam ihm entspannt und ruhig vor, viel weniger verkrampft als sonst. Es war deutlich zu sehen, daß er sich auf seine Schwester freute. Die kleine Lubna hatte sich zur Feier des Tages feingemacht und konnte in ihrem roten Mantel nicht still stehen. Sie hüpfte die ganze Zeit glücklich von einem Fuß auf den anderen. Sie trug ein Paar viel zu großer blauer Stiefel.

»Wann kommt sie denn endlich?« fragte sie ungeduldig.

Der Kommissar warf einen Blick auf einen der Bildschirme. Das Flugzeug war schon gelandet. »Jetzt muß sie jeden Moment auftauchen«, sagte er.

»Sie muß sicher nur noch auf ihr Gepäck warten.«

»Kommt sie jetzt? Ich will sie als erste begrüßen.« Die Kleine sprang weiter hin und her. Ihre Ungeduld ging Cato Isaksen langsam auf die Nerven. Kim dagegen schien gar nicht darauf zu achten.

Die Zeit verging endlos langsam. Die Minuten dehnten sich zu einer Viertelstunde. Die Viertelstunde wurde zu zwanzig Minuten.

Ein Dutzend Menschen kam durch die Glastüren. Plötzlich entdeckte Lubna ihre große Schwester und veranstaltete einen seltsamen Hüpftanz. Der Tanz ließ ihre schwarzen Haare, die sie zu einem Pferdeschwanz gebunden hatte, wild hin- und herfliegen.

Endlich kam Fatima Khan durch die große Glastür. Ihr Lächeln wurde zu einem leisen Weinen, als sie die Gepäckkarre losließ und sich an ihren Bruder klammerte. Kim legte beschützend die Arme um sie.

Cato Isaksen trat verlegen ein paar Schritte zurück. Die kleine Schwester hüpfte auf und ab und redete wild drauflos und versuchte, sich zwischen ihre älteren Geschwister zu drängen. »Ich wollte sie doch zuerst begrüßen«, rief sie. »Ich zuerst!«

Fatima Khan hatte fast senffarbene Haut und große, dunkelbraune Augen. Sie sah jünger aus als achtzehn. Cato Isaksen konnte nicht fassen, daß sie alt genug war, um verheiratet zu werden. Er freute sich darüber, daß sie dieser Ehe entkommen war.

Als sie endlich im Café saßen, sah er, wie erschöpft die junge Frau in Wirklichkeit war. Ihre gelbe Kleidung war sicher dieselbe, die er schon vom Foto im Laden her kannte. Es war eine lange Reise von Pakistan nach Norwegen, vor allem, wenn man allein reiste. Sie hatte nichts dazu gesagt, daß sie am Flughafen von einem Kriminalkommissar empfangen worden war. »Hat das was mit Vater zu tun?« hatte sie gefragt. Und Cato Isaksen und Kim hatten genickt.

Jetzt verspürte Cato Isaksen dieses seltsame Gefühl einer Vorahnung. Er sah die junge Frau aus Pakistan an und wußte, daß sie ihm etwas erzählen konnte. Er ballte die Hände zur Faust und öffnete sie wieder. Und dabei fiel ihm ein, wie brutal er am vergangenen Nachmittag auf Sigrid eingeschlagen hatte. In Gedanken hörte er wieder, wie seine Handflächen auf ihr Gesicht auftrafen. Er dachte an ihren überraschten, ungläubigen Blick. Er dachte an ihren Rücken, als sie gegangen war.

Fatima Khan runzelte besorgt die Stirn und redete schnell und hektisch in ihrer eigenen Sprache.

Cato Isaksen hob abwehrend die Hände. »Bitte«, sagte er. »Wir müssen norwegisch sprechen.«

Lubna, die seit dem Eintreffen ihrer Schwester spürbar ruhiger geworden war, bat vorsichtig um ein Stück Kuchen oder ein Eis.

»Natürlich«, sagte Cato Isaksen und griff nach seiner Brieftasche. »Entschuldige, daß ich nicht eher daran gedacht habe. Übernimmst du das, Kim?«

Kim nickte kurz und stand auf. Nahm den Hunderter mit verlegener Miene entgegen.

»Ich weiß nicht, ob das reicht«, sagte Cato Isaksen und hielt ihm noch einen hin.

»Nein, nein, das ist mehr als genug«, sagte Kim.
»Ich such's mir selber aus!« Lubna sprang hektisch auf.
»Für mich nur einen Kaffee«, rief Cato Isaksen den beiden hinterher.
Fatima wollte gar nichts. »Wir haben im Flugzeug soviel bekommen«, erklärte sie.
Sie und Cato schwiegen verlegen. »Sie wollten mich verheiraten, verstehen Sie«, sagte Fatima Khan dann plötzlich. »Meine Großeltern. Sie haben behauptet, sie hätten ihm das versprochen.«
»Deinem Vater?«
Sie nickte. »Das stimmte sicher auch«, fügte sie hinzu. »Er ist ein entfernter Verwandter. Und den sollte ich heiraten. Aber ich kann ihn nicht ausstehen. Er ist über dreißig, fett und ekelhaft.« Sie verstummte kurz. »Wenn Kim mir nicht das Fahrgeld geschickt hätte . . .« Sie starrte die Tischplatte an. »Dann hätte ich nicht . . . wenn Vater nicht umgebracht worden wäre. Dann hätte ich nicht . . .« Fatima traten Tränen in die Augen. Sie hob das Gesicht und sah Cato Isaksen in die Augen. »Ich bin froh darüber, daß er tot ist«, sagte sie mit fester Stimme.
Kim und Lubna kamen zurück.
Lubna nahm die Kaffeetasse vom Tablett und stellte sie Cato Isaksen hin. »Bitte sehr«, sagte sie. Der Kaffee schwappte über die Kante und auf die Untertasse.
Kim reichte ihm das Wechselgeld.
»Er wollte auch meine Schwestern zurückschicken«, sagte Fatima. »Sowie sie alt genug wären.«
»Ich hab' mir einen Negerkuß gekauft«, erzählte Lubna. »Und Cola. Die ist für mich.« Sie nahm ihrem großen Bruder die Flasche aus der Hand. Kim selber hatte sich auch für Kaffee entschieden.
»Der Tod deines Vaters hat dich gewissermaßen also gerettet?« fragte Cato Isaksen.
»Ja«, antwortete Fatima Khan entschieden.

»Und du solltest in Norwegen bleiben, Kim?«
»Ja«, sagte Kim traurig. »Und Mutter auch«, fügte er hinzu. »Sie wollte nicht zurück.«
»Sie konnte nicht zurück«, korrigierte Fatima mit harter Stimme.
Cato Isaksen blickte gereizt auf, als eine Frau den Tisch abzuwischen begann.
»Ich möchte noch einen Negerkuß«, bettelte Lubna. Kim stand genervt auf und zog sie mit sich zum Tresen.
»Warum kann sie nicht nach Pakistan zurück, hat sie Ärger mit ihrer Familie?« Cato Isaksen stellte leise die Tasse auf die Untertasse. Er mußte sich arg zusammenreißen, um Fatima nicht mit Fragen zu bombardieren. Ihm war nur zu bewußt, daß er sie nicht erschrecken durfte, wenn sie ihm mehr erzählen sollte.
»Sie wollte sich scheiden lassen.«
Kim und Lubna kamen zurück. Die Kleine kletterte wieder auf ihren Stuhl. Ihre Augen strahlten die große Schwester an.
»Sie wollte sich also scheiden lassen«, wiederholte Cato Isaksen und spürte, wie sein Herz loshämmerte.
Kim half seiner kleinen Schwester beim Trinken. »Du mußt die Flasche so halten«, erklärte er. Danach blies sie in den Trinkhalm, bis die Cola anfing zu sprudeln.
»Nein, laß das«, sagte Kim.
»Scheidungen kommen in Pakistan so gut wie nie vor«, erklärte Fatima. »Sie gelten als Schande, vor allem für die Frau.« Sie schüttelte den Kopf und stützte ihr Kinn mit einer Hand. »Egal, wie schrecklich der Mann ist, sie darf sich nicht scheiden lassen.«
»So schrecklich war er nun auch wieder nicht«, warf Kim rasch ein. »Wenigstens nicht die ganze Zeit.«
Seine Schwester blickte ihn düster an. »Er war ein Mistkerl«, sagte sie. »Er hat sie geschlagen.«
Cato Isaksen war bis zum Zerreißen gespannt. Er hatte das Gefühl, daß sie sich jetzt sehr schnell auf den Kern der Sache zubewegten.

»Und warum hat er das getan?« fragte er.
Kim zuckte resigniert mit den Schultern. »Sie wollte sich scheiden lassen«, wiederholte er. In diesem Augenblick ging Cato Isaksen auf, womit sich der Junge die ganze Zeit herumgequält hatte. Er glaubte, die Mutter könne den Mord begangen haben. Oder der Onkel, oder Ahmed Nabil.
»Und das war noch nicht das Schlimmste.« Fatima nahm Lubna liebevoll auf den Schoß. »Das Schlimmste war, daß sie in dieses Haus gegangen ist.«
»In welches Haus?«
»Na ja«, die junge Frau zuckte mit den Schultern. »Ich weiß nicht mehr, wie das heißt, Frauenhilfe oder so.«
Jetzt fügte sich das Bild zusammen. Langsam. Jetzt die Aufklärung, dann Stille.
»Du hast eine Wunde unter dem Auge«, sagte Lubna und streckte die Hand nach der dünnen Kruste aus, die sich auf den Kratzern gebildet hatte. Er schob ihre Hand irritiert weg. Ein wenig zu irritiert. Fatima blickte ihn überrascht an.
»Entschuldigung«, sagte er. »Aber das ist wichtig.« Und dann fragte er: »Du meinst doch das Frauenhaus?«
Fatima nickte. »Pakistanische Männer sind Mistkerle.« Sie seufzte und stellte ihre Schwester auf den Boden. »Sie sind nicht wie Norweger, die helfen im Haushalt und sind nett und überhaupt.«
»Es gehen auch viele Norwegerinnen ins Frauenhaus«, sagte Cato Isaksen. »Norwegische Männer können auch Mistkerle sein.«
Fatima musterte ihn mit ernster Miene.
»Wann war sie da? Könnt ihr euch noch an das Datum erinnern?«
»Sie war mehrere Male da«, sagte Kim.
»Aber warum hast du mir das nicht schon längst gesagt?« Cato Isaksen holte irritiert Atem. »Weißt du, wie wichtig das ist?«
Kim Khan zuckte mit den Schultern. »Das hat doch sicher

nichts mit dem Fall zu tun«, sagte er. »Ich dachte, das hätte nichts mit dem Fall zu tun.«

»Sie war unter einem anderen Namen im Frauenhaus«, sagte Fatima. »Wollte nicht, daß irgendwas an ihr hängenblieb. Ich glaube, sie hatte sich einen indischen Namen ausgesucht. Gurdschi oder so.«

»War sie kurz nach Weihnachten dort?« Cato Isaksen blickte Kim streng an, er konnte die Antwort fast nicht abwarten.

Kim seufzte resigniert. »Ja, sicher«, sagte er. »Das war sie.«

»Also war sie bei dem Fest bei deinem Onkel nicht dabei?«

»Doch«, sagte Kim. »Da war sie seit zwei Tagen wieder zu Hause.«

108 Erst später, auf der Rückfahrt zur Wache, fiel ihm ein, daß er versprochen hatte, Kim und seine Schwestern nach Hause zu fahren. Aber das half jetzt nichts, er hatte jetzt keine Zeit. Er rief unterwegs Roger an und wäre dabei fast in den Wagen vor ihm hineingefahren. Ihm war klar, daß er im Moment keinen guten Fahrer abgab.

»Volle Bereitschaft«, rief er und informierte den Kollegen kurz über die dramatische Entwicklung, die der Fall genommen hatte. Roger versprach, die anderen so schnell wie möglich zusammenzurufen.

Erst als er den Wagen in die Garage unter der Wache fuhr, ging Cato Isaksen auf, daß Gerd Andersen selbstverständlich nicht in Toten oder Hamar oder wo auch immer gewesen war. Auch sie war ins Frauenhaus gegangen. Dort waren sie allesamt gewesen.

»O verdammt«, rief er und schlug so hart mit der Hand aufs Lenkrad, daß es wehtat.

Das hatte die ganze Zeit leise in seinem Gehirn herumgenagt. Er überlegte, daß seine vielen persönlichen Probleme seine Denkfähigkeit blockiert und als störende Elemente gewirkt hatten.

Warum hatte er sich im Frauenhaus nicht nach Gerd Andersen erkundigt? Auf die Idee war er einfach nicht gekommen. Da Sonya Khan nicht dort gewesen war, hatte er diese Spur fallen lassen. Und das war ein unverzeihlicher Patzer. »O verdammt«, sagte er noch einmal. Und was hatte Gerd Andersen noch gesagt? Kleinigkeiten, die bei ihm haftengeblieben waren. Sie hatte so ganz nebenbei erwähnt, daß die anderen Wartenden sie am Taxihalteplatz vorgelassen hatten. Aber warum hatten sie das getan? Er kannte die Osloer Taxikultur zur Genüge. Der einzige Grund, aus dem irgendwer in der Warteschlange vorgelassen wurde, war, daß es dem Betreffenden ziemlich schlecht ging. Und deshalb hatten die anderen Gerd Andersen vorgelassen. Vielleicht hatte sie geweint. Sie war von dem feschen, netten Kumpel Simon Andersen verprügelt worden und ins Frauenhaus geflohen.

Er stieg aus dem Auto und knallte mit der Tür. Er steckte seine Ausweiskarte ins Schloß und lief zum Fahrstuhl, der glücklicherweise im Erdgeschoß stand. Gerd Andersen hatte auch nichts von ihrem Aufenthalt im Frauenhaus erzählt. Warum nicht, zum Teufel? Er verfluchte den langsamen Fahrstuhl. Er verfluchte Kim Khan und Gerd Andersen, die Informationen zurückgehalten hatten. Sie hatte nichts gesagt, weil sie sich schämte, und weil sie angenommen hatte, es habe nichts mit dem Fall zu tun. Und ihre verdammte Schwester hatte ihr ein falsches Alibi geliefert.

109 Dagmar Løw stand am Fenster, als die Polizei eintraf. Die Unruhe, die ihr schon lange zu schaffen machte, wurde ihr plötzlich bewußt und verschlug ihr den Atem. Die Sache mit dem Computer, zum Beispiel. Darüber hatte sie sich schon lange Gedanken gemacht. Jemand hatte Gerd Andersens Namen gelöscht. Zuerst hatte sie das für ein Versehen gehalten und den Namen wieder eingegeben. Aber am nächsten Tag hatte der Name wieder gefehlt. Und dann hatte in der Zeitung gestanden, daß Simon Andersen ermordet worden war.
Die Polizei rückte in voller Besetzung an. Außer Chefermittler Cato Isaksen waren auch Roger Høibakk, Preben Ulriksen, Bjørn Thorsen und Stein Billington zur Stelle. Alle wirkten sehr ernst und sehr eilig. Sie schienen wenig Zeit zu haben. Und sie schienen auch nicht so recht zu wissen, wonach sie eigentlich suchen sollten. Cato Isaksen gab sich alle Mühe, Ruhe zu bewahren. »Tut mir leid«, sagte er kurz zu Dagmar Løw, als er ihr ängstliches Gesicht sah.
Die drei Frauen, die sich gerade im Frauenhaus aufhielten, waren sehr beunruhigt über diesen Polizeieinsatz.
»Was ist denn eigentlich passiert?« fragte Dagmar Løw mit tränenerstickter Stimme. »Bitte, sagen Sie das doch endlich.«
Hugo Wift kam aus dem Büro. Er blickte die Polizisten fragend an. Cato Isaksen bat ihn, das Haus nicht zu verlassen.

Die Frauen saßen im Aufenthaltsraum. Draußen zog der Maiabend herauf. Die Räumlichkeiten wirkten ein wenig gefängnismäßig. Thorsen und Billington notierten die Adressen der Frauen. Cato Isaksen wanderte durch die anderen Zimmer. Er wußte nicht, wonach er Ausschau halten sollte.
Eine dunkle junge Frau folgte ihm ängstlich mit ihrem Blick. »Bitte, sagen Sie doch, was los ist«, bat sie zaghaft. »Bitte.« Cato Isaksen schüttelte energisch den Kopf. »Tut mir leid«, sagte er. »Im Moment ist das leider unmöglich.« Er hörte selber, daß er redete wie ein Politiker.
»Wie heißen Sie?« fragte er.
»Elsa Bakke«, antwortete die Frau mit leiser Stimme.
»Wo wohnen Sie?«
»In Nesodden. Warum?«
Er schüttelte den Kopf. »Sind Sie schon lange hier?« fragte er.
Nun schüttelte sie den Kopf. »Erst seit ein paar Tagen.«
Cato Isaksen blieb vor der Pinwand im Aufenthaltsraum stehen. Neben einigen kleinen Kinderzeichnungen und der Hausordnung hing dort auch ein Zettel mit drei Strophen eines Kinderliedes. Er rief Roger zu sich. »Sieh mal«, sagte er.
»*Schlaf du ruhig, mein Blümelein*«, murmelte Roger Høibakk und fuhr sich durch die Haare. Der Text war in dicken kindlichen Buchstaben geschrieben. »Wer hat diesen Zettel hier angebracht, dieses Kinderlied?« fragte er.
»Das weiß ich wirklich nicht«, Dagmar Løw schüttelte ängstlich den Kopf. »Was ist denn damit?«
»Ich glaube, das war Sonja«, warf Hugo Wift dazwischen. »Was ist denn los?«
»Und wo ist Sonja im Moment?«
»Ich glaube, sie ist verreist«, sagte Dagmar Løw verzweifelt. »Sie hält doch Kurse ab. Über Selbstentwicklung oder so was. Ich weiß nicht genau, was sie macht. Sie wollte mit ein paar Schülerinnen irgendwo hinfahren.«
»Wohin denn, und wie heißen diese Schülerinnen?«

»Keine Ahnung. Ich glaube, Aina ist auch dabei. Aina arbeitet ebenfalls hier.«
»Ja, ich weiß«, sagte Cato Isaksen.
»Aber ich weiß nicht, wohin sie wollten«, sagte Dagmar Løw mit resignierter Handbewegung. »Ich glaube, sie sind nur zu dritt.«
»Sie sind Montag wieder hier«, sagte Hugo Wift. Sein Gesichtsausdruck ließ sich nur schwer deuten. »So eilig kann das doch wohl nicht sein«, fügte er gereizt hinzu.
»Warum fragen Sie überhaupt nach den beiden, was haben sie getan?« Dagmar Løw ließ sich auf einen freien Stuhl fallen. »Bitte, sagen Sie das doch«, bat sie mit dünner Stimme.
Cato Isaksen nahm ihre Unsicherheit wahr. Er blickte sie kurz an. »Haben Sie mir etwas zu sagen?« fragte er.
Sie gab keine Antwort.
Er zog sein Mobiltelefon aus der Tasche und wählte die Nummer der Wache. Bat um einen Wagen. »Wenn ich mir das alles genauer überlege, dann muß ich Sie leider bitten, mit zur Wache zu kommen«, sagte er nach diesem Gespräch. Hugo Wift war sofort wie ausgewechselt. »Warum?« fragte er aggressiv. »Ich verstehe das alles nicht. Sie müssen uns schon erst sagen, worum es hier überhaupt geht.«
»Muß ich auch mitkommen?« Dagmar Løw war jetzt ganz grau im Gesicht.
»Ja«, sagte Cato Isaksen. »Leider«, fügte er hinzu.
Sie senkte den Kopf und fing leise an zu weinen. »Haben Sie mir irgend etwas zu sagen?« fragte Cato Isaksen noch einmal mit freundlicher Stimme.
»Ja«, schluchzte Dagmar Løw und stand auf.

110

Margunn Nilsen schluckte, um sich nicht übergeben zu müssen. Frank Bakke war tot. Seine Füße ragten aus der Tür des Ateliers. Die Katzenpfoten hatten auf den Steinplatten dunkle Fußspuren hinterlassen. Sie blieb stehen und dachte, daß sie mit allem nichts zu tun haben wollte, dann ging ihr aber auf, daß sie ins Haus gehen und nachsehen mußte, ob sie noch irgend etwas für ihn tun könne. Sie stieg über ihn hinweg, und die ganze Zeit preßte sie die Hände an den Hals, wie, um sich vor diesem entsetzlichen Anblick zu beschützen. Die Katzen hatten alles Blut vom Boden weggeleckt, nur ihre Zungen hatten rote Striche hinterlassen. Dieser Anblick ekelte Margunn Nilsen an. Kleine Blitze jagten durch ihren Magen. Sie wollte das hier nicht.

Sie warf einen kurzen Blick auf den liegenden Mann und wußte sofort, daß er wirklich tot war. Dann wandte sie sich ab. Ihre Blicke konnten gerade noch die zertretenen Tonscherben um seinen Kopf registrieren.

Ihr erster Gedanke war, daß sie vielleicht zu dieser Entwicklung beigetragen hatte. Sie hatte am Telefon nicht mit ihm sprechen wollen. Sie hatte ihn abgewiesen. Langsam dämmerte ihr der Umfang dieser Tragödie. Er hatte es nicht mehr ertragen können, der arme Mann. Wenn sie ihn doch bloß nicht abgewiesen hätte. Wenn sie ihm doch bloß erlaubt hätte zu reden. Ihr kam es doch nicht zu, ein Urteil zu fällen. Wie unendlich entsetzlich die Liebe doch sein konnte. Er konnte nicht mehr länger mit dem Wissen um das Schreckliche leben, was er Elsa angetan hatte. Er hatte Elsa doch geliebt. Margunn überlegte, daß sie im tiefsten Herzen die ganze Zeit gewußt hatte, daß er Elsa liebte. Und nun hatte er sich umgebracht.

Das Atelier schien um sie herum zusammenzuschrumpfen. Sie wollte ihn nicht sehen. Sie stürzte davon und lief um das Haus herum, um zum Telefon zu gelangen. Bei jedem Herzschlag ging ihr die eigene Mitschuld wieder auf. Wenn sie ihn am Telefon doch nur nicht abgewiesen hätte!

Plötzlich wurde die Straße zum Crescendo von Autos, die vor dem Tor eine Vollbremsung hinlegten. Margunn Nilsen blieb verdutzt auf der Treppe stehen. Tod, Blut, Trauer, Ohnmacht, Schuld; das alles ging ihr durch den Kopf und verschlug ihr die Sprache. Ihr Mund war erstarrt. Die Worte steckten in ihrem Hals fest. Sie konnte nur dem Polizisten, der auf sie zukam, die Arme entgegenstrecken.

111 Er fuhr bei Sollihøgda über den Hügelkamm. Es war 22.35 Uhr. Es war Samstag, der 11. Mai. Der Maiabend hatte sich über die Landschaft gesenkt, die sich hinter der nächsten Biegung vor ihm ausbreitete. An den steilen Hängen standen die schwarzen Tannen dicht an dicht.
Tief unter sich sah er den Tyrifjord liegen. Er sah aus wie ein goldener Spiegel. Das orange Gesicht der Sonne ruhte wie ein letztes Lebewohl auf der Wasseroberfläche.
Es war ein schöner Anblick, aber ihn ekelte er an. Er drückte auf das Gaspedal. Der Opel Corsa bewegte sich im Schneckentempo.
Als ihm langsam die Wahrheit und der Zusammenhang aufgegangen waren, war er zuerst wie gelähmt und total erledigt gewesen. Das konnte einfach nicht stimmen. So einfach war das also? So verdammt einfach! In seinem Kopf erhoben sich unsichtbare Wände, eine hinter der anderen, und bildeten ein festes Bauwerk. In seinen Ohren hallten die letzten Stunden nach. Sie verbreiteten sich in seinen Adern wie Blutkrebs. Die Zellen in seinem Körper waren mit alptraumhaften Schatten geladen, und die Hände auf dem Lenkrad spürten den verräterischen Geschmack von Niederlage.
Er verfluchte sich selber, weil er so vieles nicht gesehen hatte. Wie blind war er in der Wache umhergetappt. Viel zu lange hat-

te er dieses eine kleine Detail übersehen. Das Detail, das allem zugrunde lag, das sich ausweitete, das sich von Tag zu Tag, von Woche zu Woche weiterdehnte.
»Psychiaterin«, hatte sie gesagt. »Krafttier, Schamanin.« Er hatte nicht zugehört, hatte nicht gesehen. Wie ein Affe – er kannte solche Holzfiguren, drei nebeneinander, die sich Augen, Mund und Ohren zuhielten. Er war weiter gerannt, geblendet von seinen beiden Familien und seinem eigenen Chaos. *Schauspielertalent, kalt, geisteskrank.*
Psychiaterin. Ausgebildete Ärztin. Kannte sich mit Anatomie aus.
»Verdammt!« Langsam schlug er immer wieder mit der Faust aufs Lenkrad.
Bei Sundvollen bog er ab und fuhr an der Tankstelle auf der rechten Seite und dem Hotel in dem alten Garten vorbei. Dann hielt er weiter auf den Dronningvei zu. Ein alter Mann mit krummem Rücken ging die Straße entlang. In der Kurve kurz vor der Steigung sah er die Überreste der berühmten Kleinkabinenbahn. Vor Jahren war in dieser Gegend viel los gewesen. Touristen aus Deutschland und den USA hatten hier Schlange gestanden, um in den kleinen, gebrechlichen Kabinen über den Hügelkamm befördert zu werden. Es war eine wunderbare Aussicht gewesen. Oben bei Kleivstua hatten sie Kaffee trinken und Apfelkuchen essen und in aller Ruhe die Landschaft tief unten im Tal bewundern können.
In diese Landschaft gehörte Sigrid, überlegte er, während der Wagen sich hungrig die Hänge hochfraß. Er stellte sich Sigrid in der Bahn vor, wie sie als Kind wohl ausgesehen hatte. Wenn er jetzt an sie dachte, dann ähnelte sie einem Kind. Und das Kind ähnelte ihr. Sein Kind, das sie bei sich hatte.
Sie ist interessant. Ich freue mich darauf, sie besser kennenzulernen ... zusammen mit Sonja und Aina. Die neue Freundin, von der ich erzählt habe ... die mit dem Schamanismus. Ich kenne sie noch nicht so gut, aber sie ist etwas Besonderes.

Er erhöhte sein Tempo und überlegte sich, daß eine Mörderin etwas ganz besonders Grauenhaftes sei. Nicht, weil sie eine Frau war. Sie war ein Individuum wie alle anderen. Oder doch, gerade, weil an sie andere Erwartungen gestellt wurden. In ihr gab es so viele Facetten. Sie machten ihm angst. Zu weiblicher Intelligenz gehörte auch ein klarer Blick, der auf Männer oft abstoßend und beängstigend wirkte. Sie war eine Hybride, ein Konglomerat von ineinander verflochtenen starken und schwachen Seiten.

In einer Kurve begegnete ihm ein anderes Auto. Es jagte hinunter ins Tal. Nachher wußte er nicht mehr, ob er zu weit auf die Gegenfahrbahn geraten war. Angespannt fuhr er weiter durch die sich senkende Dunkelheit.

In seinem Kopf dröhnte eine Urstimme, eine gebundene Stimme, die unter allen anderen Stimmen lag.

Sie ist Psychiaterin. Gibt solche Kurse, weißt du, über Selbstentwicklung. Ich kenne sie noch nicht so gut, aber sie ist etwas Besonderes.

Zum Glück war die Schranke offen. Das Auto fegte hindurch. Rechts von ihm lag unten das Tal. Die kurvenreiche Straße war in den Berg hineingegraben worden, wie ein Sims. Er bog um eine weitere Kurve, jetzt hatte er die prachtvolle Aussicht auf seiner linken Seite.

Sie ist etwas Besonderes.

Immer neue Kurven, dann hatte er den Kamm erreicht, und die Straße ging ein wenig abwärts. Er bremste. Auf dem Parkplatz von Kleivstua standen drei Autos. Er hielt an und stellte den Motor ab. Rief Roger Høibakk an, erzählte alles, die ganze Geschichte. Blieb noch einen Moment sitzen, um sich zu sammeln, dann stieg er aus und knallte hinter sich die Tür ins Schloß. Schloß ab. Ehe er den schmalen Waldweg betrat, warf er noch einen Blick auf das große Holzhaus. Er wußte nicht, ob das Café noch in Betrieb war, glaubte, Sigrid habe irgend etwas davon gesagt, daß in Kleivstua nun eine Art Ökokostzentrum liege.

Die Baumstämme schienen leise an ihm vorbeizugleiten. Der

Duft von Tannennadeln und Waldboden war um diese Jahreszeit stark. Die Natur gab ihren stärksten Trieben nach. Der kleine Weg wurde zum schmalen, matschigen Stieg. Die Dunkelheit senkte sich über die Baumwipfel.
Er lief los, erst noch ruhig, dann immer schneller. Sein Herz meldete sich wieder zu Wort. Das Gefühl von Unbehagen angesichts dessen, was vor ihm lag, wurde immer stärker. Eine Mörderin, eine Frau, die sich zusammen mit ihr und dem Kind in Sigrids Hütte aufhielt. O verdammt, was war er doch bloß für ein Hornochse gewesen.

112

Plötzlich ragte die Hütte im Zwielicht vor ihm zwischen den schwarzen Bäumen auf. Er konnte hinter den kleinen Fenstern das Licht brennen sehen. Er sah auch, wie klein und schäbig die Hütte war. Er fand diesen Anblick schrecklich. Etwas in ihm hatte die ganze Zeit gegen Sigrid protestiert, dagegen, wirklich an ihr teilzunehmen. Ihr Vater steckte in den Wänden der Hütte. In der alten Uhr an der Wand schlug noch immer rhythmisch sein Herz. Cato erschien die Hütte wie ein Raum im Raum. Zwischen den alten Wänden lag eine Schicht auf der anderen. Sigrids Kindheit verbarg sich zwischen den grünen Fäden des abgenutzten Sofas, in der Waschschüssel auf der abgeblätterten Kommode schwamm ihr Leben im grauen Seifenwasser. Und das paßte ihm nicht.
Er schluckte zweimal. Machte sich bereit und ging auf die Hütte zu. Er konnte sich nur mit Mühe vorstellen, was jetzt passieren würde.
Er klopfte kurz an und riß dann die Tür auf. Warmer Hüttengeruch strömte ihm entgegen.
Die drei Frauen saßen gerade beim Essen. Sie hatten sich an dem blauangestrichenen, wackeligen Bauerntisch niedergelassen. Sigrid kehrte ihm den Rücken zu, die anderen beiden sahen ihn an. Sigrid sprang auf. Ihre Augen waren rund und leer und verwundert. »Cato?« fragte sie.

Er grüßte, als sei sein Kommen ganz natürlich. Als habe er nichts Bestimmtes vor, habe sich alles nur einfach anders überlegt und wolle doch mit ihr zusammen auf der Hütte sein.
»Hallo«, sagte er kurz.
Sonja Pettersen starrte ihn verwundert an. Es war ihr anzusehen, daß sie sich alle Mühe gab, um diesen Mann, den sie ja schon kannte, mit ihrer neuen Freundin in Verbindung zu bringen. »Ist das dein Mann?« fragte sie verblüfft.
»Mein Freund«, korrigierte Sigrid rasch. »Gewesen«, fügte sie hinzu.
Er konnte nicht sehen, was sie aßen, es sah aus wie Reis, war aber gelb. Zwei Flaschen Rotwein standen auf dem Tisch.
Erst jetzt bemerkte er Aina Wiken. Ihr schönes Gesicht schien nicht in diese Umgebung zu passen. Er grüßte sie kurz. Sie erwiderte den Gruß. Unbewußt spürte er, daß sie ihm als einzige hier keine Feindseligkeit entgegenbrachte. Er steckte die Hand in die Tasche und machte sich an den Handschellen zu schaffen.
»Aber Cato, das ist doch lächerlich. Was willst du eigentlich«, fragte Sigrid und kam auf ihn zu. Sie war ihm jetzt so nah, daß sie seinen Arm berühren konnte. Aber das tat sie nicht, obwohl sie offenbar Lust hatte, ihn wegzuschieben. Sie sah wütend aus.
Er hob abwehrend die Hand und machte zwei Schritte auf den Tisch zu.
»Tut mir leid«, sagte er und nickte zu Sonja herüber. »Ich fürchte, Sie müssen mitkommen.«
Sonja Pettersen blickte ihn überrascht an. Dann ließ sie ihren Blick zu Sigrid und Aina weiterwandern, ehe sie Cato in die Augen schaute. Sie lachte. »Entschuldigen Sie«, sagte sie. »Aber was wollen Sie eigentlich von mir?«
Er lief um den Tisch herum und ließ die Handschellen um ihr eines Handgelenk zuschnappen. Die andere Seite befestigte er an seinem. »Tut mir leid«, sagte er noch einmal.
»Cato, du bist doch total verrückt!« Sigrid zog ihn am Arm. »Laß sie los«, rief sie. »Jetzt hör doch auf mit dem Unsinn!«

Auch Aina Wiken war aufgesprungen. Sie schien keine Luft mehr zu bekommen.
Cato Isaksen zog Sonja Pettersen vom Stuhl hoch. Im selben Moment fiel sein Blick auf die Tierkarten, die auf dem braunen Couchtisch lagen. Er dachte an das dreizehnte Sternbild, von dem sie erzählt hatte. Und dabei war sie selber eine Schlange. Er wollte ihr nicht in die Augen blicken.
»Bitte, hör doch jetzt auf«, bat Sigrid. Sie war nicht mehr böse. Die Verzweiflung hatte ihr Gesicht kalkweiß werden lassen.
»Das verstehst du nicht«, sagte er hart. »Sie ist verhaftet.«
Sonja Pettersen leistete keinerlei Widerstand. Ihr Blick verriet, daß sie ihn für verrückt hielt. Und mit verrückten Männern konnte sie umgehen.
»Keine Angst, Sigrid«, sagte sie mit dünnem Lächeln.
Er zog sie hinter sich her zur Tür. Sie bat darum, sich eine Jacke anziehen zu dürfen. Er schüttelte den Kopf. »Nein«, sagte er energisch. Um nichts in der Welt würde er die Handschellen wieder öffnen. Er wußte, wer sie war und was ihr zuzutrauen war. Kälteschauer fuhren durch seinen Körper. Er freute sich nicht gerade darauf, an diese Verrückte gekettet durch den dunklen Wald gehen zu müssen. Ehe sie sich in Bewegung setzten, tastete er sie ab. Er wußte, daß er an eine kaltblütige, berechnende Serienmörderin angekettet war.

113

Schon nach zwei Minuten klingelte das Mobiltelefon in seiner Tasche. Sonja Pettersen hatte versucht, ein Gespräch in Gang zu bringen, er war jedoch stumm geblieben. Sie gab bald auf. Er verspürte kein Bedürfnis nach einer Unterhaltung. Die Geräusche des dunklen Waldes waren für ihn Gespräch genug. Zusammen mit dem Lärm in seinen Gedanken wurden sie überwältigend. So zu sehen, dicht neben dieser Frau, und ihre Wärme zu spüren – das verursachte in ihm ein unangenehmes Ekelgefühl.

Er blieb stehen und fischte das Telefon aus der Tasche. Oben in einem Baum stieß eine Eule ihren hohlen Ruf aus. Er hielt sich das Telefon ans Ohr und strengte seine Sinne bis aufs Äußerste an, er wußte ja nicht, was die Frau vielleicht vorhatte. Sie wandte ihr Gesicht ab. »Ja, hallo«, sagte er. Es war Roger Høibakk. Er war zusammen mit Asle Tengs unterwegs. Er erkundigte sich nicht nach der Lage, fragte nicht, ob Cato Isaksen die Frau gefunden hätte. Er sagte nur: »Randi und Preben haben eine alte Dame gefunden, mit Medikamenten zugedröhnt und ans Bett festgebunden.«

»Ach, wo denn?«

»In der Wohnung der Tante«, antwortete Rogers Stimme im Telefon.

»Ach«, sagte Cato Isaksen und fügte hinzu: »Ich habe sie. Das ging ganz glatt.«

»Gut«, sagte Roger Høibakk. »Wir sind in einer halben Stunde bei dir.«
»Wie sieht's denn aus mit ihr, lebt sie noch?«
»Wer denn?«
»Die Tante.«
»Sie haben nicht die Tante gefunden, sondern die Mutter.«
»Sonja Pettersens Mutter?«
»Nein, Aina Wikens«, erklärte Roger Høibakk.
Eine plötzliche Bewegung der Frau, an die er angekettet war, riß ihm das Telefon aus der Hand. Er bückte sich sofort und tastete auf dem schwarzen Boden danach. »Au«, sagte sie, »bitte, nicht so ziehen.« Er erhob sich wieder. Die Dunkelheit schien in seinen Schläfen zu dröhnen. Er registrierte Roger Høibakks Stimme zusammen mit einer Gewißheit, die in ihm immer stärker wurde. Aina Wiken.
»O verdammt!« schrie er die Frau an, die an seinem Handgelenk angekettet war. »Dann waren Sie das gar nicht?«
Sonja Pettersen, die plötzlich begriffen hatte, daß Cato Isaksen doch nicht verrückt war, daß es sich nicht um einen persönlichen Rachefeldzug gegen Sigrid handelte, betrachtete ihn in der Dunkelheit mit beherrschten blanken Augen.
»Nein«, sagte sie ruhig. »Ich war das nicht.«
Er schloß die Handschellen auf. Hatte Probleme mit dem Schlüssel, ließ ihn einmal fallen. Riß sich dann von ihr los und stürzte zur Hütte zurück.

114

Aina Wiken betrachtete Sigrid aus kühlen, scharfen Augen. Die Gewißheit, daß sich hier etwas Schreckliches zusammenbraute, ließ ihr Gesicht fremd und verschlossen aussehen.
»Ich begreife überhaupt nichts mehr«, schluchzte Sigrid. »Er kann sie doch nicht einfach von hier fortschleppen! Was hat sie denn angestellt? Weißt du, was sie angestellt haben kann?«
Aina Wiken schüttelte rasch den Kopf und ging ins das kleine Schlafzimmer. Dort versetzte sie der blauen Adidastasche einen Tritt und wühlte darin herum, bis sie das Messer gefunden hatte. Sie nahm es heraus und schob es vorsichtig unter ihren Hosenbund. Das kühle Messer berührte ihren Oberschenkel.
»Ich laufe hinter ihnen her«, hörte sie Sigrid rufen. »Ich bin bald wieder da. Kümmerst du dich so lange um Georg?«
Aina Wiken nickte im dunklen Schlafzimmer. »Ja«, sagte sie mit heller, kindlicher Stimme.
Als sie hörte, wie Sigrids Schritte sich entfernten, beugte sie sich über das Kinderbett und hob das schlafende Kind hoch. Georg lehnte sich schwer an ihren Körper und jammerte leise, weil ihm die warme Decke geraubt worden war.
Sie trug ihn ins Wohnzimmer und zog ihm seinen Overall an. Sie sang ihm zur Beruhigung etwas vor, während sie sich damit abmühte, seine Arme in den Ärmeln zu verstauen. Der Junge

legte den Kopf in den Nacken und starrte die unbekannte Frau verwundert an. Eine Wange zeigte die Abdrücke des Kissen. Weil er seine Mutter nicht entdeckte, fing er an zu weinen.
Aina Wiken klemmte ihn sich unter den Arm und lief aus der Hütte. Draußen hörte das Kind auf zu weinen. Die kühle Nachtluft schien ihn zu betäuben.
Sie nahm ihn richtig auf den Arm und lief ein Stück über den Weg, dann bog sie nach rechts ab und ging leise durch den schwarzen Wald. Unter ihren Füßen brach ein Zweig. Der Boden war feucht und glatt. Ein Tier kam raschelnd aus einem Busch zum Vorschein. Sie redete leise und beruhigend auf das Kind ein, das unruhig in ihren Armen herumzappelte. »Meine Puppe«, sagte sie zu ihm, »meine kleine Puppe.«
Im Gehen spürte sie die ganze Zeit die Messerspitze, die ihren Oberschenkel berührte. Ihr würde niemand etwas anhaben können. »Nein«, sagte sie spöttisch zu sich selber. »Blöde Menschen. Selbstgerechte Widerlinge.«
Der dichte Wald öffnete sich jetzt. Öffnete sich zu kleinen dunklen und auch zu einigen helleren Lichtungen, aber noch immer lag schwere Dunkelheit über den Bäumen. Die Wellen des Waldes schlugen ihr entgegen und trafen ihre Stirn. Hinter der Stirn hausten die Gedanken über den Schlaf. Über den großen Schlaf. Schlaf bewahrt das Leben und erhält die Energie.
Ein schwarzer Flügel streifte ihre Wange. Sie drückte das Kind fester an sich. Eine Fledermaus. Sie lächelte. Einfach nur eine blöde Fledermaus.

115 Sigrid und Cato kollidierten in der grauen Dunkelheit auf dem Weg. Ihr Kopf stieß gegen seinen Oberkörper. Sein Kinn wurde von ihrer Stirn getroffen. »Verdammt«, rief er. Der Schmerz jagte wie Wellen durch seinen Kopf. »Aus dem Weg!«

Sigrid hob die Hände zum Gesicht. »Was soll das denn alles?« schrie sie. Er stieß sie beiseite und rannte weiter, ohne sie eines Wortes zu würdigen.

Wie zum Teufel war es bloß möglich, sich dermaßen zu irren? So stockblind zu sein? Andererseits, wie hätte er die Zeichen deuten sollen, die so total unsichtbar gewesen waren, die ihn nur ganz peripher berührt hatten? Er hatte gelesen, daß die Natur den Menschen mit drei Gehirnen ausgerüstet hat, die trotz großer struktureller Unterschiede zusammenarbeiten und miteinander kommunizieren müssen, um ihre Kapazitäten wirklich ausschöpfen zu können. Sein dreifaltiges Gehirn hatte seine Kapazitäten auf einem fliegenden Teppich verteilt, und seine persönlichen Probleme hatten alles überwuchert und die Elemente gestört.

Die Fenster der Hütte starrten ihn an wie Tieraugen, als er den dichten Wald verließ. Die Tür stand offen. Das Licht malte einen dicken gelben Strich auf den Waldboden. Ehe er hineinlief, wußte er bereits, daß er Aina Wiken nicht mehr antreffen

würde. Die kleinen Zimmer des Holzhauses klafften vor ihm wie hungrige Kuckuckskinder.
Vor der Hütte blieb er dann ratlos im Dunkeln stehen. Irgend jemand hatte irgendwann erwähnt, daß Aina Wiken ihr Examen als Krankenschwester gemacht hatte. Krankenschwester. *Kenntnisse der Anatomie. Serienmörder haben fast immer Eltern mit unterschiedlichen mentalen Leiden. Ist eine Frau stark genug, um ihren Opfern so tiefe Stichwunden beizubringen?*
Fragmentarische Voraussagungen von Verlust füllten die Pausen zwischen seinen Herzschlägen. Die Nacht war eine Feindin, die nun endgültig ihren Mantel über die Landschaft gebreitet hatte. Wo zum Teufel steckte sie denn bloß? Eine vage Ahnung vibrierte in seiner hintersten Gehirnkammer. Etwas in ihm ging in etwas anderes über. Das spürte er, als er wieder loslief, durch das Wohnzimmer, vorbei an dem alten Eßtisch, auf dem noch immer Teller und volle Schüsseln standen. Er riß die Tür des kleinen Schlafzimmers auf. Das Kinderbett war leer. Es schien für ihn seinen kleinen leeren Mund aufzusperren.

116 Die Bäume versuchten, sie mit ihren langen Fingern zu fangen. Sie kratzten über den weichen Kopf des Kindes und taten ihm immer wieder weh. Georg weinte jetzt heftig, es war kein leises Jammern mehr. Er litt nicht nur unter den Schmerzen, sondern auch unter seiner Angst. Angst kannte er doch bisher noch nicht.

Die Mörderin murmelte gereizt: »Pst, nicht schreien. Psst!« Sie preßte ihn brutal an sich und versuchte, mit den Füßen sicheren Halt zu finden. Das Herz des Kindes hämmerte ängstlich und verletzlich an ihrer Brust.

Ein spitzer Zweig bohrte sich in ihren Oberschenkel und zerriß den Hosenstoff. Sie atmete nicht und dachte auch nicht, sie verspürte keinen Schmerz. Spürte nur das laute Dröhnen in ihrem Körper. Was hatte sie getan? Was hatte sie denn eigentlich getan? Plötzlich wurde ihr klar, daß etwas mit ihr nicht stimmte. Und daß sie das nicht hatte erkennen wollen. In all diesen Jahren nicht. Die Erbsünde. Ein Mensch mit einem schwarzen Herzen. Ihre Erinnerung ahmte das Verständnis nach. Sie wollte mit Vernunft dagegen ankämpfen, aber das Dröhnen ließ sich nicht zum Verstummen bringen.

Sie blieb stehen. Die Messerklinge hatte sich in ihre Haut gebohrt. Sie legte das Kind auf den Boden und zog das Messer aus der Hose. Die Klinge war warm.

Das Kind lag mit dem Rücken auf der feuchten, dunklen Kälte. Hoch oben über den Baumwipfeln war der Himmel um einen Hauch heller.
Sie hob das Kind wieder hoch und hielt noch immer das Messer in der einen Hand. Es war gar nicht schwer, so weiterzugehen.
Hinter der Abwesenheit der Mutter steckten die Krankenhausstationen und die Gefahren und der Lärm und die unwahre Wahrheit. Und die Frau in der Reinigung hatte sich vor der Mutter gefürchtet, aber die Mutter war von der Polizei abgeholt worden. Die Erbsünde. Ein Mensch mit einem schwarzen Herzen.
Sie stolperte durch ein Spinnennetz, es legte sich über ihren Mund. Es klebte an ihrem Gesicht und am Gesicht des Kindes.
Das Kind spürte das Spinngewebe, wußte aber nicht, wie leicht ein Mensch zerbrechen kann. Georg glaubte, sicher in seinem Körper zu ruhen, obwohl der Lärm ihm angst machte. Er konnte nichts andres wissen. Er kannte ja nur sich selber.
Sie wußte: Es gab nur einen winzigkleinen Spielraum. Fast wie ein Hauch, zwischen Leben und Tod. Es gehört nicht viel dazu; ein Messer, ein Abgrund, eine Mine, Glas, Tinte, Granaten, Steine, Wasser oder ein krankes Gehirn voller Rachedurst.

117

Er drehte sich in Richtung des leisen Geräusches. Blieb stehen und starrte angewidert den Wald an. Durch das Rauschen der Baumwipfel glitt ein anderes, leiseres Geräusch in sein Bewußtsein. Sein Ohr durchschaute seine Angst. Sein Herz übertönte das Geräusch. Er erkannte es als leises Kinderweinen. Vielleicht nur, weil er sich das so sehr wünschte. Das Geräusch verstummte, setzte dann aber immer wieder von neuem ein.

Er lief tiefer in den Wald, folgte dem leisen Geräusch. Seine Muskeln in Waden und Oberschenkeln spannten sich an. Zogen sich zusammen, um sich dann auszudehnen, die Muskeln schoben ihn vorwärts, bis sie heiß und intensiv schmerzten. Einmal versanken seine Füße im lockeren Boden. An einer anderen Stelle traf ein Ast seine Stirn mit solcher Wucht, daß er für den Bruchteil einer Sekunde nicht mehr wußte, wie er überhaupt in den Wald geraten war. Er erinnerte sich an die Schläge, die Sigrids Körper getroffen hatten, an ihr Gesicht, an das Schreien des Kindes. An die Karre, die sich in Bewegung setzte. An die gelben Tulpen in der Vase, an Bentes Beine, mit denen sie fest auf dem Erdboden stand. Der Wald bildete einen neuen Rahmen um dieses Bild, als er jetzt weiterging. Der Geruch von feuchten Tannen und schimmeligen Pilzen wehte ihm entgegen. Er watete durch sumpfige kleine Tümpel. Einige davon waren mit aufgeweichten alten Blättern bedeckt. Zwischen den Bäumen, wo es ganz dunkel war, blieb er immer wieder für einen Moment verwirrt stehen. Die ganze Zeit rückte das Ende der Zeit näher. Wenn er so dastand, zwang er sich dazu, in sich hineinzublicken, um etwas anderes zu sehen. Und dann fiel ihm alles wieder ein, und er rannte wieder los.

Kiefern und ab und zu ein Laubbaum lockerten jetzt den Tannenwald auf. Ein Tier wurde aufgescheucht, als es sich gerade einen Schlafplatz gesucht hatte.

Ich bin hinter dir, ich bin ganz dicht hinter dir, dachte er. Das dachte er immer wieder, im Rhythmus seiner Schritte. Aber sein Körper machte einen solchen Lärm, daß ihre Geräusche ihn nicht erreichen konnten. Diese Gewißheit brachte ihn dazu, sein Tempo noch einmal zu steigern. Er spannte seine Muskeln bis zum Äußersten an. Seine Waden taten weh.

Er spürte, wie Hitzewellen ihn im Laufen überkamen, und gleichzeitig fror er. Die Abstände zwischen den Bäumen wurden größer. Wie weit war es eigentlich noch bis zum Parkplatz?

Was ließ sich mit der Suche nach einem Kind vergleichen? Nach dem eigenen Kind! Wer war *er,* daß er sein Kind einer solchen Gefahr aussetzen konnte!

Plötzlich war da noch ein anderer Mensch. Der dunkle Schatten stand ganz still da. Er lief darauf zu, sah dann aber, daß dieser Mensch ein dicker kleiner Baum von seiner eigenen Größe war.

118 Die innerste Leere des Geheimnisses ließ sie nun los. Es war eine Erleichterung gewesen, den Wald hinter sich zu lassen. Sie war mit wackeligen Knien zwischen den Bäumen hervorgetaumelt. Es tat gut, die Bäume abzuwerfen. Ihre Arme taten weh, weil sie noch immer das Kind trug. Sie war über den großen Parkplatz auf das Gebäude zugelaufen, daß sich vage vor dem Nachthimmel abzeichnete.

Die Hand, die das Messer hielt, war schweißnaß. Sie war so müde. Sie hatte keine Kraft mehr, so kam ihr das vor. Und schlecht war ihr auch. Das Kind wurde ihr zu schwer. Trockener Speichel sickerte aus ihren Mundwinkeln. Ihr Mund war ein klaffendes, saugendes Loch. Herber, böser Blutgeschmack hing unter ihrer Zunge. Jedesmal, wenn ein Zweig ihr Gesicht berührte, erinnerte sie das an etwas.

Sie blieb für einen Moment stehen. Die Welt war still. Nur schwaches Rauschen, wie Flüstern, war aus den Baumwipfeln zu hören. Sonst nichts.

Das Kind blickte sich verwundert auf dem Parkplatz um. Es zitterte nicht mehr so. Und alles war schwarz und schwarz und schwarz. Und es war kalt. Seine Lippen fingen leise wieder an zu beben. Die Mundwinkel zogen sich nach unten. Der kleine feuchte Mund verzog sich zur Grimasse. Er stieß einen lauten Seufzer aus. Er hob das Gesicht und blickte den Menschen an,

der ihn trug. Dann drehte er den Kopf und starrte zurück auf den gewaltigen dunklen Wald.
Das Gefühl von vorhin ließ sie wieder los. Sie wollte jetzt nicht die Leere aufsuchen. Und auch nicht die Gedanken an die Abteilungen, die hintereinander lagen. Oder an den kleinen Stuhl, von dem die Mutter erzählt hatte. Der, der immer frei blieb.
Sie glaubte, ein Geräusch zuhören. Blieb stehen und horchte, blickte zum Wald zurück. Langsam ging sie rückwärts, drehte sich um und rannte dann lautlos auf das große Haus zu.
Sie lief an der Wand entlang, blickte zu der breiten Veranda hoch. Blieb stehen. Was lag hinter der Veranda? Sicher ein Hang, der in den Abgrund hinunterführte. Aber der Weg war von Pflanzen versperrt, hohe Bäume und Büsche ragten vor ihr auf, wie ein Gitter. Wurzeln und Senken. Das Gelände steckte ihr wie ein unverdaulicher Kloß im Magen.

119

Ein Insekt zeichnete sich mit ungeheurer Schärfe vor der Dunkelheit ab. Dann berührte es seinen Hals wie ein Stück Fell. Er schlug danach und stolperte. Kroch keuchend vorwärts, das Atmen tat jetzt weh. Schlamm und Blätter quollen durch seine Finger. Fieberhaft sog er Sauerstoff ein. Er hatte irgendwo gelesen, daß dreißig Gramm Erde hundert Millionen Bakterien enthielten. Er stöhnte, hob kurz das Gesicht und ließ den Blick an einer hohen Tanne hochwandern.

Er kam mühsam wieder auf die Beine. Die Feuchtigkeit hatte seine Schuhe durchtränkt und wanderte weiter aufwärts. Er konnte nicht mehr denken. Die Dunkelheit engte sein Blickfeld um einiges ein, und die Bestandteile des Waldes schlichen auf ihn zu. Er sah, daß Blut von seiner Hand tropfte. Das mußte Blut sein. Er hob die Hand an den Mund und leckte daran. Es war Blut.

Wenn dieser Irrsinn je ein Ende nähme, würde er dann so leben können wie vorher? Das Kind, würde es diesen Wald überleben können? Und wenn nicht, was blieb dann noch, außer Wald und Straßen und den Häusern in der Stadt? Das Leben würde ihm bestenfalls als Illusion erscheinen. Das Fehlen des Kindes würde einen bodenlosen Abgrund aufreißen. Verräterische Tränen machten sich in seinen Augen breit. Die Tränen lagen da wie Watte und wollten ihn blenden.

Seine Füße schwappten durch fauliges Wasser. Dünne Zweige zerkratzten seine eine Wange. Ein schwarzer Vogel erhob sich auf schweren Flügeln und flog aus dem Wald fort.
Er lief auf den Parkplatz. Sein Herzklopfen störte ihn. Das Herzklopfen blockierte seine Gehörgänge und sperrte die wirklichen Geräusche aus. Er schluckte und ging vorsichtig in Richtung Kleivstua. Konnte sie im Haus sein? Konnte sie mit einem Auto weggefahren sein? Er zählte die Wagen, konnte sich aber nicht erinnern, wie viele vorhin hier gestanden hatten.

120 Sie horchte auf die Stille der Landschaft. War sich ganz sicher, daß das Gesicht des Waldes von Moos bewachsene Wege versteckte. Wo steckten die? Hinter dem Haus führte ein alter Karrenweg in die steil abfallende Schlucht hinunter. Der Weg folgte der Schneise der stillgelegten Seilbahn. Der Weg war zugewachsen und unwegsam, rechts ragten hohe Tannen auf, links ging es steil hinunter ins Tal.

Wer ich auch bin, ich werde hier hinunterlaufen, dachte sie und machte versuchsweise einige Schritte. Die Schwerkraft nahm sie auf. Es war ein schönes Gefühl, daß ihr auf dem Weg nach unten geholfen wurde, aber der Boden war so uneben, überall gab es große Steine und runde Grasbüschel.

Sie wußte, daß ein Mensch mehrere Persönlichkeiten haben kann, und daß die charakteristischen Eigenschaften der verschiedenen Personen in einer Notsituation einfach verfliegen können. Diese Flucht geschieht unbewußt, dachte sie. Ich laufe von einer Person zur anderen. Verstehst du, was es bedeutet, wenn ein *ganzer* Tag vor dir liegt, ein ganzes Leben?

Sie stieß ein grobes, keuchendes Lachen aus. Dieses Lachen fing tief unten in ihrer Brust an und rollte dann durch ihren Hals nach oben. »Wenn die eine ausgeschaltet ist, übernimmt die andere die Kontrolle.« Sie hörte, was die Stimme sagte:

»Verstehst du, was es bedeutet, wenn du viele Tage vor dir hast?«
Sie hatte das Kind vergessen, spürte sein Gewicht aber als stechenden Schmerz in den Armen und unten im Kreuz. Sie blickte seinen Kopf an, der unruhig vor ihrem Kinn hin und her geschüttelt wurde. Dann ließ sie ihren Blick den steilen Weg hinunterwandern, sah die Kante an der linken Seite, sah dahinter den tiefen, bodenlosen Abgrund.
Wenn *sie* dieses Kind geboren hätte, dann wäre alles anders gekommen. Ihre Gefühle für den Kleinen wären symbiotisch gewesen. Sie hätten dieselben Gewebezellen gehabt und eine gemeinsame Vergangenheit, weil sie zweihundertsiebzig Tage lang ihr Blut geteilt hatten. Ihr Rhythmus würde ihn erfüllen. Und er würde sich an ihren Herzschlag erinnern.
Sie ließ ihn ein wenig tiefer sinken, und plötzlich merkte sie, daß er sie anekelte, und daß dieser Ekel immer noch größer wurde. Die Belastung durch sein Gewicht hinderte ihren Körper daran, sich zu entfalten. Ihre Füße waren schwerer als notwendig.
Auch sein Geruch ekelte sie an. Er war doch nur eine chemische Reaktion. Sie hatte ihn langsam satt. Was konnte sie ihm schon geben? Außerdem konnte er alle Wärme aus ihrem Körper saugen.
Das Messer tat ihrer Hand weh. Auch das Messer war zur Belastung geworden. Es würde guttun, es ins Auge der Puppe zu stechen. Das Auge für immer auszulöschen, befreit zu werden.
Ein plötzliches Geräusch ließ sie weiterlaufen. Ihr Schlüsselbein hob und senkte sich. Sie hatte einen Himmelskörper. Und der sprach die ganze Zeit zu ihr. Vielleicht waren die Stimmen wirklich? Sie wußte, daß sie die verdrängte Feindseligkeit anderer Menschen bisweilen wahrnehmen konnte. Sie wußte, daß Sonja sie fast schon durchschaut hatte. Und Dagmar auch.
Dicht vor dem Rand des Abgrundes lag ein großer Stein. Sie blieb stehen, stützte den Fuß darauf und faßte das Kind oder die Puppe, oder wie dieses Dings nun hieß, fester an. Plötzlich

glaubte sie, hinter sich das Geräusch eines Menschen zu hören. Sie dachte, daß das Messer das einzige Gefühl sei, mit dem sie geboren war. In wildem Zorn versetzte sie dem Stein einen Tritt, und schon war er verschwunden.

121 Er hörte einen rollenden Stein. Das leere, hohle Geräusch kam von dem steilen Hang, der gleich hinter Kleivstua anfing und am Abgrund entlang der Seilbahnschneise folgte. Das Haus schien leer zu sein, und aus purem Geiz brannte nirgendwo eine Lampe. Er rannte auf den Abgrund zu. Langsam verklang das Geräusch des Steines. Er war tief unten auf den Boden der Schlucht aufgetroffen und suchte sich dort jetzt seinen Platz.

Er blieb stehen, konnte sie weit vor sich erkennen, sie bog gerade um eine weite Kurve. Ihr plötzlicher Anblick jagte ihm kalte Schauer durch den Leib. Als er sie sah, hörte er wieder einen Höllenlärm. In seinem Ohr schien eine rauschende Muschel zu stecken. Seine Lippen schmeckten nach Erde.

122 Das Kind war eigentlich ein Stein. Das Kind gehörte nach dort unten, in die Tiefe, zu den Steinen. Ohne das Kind konnte sie auf andere Weise existieren. Er war nur eine harte Puppe. Hatte nur ein Auge, und das saß mitten auf der Stirn. Sie haßte dieses Auge. Sie wollte die Empfindsamkeit in ihrer allereinfachsten Form nicht mehr. In ihrer schmerzhaftesten Form. Gegen die sie ihr Leben lang angekämpft hatte. Die Empfindsamkeit würde aufhören zu existieren. Durch das Kind würde sie sterben. Das Kind war nur eine Puppe. Das Kind war die Puppe. In ihr war die Puppe. Sie blickte ihn an und wußte, daß sie ihr eigenes Gewicht vor dem Bauch trug.
Er schaute zu ihr hoch. Ihre Blicke begegneten sich. Über seinem Ohr hämmerte ihr Herz. Er wußte, daß es sie irgendwo hinter dem Stoff gab. Sein kleiner Mund sah aus wie eine resignierte Schnecke. Die Lippen klebten in einer Form von hoffnungsloser Ruhe aufeinander. Aber die Hände hatten ihre Jacke gepackt. Wie zwei kleine Saugnäpfe klebten sie an ihr.
Sie hatte das Messer in der Hand. Aber es gab eine einfachere Lösung. Sie blieb stehen und ging ruhig an den Rand des Abgrundes. Der war gefährlich. So gefährlich wie Glas und Tinte und Messer und kaltes Eisen. Das hier war gefährlicher. In diesem Moment war der Rand das Gefährlichste. Der König aller Gefahren. Der wahre König.

123 Er sah sie dicht vor dem Rand des Abgrundes stehen. Unten ruhten die Steine. Sie beugte sich vorsichtig vor und starrte einen Moment lang das Messer an, dann ließ sie es in die Schlucht fallen. Ein metallischer Laut zerriß die Stille, als es tief unten auf einen der Felsbrocken auftraf.

Sie sah ihn nicht, sie hob die Arme, bereit, auch das Kind fallen zu lassen. *»Schlaf du ruhig, mein Blümelein ...«*

Er mobilisierte seine letzten Kräfte. Wußte, daß er doch über unbegrenzte Kraftreserven verfügte. Sie drehte sich halbwegs zu ihm um. War von seinem Anblick überrascht. Ihr Auge musterte ihn von Kopf bis Fuß. Er war nur einer, aber dieser eine war er. Rasch drehte sie sich wieder zum Abgrund um. Als letztes würde sie noch das Kind in die Schlucht hinunterwerfen.

124 Seine Finger packten ihre kurzen dunklen Haare und rissen sie mit wütender Kraft zurück. Das war der letzte Schmerz, den sie jemals wahrnahm. Das Kind rutschte langsam zu Boden. Er beugte die Knie und streckte die Arme aus. Ihre Schulterblätter kamen ihr vor wie zwei wütende Speerspitzen. Das Kind fiel in seine Hände, wie in zwei große Schüsseln. Es hatte ein wunderbares Gewicht. Er drückte den kleinen Körper an sich und spürte, daß dieser das einzige lebende Wesen auf der ganzen Welt war.
Sie ließ sich über den Rand des Abgrundes gleiten. Langsam, als ob sie eigentlich fliehen könnte. Sie hob die Arme. Es sah langsam aus, geschah aber ganz schnell. Ihre Hand war das letzte, was er noch sah. Sie leuchtete weiß vor seinen Augen auf, wie ein Stern.

125 Danach konnte er sich nur noch an die Gesichter erinnern. Ihre Stimmen konnte er nicht hören, die verloren sich tief in ihm selber. Ihn hatte eine akute, künstliche Taubheit überkommen. Er sah Roger Høibakk und Asle Tengs. Sah Sonja Pettersen und Sigrid. Er hörte das Kind nicht schreien. Aber er sah, daß es in den Armen seiner Mutter lebte. Er konnte sich daran erinnern, was sie gesagt hatten. Er hatte gesagt, er wolle nach Hause. Und dabei hatte er geweint. Er erinnerte sich daran, daß Sonja Pettersen warm den Arm um Sigrid gelegt hatte. Er wußte noch, daß er sich umgedreht hatte und zum Wagen gegangen war, daß er eingestiegen war und den Motor angelassen hatte. Er wollte nach Hause. Er konnte sich an das Geräusch des Motors erinnern, dessen Gebrüll sich durch das ganze Auto fortzupflanzen schien. Er fuhr die kurvige Straße hinunter. Er schaltete die Deckenlampe ein und betrachtete sich im Rückspiegel. Er sah die gestreiften Schatten an seinem Kinn, die drei Tannennadeln in seinen Haaren. Als er die Lampe ausknipste, sah er am Himmel ein Auge. Einen weißen Stern. Er sah aus wie eine Hand.